AF142310

HEIKE MECKELMANN
Küstenlüge

KALTBLÜTIG! Jost Hardenberg wird auf Fehmarn – mit unzähligen Messerstichen getötet – in der Küche seiner Ex-Frau aufgefunden. Was hatte der Mann, von dem sie seit über einem Jahr getrennt lebte, im Haus der selbstständigen Unternehmerin Julia Hardenberg verloren? Sie selbst kauert schwer verletzt und traumatisiert im Badezimmer ihres Hauses und spricht kein Wort. Fand hier ein Beziehungskampf statt oder hat es jemand anderes auf Julia Hardenberg und ihren Ex-Mann abgesehen? Offensichtlich hatten eine Menge Leute Gründe dafür, Jost Hardenberg aus dem Weg zu räumen. Kommissar Westermann ist der einzige, dem sich Julia Hardenberg anvertraut. Er erfährt eine schier unglaubliche Geschichte. Westermanns Kollege, Thomas Hartwig, hält Julia für die Mörderin, die die Kommissare in die Irre führen will. Aber war sie in der Lage, einen derartigen Mord zu begehen? Was wollte der Tote in ihrem Haus? Die Polizei tappt im Dunkeln. Einzig Hobby-Ermittlerin Charlotte Hagedorn ist wieder einmal allen einen Schritt voraus. Doch dann wird eine weitere Leiche aufgefunden ...

© Jutta Mitschein-Schewe

Heike Meckelmann wurde in der Nähe von Elmshorn geboren und zog vor mehr als 30 Jahren auf die Insel Fehmarn. Sie betrieb nach dem Studium der Betriebswirtschaft auf der Insel lange Zeit einen Friseurbetrieb und eine Hochzeitsagentur. Lange Jahre arbeitete sie als Fotografin und nahm als Sängerin ein eigenes maritimes Album auf, bevor sie mit ihrer Familie eine Pension auf der Insel übernahm, die sie jetzt aufgaben, damit sich Heike Meckelmann nur noch dem Schreiben widmen kann. Seit 2016 arbeitet sie als freie Autorin auf Fehmarn und schreibt Kriminalromane, die überwiegend auf der Insel spielen, und Reiseliteratur. Über 19 Jahre mit einem Fehmaraner verheiratet, bezeichnet sie sich durch und durch als Insulanerin, die ihre Insel genauso liebt, wie die Geschichten, die sie auf der Sonneninsel schreibt.

HEIKE MECKELMANN

Küstenlüge

Kriminalroman

GMEINER

Immer informiert

Spannung pur – mit unserem Newsletter informieren wir Sie
regelmäßig über Wissenswertes aus unserer Bücherwelt.

Gefällt mir!

Facebook: @Gmeiner.Verlag
Instagram: @gmeinerverlag
Twitter: @GmeinerVerlag

MIX
Papier aus verantwor-
tungsvollen Quellen
FSC
www.fsc.org   FSC® C083411

Besuchen Sie uns im Internet:
www.gmeiner-verlag.de

© 2020 – Gmeiner-Verlag GmbH
Im Ehnried 5, 88605 Meßkirch
Telefon 0 75 75 / 20 95 - 0
info@gmeiner-verlag.de
Alle Rechte vorbehalten
2. Auflage 2021

Lektorat: Claudia Senghaas, Kirchardt
Herstellung: Mirjam Hecht
Zeichnungen Kapiteltrenner im Buch: © Miriam Lange
Umschlaggestaltung: U.O.R.G. Lutz Eberle, Stuttgart
unter Verwendung eines Fotos von: © Andrea / stock.adobe.com
Druck: CPI books GmbH, Leck
Printed in Germany
ISBN 978-3-8392-2579-0

PROLOG

Man müsste sie in einen Glaskasten stellen und den Schlüssel wegschmeißen. Jeder darf sie ansehen, aber niemand sie berühren ...

Sie blickte in das Glas vor sich, in dem sich winzige weiße Bläschen in dunklem Gebräu zu blubbernden Türmen aufrichteten. Nacheinander zerbarsten sie, um aus der Tiefe erneut emporzusteigen. Ihr Körper schien versteinert und gleichzeitig federleicht. Sie beobachtete die Luftbläschen, die eins nach dem anderen wie all ihre vergangenen Träume zerplatzten. Wenn sie es heute Nacht nicht zu Ende brachte, würde Grauenvolles passieren. Sie wollte sich nur noch auflösen. So, als hätte es sie nie gegeben. Das fahle Licht des abnehmenden Mondes fiel durch das Fenster in ihrem Büro, erhellte den Schreibtisch und versetzte die Schaumperlen in pulsierendes Schimmern. Nur das Glas leeren, dann wäre es endlich überstanden ...

*

»Genug! Du verarschst mich nicht. Du hast reichlich Zeit, über dein abgrundtief schäbiges Verhalten nachzudenken. Wie leicht du dich hast hinreißen lassen. Ich habe jede Minute genossen, nur dass du es weißt. Mich betrügt man nur einmal. Es ist genug!« Langsam tastete die Hand zum Messerblock. Dann ruhte das Fleischmesser zwischen den Fingern. Der Blick war regungslos geradeaus gerichtet und sah in das erstarrte Gesicht. »Du wirst dieses Haus nicht lebend verlassen«, flüsterte der Mann gefährlich leise und zog die Augenbrauen hoch. »Ich bekomme immer, was ich will, das sollte dir klar sein.« Voller Wucht schleuderte er seine Faust in das Gesicht des Gegenübers.

»Das war für die Schnüffelei.« Erneut schlug er zu. »Das für die Geschäfte, die du mir versaut hast.« Sein Visavis starrte ohne jegliche Regung in die Grimasse des Schlägers. Als die Faust sich ein drittes Mal erhob, schnellte der Arm mit dem Messer, das abwartend hinter dem Rücken auf seinen Einsatz gelauert hatte, nach oben. Wenige Sekunden später traf die Klinge an der Stelle auf die Haut, unter der die Halsschlagader pulsierte. Die Messerschneide bohrte sich in das Fleisch. »Wie gefällt dir das?« Dann zog die Person, die dem Mann gegenüberstand, das Messer langsam aus der Wunde, betrachtete es lächelnd und hieb ein zweites Mal zu. Unterhalb des Rippenbogens glitt die Klinge in die Haut.

»Die Lunge dürfte sich in einem nicht mehr tadellosen Zustand befinden«, raunte die Stimme.

Ein kaltes Lächeln fuhr über die Lippen des Attackierenden. Das Opfer starrte mit entsetzt geweiteten Augen auf seinen Angreifer und presste verzweifelt die Hand gegen die Wunde, unter der die Halsschlagader trommelte, während das Blut im Takt zwischen den Fingern herausspritzte. Die Knie gaben nach und er krümmte sich. Als er versuchte, sich dem Gegner entgegenzustellen, schnellte das Messer ein drittes Mal auf ihn zu. Die Klinge verschwand schmatzend in der Herzgegend. Stöhnend sackte der Schwerverletzte auf die Knie. Lautes Lachen begleitete ihn, als er die Besinnung zu verlieren drohte. Blut quoll aus Wunden und Mund, während er sich am Boden krümmte. Ein schmaler Strom des roten Lebenssaftes tropfte die Lippen hinunter. Gelassen kniete sein Mörder neben ihm und ließ die Klinge wie in einem Rausch immer wieder auf ihn herabfahren. Der Körper des Mannes zuckte. Der Kampf dauerte wenige Minuten, dann hörte sein Herz auf zu schlagen. Er war tot …

KAPITEL 1

Lore Tamken öffnete die Tür des Einfamilienhauses. Normalerweise freute sie sich auf die Arbeit im Haus von Julia Hardenberg. Sie verspürte keinerlei Lust, für fremde Leute zu putzen, aber hier war sie bestens aufgehoben.

Heute ging es ihr nicht gut.

Schweißperlen glänzten auf ihrer Stirn und ihre Körpertemperatur lag über 37 Grad. Sie schwitzte, obwohl sie fror. Geschwächt drückte die hagere Frau um die 50 die Tür ins Schloss, schälte sich aus ihrem grauen Mantel und hängte ihn an den messingfarbenen Garderobenhaken im großräumigen, lichtdurchtränkten Flur. Müde stellte sie die schäbige, schwarze Handtasche aus Kunstleder auf den Boden. Es handelte sich nicht um ein Designerobjekt. Das zeigte die oberste Schicht der Tasche, die sich stellenweise vom Stoff abgepellt hatte und hässliche Flecken hinterließ.

Im quadratisch geschnittenen Raum, von dem alle weiteren Türen im Erdgeschoss in die anderen Zimmer führten, blieb sie seufzend stehen. Sie hielt sich am Holzgeländer der Treppe fest, über die sie in den ersten Stock gelangte.

Ihr graute vor den Stunden, die heute vor ihr lagen. Denn obwohl das Haus im Grunde genommen ordentlich und übersichtlich eingerichtet war, gab es dennoch fünf Zimmer und ein großes Bad, welche samt Böden und Fenster jede Woche aufs Neue gereinigt werden mussten.

Eigentlich muss ich mir erstmal einen Tee genehmigen, dachte sie. Bevor sie startete, wollte sie den Wasserkocher anstellen und sich dann in den ersten Stock begeben. *Wenn ich wieder runterkomme, gönne ich mir einen anständigen Pfefferminztee.* Sie nickte und wunderte sich darüber, wie warm es im Flur war.

Bedächtig tastete sie nach dem Heizkörper, der bis zum Anschlag aufgedreht war.

Normalerweise hielt sich Frau Hardenberg aus Macht der Gewohnheit daran, die Räume kühl zu halten, um sauer verdientes Geld nicht in überheizten Zimmern zu verschwenden.

Hier ist es heute wenigstens muschelig, rieb sie sich die Hände und kuckte sich um. Ihrer angeschlagenen Gesundheit tat die Wärme gut. Es kam der aufkommenden Erkältung entgegen.

Sie erwartete nicht, Frau Hardenberg vorzufinden, weil sie wusste, dass die zu dieser Tageszeit in ihrem Geschäft jede Menge Arbeit zu bewältigen hatte. Vor 15 Uhr kam sie auch am Samstag und dem damit verbundenen Wochenende nie nach Hause. Lore Tamken begab sich schulterzuckend auf den Weg in die Küche. Für einen letzten Moment blieb sie vor dem an der Wand hängenden, überdimensionierten Spiegel mit der goldfarbenen Barockumrandung stehen. Sie fuhr mit den Händen durch die halblange aschblonde Frisur und versuchte, die dauergewellten, mit blonden Strähnen durchzogen Haare in Ordnung zu bringen, die der spärlichen Behaarung mehr Fülle auf den Kopf zaubern sollten.

Während sie den Sitz ihres Strickpullovers überprüfte, drängte sich ihr ein eigenartiger Geruch auf, der ihr bereits beim Betreten des Hauses aufgefallen war. Sie rümpfte die verschnupfte Nase wie ein Kaninchen und verzog angewidert das Gesicht. *Das bilde ich mir nur ein. Mein Riechkolben ist total dicht. Ich krieg eh kaum Luft.*

Sie öffnete den Mund und japste nach Sauerstoff.

Matt streckte sie ihrem Spiegelbild die Zunge heraus.

Sie drückte die Klinke der Küchentür herunter, die sie wider Erwarten verschlossen vorfand. Normalerweise standen sämtliche Türen im Haus zu jeder Zeit offen. Julia Hardenberg hasste es, sich wie ein Karnickel im Hasenstall zu fühlen. Sie brauchte räumliche Freiheit. Als sie die Tür aufschob, schlug ihr der unangenehme Geruch wesentlich intensiver entgegen und drängte sich ihren zugeschwollenen Nasenflügeln auf. Instinktiv hielt sie die Hand vor Nase und Mund.

Was stinkt hier so? Die Wärme, die ihr mitsamt der übel riechenden Ausdünstung entgegenwälzte, war kaum zu ertragen.

Sekunden später wich sämtliche Farbe aus ihrem Gesicht und sie fing augenblicklich an zu zittern. Sie ließ die Arme sinken und öffnete ihre bleichen, vibrierenden Lippen. Ein gellender, hysterischer Schrei hallte durch das Haus. Geschockt schlug sie die Hand vor den Mund, als wollte sie den eigenen Aufschrei ersticken.

Ohne dass sie etwas dagegen tun konnte, inhalierte sie die übel riechenden Ausdünstungen und hörte nicht mehr auf zu kreischen, bis eine fremde Stimme außerhalb des Hauses zu brüllen anfing.

»Ist da drüben sofort Ruhe, sonst rufe ich die Polizei! Geht das jetzt schon am helllichten Tag los?« Die Worte erlösten Lore Tamken aus ihrer Starre. Sie machte schlotternd auf dem Absatz kehrt, rannte zur Eingangstür und würgte ununterbrochen. Panisch riss sie die Tür auf und schrie, so laut ihre Stimme es hergab, zum Nachbargrundstück:

»Rufen Sie die Polizei, hier liegt ein Toter!« Fahrig deutete sie hinter sich, würgte und heulte gleichzeitig.

Geschockt krallte sie sich mit der Hand am Türrahmen fest, zuckte wie eine Schildkröte, die den Kopf in den Panzer zurückzieht, und übergab sich in das kahle Winterbeet vor sich.

Albert Sonnenburg, der Nachbar auf der anderen Straßenseite, riss die Terrassentür auf, die er nach seinem lautstarken Anfall wütend ins Schloss geworfen hatte, als hätte er das, was er soeben vernommen hatte, nicht eindeutig verstanden. Er schlitterte auf dem glatten Rasengrundstück in Hausschuhen zur mannshohen Hecke und spähte auf die andere Straßenseite.

Als er die Putzfee auf dem Grundstück der Hardenbergs erkannte, war ihm sofort klar, dass etwas Schreckliches passiert sein musste.

Die Putzfrau hing über dem kargen Blumenbeet und spuckte sich halb tot. Eilig jagte er zurück in die Diele, griff nach dem Mobiltelefon, das auf einer dunklen Kommode in der Ladestation stand, hielt es ans Ohr und brüllte mit seiner tiefen, sonoren Stimme, die normalerweise einen angenehmeren Klang hatte, hinein: »Sie müssen sofort kommen. Im Nachbarhaus liegt eine Leiche. Wer? ... das weiß ich doch nicht ... die Putzfrau schreit sich die Seele aus dem Leib.«

Eilig legte er auf, warf die Hausschuhe ab, um in seine Stiefel zu steigen, und wischte sich die Hände an der dunkelbraunen Cordhose ab. Er spurtete durch den winterlich kargen Garten über die Straße zum Haus der Familie Hardenberg. »Wo liegt ein Toter ... wer ist es? Zeigen Sie es mir ... sofort!«, bölkte Sonnenburg die Frau an, deren Gesicht leichenblass war und die fortwährend mit der Hand hinter sich deutete.

»Im Haus! Ich geh da nicht mehr rein«, jaulte sie gequält.

»Wer? Zum Teufel reden Sie schon!«

»Herr Hardenberg ... da liegt Herr Hardenberg! Bl... blutüberströmt!«

Der Landwirt starrte die Putzfrau ungläubig an. »Aber wieso? Und wo ist seine Frau?«

Lore Tamken zuckte hilflos mit den Schultern und jammerte ohne Unterlass weiter. Sie setzte sich auf die unterste eiskalte Stufe der Eingangstreppe und schlotterte wie ein altes Schulskelett. »Ex-Frau. Sie ist seine Ex-Frau. Ich weiß es nicht. Im Geschäft, wo sonst? Sie kommt samstags nie so früh nach Hause.«

Albert Sonnenburg drängte sich wortlos an ihr vorbei und betrat mit einem unguten Gefühl in seiner Magengegend das Einfamilienhaus. Sein Kehlkopf hüpfte nervös auf und ab. Er hatte Mühe, den Rachen mit Spucke zu befeuchten. Der großgewachsene Bauer flößte anderen normalerweise Respekt ein.

Jetzt vermittelte er eher den Eindruck, als hätte ihn sämtliche Entschlusskraft verlassen. Er wirkte angespannt und schritt zähneknirschend durch den Flur. Sonnenburg hatte die vage Hoffnung, dass sich die Anwandlungen der Reinmachefrau als Hirngespinste herausstellten.

»Wo genau?«, rief er Richtung Eingangstür.

»In der Küche«, heulte Lore Tamken und hielt sich die zitternden Hände vors Gesicht. Aus ihrer Nase hing ein langer Schnodderfaden, den sie lautstark zurück in die Nasenlöcher zog. Sie schniefte und schnaubte wie eine alte Seekuh.

Albert Sonnenburg sah sich im Flur um, während er sich schrittweise der offenen Küchentür näherte. Er wischte sich fortwährend Schweißperlen von der Stirn, die durch die Poren krochen und letztendlich auf der Nasenspitze landeten. Seine Schritte wurden zögernder. Er schluckte. Zu allem Übel stieg ihm ein entsetzlicher Gestank in die Nase, der ihn an etwas erinnerte, dass er nicht zuzuordnen wusste. Das mulmige Gefühl in der Magengegend verstärkte sich bei jedem Schritt, den er der Küche näherkam. Normalerweise kannte er keine Empfindlichkeiten.

Aber einen Toten aufzufinden, gehörte nicht zum täglichen Geschäft. Außerdem hatte der ehemalige Schweinebauer über die Jahre vieles gesehen, das mit Tod und Verwesung zu tun hatte. Er war nicht zimperlich, sich in einem Schlachthof umzusehen, wohin seine Tiere ihre letzte Reise antraten, bevor ihr Fleisch zu leckerer Bratwurst verarbeitet wurde.

Der Geruch dort ließ einem *normalen* Menschen Übelkeit die Kehle hochsteigen. Dieser ekelhafte, süßlich penetrante Gestank war nicht jedermanns Geschmack. *Jetzt weiß ich, woran mich das hier erinnert ... Schlachthaus!* Ihm wurde mulmig.

Als er zwei Schritte später die Küche betrat, wurde ihm augenblicklich hundsmiserabel.

Was sich ihm offenbarte, war abartiger als alles, was er jemals im Schlachthof zu sehen bekommen hatte!

Joost Hardenberg, der frühere Mitbewohner dieses

Hauses und Ex-Ehemann von Julia Hardenberg, lag rücklings vor der Küchenarbeitsfläche am Boden auf den vormals weißen Fliesen.

Um den leblosen Oberkörper herum hatte sich eine rote Blutlache ausgebreitet, die einen bräunlichen Ton angenommen hatte. Das ist nicht frisch, der liegt schon länger hier, so viel ist mal sicher, überlegte Albert Sonnenburg, als er den Toten in der Küche angewidert betrachtete.

Der Gestank machte ihm zu schaffen. Sonnenburg schob den Unterarm, der in einem braunen Strickpullover steckte, über Mund und Nase.

Es roch nach verrostetem Eisen ... und unterschwellig ... nach Tod.

Jetzt setzte sich diese nicht zu verdrängende Ausdünstung in seiner Nase fest, zog tief in den Rachen und verschaffte ihm Übelkeit und Brechreiz. Die Penetranz war durch nichts auszuschalten und ließ ihn würgen wie schon Lore Tamken wenige Minuten vorher.

Er presste den Arm noch energischer über die Öffnungen in seinem Gesicht. Sonnenburg hoffte, dass der Stoff des Pullovers, der verhalten nach Weichspüler roch, den Gestank zumindest mindern konnte. Er betrachtete den Toten und trat einen Schritt zurück. Der Wunsch, die Küche zu verlassen, war so ausgeprägt, dass er sich bereits im Türrahmen wiederfand.

Und doch erfasste ihn Neugier und hielt seine Beine wie einen Magneten fest am Boden. Er konnte, selbst wenn er gewollt hätte, den Raum nicht verlassen.

Der Landwirt starrte wie von Sinnen auf den Körper des eindeutig toten Mannes, der mit etlichen Stichwunden übersät war. Wer das hier verübt hat, hat ganze Arbeit geleistet, stellte er nüchtern fest, betrachtete die tiefen Stichverletzungen am Hals des Toten und würgte erneut. Angeekelt nahm er den Arm runter und hielt sich die Hand vor den Mund.

Albert Sonnenburg wandte sich ab und ließ seinen Blick schluckend durch die geräumige Küche schweifen. Um ihn herum herrschte Chaos. Heilloses Durcheinander. Schranktüren standen offen und überall lagen Geschirr und Küchengerätschaften. Es hatte den Anschein, als hätte hier ein Kampf stattgefunden. Der pensionierte Schweinebauer lenkte sein Interesse trotz des ekelhaften Gefühls in der Magengegend wieder zurück auf die männliche Leiche.

Der gebrochene Blick des Toten war starr gegen die Decke gerichtet. Ein eiskalter Schauer lief Sonnenburg den Rücken hinunter. Die Haut des Leichnams war aufgedunsen und hatte eine eigentümliche Farbe angenommen.

Erste Auflösungsprozesse zeigten sich ekelerregend. Wie lange liegt der hier, fragte sich Sonnenburg und rückte einen Schritt näher.

Es ist mehr, als ein normaler Mensch verkraften kann, bemerkte er und würgte erneut. Er betrachtete den Toten und das ursprünglich blau gestreifte Oberhemd, das mit angetrockneter Körperflüssigkeit getränkt war. Über dem offenen Kragen hing eine Krawatte, die vorher in Rosétönen geleuchtet haben musste. Albert Sonnenburg machte dies an einer winzigen Stelle fest, die vom Blut verschont geblieben war. Sie lag um eine klaffende Wunde am Hals. Genau dort hatte sich die rotbraune Flüssigkeit auf dem Boden großflächig ausgebreitet. Die Halsschlagader. Wer immer das getan hat, muss die Halsschlagader getroffen haben, mutmaßte er.

Sonnenburg stierte auf den kleinen Zipfel am Ende der Krawatte.

Mit einer Hand fuhr er sich durch die dichten grauen Haare. Eine Welle hatte sich aus der von Schweiß feucht gewordenen Mähne gelöst, hing ihm vor den Augen und behinderte einen klaren Blick.

Der Geruch nahm überhand und Sonnenburg musste den Raum verlassen. Diesem Mann konnte er unterm Strich nicht mehr helfen.

Krz, krz … Er vernahm aus irgendeiner Ecke des Hauses kaum wahrnehmbares Schaben. Angestrengt lauschte er und richtete den Kopf Richtung Treppe. Es war ein Geräusch, als würde jemand mit einem Messer über den Boden kratzen. Da war es wieder. Konzentriert sperrte er die Ohren auf. Es kam anscheinend aus dem oberen Stockwerk. *Wer hält sich da oben auf? Der Mörder?* Sonnenburg fasste sich an die ausgetrocknete Kehle und fühlte sich schlagartig ausgebrannt. Er überlegte nicht lange. Im Flur, direkt neben der Eingangstür, entdeckte er eine alte, handbemalte dunkelgrüne Milchkanne, die durch ihren Standort und den Inhalt eindeutig als Schirmständer zu erkennen war. Leise schlich er dorthin und zog lautlos einen Golfschläger heraus, der hinter diversen Regenschirmen steckte und dessen Schlägerkopf herauslugte. »Pst, halten Sie den Mund«, wies er Lore Tamken barsch an, die noch immer heulend auf der eiskalten Stufe vor der Tür saß und bibberte. »Da ist jemand im Haus«, flüsterte er und drückte kaum hörbar die Haustür zu.

Couragiert hielt er den Schläger mit beiden Händen als Waffe vor den Körper und schlich, dicht an das Geländer gedrängt, lautlos die mit Teppichfliesen belegten Holzstufen hinauf. Nach Hinweisen suchend, wanderten seine Blicke von einem Fixpunkt zum nächsten. Er wusste nicht, was ihn dort oben erwartete.

An der Wand, die in den oberen Teil des Hauses führte, registrierte er blutige Schleifspuren. Es sah nach einem schrecklichen Kampf aus, der, wie es ihm erschien, nicht in der Küche sein Ende gefunden hatte. War der Mörder selbst verletzt und versteckte sich im oberen Stockwerk? Oder gab es noch jemanden im Haus, der vom Täter überwältigt worden war? Das Kind! Wo war das Kind von Frau Hardenberg? Wut breitete sich in seinem Körper aus und verdrängte die Angst in der Brust. Er umklammerte den Schläger wie einen Schraubstock, bis die Knöchel schmerzten. Mit festem Schritt stieg er auf die letzte, plötzlich unangenehm knarzende Holzstiege. Er blieb stehen und schluckte. *Was erwartet mich da?* Er schüttelte den Kopf. Misstrauisch warf er einen Blick in das Zimmer, dessen Tür offen stand und der Treppe am nächsten lag. Niemand hielt sich dort auf. Es war leer. Überreizt sah er sich um, huschte über den schmalen Flur und öffnete nacheinander sämtliche Türen. Er rechnete jede Sekunde damit, dass er angegriffen werden konnte.

Sonnenburg wagte nicht zu atmen. Die drei Schlafzimmer waren leer. Das Geräusch kam eindeutig von hier.

Es musste … er raffte all seinen Mumm zusammen, wischte mit dem Jackenärmel die Schweißtropfen von der Stirn und schob mit dem Schläger die letzte Tür zum Badezimmer auf. Sein Herz fing augenblicklich an zu rasen und er wich entsetzt zurück …

KAPITEL 2

Charlotte legte ein verkrüppeltes Stück Buchenholz in den Kaminofen, der seit Stunden angenehme Wärme im Wohnzimmer verbreitete. Die Flammen züngelten hinter der Glasscheibe. Die taffe Künstlerin konnte sich am Anblick des lodernden Feuers kaum sattsehen. Eine Melodie summend, rutschte sie auf dicken selbstgestrickten Socken über den Boden. Sie hielt einen Becher Tee in ihren Händen. *Ach, wat is dat scheun.* Miss Marple von Fehmarn stand in pinkfarbenem Jogginganzug und mit zu einem Knoten drapiertem Haar am bodentiefen Fenster ihres Appartements und ließ ihren Blick über den Sund schweifen. Hingebungsvoll betrachtete sie das aschige Grau, das vom Horizont bis hin zum Wasser reichte und sich wie eine Decke ausgebreitet hatte. *Bald ist endlich wieder Vorweihnachtszeit und ich kann meine Deko aus dem Schrank holen.* Sie griente, stellte den Becher auf den Truhentisch, schlurfte in den Flur und trällerte »Vom Himmel hoch, da komm ich her«.

Erst im letzten Herbst hatte sie sich mit Katrin zu dem Kauf des cremefarbenen Landhausschrankes im Shabby

Look entschieden. Jetzt stand er, angestrahlt vom Kronleuchter, in der Ecke des Flurs und verbarg, in verzierten Kartons akribisch verstaut, sämtliche Oster- und Weihnachtsdekorationen.

Allein der Gedanke, alles hervorzukramen und es in der Wohnung auszustellen, versetzte ihr Herz in Aufruhr. Charlotte war erfreut über das antike Möbelstück und betrachtete es selbstvergessen.

Sie hatte überhaupt keine Lust, bei ihren fortwährend wechselnden Dekorationsideen mit dem Fahrstuhl ständig hinunter in den Keller kutschieren zu müssen, um nach passendem Dekor zu suchen.

Sie öffnete leise die rechte Tür des Schrankes und wollte einen verzierten Karton mit Weihnachtsnippes aus dem obersten Regal ziehen, als aus dem Zimmer am anderen Ende des Flurs ein lautes »Untersteh dich« ertönte. Ertappt fuhr Charlotte Hagedorn herum, wurde rot und registrierte, dass ihre Nichte mit erhobenem Finger lächelnd im Türrahmen stand.

»Ich … ich wollte … nur nachsehen, ob …«

»Ich weiß, was du wolltest. Tantchen, wir haben gerade die erste Novemberwoche rum. Du hast noch genügend Zeit, um die Wohnung mit deinem Weihnachtskitsch aufzurüsten.« Katrin Duvenstedt grinste.

»Ach Deern, was du immer denkst. Bei ›Grotenmohl‹ sind längst sämtliche Fenster weihnachtlich ausgeleuchtet. Die haben sogar ein Rentier im Vorgarten und ich … ich muss warten.« Charlotte schmollte, schob den Karton widerwillig zurück, verschloss die Tür und huschte mit hängenden Mundwinkeln ins Wohnzimmer. »Aber du kannst doch schmücken. Du hast selbst betont, dass erst nach Totensonntag ausstaffiert wird.«

»Ach, was ich gestern gesagt habe, ist wohl heute nicht mehr von Bedeutung.«

Katrin musste lachen. »Mein Tantchen. Wie immer um keine Ausrede verlegen.«

Sie verschwand in ihrem Zimmer, setzte sich auf die Bettkante und blätterte weiter in einer der unzähligen Hochzeitszeitungen, die auf einem Stapel neben ihrem Bett lagen.

Charlotte Hagedorn aber kuschelte sich an diesem Samstagnachmittag in den Ohrensessel, griff nach ihrem Buch, in dem sie seit Tagen für Stunden versank, und rückte ihre Lesebrille zurecht.

Wenn Katrin im Büro ist, dann aber …

*

Albert Sonnenburg starrte die am Boden kauernde Person entsetzt an. Sie war blutüberströmt und schien schwer verletzt zu sein.

»Frau Hardenberg. Mein Gott!« Er ließ den Golfschläger sinken. Die Hausbesitzerin stierte abwesend in den Raum und wiegte den Kopf wie aufgezogen von einer Seite zur anderen. An der freistehenden Badewanne, die an der gegenüberliegenden Wand stand, waren genau wie im Flur jede Menge Blutspritzer und Schlieren.

Überall auf den weißen Metro-Fliesen … angetrocknetes Blut. Auch in diesem Raum hatten Handabdrücke erschreckende Schleifspuren und morbide Muster hinterlassen. Was war hier passiert, fragte er sich. Ihre Hände lagen mit den Handflächen nach oben im Schoß und die Beine waren unnatürlich ausgestreckt. Sie saß am Boden, wie eine Puppe.

Sie wirkte auf seltsame Art verrenkt. Auf den Handinnenflächen zeichneten sich tiefe Schnittwunden ab. Sonnenburg betrachtete diese mit eigenartigem Grummeln in der Magengegend und räusperte sich.

»Sind Sie sonst noch irgendwo verletzt? Hilfe ist unterwegs. Kann ich etwas für Sie tun?«

Er konnte nichts erkennen, aber er wurde das Gefühl nicht los, als würde sie hier seit Längerem in einer Art Schockzustand sitzen.

Der Bauer betrachtete das angetrocknete Blut. Es hat genau wie in der Küche eine rötlich braune Farbe angenommen und riecht metallisch, stellte er fest.

»Frau Hardenberg, was ist denn passiert?« Er hockte sich hin, legte den Golfschläger neben sich auf den Boden und versuchte, die 35-Jährige, die in Jeans und Pullover gekleidet dasaß, anzusprechen. Sie starrte auf ihre Beine, drehte den rechten Fuß zurück und zog apathisch die Knie zu sich. Schweigend umfasste sie sie mit ihren blutverschmierten Händen. Mechanisch bewegte sie ihren Kopf in seine Richtung und starrte ihn apathisch an.

»Saubermachen. Ich muss saubermachen. Die Putzfrau kommt«, flüsterte sie und lenkte ihren Blick zurück an die Wand, als hätte sie dort etwas Wichtiges entdeckt.

»Ich weiß, Frau Hardenberg ... aber was ist denn passiert?« Sie reagierte nicht und versank in ihrer Teilnahmslosigkeit. Es schien, als würde sie ihn nicht wahrnehmen. Er konnte sie nicht mehr erreichen.

Albert Sonnenburg atmete tief in seine Lunge und wollte ihr aufhelfen. Er registrierte die Kälte im Badezimmer, maß ihr aber keine weitere Bedeutung zu. Mit beiden Händen griff er nach ihren Armen, um sie hochzuziehen. Es war ihm nicht möglich. Sie saß steif wie eine Statue da und ließ sich nicht einen Zentimeter bewegen.

Sonnenburg stand auf, kratzte sich am Hals und überlegte, was er tun konnte. Dann erinnerte er sich daran, dass die Polizei auf dem Weg war, und ihm fiel ein Stein vom Herzen. Die Beamten mussten sich darum kümmern. Wahrscheinlich verwische ich nur wichtige Spuren, wenn ich mich zu viel in diesem Raum bewege, mutmaßte er und suchte nach etwas, das er ihr um die zitternden Schultern legen konnte. Er ließ sie auf dem kalten Fliesenboden sitzen, nahm ein Badehandtuch vom Haken hinter ihr und legte es ihr um. Dann hastete er die Stufen hinunter Richtung Ausgang. Er riss die Haustür auf und sagte schroff: »Gehen Sie nach oben, Frau Hardenberg kauert im Badezimmer auf dem Boden. Los! Sie müssen bei ihr bleiben, bis die Polizei da ist. Ich warte draußen, bis die kommen. Das sieht nicht gut aus ... gar nicht gut.« Sonnenburg schüttelte den Kopf. Seine Haut hatte einen kreidebleichen Ton angenommen und die Wangen wirkten eingefallen. Lore sprang von der Treppenstufe auf und sah den Nachbarn entgeistert an. Er nahm ihre Schultern und schüttelte sie. »Kommen Sie endlich zu sich. Es sieht aus, als wenn sie ebenfalls angegriffen wurde ...« Er schluckte und wagte nicht, den Satz zu Ende zu bringen.

Die Putzfrau stotterte hilflos. »Wir müssen ihr helfen.«

»Ja, gehen Sie, aber fassen Sie um Gottes willen nichts an.« Mahnend hob er die klobige Hand, die die Größe einer Kelle besaß.

»Was ist denn da oben?«, fragte sie weinerlich. »Da ist alles voller Blut. Sie ist verletzt, aber sie lebt«, brummelte Sonnenburg müde und fuhr sich erneut mit den Händen durch die Haare. Es schien, als wäre er in den letzten Minuten um Jahre gealtert. Lore Tamken hastete in den Flur und stürzte die Treppe hinauf. »Oh, mein Gott!«, hörte er sie rufen, als sie das Badezimmer betreten hatte.

Der düstere Novemberwind hatte längst alle Blätter von den Bäumen geweht und die kalte Luft um ihn herum unterstrich das dumpfe Gefühl in seiner Magengegend. Er rang nach Atem, als bekäme er nicht genügend Sauerstoff.

Ich muss die letzten Blätter wegfegen, dachte Sonnenburg, als ein Polizeiwagen wenig später in den Tannenweg einbog. In ihm saßen Olaf Schütt und sein Kollege Jan Becker. Der Dienstwagen stoppte unmittelbar vor dem Haus. Der Dienststellenleiter der Burger Polizeistation stellte den Motor aus. Dann stiegen beide Polizeibeamte aus und stiefelten zum Haus, während sie ihre Dienstmützen aufsetzten. »Was ist hier los?«, wollte Schütt wissen, als er den Gartenweg entlang auf Albert Sonnenburg zusteuerte.

»Wir, wir haben einen Toten gefunden … liegt im Haus.«

»Einen Toten?«, fragte er irritiert. »Und wo ist Frau Hardenberg?« Er räusperte sich und zog die Augenbrauen zusammen, sodass eine steile Falte auf seiner Stirn erschien.

»Sitzt oben im Badezimmer auf dem Fußboden!«

Sonnenburg schluckte und deutete mit dem Finger auf den Hauseingang. Die Tür stand sperrangelweit offen und Schütt hastete mit dem Hauptmeister an ihm vorbei in den Flur. Als er die weit geöffnete Küchentür sah und hinein kuckte, riss er entsetzt seinen Kollegen zurück. Er betrat als Erster den Raum, während er Handschuhe aus der Jackentasche zog und überstreifte. Sein Atem stockte und der Blick verhieß nichts Gutes. Bleich wie die Wand hinter ihm geworden, hielt er den Handrücken vor den Mund. Becker blieb im Hintergrund, als er das blasse Gesicht seines Vorgesetzten sah. »Chef, wat ist?«

Schütt schüttelte den Kopf. »Wir müssen die Kripo rufen. Das sieht nach einem verdammten Tötungsdelikt aus.« Er drehte sich zu Becker und zerrte die Mütze vom Schädel. Ungelenk strich er mit der Hand über die kurz rasierten Haare. Schleppend zog er sein Handy aus der Hosentasche.

*

»Chef, Telefon für Sie!« Marika Hansen reichte dem Hauptkommissar der Dienststelle in Oldenburg den Hörer.

»Ja, Westermann? … Moin, Schütt, na, was gibt's … was? Mann, das kann nicht sein. Nicht schon wieder! Wir kommen.« Der attraktive Polizeibeamte sprang vom Stuhl, reichte der verdutzten Kollegin das Mobiltelefon und griff nach seiner maritimen Jacke. Ohne Zeit zu verlieren, eilte er in das nebenliegende Büro, während er den Caban überstreifte.

»Thomas, zieh dir was über, wir müssen los.«

»Was ist? Ich hab den Bericht fertig zu schreiben.« Thomas Hartwig blickte vom Computer auf, in den er einen Unfallhergang mit Fahrerflucht eintippte.

»Wir fahren nach Fehmarn … Neuer Fall!«

»Ne … Sag nicht, schon wieder Mord?«

»Das wissen wir spätestens, wenn wir da sind. Los, mach hinne. Wir müssen. Die Spurensicherung ist auf dem Weg. Eine getötete Person, und so wie ich es verstanden habe, wurde sie erstochen.«

»Hört das denn auf dieser Insel überhaupt nicht mehr auf?«

Westermann zuckte die Schultern.

»Das kann ich dir nicht sagen. Ist nicht anders als in

anderen Städten. Meinst du, auf einer Insel gibt es keine Gesetzlosen? Los, komm, du hast doch ein aufregenderes Leben gewollt, oder?«

»Na, das kann ja heiter werden«, knurrte der schlanke Kommissar mit den huskyblauen Augen und steckte sein Sweatshirt in die verwaschene Jeans, weil die ihm seit Wochen von den Hüften rutschte und der Ledergürtel kein weiteres Loch mehr zur Verfügung hatte. Dann fuhr er sich mit beiden Händen durch die dunklen, kurz geschnittenen Haare und zog die Lederjacke vom Haken. Im Stechschritt folgte der sportliche Kommissar Dirk Westermann, der sich gerade die dunkelblaue Dockermütze über die weiße Mähne gestülpt und die unverzichtbare Pfeife in den Mund geschoben hatte.

Als er vor der Eingangstür stand, entzündete er sie und inhalierte einen tiefen Zug.

Eine halbe Stunde darauf fuhren sie in den Tannenweg ein.

Ein Krankenwagen, der Notarzt und der Dienstwagen der Burger Kollegen parkten vor dem roten Backsteinhaus. Das Bild, das sich ihnen wenig später im Inneren des in den 60er-Jahren gebauten Hauses bot, ließ keine andere Möglichkeit als Mord zu. Die Mitarbeiter der Spurensicherung arbeiteten bereits in ihren weißen Schutzanzügen im Haus. Sie trugen Fakten zusammen, sicherten Spuren. Und davon gab es jede Menge, nicht nur in Küche und Flur, sondern ebenso auf dem Treppenaufgang und im Badezimmer des ersten Stockwerkes.

Der Hauptkommissar trat zuerst ein.

»Moin. Was macht der Krankenwagen vor dem Haus? Gibt es Verletzte?«, wollte Westermann wissen, zog die Mütze vom Kopf und schob die Pfeife in den Mundwinkel. Er steckte die Strickmütze in die Jackentasche, wuschelte mit der Hand durch die weißen Haare und versuchte umständlich, sie in Form zu bringen. Hartwig zog den Reißverschluss der Lederjacke herunter und rümpfte die Nase. Angewidert verzog er das Gesicht. Der ekelige Geruch hinterließ einen üblen Nachgeschmack auf seiner Zunge, der allerdings auch Westermann nicht verborgen blieb. Hartwig kniff mit zwei Fingern die Nasenflügel zusammen.

Der Gerichtsmediziner aus Lübeck grinste und reichte ihm eine winzige Dose, die mit einer aufdringlich nach Menthol riechenden Salbe gefüllt war. »Nimm, dann ist es nicht ganz so abscheulich.«

Thomas Hartwig tauchte umgehend den Zeigefinger in die Dose und entnahm einen Klecks. Er verteilte die durchsichtige Paste zwischen Oberlippe und Nase.

Dirk Westermann hielt normalerweise nichts von dem pfefferminzartigen Gel, fand es in diesem Fall dennoch angebracht, dem Kollegen zu folgen. Der Geruch war allgegenwärtig.

»Der Krankenwagen ist für die Frau im Badezimmer oben im ersten Stock. Julia Hardenberg. Bisher war allerdings nichts aus ihr herauszubekommen.« Der Mediziner zuckte die Schultern und deutete mit der Hand aufwärts.

Westermann sah den Kollegen ungläubig an. »Und woher wisst ihr, wer sie ist? Ist sie verletzt?«

»Eins nach dem anderen. Die Putzfrau hat mir erzählt, wer sie ist, und der Nachbar hat es bestätigt. Ja und verletzt ist sie.« Der Kriminalmediziner, der in der Küche auf dem Boden kniete, wandte sich wieder dem Toten zu. Westermann warf einen kurzen Blick auf den Leichnam.

»Wer ist der Tote?«

»Das ist der Ex-Ehemann der Verletzten, Joost Hardenberg.«

»Ex?« Der Hauptkommissar zog die Augenbraue hoch. Der Gerichtsmediziner nickte.

»Gibt es Fingerabdrücke?«, wollte Westermann wissen und stülpte sich gemeinsam mit Hartwig Füßlinge und Handschuhe über.

»Jede Menge, aber für einen Abgleich ist es ein bisschen früh.«

Der Hauptkommissar nickte, dann stiegen sie nacheinander die Stufen in den ersten Stock hoch. Auf den taubenblauen Teppichfliesen … unzählige rotbraune Sprenkel. Ebenso an den Wänden. Verschmierte Handabdrücke und Streifspuren. Überall verbreitete sich der metallisch süßliche Geruch. Hartwig schluckte und schlich mit einem mulmigen Gefühl in der Magengegend in den ersten Stock. Als er mit Westermann die Etage erreicht hatte, arbeiteten auch hier vier Leute der Spurensicherung in den Räumen.

Eine leichenblasse, ausgemergelte Frau Anfang bis Mitte 30 kauerte auf dem Boden im Badezimmer und stierte teilnahmslos gegen Wand. Als sie Westermanns Stimme hörte, drehte sie ihm den Kopf zu. Unter ihren Augen hatten sich tiefe, dunkle Ringe eingegraben. Sie zitterte am ganzen Körper und glich einem Häufchen Elend, das dem Tod entkommen war. Der Hauptkommissar hatte einen derartigen Blick nie vorher gesehen. Ihm lief eine Gänsehaut über den Rücken. Ein Notarzt hockte neben der Frau und versorgte die nicht zu übersehenden Wunden in ihren Handinnenflächen, die wahrscheinlich mit einem scharfen Gegenstand herbeigeführt worden waren.

Westermann stieg mit einem Satz über die Trage und sah sich im Badezimmer um. Überall Blut! »Was ist hier passiert?«, fragte er und betrachtete die blutüberströmte Frau am Boden. Der behandelnde Notarzt brachte die Verletzte vorsichtshalber in die Schocklage.

»Sie redet nicht«, antwortete der Arzt.

Zusammen mit einem Sanitäter hob er die federleichte und bibbernde Person vom Boden und legte sie auf die Tragbahre, die im Flur stand. »Sie hat noch mehr Verletzungen«, rief der Notarzt reaktionsschnell und betrachtete besorgt das Shirt in Höhe ihrer Taille.

Er hatte die Wunden nicht wahrnehmen können, weil Julia Hardenberg die ganze Zeit über in eigenartig verkrampfter Haltung vornübergebeugt auf dem Boden verharrt hatte. Sie wirkte obendrein betäubt. Ihre Stirn glänzte. Kleine Schweißperlen bedeckten die Haut. Vorsichtig schob er ihren Pullover nach oben, öffnete die Jeans ein Stück und entdeckte weitere Stichwunden unterhalb des Bauchnabels und in der rechten Seite der Taille. »Ich weiß nicht, wie tief die Stiche sind, aber zumindest tief genug, um sie kampfunfähig zu machen …« Der Arzt schwieg und versorgte die Verletzungen provisorisch. »Sie muss schnellstens ins Krankenhaus. Ich weiß nicht, wie viel Blut sie verloren hat. Nach all dem, was hier und im Flur verteilt ist, möchte ich kein Risiko eingehen.« Westermann nickte und gab den Weg frei.

»Wer hat die beiden entdeckt?« Der Hauptkommissar deutete auf die apathische Person, die auf der Trage von zwei Sanitätern die Stufen hinuntergetragen wurde.

»Die Putzfrau! Sie hat zuerst die Leiche gesehen und dann den Nachbarn gerufen, der die Frau hier oben aufgefunden hat.«

»Wo sind die beiden jetzt?«, fragte der Hauptkommissar.

»Sitzen im Wohnzimmer.«

Westermann nickte erneut, stieg die Treppenstufen wieder hinunter. Hartwig folgte ihm schweigend. In *seinem* Kopf hämmerte es. Wieso saß die Frau im Badezimmer? So wie es aussah, hatte jemand versucht, sie ebenfalls zu töten.

»Was hat der Mann in der Küche gewollt, wenn sie nicht mehr verheiratet waren? Wohnten sie zusammen? Oder haben die beiden gekämpft, er hat sie angegriffen und sie hat ihn getötet? Wollte er sie töten?« Es sprudelte nur so aus Hartwig heraus.

»Vermutlich wird die Frau, wenn sie den ersten Schock verwunden hat, von selbst reden. Wir werden sie dann sofort befragen. Solange müssen wir wohl aushalten«, sagte Westermann.

Dirk wandte sich an den Kollegen der Rechtsmedizin und fragte: »Was habt ihr sonst noch für uns?«

Der Gerichtsmediziner sah die Oldenburger Kollegen an. »Der Tote wurde mit mehreren Messerstichen getötet. Zwölf, um genau zu sein. Wovon mindestens drei der Stichverletzungen tödlich waren.« Er deutete mit dem Zeigefinger auf die Wunde am Hals, die die Halsschlagader durchtrennt hatte. »Nicht sehr appetitlich, wenn ihr mich fragt. Ein Stich traf die Lunge und ein weiterer Hieb ging unmittelbar ins Herz. Das waren auf jeden Fall tödliche Verletzungen, die vermutlich gezielt mit einem … Messer hervorgerufen wurden. Die Klingenlänge schätze ich vorerst auf 25 bis 30 Zentimeter. Genaues nach der Obduktion. Ganz zu schweigen von den übrigen Stichverletzungen am Körper. Die allerdings post mortem zugefügt wurden. Der Rest …« Er zuckte die Schultern. »Wut? Rache? Auf jeden Fall ein persönliches Motiv, wenn du mich fragst.«

»Was heißt das für uns?«, fragte Westermann.

»Dass da jemand gezielt vorgegangen ist und den Tod des

Opfers bewusst herbeigeführt hat«, entgegnete der Gerichtsmediziner. »Die Verletzungen sind heftig ausgeführt worden und unappetitlich tief. Da hat jemand, wer auch immer, ziemliche Wut im Bauch gehabt, wenn ihr mich fragt. Das war kein normaler Einbruch, bei dem der Täter überrascht wurde und aus Angst vor Entdeckung zugestochen hat. Das hätte derjenige nach den ersten drei Stichen erledigt gehabt. Das war ein regelrechter und gezielter Angriff auf diesen Mann. Ein sehr persönliches Motiv, wie ich schon sagte.«

»Wo ist die Waffe? Habt ihr sie?«, fragte Hartwig.

»Es gibt keine Tatwaffe! Ein Messer aus dem Küchenblock fehlt«, entgegnete er und deute auf einen Messerblock auf der Arbeitsplatte.

»Habt ihr alles abgesucht?«, erkundigte sich der Hauptkommissar aus Oldenburg.

»Die KT ist dabei, das komplette Haus auf den Kopf zu stellen. Aber bisher … Fehlanzeige!« Hennings zuckte die Schultern. Dirk und Thomas sahen sich an.

»Damit fällt die Frau als Täterin wahrscheinlich aus!«, mutmaßte der jüngere Kommissar. »Es sei denn …«, setzte er seinen Satz fort.

»Es sei denn, was?«, fragte Dirk.

»Sie hat die Tatwaffe verschwinden lassen«, antwortete Thomas.

»Und wo soll sie …?«, wollte Westermann wissen. »Die Frau hat in diesem Zustand kaum das Haus verlassen. Die Jungs werden alles auf den Kopf stellen, da bin ich mir sicher. Aber solange sie nicht redet, können wir gar nicht feststellen, was hier passiert ist! Bis dahin nur Spekulation«, antwortete der Hauptkommissar und trat ins Wohnzimmer.

Auf dem Parkett lagen dunkle Teppiche, die seine Schritte dämpften.

Er betrachtete den Raum. Vor dem Fenster, das zur Straße zeigte, saßen ein Mann und eine Frau auf dem Sofa, die unterschiedlicher nicht sein konnten. Der Hauptkommissar vermutete den Nachbarn und die Putzfrau. Er öffnete den Caban, weil ihm heiß wurde.

»Moin, meine Herrschaften. Westermann, Kripo Oldenburg. Wer von Ihnen hat die Leiche entdeckt?« Er musterte beide und fuhr mit den Fingern über die eisgrauen Bartstoppeln.

Der stattliche Bauer, dem die haarige Welle erneut vor dem Auge hing und der die Hände fortwährend am Stoff seiner Cordhose rieb, murmelte: »Die Frau Tamken hat den Mann gefunden. Ich ... ich habe Frau Hardenberg entdeckt. Aber kann ich nun los? Ich hab Ihren Kollegen alles haarklein erzählt.«

»Einen Moment. Sie dürfen gleich nach Hause«, entgegnete Westermann, zog die Pfeife aus dem Mund, bevor er fortfuhr. »Was können Sie mir zu Frau Hardenberg sagen? Ich frage mich, wieso sie blutüberströmt im Badezimmer hockt, während ihr Mann unten tot in der Küche liegt? Haben Sie irgendetwas Verdächtiges gehört? Heute Nacht, gestern Nacht? Überhaupt die letzten Tage oder Nächte? Ist etwas Außergewöhnliches vorgefallen?« Sein Blick schweifte von einem zum anderen.

Albert Sonnenburg kratzte sich am Nacken, verzog das Gesicht und schüttelte den Kopf.

Thomas Hartwig stand mit verschränkten Armen gegen den Türrahmen gelehnt und beobachtete beide auf dem dunkelbraunen Zweisitzer.

»Ich weiß gar nichts«, flüsterte Lore Tamken und kuckte den Kommissar angsterfüllt von der Seite an.

Ihre Knie flatterten und sie war aschfahl im Gesicht. Sie

hielt die Hände gefaltet, damit man nicht sah, dass auch sie zitterten. Mit der Polizei hatte sie bislang nie Kontakt. Und mit Mord schon rein gar nicht. Sie hatte das Gefühl, ihr Herz würde jeden Moment stehenbleiben. »Ich wollte putzen!«, stotterte sie, hob bekräftigend die Hände und hielt sie vor die Augen. Erneut fing sie an zu heulen.

»Alles gut, ich muss nur wissen, ob etwas ungewöhnlich war, was sonst normalerweise nicht so ist. Soll sich ein Arzt um Sie kümmern?«, fragte er in Lore Tamkens Richtung, die heftig schluchzte.

»Wenn das hier nicht ungewöhnlich genug ist, weiß ich auch nicht«, sagte Sonnenburg und strich die Haarsträhne zurück.

Die Putzfrau jammerte, zog ein zerknittertes Taschentuch aus der Hosentasche und schnäuzte lautstark ihre Nase. »Außer dass der Herr Hardenberg im letzten Jahr kurz vor Weihnachten ausgezogen ist, gab es nichts Ungewöhnliches. Doch!«, sie hielt inne und sah den Kommissar, der direkt vor ihr stand, angstvoll an. »Dass seitdem endlich Ruhe im Haus war. Keine Streitereien und keine zerbrochenen Türen mehr.« Westermann sah sie fragend an. Er zückte sein schwarzes Buch, schob die Brille vor die Augen und machte Notizen.

Bevor er etwas erwidern konnte, sagte Sonnenburg: »Und in der Nachbarschaft war es auch endlich wieder leise. Das ging ja zuletzt auf keine Kuhhaut mehr, was der hier veranstaltet hat.«

Sonnenburg schluckte. »Ich will hier nicht schlecht reden, das liegt mir fern, aber die Nachbarn haben hier ganz schön was auszuhalten gehabt. Und erst die arme Frau. Das hat sich merklich verändert.« Er sah seine Sitznachbarin an, als hoffte er auf Bestätigung. Sie nickte tatsächlich.

Im Wohnzimmer war es so warm, dass Westermann sich den Kragen des Shirts vom Hals zog. Hartwig sah es, schritt schweigend zur Terrassentür und öffnete die Verriegelung. Im gleichen Atemzug sprang Lore Tamken pflichtbewusst auf und drehte den Thermostat des Heizkörpers herunter. »Die Heizung muss aus, wenn die Tür auf ist, sonst gibt es Ärger«, murmelte die verwirrte Frau.

Der Hauptkommissar nahm ihre Worte hin, ohne sich weiter zu äußern. »Was hatte das mit den Türen auf sich? Sie sprachen von zerbrochenen Türen.«

Die Putzfrau nickte. »Ja, der hat im Laufe der Jahre sämtliche Türen im Haus zerschlagen, samt Zargen. Das hat ganz schön Ärger gegeben hier im Haus, sag ich Ihnen. Frau Hardenberg hat alle Türen neu machen lassen … *müssen*. Der hat seine ganze Wut an der Inneneinrichtung ausgelassen, so viel war mal sicher.« Sie nickte, um sich selbst eine Bestätigung auszusprechen.

»Sie sagten, der Mann wäre ausgezogen. Wie lange ist das her? Waren die beiden nicht mehr verheiratet?« Dirk sah Sonnenburg fragend an.

»Nein, die Frau Hardenberg hat sich scheiden lassen. Ganz fix«, mischte sich Lore Tamken ein, biss sich augenblicklich auf die Unterlippe und stoppte. »Ich hätte das nicht sagen sollen … oder?« Mit flatternden Augenlidern setzte sie sich zurück auf das Sofa und legte die zittrigen Hände auf die Knie. Sie drehte unentwegt einen der unzähligen schmalen, goldenen Ringe, die sie an Mittelfinger und Ringfinger trug.

»Doch, erzählen Sie. Was ist da genau los gewesen? Wieso sind die Hardenbergs getrennt und warum war der Ehe… Ex-Mann hier im Haus?«, wollte Westermann wissen.

Lore Tamken schüttelte unmerklich den Kopf und zog gleichzeitig die Schultern nach oben. »Also, die sind seit über einem Jahr auseinander, sagte ich schon. Geschieden wurden sie nur wenig später. Das hat Frau Hardenberg ratzfatz mit einem Anwalt erledigt.«

»Woher wissen *Sie* als Reinmachefrau das alles?«, fragte Hartwig, der sich wieder gegen den Türrahmen gelehnt hatte und die Hände in die Hosentaschen steckte.

»Woher ich das weiß? Ich bin seit über zehn Jahren hier im Haus und in der Boutique angestellt. Da kriegt man schon jede Menge mit. Was glauben Sie, was man alles hört und sieht, wenn man putzt«, sagte sie und machte sich gerade. »Aber was *der* hier wollte, kann ich Ihnen beim besten Willen nicht sagen.« Sie schüttelte vielsagend den Kopf und deutete mit dem Zeigefinger Richtung Küche. »Nur dass alle froh waren, dass er endlich verschwunden war.«

»Verschwunden?«, wollte Thomas Hartwig wissen.

Lore Tamken senkte den Blick und sprach mit brüchiger Stimme weiter. »Ja, das war richtig grausam. Zwei Tage vor Heiligenabend … abgehauen … einfach so … ohne ein einziges Wort. Sein Kleiderschrank war komplett leergeräumt. Nur ein paar Schuhe standen zum Schluss unter dem Weihnachtsbaum. Das weiß ich noch genau. Ich war an dem Morgen vor Heiligabend hier und habe das Haus gewienert. Sie sollten sich wohlfühlen. Es war alles so traurig. Sie hätten die beiden mal sehen sollen. Die hatten das mit dem Mann wirklich nicht einfach. So ein Arsch. Hier traute sich keiner mehr, überhaupt noch etwas zu sagen. Geschweige denn zu lachen … das habe ich jedenfalls lange nicht in diesen vier Wänden gesehen. Erst als *der* endlich verschwunden war.« Sie schluckte und schwieg. »Ich glaube, das geht mich alles nichts an. Das muss Ihnen Frau

Hardenberg selbst erzählen. Ich möchte jetzt nichts mehr dazu sagen, das steht mir nicht zu.« Sie senkte den Blick und brummelte. »Nur die Mia tut mir leid.« Sie hielt sich die Hand vor den Mund.

»Wer ist Mia und was ist mit ihr?« Westermann sah sie fragend an. Erneut fuhr Lore Tamken vom Sofa hoch, schlich zur Terrassentür, schloss sie und schlurfte wieder zurück zur Couch.

Ihr Blick wirkte befremdlich und sie erkannte anhand der vielen Menschen im Haus, dass ihre Arbeit für heute beendet war. »Wer ist Mia?«, fragte Dirk Westermann noch einmal. Er notierte sich den Namen.

»Das ist die Tochter von Frau Hardenberg«, antwortete Albert Sonnenburg, weil er sah, dass die Reinmachefrau neben ihm nervlich am Ende war.

»Was wird denn jetzt aus ihr? Sie kann doch nicht alleine hierbleiben!«, rief Lore, die nach all dem, was sie von sich gab und wusste, mehr zu sein schien als eine Reinigungskraft. Sie sprang erneut auf.

»Wo ist sie? Die Tochter meine ich«, fragte Hartwig. »Bei Verwandten? Einer Freundin?«

»Sie haben keine Verwandten auf der Insel. Sehr wahrscheinlich ist sie bei ihrer Freundin Svea. Sie sind die ganze Woche auf Klassenfahrt und wollten heute zurückkommen.« Sie ließ sich zurückfallen.

»Wo finde ich diese Svea? Und warum hat Frau Hardenberg keine Familie auf der Insel?«

Sonnenburg fühlte sich verpflichtet, Frau Tamken aus ihrer Verpflichtung zu entlassen. »Sie ist eine *Zugereiste*! Soweit ich weiß, wohnen die Verwandten alle Richtung Hannover und weiter weg«, sagte Albert Sonnenburg nickend.

»Sie ist eine was?«, fragte Westermann.

»Eine Zugereiste, eine sogenannte Rucksack-Fehmaranerin.«

»Ja, davon hörte ich«, entgegnete der Hauptkommissar und zog die linke Augenbraue hoch.

»Ja, sie ist vor ungefähr fünf Jahren auf die Insel gezogen. Hat sich hier mit ihrer Boutique selbstständig gemacht. Sie zog mit Mann, Tochter und Hund hierher in den Tannenweg.« Lore Tamken nickte.

»Wo ist der Hund? Gibt es den noch?«, wollte Hartwig wissen.

»Den hat Frau Hardenberg normalerweise mit ins Geschäft genommen, wenn Mia nicht da war. Aber wo der jetzt ist, kann ich Ihnen auch nicht sagen.« Sie zeigte Richtung Tür und ihre Stimme versagte.

»Wie alt?«

»Der Hund?«

»Nein, die Tochter.«

»Mia? 14, sie ist 14!«, jaulte Lore Tamken.

»Die Adresse der Freundin?«

»Die müsste im Telefonregister stehen.«

»Wo finde ich das?«

»Im Flur, in der kleinen braunen Kommode, oberste Schublade«, beteuerte die Putzfrau. »Kann ich jetzt gehen? Mir ist so übel.«

»Ja, danke. Soll der Arzt Sie nicht doch vielleicht anschauen? Er kann Ihnen ein Beruhigungsmittel geben.« Noch einmal schüttelte Lore Tamken den Kopf und stand endgültig auf. »Sie haben uns ein ziemliches Stück weitergeholfen«, sagte Westermann und trat in den Flur. Er öffnete die oberste Lade des Schränkchens und zog ein graues Telefonbüchlein heraus. Viele verschieden große Zettel, bunt bekritzelt mit Namen und Telefonnummern, kamen ihm entgegen und fielen zu Boden. Hartwig bückte sich und sammelte die lose Zettelwirtschaft wieder ein. »Wie heißt das Mädchen mit Nachnamen?«

»Nagel … Svea Nagel.« Lore zog sich hastig ihre Jacke über, als Albert Sonnenburg sich im gleichen Atemzug wortlos hinausschleichen wollte.

»Halten Sie sich bitte zur Verfügung, falls wir noch Fragen haben«, sagte Hartwig, während Sonnenburg abwinkte und, ohne sich noch einmal umzudrehen, auf die andere Straßenseite schlich.

Mit dieser unangenehmen Sache wollte er nichts mehr zu tun haben. Er nickte und verschwand zwischen den haushohen Koniferen.

»Wo ist Teschendorf?«, fragte Westermann Lore und zeigte auf das Telefonbüchlein. Sie überlegte, dann versuchte sie, ihm den Weg zu erklären. Hartwig, der nach den Ausdünstungen im Gebäude vor der Tür die eiskalte Luft tief in seine Lungen sog, stiefelte den Weg hinunter, der vom Haus zur Straße führte. »Ach, da bist du ja. Ich wollte schon eine Vermisstenanzeige aufgeben. Wir müssen nach Teschendorf«, sagte Westermann, als er aus der Tür trat. Thomas sah ihn an und war froh, dass sie den Tatort verlassen konnten. »Wir sind dann mal weg«, sagte Westermann zu einem Mitarbeiter der KTU. Er ging zurück in den Flur. »Falls hier ein etwa 14-jähriges Mädchen auftaucht, lasst sie nicht, ich betone … *nicht* ins Haus und ruft mich umgehend an.«

»Was machen wir denn mit diesem Kuchen im Backofen?«, wollte der Kriminaltechniker wissen und hielt dem Kommissar frisch gebackenes Backwerk entgegen.

»Das ist kein Kuchen, das ist eine Pastete. Schmeißt

sie in den Müll … oder besser«, er überlegte … »Legt sie in den Gefrierschrank, wenn denn einer da ist. Keine Ahnung.«

Westermann zuckte mit den Schultern und verließ das Haus. Als er am Wagen ankam und die Tür öffnete, kam ein Teenager mit wehenden blonden Haaren auf einem Fahrrad angeradelt. Sie hielt eine Hundeleine in der Hand, an der ein völlig verausgabter brauner Mischling kraftlos hinterherhechelte.

»Komm schon, Felix, komm!«, rief das Mädchen. Direkt vor dem Haus schwang sie sich übermütig vom Rad und schob es die Einfahrt hinauf.

»Das ist sie«, flüsterte Westermann und verschloss die Tür des Wagens wieder. »Mia? Bist du Mia?«

»Wer will das wissen …?«

*

Julia Hardenberg lag im Krankenbett und starrte an die kalkweiße Decke.

Links daneben, auf einem fahrbaren Gestell, stand ein Monitor, der in regelmäßigen Abständen piepte und sämtliche Daten wie Puls, Herzschlag und Blutdruck anzeigte. Eine Kanüle, die in ihrem Handrücken steckte, verband einen Schlauch mit einem Beutel, durch den klare Flüssigkeit sie versorgte. Das zweite Bett im Raum war leer und mit einer Folie abgedeckt. Man hielt es für besser, sie alleine in dem Krankenzimmer zu belassen.

Vor der Tür saß ein Mitarbeiter der Burger Polizeidienststelle und schob seinen Hintern auf einem unbequemen orangefarbenen Plastikstuhl von einer Seite zur anderen. Der Mittvierziger hatte die Hände an die Kanten der Sitzflächen gelegt und begutachtete Westermann, der mit zügigen Schritten den frisch gewischten Flur entlang kam.

Bei jedem Tritt quietschte der Linoleumboden. Zwei Meter dahinter stiefelte Thomas Hartwig her. »Moin, Kalle, alles in Ordnung?« Der Beamte, der die Kollegen immer an den Schauspieler Peter Heinrich Brix erinnerte, nickte und kaute auf seinem Kaugummi. Zur Bestätigung presste er eine Blase heraus und ließ sie lautstark zerplatzen. Er grinste über das ganze Gesicht.

»Dann wollen wir mal«, sagte Dirk zu Thomas.

»Wieso habt ihr den Kollegen vor der Tür sitzen?«, fragte Hartwig. »Hab ich was verpasst?«

»Nein, das habe ich angeordnet, weil wir nicht wissen, ob der- oder diejenige Frau Hardenberg noch einmal aufsucht.«

»Du glaubst doch nicht wirklich an die Geschichte mit dem Überfall?« Thomas Hartwig kuckte seinen Vorgesetzten an und schüttelte den Kopf. »Ich denke, das war ein klassischer Familienstreit, der eskaliert ist. Basta.«

»Wie willst du so schnell wissen, was passiert ist? Es sah ziemlich verwüstet im Haus aus. Aber dann hast du den Fall ja schon gelöst. Bravo!« Dirk Westermann schüttelte den Kopf und drückte nach kurzem Anklopfen die Türklinke herunter. Die Ausdünstungen von Putzmittel und Desinfektionsflüssigkeit stiegen ihm in die Nase. Entschlossen betrat er mit seinem Kollegen den Raum. Allemal besser, als der Geruch im Haus, stellte er fest.

Der Hauptkommissar betrachtete die Frau, die im Krankenbett lag und immer noch genauso bleich aussah, wie vor wenigen Stunden. Ihre Wangen wirkten eingefallen und die dunklen Schatten unter ihren Augen hatten sich weiter ausgebreitet. Die braunen Haare verliehen dem blassen Gesicht zusätzlich einen elenden Rahmen. Der Blick war starr gegen die Decke gerichtet. Keinerlei Reaktion auf die Männer im Raum.

Sie machte einen jämmerlichen Eindruck auf die Polizisten.

»Guten Tag, Frau Hardenberg. Ich weiß nicht, ob Sie sich an mich erinnern, aber wir sind uns in Ihrem Haus begegnet. Mein Name ist Hauptkommissar Westermann und das ist mein Kollege Thomas Hartwig. Wir leiten den Fall und haben ein paar Fragen an Sie.« Er sah sie an und erwartete eine Erwiderung. Hartwig suchte ebenfalls Kontakt. Es verunsicherte ihn, dass sie keinerlei Regung zeigte. Sie musste Schlimmes mitgemacht haben. Der Kommissar stand da und fixierte sie mit seinen Blicken. Es erschien ihm, als hätte sie mit alledem nichts zu tun. »Haben Sie mich verstanden?«, fragte Dirk Westermann sachlich und äußerst ruhig. Er hatte erlebt, was ein Vorfall in diesem Maße bei einem Opfer auslösen konnte.

»Wir haben Fragen zu den Geschehnissen in Ihrem Haus.« Julia Hardenberg wandte weder den Kopf noch zeigte sie Interesse an einem Gespräch. »Wir werden das hier auf ein Minimum reduzieren und Sie bald wieder in Ruhe lassen. Aber wir müssen wissen, was passiert ist. Wer hat Ihnen und Ihrem Mann das angetan?« Dirk Westermann ging um das Bett und versuchte, ihre Aufmerksamkeit auf sich zu ziehen.

Hartwig folgte ihm. Er flüsterte ihm etwas ins Ohr und verschwand aus dem Zimmer. Der jüngere Kollege hatte seinem Vorgesetzten vorgeschlagen, den Raum zu verlassen, um ihm die Gelegenheit zu geben, ihr Vertrauen zu gewinnen. Westermann zog einen Stuhl heran und setzte sich so, dass er das Bett fast berührte.

»Frau Hardenberg, finden Sie nicht, es wäre besser, wenn Sie mir erzählen, was passiert ist?« Es folgte keine Reaktion. Der Kommissar überlegte. Dann nahm er seine Hand und legte sie auf die der Verletzten.

Sie zuckte zusammen, entzog sie ihm und fing an zu zittern. Kalter Schweiß trat auf ihre Stirn. Ihre Haut wirkte transparent und leichenblass. Wie in Trance stierte sie weiterhin gegen die Decke. Der Hauptkommissar schluckte. Warum spricht sie nicht? Was ist in dem Haus passiert? Wer hat das getan? Er sah ein, dass er nicht die geringste Chance hatte, sie zu einem Gespräch zu bewegen. Westermann kaute auf der Unterlippe und atmete tief. Er hielt es für zwecklos, weiterhin hier zu sitzen. Wortlos stand er auf, zog eine Visitenkarte aus seiner Jackentasche, legte sie auf den Beistelltisch und beschloss, nach dem behandelnden Arzt zu sehen.

Dann drehte er sich um, warf einen letzten Blick auf die blasse, zitternde Frau: »Wenn Sie reden wollen, rufen Sie mich an«, sagte er leise und verließ das Zimmer. Dirk Westermann wusste, dass er keine Wahl hatte und darauf warten musste, bis sie sich erholt hatte.

Im Flur trafen sie auf den behandelnden Arzt, der anscheinend gerade ins Zimmer der Verletzten wollte.

»Oh, gut, dass wir Sie antreffen … Doktor Schliemann.« Westermann betrachtete das Namensschild auf dem weißen Kittel. »Sie sind doch der Arzt von Frau Hardenberg?«

Der Mediziner nickte. »Und wer sind Sie? Was machen Sie hier? Die Patientin ist nicht ansprechbar.«

»Das haben wir bemerkt.« Westermann zückte seinen Dienstausweis und hielt ihn dem Arzt unter die Augen. »Können Sie uns ein paar Fragen beantworten?«

»Bitte … aber machen Sie es kurz.«

»Die Frau ist im Haus eines Tatortes aufgefunden worden. Wir haben Sie hierherbringen lassen und gehofft, sie würde uns Informationen zur aktuellen Situation im Mordfall geben können. Aber sie schweigt, seitdem wir sie das erste Mal gesehen haben. Geht das vorbei oder was ist da los?«

Der Chefarzt nickte und steckte die Hände in die Taschen des weißen Kittels. »Ich denke, sie hat von der Geschichte einen Schock davongetragen. Sie zeigt alle Symptome eines Traumas! Sie reagiert nicht auf das Geschehene und anscheinend ist ihre Wahrnehmung stark beeinträchtigt. Ihr Herzschlag ist äußerst unruhig und die kalten Schweißausbrüche bestärken meine Diagnose. Und wie lange so etwas dauert, kann nicht einmal ich Ihnen sagen.« Er schüttelte den Kopf. »Wir werden allerdings noch ein paar Tests machen und dann entscheiden, ob wir sie in eine Psychiatrische Klinik überweisen. Zudem ist sie von Opiaten, die sie nicht von uns erhalten hat, ziemlich betäubt. Die Inselklinik ist nicht das richtige Krankenhaus für einen derartig schweren Schockzustand. Und bevor sich daraus eine posttraumatische Störung entwickelt, sollten Fachleute sie in Obhut nehmen. Mehr kann ich Ihnen zu diesem Zeitpunkt nicht sagen.« Damit ließ er die Polizeibeamten im Flur stehen und schloss leise die Tür hinter sich.

Westermann wies den Kollegen vor der Tür an, sie nicht aus den Augen zu lassen. Er hoffte, dass sie schneller genesen würde, als der Arzt es für möglich hielt. Mit ihrem Schweigen brachte sie die Beamten in eine schwierige Lage. »Wieso hat die Opiate eingenommen?«, wollte Hartwig wissen.

»Ich hab doch gleich gesagt, die ist nicht ganz koscher. Meiner Meinung nach ist sie an der Sache nicht unbeteiligt. Wenn die nicht im Drogenrausch …«

»Hartwig, nun ist aber gut. Wer weiß, warum sie etwas eingenommen hat. Vielleicht hatte sie Schmerzen. Du hast sie schon in eine Schublade gesteckt. So einfach ist das nicht!«

KAPITEL 3

»Ihre Funkstille wird ihr nicht helfen. Gerade dadurch belastet sie sich immer mehr«, sagte Hartwig ein paar Tage später, als er mit seinem Vorgesetzten in der Oldenburger Dienststelle zusammensaß.

Westermann sah ihn fragend an: »Wie kommst du eigentlich darauf, dass sie schweigt, weil sie etwas zu verheimlichen hat?« Der Hauptkommissar schlug den Deckel der Akte zu. »Die Ärzte haben jede Menge Tests durchgeführt und eindeutig festgestellt, dass sie unter einem schweren Schock steht, der sich im schlimmsten Fall zu einer posttraumatischen Störung entwickelt. Das mit den Opiaten werden wir mit Sicherheit auch noch klären. Aber von Schuld kann doch hier gar keine Rede sein.«

»Ich kann mir zu diesem Zeitpunkt überhaupt nicht vorstellen, was in dem Haus passiert ist.« Thomas Hartwig zuckte die Schultern und schrieb seinen Bericht zu Ende. »Nur so ein Gefühl«, murmelte er. »Mir ist die Frau suspekt. Wenn der Typ bei ihr war, dann war ja wohl nicht alles so schlecht, wie es dargestellt wurde. Ne, ich glaube, die spielt ein böses Spiel.«

Dirk Westermann konnte die Gedankengänge des Kollegen nicht nachvollziehen. Die Ermittler saßen in einer Zwickmühle. Wenn es schlimm kam, war der Mörder unter Umständen nicht fertig mit seinem Auftrag und sie schwebte in Lebensgefahr, genau wie Mia. »Wir werden den Beamten bei ihr in der Klinik lassen«, sagte Westermann. Er hatte sich persönlich darum gekümmert, dass die ebenfalls traumatisierte Tochter mit ihrem Hund zur Großmutter Hanna nach Hannover gebracht wurde. »Auch Mia müssen wir im Auge behalten. Da hab *ich* ein komisches Bauchgefühl. Es ist doch möglich, dass jemand den Mann getötet hat und beim Vollenden seines Werkes gestört wurde. Vielleicht hat Julia Hardenberg etwas gesehen und sollte deshalb sterben?«, mutmaßte Westermann. »Und deine absurde Idee, sie hat ihren Mann selbst getötet, kann ich nicht teilen. Dennoch weiß sie einiges, was uns bisher verborgen geblieben ist«, sagte er.

Westermann stand vom Schreibtisch auf und blickte aus dem Fenster. »Wir müssen bei ihr behutsam sein, damit wir überhaupt etwas herausbekommen. Und wo ist die verdammte Tatwaffe? Wir wären einen Riesenschritt weiter, wenn wir sie finden würden.« Dirk Westermanns Handy klingelte. Er nahm das Gespräch an und sagte kein Wort.

Thomas sah ihn an, kaute auf einem Stift herum und wartete, bis das Telefonat zu Ende war. Auf der Stirn seines Kollegen hatten sich tiefe Falten eingegraben.

»Julia Hardenberg wurde nach einem Selbstmordversuch direkt in die psychiatrische Klinik Neustadt gebracht. Sie haben sie in die geschlossene Abteilung verlegt, weil sie weiterhin als selbstmordgefährdet eingestuft worden ist.«

»Na, das ist ja mal eine Ansage«, sagte Hartwig, als Westermann ihm die Nachricht mitteilte.

»Sie hat versucht, sich mit einer Gabel die Pulsadern

aufzuschlitzen. Die Ärzte wollten kein Risiko eingehen und haben sie sofort verlegt.«

»Und was jetzt? War sie es doch und hat dem ein Ende setzen wollen?«

»Wie kommst du auf diese Vermutung? Ich kann bisher keinen Grund erkennen, der mir sagt, dass sie ihren Ex-Mann getötet hat. Die Tests, die ein Psychologe mit ihr durchgeführt hat, ergaben nichts, was verwertet werden konnte. Sie haben sogar die Wunden untersucht.« Westermann sah den Kollegen an.

»Wenn sie sich das Leben nehmen wollte, hat sie sich vielleicht auch die Verletzungen im Haus selbst zugefügt!«, vermeldete Hartwig. Ihm war die Frau von Anfang an verdächtig vorgekommen.

»Ist das überhaupt möglich? Die kleineren Stiche in den Handinnenflächen könnte sie sich beigebracht haben, ja. Aber die tiefen Stichwunden in Bauch und Taille wohl eher nicht.« Westermann war über Hartwigs Hypothese erstaunt.

»Und jetzt? Was macht die Dame in der Psychiatrie?«, fragte Hartwig.

»Sie starrt durchweg an die Zimmerdecke und spricht nach wie vor nicht. Sie liegt völlig apathisch in ihrem Bett. Dann wieder zittert sie am ganzen Körper. Der Zustand ist anscheinend ziemlich ernst und niemand zweifelt in der Klinik daran, dass Julia Hardenberg genauso Opfer ist wie Joost Hardenberg. Und *du* glaubst, sie hat ihren Ex getötet?«

Hartwig zuckte mit den Schultern. Ihm war die ganze Geschichte nicht geheuer. Wenn sie unschuldig war, warum sprach sie nicht?

*

Dirk Westermann und Thomas Hartwig erschienen nach dem Telefonat zweimal wöchentlich in Neustadt, in der Hoffnung zu erfahren, dass sich ihr Gesundheitszustand verbesserte. Als sie zur Klinik fuhren, sagte der Hauptkommissar: »Ich hoffe, dass sie endlich aus ihrem Schneckenhaus herauskommt und redet. Sie ist durch ihr Schweigen und ihre desaströse Verfassung weit davon entfernt, entlassen zu werden. Wenn sie ihr Schweigen nicht aufgibt, hab ich eher die Befürchtung, dass man sie irgendwann in Untersuchungshaft nehmen wird. Mann! Sie macht sich dadurch mehr als verdächtig.«

»Dann muss sie halt verrecken in ihrer Funkstille«, fluchte Hartwig. Er war in Sportbekleidung, weil Westermann den Kollegen nach dem Joggen direkt vor der Pension abgefangen hatte.

»Was hast du nur gegen die Frau?«, nuschelte sein Vorgesetzter, als sie den Wagen verließen und er seine Pfeife entzündete.

»Wir haben anderes zu tun, als hier jeden zweiten Tag herumzuhängen.« Thomas sah seinen Kollegen an und fuchtelte mit der Hand vor Westermanns Gesicht herum. »Sieh mich an, ich kann nicht mal in Ruhe laufen, ohne dass diese Frau sich in meine Aktivitäten stürzt.« Er deutete auf seine Laufschuhe und die verschwitzten Haare. »Nicht mal duschen konnte ich.«

»Jetzt bleib mal sachlich. Was hat das eine mit dem anderen zu tun. Wenn du mal früher in die Puschen kommen würdest, dann ständest du nicht in Jogginghose hier, oder? Du weißt nicht, was sie in diesem Haus erlebt hat!« Er zog die Jacke am Hals zusammen und starrte auf die Bäume, die den Parkplatz einsäumten und mit Raureif überzogen waren.

Dichter Nebel umhüllte sie. »Das gibt bald Schnee«, mutmaßte der Hauptkommissar und wippte auf seinen Stiefeln, um sich die kalten Füße zu wärmen. Dann sagte er: »Sie ist schwer traumatisiert. Hier ist Sensibilität gefragt. Wir müssen alle anderen Spuren akribisch weiterverfolgen. Wir nehmen uns noch einmal die Nachbarschaft vor. Die Familie vom Toten und der Verletzten und die ehemaligen Arbeitgeber von Joost Hardenberg. Irgendwo muss er ja mal gearbeitet haben.« Dirk Westermann schob sich die Pfeife auf die andere Seite seiner Lippen.

»Mann, wir haben doch bereits alle Möglichkeiten in Betracht gezogen. Wo sollen wir denn noch suchen? Von dem Mann gibt es überhaupt keine Spuren. Es ist wie verhext. Als wenn der Kerl nie existiert hätte.«

Sein Vorgesetzter sah ihn resigniert an und blies den Rauch in die kalte Luft …

*

Die Akten des Falles stapelten sich auf den Schreibtischen der beiden Kommissare aus Oldenburg. Alle Spuren führten ins Nichts. Es gab bisher weder Anhaltspunkte noch verwertbare DNA-Spuren, außer die von Julia Hardenberg, ihrer Tochter, der Putzfrau und dem Toten.

»Es scheint fast, als hätte dieser ominöse Joost Hardenberg nur als Leiche stattgefunden«, sagte Hartwig, als er in den Unterlagen vor sich blätterte.

»Ich versteh nicht?«

»Ist einfach. Ich habe den Nachnamen überall eingegeben und, siehe da, die Adresse seiner Eltern gefunden. Allerdings wohnen die bereits seit Langem auf dem Friedhof. Also keine weitere Spur, was die Familie angeht. Null

Geschwister. In der Schulzeit war er unauffällig und ist ganz normal mit der mittleren Reife abgegangen. Dann habe ich mir die Mühe gemacht und seinen Ausbildungsbetrieb aufgetan. Dort hat er zwar eine Ausbildung zum Einzelhandelskaufmann absolviert, allerdings ist er gleich darauf verschwunden. Never ever … danach verliert sich die Spur. Er hat nach Aussagen damaliger Nachbarn eine Zeit lang bei den Eltern im Restaurant gearbeitet, aber dann … nichts mehr. Das Lokal wurde vor … Moment«, Hartwig blätterte in den Unterlagen, »vor fast genau zehn Jahren geschlossen und niemand weiß, was danach aus ihm geworden ist. Es gibt weder ein auf ihn zugelassenes Fahrzeug, geschweige denn eine eigene Wohnung, in der er gemeldet war. Der Kerl hatte nicht mal ein Handy. Kein Konto bei irgendeiner Bank. So etwas gibt es doch gar nicht!«, pöbelte Hartwig.

»Es ist ein merkwürdiger Zustand, der durch das Schweigen nur verworrener wird und zur Sollbruchstelle zwischen Wahrheit und Lüge mutiert!«, entgegnete Westermann, öffnete das Fenster im Büro und blies den Rauch in die Luft.

»Wie poetisch!«

Westermann winkte ab und schob die Ärmel des grauen Pullovers hoch, während er auf dem Mundstück seiner Pfeife kaute.

Jetzt grübelt er wieder, dachte Hartwig, schloss den Aktenordner und sagte: »Wir können nichts anderes tun, als weitersuchen. Irgendwo muss es einen Ansatz geben, der uns weiterbringt. Der hatte nicht einmal ein Ticket wegen Falschparkens. Verdammte Scheiße.«

Der Hauptkommissar blickte seinen Kollegen von der Seite an.

»Hallo … aber du hast recht. Julia Hardenberg kann oder will nicht sprechen, der andere wird keinesfalls mehr reden. Oder sind wir völlig auf dem Holzweg und sehen nicht, was sich vor unseren Augen abspielt? Sind Menschen für den Tod des Mannes verantwortlich, die überhaupt nicht im Plan auftauchen? Ich kann absolut nichts Verwertbares finden. Ich glaube, wir müssen weitaus tiefer graben.« Thomas Hartwig raufte die kurzen dunklen Haare und sah Dirk verkniffen von der Seite an.

»Jungchen, Jungchen. Dass du dich einmal dermaßen intensiv auf einen Fall einlässt … alle Achtung. Seitdem du nicht mehr so leidtragend und ohne deinen geliebten *Schal* durch die Gegend läufst, bist du ein richtig angenehmer Zeitgenosse«, witzelte Dirk Westermann und lächelte seinen Kollegen an.

»Das hätte ich mir ja denken können, dass du kein Ende findest. Der HSV ist und bleibt meine Perle. Da kannst du reden, wie du willst. Basta! Die steigen wieder auf, ich sag es dir.« Hartwig stand auf und zog seinen blau-weiß-schwarzen Schal aus der Jackentasche. Grinsend legte er ihn sich um den Hals und schlurfte zur Kaffeemaschine. »Hast wohl geglaubt, ich wechsle die Fronten, oder? Pech gehabt, mein Lieber. Da musst *du* durch. Zuerst wollte ich nie wieder Fußball sehen, schon gar nicht Zweite Liga. Aber es ist, wie es ist. Ich bin nun mal Fan und das heißt: für immer die Raute im Herzen.«

Er hielt die Hand auf die Brust, nahm einen Becher, goss Milch hinein und rabenschwarzen Kaffee hinterher. Als er den ersten Schluck getrunken hatte, schüttelte er angewidert den Kopf. »Boah, mein Gott, wie lange steht der da schon?«

Sein Chef fing lauthals an zu lachen. »Seit 6 Uhr, schätze

ich mal. Du Held!« Er blies dicke Ringe nach draußen. »Kein bisschen Wind. Und eisig. Das wird ein harter Winter.«

Westermann versank für einen Moment in Gedanken. Hartwig ging an den Kühlschrank, öffnete die Tür und rief:»Oh Mann, wer hat uns denn die mitgebracht?« Er zeigte auf zwei Fischbrötchen, die auf einem Teller lagen und mit Klarsichtfolie abgedeckt waren.

»Ich«, grinste Westermann.»Wollte mal einen ausgeben.«

»Das ist dir gelungen«, antwortete Hartwig, griff nach einem der Lachsbrötchen und biss ohne Frage hinein.

»Hm …«

»Ich hoffe, es schmeckt?«

»Genial«, schmatzte Hartwig und vertilgte das Brötchen in kürzester Zeit.

Westermann betrachtete ihn und sinnierte währenddessen, dass das letzte Wochenende vor dem Mord für ihn mit Wärme gefüllt war. Für ganze drei Tage war er mit Katrin in Grömitz im Hotel Seebrise abgetaucht, um ausgedehnte Spaziergänge an der Ostsee zu unternehmen und nur für sie da zu sein. Weg von der Insel, nicht zu weit von der Dienststelle. Ein nettes Zimmer, ausgiebiges Frühstück und endlose Strände. Sie aßen Fischbrötchen und er hielt es für eine gute Idee, einmal die Woche zuhause das Gleiche zu tun. Es war ihnen egal, dass es kalt, diesig und ungemütlich war. Drei Tage ohne Tante Charlotte und die Kollegen. Tage, die sie die meiste Zeit im Bett verbrachten.

Dirk schaute verschmitzt zu Hartwig, der laut schmatzend murmelte:»Hey, Erde an Westermann … was ist denn mit dir los?«

»Was ist? Wer will mich sprechen?« Augenblicklich war er mit seinen Gedanken im Hier und Jetzt angekommen.

»Keiner will dich sprechen. Das mit dem harten Winter hast du letztes Jahr auch schon gesagt. Und was war? Frühling von Oktober bis April ...« Dirk Westermann reagierte mit keinem Wort auf die Anmerkung Hartwigs. »Es verhält sich mit unserem Fall wie in einer dieser amerikanischen Serien, in denen immer davon gesprochen wird, dass ein Mord innerhalb der ersten 48 Stunden aufgeklärt sein muss, sonst würde es schwer werden, ihn überhaupt aufzuklären. Ich glaube, wir haben hier so einen Fall ...«, sagte Hartwig und winkte gleichzeitig ab, weil sein Vorgesetzter zu träumen schien.

Ein Mitarbeiter der Oldenburger Dienststelle öffnete die Tür zum Büro und hielt Dirk Westermann das Telefon entgegen.

»Die will dich sehen ... und nur dich!«, sagte der Kollege.

»Wer will mich sehen?«, fragte Dirk abwesend.

»Na die Irre aus Neustadt ...!«

✳

»Ist das nicht niedlich?« Charlotte Hagedorn quiekte begeistert, als sie die bunte Schale in ihren Händen hin und her drehte. »Wat schnuckelig. Und die Tassen. Die müssen wir unbedingt haben.« Die quirlige Künstlerin konnte sich nicht an den schönen Weihnachtsartikeln in dem kleinen Lädchen am Ende der Altstadt im Badstaven sattsehen.

»Tantchen, das musst du gar nicht haben. Du weißt doch

jetzt schon nicht mehr, wohin mit all dem Gedöns. Langsam sieht unsere Wohnung aus wie ein Trödelladen.«

»Was du immer hast. Sei man nicht immer so piefig, min Deern.«

Sie stellte die Tasse zurück auf den bunten Tisch und huschte zum antiken Regal, das auf der anderen Seite des Raumes am Fenster stand und in pastelligen Rosétönen gestrichen war.

»Oh, wie hübsch sind *die* denn.« Sie zog einen mintfarbenen Porzellanbecher vom obersten Regal.

»Charlotte! Du wolltest, wenn ich mich recht erinnere, nur nach einer Decke für den Esstisch schauen.« Katrin stellte sich an die Seite ihrer Tante und zog eine Grimasse.

»Sie kann hier nicht ohne etwas rausgehen, so viel ist mal sicher«, grinste die zarte Katharina, die wie ein blonder Weihnachtsengel mit funkelndem Krönchen hinter dem Tresen stand. »Frau Hagedorn findet bei mir immer ein hübsches Stück, das sie gebrauchen kann.«

»Ich weiß«, murmelte Katrin resigniert und sah sich um. Sie ging auf einen Tisch zu, auf dem daumengroße silberne Eicheln und Haselnüsse neben strahlenden Engeln auf rotem Samt drapiert lagen. »Oh, sind die hinreißend«, hauchte selbst Katrin. Die Eigentümerin des knuffigen Ladens unweit vom Stadtkern lächelte wissend. Die »Kleine Stube« war in dieser Zeit mit Weihnachtsdekoration herausgeputzt und niemand, der hereinkam, konnte, ohne das ein oder andere zu kaufen, wieder aus dem Geschäft herausgehen.

Katrin hielt den Engel in ihrer Hand und betrachtete ihn von allen Seiten.

»Vielleicht sollte ich ihn mitnehmen.« Ihr Handy klingelte. Irritiert legte sie den silbernen Himmelsboten zurück auf den Stoff und nahm das Gespräch entgegen, während sie nach draußen eilte. »Ja? Hallo, mein Fels in der Brandung … ich habe gerade an dich gedacht. Was ich mache? … Weihnachtseinkäufe«, lachte sie lauthals. »Mit Tantchen. Wir wollten ein bisschen shoppen und gleich einen Kakao trinken. Und du, was machst du?«

Sie schwieg und lauschte den Worten am anderen Ende. »Oh fein. Ja, dann lass uns um 20 Uhr treffen. Holst du mich ab? Ich freu mich.«

»Ich liebe dich auch«, hauchte sie kaum hörbar ins Telefon. Eine zarte Röte überzog ihr Gesicht, als sie das skandinavisch anmutende Lädchen wieder betrat. Sie schaute sich um. Wer für den Landhausstil eine Schwäche hat, ist hier genau richtig, überlegte sie und steuerte auf Charlotte zu. Katrin selbst dachte seit ihrer Kindheit pragmatisch und brauchte keinen Firlefanz, um sich wohlzufühlen. Sie liebte eine klare Linie. Ihre Tante allerdings begeisterte sich für Romantik, an buntem Tohuwabohu und all dem, was ein Zuhause ihrer Meinung nach erst zu einem wahren Schmuckstück gedeihen ließ. Im Laufe der letzten zwei Jahre hatte sich ihr neues Domizil mit all seinem künstlerischen Schnickschnack verändert. Ausschließlich das Zimmer von Katrin durfte nicht angetastet werden, darauf bestand sie energisch.

»Na, meine Süße, wer war das?«

»Was glaubst du, wer das war?«, griente Charlottes Nichte und bekam roten Ohren.

»Deiner Gesichtsfarbe nach zu urteilen, dein Kommissar. Oder irre ich mich?«

Katrin schüttelte verlegen den Kopf. »Nee, du hast richtig geraten. Er kommt heute Abend … wir wollen Essen gehen.« Überschwänglich huschte sie an den Tisch mit den

Engeln und griff den, den sie vorher zurückgelegt hatte. »Würden Sie ihn mir ein bisschen nett einpacken, Katharina?«, fragte Katrin.

»Aber gerne«, schmunzelte die blonde Elfe.

»Sie sehen selbst aus wie ein kleiner Weihnachtsengel«, sagte Charlottes Nichte und überreichte ihr die Figur.

»Danke«, strahlte die zierliche Person. »Sie müssen nächsten Samstag unbedingt wiederkommen, da haben wir unsere Weihnachtsausstellung.«

»Oh ja«, rief die Künstlerin, »mit feinem Eierpunsch. Der schmeckt nirgends so lecker wie hier.« Sie leckte sich übertrieben die Lippen, als könnte sie es gar nicht erwarten.

»Wir haben dann auch alle Weihnachtsartikel ausgepackt. Da gibt es wirklich zauberhafte Sachen.«

»Wir kommen natürlich. Aber jetzt wollen wir einen Kakao trinken, nicht Katrin?« Charlotte Hagedorn stellte den Porzellanbecher zurück und wollte in diesem Moment mit ihrer Nichte das Geschäft verlassen.

»Nun nimm ihn schon mit«, murmelte Katrin und zeigte auf den mintfarbenen Becher. »Sonst kannst du die ganze Nacht nicht schlafen.«

Gutgelaunt verließen die beiden Frauen wenig später das Lädchen in der Kopfsteinpflaster-Gasse. »Was wollte dein Kommissar denn von dir?«, wollte Charlotte wissen. »Was macht der Mordfall?«

*

Der Hauptkommissar betrachtete unaufgeregt den Kollegen, der kopfschüttelnd in der Tür lauerte und eine Antwort erwartete.

»Die Frau, deren Mann getötet wurde, will dich sehen«, murrte er abermals.

Dirk Westermann erhob sich und nahm dem Beamten das Handy aus der Hand. »Westermann … aha … hm … ja, ich komme.« Er reichte dem Polizisten das Telefon, der damit das Büro wieder verließ. »Julia Hardenberg will mich sehen.« Der Kommissar griff zu seiner Jacke, zog die Mütze aus der Tasche und stülpte sie über.

»Soll ich nicht mitkommen?«, fragte Thomas Hartwig.

»Nein!« Westermann schien irritiert. »Sie hat ausdrücklich betont, dass sie *nur* mich sehen will. Sonst redet sie mit niemandem.«

Hartwig hob die Nasenspitze Richtung Decke. »Na, dann. Sagte ich doch, die hat Dreck am Stecken. Die hat sofort erkannt, dass sie dich um den Finger wickeln kann. Aber vielleicht schaffst du es ja mit deiner Güte und wir bekommen endlich Antworten. Pass auf, die gesteht! Hat ja lange genug gedauert. Ich wünsche dir auf jeden Fall Erfolg.«

Westermann schüttelte den Kopf und verließ ohne ein Wort das Büro. Letzten Endes geht es voran, egal in welche Richtung die Geschichte hier läuft, registrierte er und stieg in den Wagen.

Eine Stunde nach dem Telefonat stand er vor der Psychiatrie. Wenig später trat er in das Zimmer. »Moin, Westermann, Kripo Oldenburg«, sagte er und reichte der blassen Patientin, die wie ein Fremdkörper in dem Raum wirkte, die Hand. Sie kauerte still auf dem Bett. »Darf ich?«, fragte er und zog den einzigen Stuhl heran. Die Frau nickte. Sie ist noch schmaler geworden, stellte er fest und musterte Julia Hardenberg, die in dunkelblauem Jogginganzug auf akkurat zusammengelegtem Bettzeug ausharrte. Ihre Augenringe nehmen fast das ganze Gesicht ein, fand er und suchte ihren glasigen Blick. Um den Mund der zierlichen Frau hatte sich ein harter Zug eingebrannt, der sie älter erschienen ließ, als sie in Wirklichkeit war. Die dunklen Haare wirkten stumpf und standen wirr vom Kopf ab.

Julia Hardenberg zerrte an den Ärmeln ihres Sweaters, um die verbundenen Handgelenke zu verdecken. Er registrierte die knochigen Gelenke und schwieg. Westermann wollte sie nicht drängen, war froh, dass sie den Weg zu ihm gefunden hatte. Sie hob den Kopf und sah ihn müde durch glanzlose Augen an.

Ihre Augen sind grün, registrierte der Hauptkommissar, stand auf, zog seine Jacke aus und hängte sie über die Stuhllehne. Dann setzte er sich wieder. Geduldig zog er sein schwarzes Notizbuch aus der Tasche und legte es auf die Tischplatte, die hinter ihm an der Wand festgeschraubt war.

»Wie geht es Ihnen?«, fragte er mit gedämpfter Stimme.

Sie zuckte die Schultern und flüsterte: »Wie soll es mir gehen? Ich sitze hier und kann mich so gut wie gar nicht an das erinnern, was geschehen ist.« Julia Hardenberg faltete ihre Hände und legte sie in den Schoß.

Sie scheint ruhiggestellt worden zu sein, mutmaßte er. Westermann bemerkte, dass sie ihre Füße im gleichmäßigen Takt auf dem Boden bewegte. Sie haben ihr sogar die Schnürsenkel rausgezogen. »Werden Sie anständig behandelt? Fehlt Ihnen etwas? Ich kann es besorgen.«

Sie nickte und schüttelte gleich danach den Kopf. »Nein, alles in Ordnung und ich brauche nichts.« Ihre Stimme klang brüchig und verletzlich.

»Sie wollten mit mir reden?«

Erneut nickte die 1,68 Meter große Frau.

»Haben Sie etwas dagegen, wenn ich das Diktiergerät mitlaufen lasse?« Er zog es aus der Jackentasche und hielt es in die Höhe. Sie schüttelte zaghaft den Kopf. »18. November, erster Tag der Befragung. Psychiatrische Klinik Neustadt. Es ist 16 Uhr. Erzählen Sie, was ist an dem Tag passiert, als Ihr Ex-Mann ums Leben kam.«

»Ich erinnere mich nur bruchstückhaft. Es hat an der Haustür geklingelt … das weiß ich. Ich weiß auch, dass ich total erstaunt war, dass mein Ex-Mann vor der Tür stand. Ich hatte ihn über ein Jahr nicht mehr gesehen … seit der Scheidung. Joost, also mein Ex, kam ins Haus, weil er etwas Dringendes mit mir besprechen wollte, aber was?« Sie schüttelte den Kopf. »Daran erinnere ich mich nicht. Ich konnte mich nur entsinnen, dass ich ihn in die Küche gebeten habe. Was dann passiert ist … keine Ahnung. Ich habe mir das Gehirn zermartert, bin jede Sekunde noch einmal durchgegangen … aber da war nichts. Ich würde Ihnen alles erzählen, das müssen Sie mir glauben.« Ihre Augen füllten sich mit Tränen. Die Stimme zitterte und Schweißperlen benetzten ihr Gesicht, als sie weitersprach. »Ich versuche immer wieder, mir den Abend ins Gedächtnis zurückzurufen.« Sie schlug sich mit der flachen Hand gegen die Stirn. »Aber es gelingt mir nicht. Es ist wie dicker Nebel im Schädel. Die Ärzte meinten, es könne dauern. Amnesie, ein Schutzmantel, der meine Seele abschirmen soll, verstehen Sie? Kleine Flashbacks, die kommen ab und zu hoch. Aber die sagen mir nichts.« Tränen stiegen in ihre Augen. »Ich erinnerte mich zum Beispiel daran, dass wir in der Küche standen und mein Ex-Mann mir etwas erzählte, dann … das Wort … Versicherung, Mia.« Sie schüttelte unablässig den Kopf. »Dann weiß ich nur noch, dass Herr Sonnenburg im Badezimmer auf mich eingeredet hat. Aber was er gesagt hat, das will nicht in mein Gedächtnis zurück. Können Sie sich vorstellen, wie schrecklich es ist, nicht zu wissen, was passiert ist?« Sie knibbelte an ihren Fingernägeln. Das Wippen ihrer Füße auf dem Boden verstärkte sich.

»Geht's? Vielleicht sollten wir weiter zurückgehen. Was ist vorher vorgefallen? Woran erinnern Sie sich? Wie war das Verhältnis zu Ihrem geschiedenen Mann?«

»Ich habe ihn, wie gesagt, lange nicht gesehen. Unser Verhältnis? Wenn er mir auf der Straße begegnet wäre, ich hätte durch ihn hindurchgesehen. So war die Beziehung. Für mich war der Mann nicht mehr vorhanden, durchsichtig, tot! Am Tag der Scheidung bin ich ihm im Gerichtssaal das letzte Mal begegnet und habe ihn keines Blickes gewürdigt. Ich konnte mir gar nicht vorstellen, dass ich mit diesem Menschen gemeinsame Zeit erlebt habe.« Ein verächtlicher Zug veränderte ihren Gesichtsausdruck.

Westermann betrachtete das Bild, das direkt hinter ihr an der Wand hing und eine aufgeblühte Sonnenblume zeigte.

Julia Hardenberg strich sanft mit der Hand über die rote Wolldecke, die genauso akkurat gefaltet am Fußende lag wie ihr Bettzeug. Dirk Westermann saß regungslos da und schwieg. Er nahm im Augenwinkel die blassgelben Vorhänge mit grafischem Aufdruck wahr, die ein wenig Wärme in den ansonsten kahlen Raum brachten. Es riecht hier nach Putz- und Desinfektionsmitteln, genau wie in der Klinik, dachte er und sagte: »Möchten Sie erzählen, wie Ihre Beziehung war?«

»Wo soll ich da anfangen? Ich ...« Sie wirkte hilflos auf den Kommissar, der unter allen Umständen versuchen musste, das Eis zu brechen.

»Ich denke, wenn Sie von vorn beginnen, lösen sich

eventuell Blockaden und Sie durchbrechen das dunkle Netz, das Sie umgibt. Fangen Sie am Anfang Ihrer Beziehung an. Vielleicht hilft es Ihnen, die Erinnerung zurückzugewinnen. Wie haben Sie sich kennengelernt?«

Julia Hardenberg sah den Kommissar verwundert an, wandte sich ab und heftete den Blick ans Fenster. Es dauerte mehr als zehn Minuten, dann öffneten sich ihre Lippen und formten die ersten Worte.

KAPITEL 4

Rückblick 2008

»Es war vor elf Jahren und schwül, als ich das Büro betrat, in dem Joost arbeitete. Es war damals genauso heiß und drückend wie im letzten Sommer. Mein Ex-Mann besaß eine Eventagentur am Pferdemarkt in Langenhagen und hatte mich eingeladen, mit ihm einen Kaffee zu trinken, wenn ich zufällig in der Gegend wäre.«

»Woher kannten Sie ihn?«

»Ich habe ihn ganz klassisch bei Freunden auf einer Party in Hannover kennengelernt. Sie wissen doch, wie es ist. Man trinkt, macht Small Talk und begutachtet sich.« Sie zuckte die Schultern. Dirk Westermann lächelte und nickte. »Wir haben unverfänglich Telefonnummern ausgetauscht und ich bin nicht ernsthaft auf das Angebot mit dem Kaffeekränzchen eingegangen. Joost war nicht wirklich mein Typ, wissen Sie: Zu klein, zu *spießig*, zu … ich kann es gar nicht richtig beschreiben. Ich hatte schon immer ein Faible für große Männer mit breiten Schultern, die mich im Notfall beschützen konnten. So einen Fels in der Brandung, einen Baum von Kerl … ja, so einen wollte ich. Eher einen wie Sie!«, sagte sie und schaute dem Hauptkommissar in die Augen. »Diese Eigenschaften erfüllte er überhaupt nicht. Er wirkte auf mich irgendwie … gedrungen, untersetzt, obwohl er nicht dick war. Die Proportionen stimmten nicht. Ich fand, er hatte einen viel zu großen Kopf für seine Größe.« Sie musste lachen. »Und er besaß einen … Watschelgang. Darüber habe ich mich oft mit Freundinnen lustig gemacht. Er watschelte wie ein Pinguin, ein obendrein ziemlich überheblicher Pinguin, der wie *Hans guck in die Luft* umherstolzierte.« Sie prustete, erhob sich vom Bett und wackelte in ihrem Zimmer umher, um dem Kriminalkommissar zu demonstrieren, was sie meinte. »Ja, Pinguin ist die richtige Beschreibung.«

Westermann schmunzelte. Das Bild in ihrem Kopf schien sie aufzuheitern.

Eine Minute später verfiel sie wieder in ihre Traurigkeit und sprach weiter. »Wieso auch immer, eines Tages stand ich vor der Agentur, weil ich unweit von der angegebenen Adresse einen Job als Verkäuferin in einem Bekleidungsgeschäft angeboten bekommen hatte. Ich kann Ihnen nicht einmal mehr sagen, was mich geritten hat, ihn zu besuchen …«

»Wo war dieser Laden?«, wollte Westermann wissen.

»Direkt am Pferdemarkt in Langenhagen. Nichts Großes, aber ich war froh, dass ich einen Job bekam. Ich musste meine Tochter ernähren.« Sie nickte. »Die Büroangestellte sah verdutzt von ihrem Computer auf, als ich damals das Büro betrat. Ich hatte zu der Zeit lange Haare und wirkte wie ein Modepüppchen aus dem Katalog. Die Bürotante hat mich jedenfalls ziemlich misstrauisch inspiziert.«

Westermann konnte sich das von ihr bildlich dargestellte

Szenario lebhaft vorstellen. Er betrachtete sie und erkannte unter ihrer blassen Haut eine nordische jungmädchenhafte Ausstrahlung.

»Wissen Sie, es war die Art, wie er mit mir sprach. Diese nicht zu erklärende Anziehung. Er hatte etwas, das mich in seinen Bann zog ... fragen Sie nicht, warum, aber so war es. Es gibt Menschen, die kommen in einen Raum und alle Augen sind auf sie gerichtet. Es war vielleicht die Aura. Auf jeden Fall hat ihm mein Äußeres die Sprache verschlagen. Es war ein fürchterliches Gestammel und peinliches Herumdrucksen an diesem Nachmittag. Ich war froh, als ich wieder Zuhause war. Aber das war tatsächlich nur der Anfang. Von dem Moment an ließ er nicht mehr locker und bombardierte mich förmlich mit Komplimenten, Blumen, Einladungen – und schwups, hatte er mich an der Angel. Sein weltmännisches Auftreten hat mir imponiert. Auf jeden Fall war ich fasziniert ... gefangen.« Sie zuckte mit den Schultern.

Westermann kannte die Macht mancher Menschen über andere und nickte zustimmend.

»Dieser Nachmittag veränderte mein ganzes Leben. Von dem Moment an war ich ihm ausgeliefert. Keine vier Wochen später zog ich bereits bei ihm ein. Fragen Sie mich nicht, wie das in der Geschwindigkeit passieren konnte. Ich könnte es Ihnen nicht einmal erklären. Es geschah einfach so. Er, der nach außen selbstbewusste Geschäftsmann in teuren Anzügen, mit großem Nobelwagen und schick eingerichtetem Einfamilienhaus in schönster Wohngegend. Das waren Magnete, an denen ich augenblicklich klebte und von denen ich mich nicht mehr lösen konnte. Ich, die kleine Verkäuferin mit Anhang, die in einem Billig-Modemarkt schuftete, um sich und ihr Mädchen über Wasser zu halten. Was hatte ich groß zu erwarten? Anscheinend standen die Sterne zu dieser Zeit richtig gut für mich und mein Kind. Was scherten mich da die nicht vorhandenen Zentimeter, die ihn von einem Fels in der Brandung unterschieden. Seine Größe wirkte ganz offensichtlich in anderen Disziplinen.«

Dirk Westermann nickte erneut, dann fragte er: »Ich weiß, Sie haben eine Tochter. Sie ist also kein gemeinsames Kind?«

»Gott bewahre, nein! Mia war zwei Jahre alt, als ich mich von dem leiblichen Vater trennte. Die Beziehung zu ihm funktionierte nicht, weil wir damals zu jung waren. Ich war eine alleinerziehende Mutter.« Julia Hardenberg ließ die Schultern hängen. »Ich fühlte mich nach der Trennung von Mias Vater nicht gut. Vielleicht hat das auch den Ausschlag dafür gegeben, dass ich mich nach jemandem sehnte. Ich weiß es nicht.«Julia liefen dicke Tränen über die Wangen.

Dirk Westermann zog ein Papiertaschentuch aus seiner Jackentasche und reichte es ihr. »Wenn es zu viel wird, sagen Sie Bescheid, dann hören wir auf … okay?«

Sie inspizierte ihre verbundenen Handgelenke, nickte und fuhr fort.

»Geht. Es würde ein neues Leben an der Seite eines erfolgreichen Mannes werden, zumindest glaubte ich es damals. Sein hübsches Haus in einer Neubausiedlung war mit schönen antiken Möbeln eingerichtet und besaß auch sonst jede Menge … Charme. Mia bekam ein Zimmer mit Blick auf den Garten und blühte richtig auf. Und ich fühlte mich mit ihr im Paradies einer *heilen* Familie angekommen. Alles schien so friedlich und … perfekt. Jedenfalls die ersten Wochen und Monate. Der Mann trug mich im wahrsten Sinne auf Händen. Ich erinnere eine Szene, als er vor Freunden, die mein neues Zuhause auf seine Einladung hin eingehend inspizierten, lautstark verkündete: ›Man müsste sie in einen Glaskasten stellen und den Schlüssel wegschmeißen. Jeder darf sie ansehen, aber niemand sie berühren …‹ Können Sie sich das vorstellen?« Sie blickte Westermann in die Augen. Er verschränkte die Arme und presste die Lippen zusammen, als müsste er überlegen. »Wissen Sie, das Herz hier drinnen in der Brust füllte sich einerseits mit Wärme, andererseits erschreckten mich seine Worte. Ich war von jeher eine selbstständig denkende und handelnde Frau, die jeden Tag damit zubrachte, sich und ihr Kind einigermaßen vernünftig durchs Leben zu bringen. In einem Glaskasten sah ich mich nicht.«

Sie verzog den Mund und schüttelte den Kopf. »Aber natürlich verfehlten die Worte ihre Wirkung nicht. Ich war geblendet und fühlte mich wie eine … Prinzessin. Kitschig, oder? Jedenfalls gab es am Anfang der Beziehung viele Kleinigkeiten, mit denen er mir täglich seine Liebe demonstrierte.« Julia sah auf ihre Hände und lächelte verächtlich. Sie atmete tief. »Mal war es ein Schmuckstück, ein teurer Ring, edle Ohrringe. Nichts Billiges. Dann wieder kochte er für Mia und mich. Ich war so dankbar, dass er mir bei der Erziehung zur Seite stand. Er schenkte mir regelmäßig Blumen, dunkelrote, langstielige Rosen, und zu den Geburtstagen war das Haus geflutet mit Kerzen … auf dem Tisch ein köstliches Drei-Gänge-Menü. Das alles hätte ich mir selbst nie leisten können. Sämtliche Freundinnen beneideten mich um diesen Mann, der alle um den kleinen Finger wickelte. Nur meinen Vater, den konnte er nicht einwickeln. Er war der Einzige, der auf der Hut war und ihn misstrauisch im Blick behielt. Joost passte zu keiner Sekunde in die Familie und das Weltbild eines schwer arbeitenden Mannes. Mir war es gleich. Alles glich einer nie enden wollenden Party. Er zeigte mir Orte, die ich vorher nie gesehen hatte. Wir waren zum Beispiel an einem See irgendwo in Schleswig-Holstein, den ich heute nicht einmal mehr finden würde, so unerklärlich das auch klingen mag, und er erklärte mir, dass das Grundstück ihm gehört. Welch ein Hohn … Ein eigener See, ja, wo gab es das in meiner *normalen* Welt, frage ich Sie?«

Julia stand auf und schlich lautlos durch das Zimmer. »Ist wie eine Gefängniszelle hier, oder?« Sie sah sich im karg eingerichteten Raum um. »Geschlossene Abteilung, weil sie Angst haben, ich mach das noch einmal.« Sie hielt ihm ihre verbundenen Handgelenke entgegen. »Ihr braucht keine Panik zu haben. Das tue ich nicht … Mia würde mir das niemals verzeihen.« Sie setzte sich wieder auf ihr Bett und senkte nachdenklich den Kopf.

»Wollen Sie aufhören?«, fragte Westermann.

»Nein, geht schon. Ist ja fast wie im Urlaub hier … Urlaub, dazu fällt mir eine Geschichte ein.« Sie lachte herablassend. Ihre Gefühlsausbrüche wechseln von einer Minute zur anderen, stellte Westermann nüchtern fest.

»Eines Tages, wir waren nicht einmal einen Monat zusammen, lud er mich und Mia für eine Woche nach Sylt ein. Eine exklusive Ferienwohnung direkt an den Dünen. Mit Blick aufs Meer. Mein Herz platzte fast vor Übermut. Ich bin vorher nie auf einer der Inseln in unserem Land gewesen, geschweige denn auf der Insel der Reichen und Schönen … für mich war es das Größte.« Sie lächelte und schaute Dirk Westermann in die Augen. »Was dann allerdings kam, hätte bei mir alle Alarmglocken anspringen lassen müssen. Joost hatte sein Portemonnaie Zuhause *vergessen* und bat mich lachend, ihn aus der peinlichen Situation zu befreien. Mir fiel es weiß Gott nicht leicht. Mein Bankkonto war ständig kurz vor dem Limit und ich musste jeden Cent wirklich zweimal umdrehen. Um ihn nicht in Verlegenheit zu bringen, überzog ich das Konto bis zum Anschlag. Das dumpfe Gefühl in der Magengegend überdeckte er mit Liebesbeweisen. Er suchte von *meinem* Geld teuerste Restaurants aus und ließ auch sonst nichts unversucht, als Geschäftsmann glänzend dazustehen. Und … er hat bis heute keinen Cent davon zurückgezahlt.« Plötzlich liefen wieder unkontrollierbare Tränen ihre Wangen hinunter. Sie kratzte mit den Fingernägeln über die verbundenen Handgelenke. »Dass ich vor Geldsorgen kaum in den Schlaf kam und nachts weinte, bemerkte er nicht einmal. Es dauerte Monate, bis ich das Minus auf dem Konto und in meinem Herzen wieder ausgeglichen hatte, und es schien ihm wohl egal zu sein, weil er es nicht sah oder nicht sehen wollte.« Sie schluchzte haltlos.

»Ich hab nicht mal erkannt, dass die Fassade dieser so liebevoll begonnenen Beziehungskiste klitzekleine Risse bekam, bevor ich auch nur stopp hätte sagen können. Bis es das erste Mal richtig weh tat …« Sie hob beschwörend die Hand, fing an zu zittern und starrte gegen die Wand. »Ich möchte aufhören, ja bitte«, flüsterte sie.

»Machen wir. Sagen Sie mir nur, wo sind Sie hingezogen? Wo war dieses Paradies? … und wie lange haben Sie dort gewohnt?«

*

»Moin, Thomas. Kannst du dich mal erkundigen, was das für ein Ort ist?«, fragte Westermann und übergab Hartwig einen Notizzettel, auf dem eine Adresse unweit von Burgwedel bei Hannover stand.

»Hm, mach ich. Soll ich hinfahren oder reicht es, wenn ich im Internet recherchiere.«

Dirk Westermann zog die Augenbraue hoch und schüttelte unmerklich den Kopf. »Ich mach ja schon«, entgegnete Hartwig und gab die Adresse im Computer ein. Wenig später lehnte er sich zurück, verschränkte die Hände hinter seinem Kopf und sagte:

»Wenn du mich fragst: familienfreundliches Baugebiet aus der Jahrtausendwende. Unauffällig! Einfamilienhäuser mit nett angelegten Vorgärten, Spielstraße … halt ein normales Neubaugebiet. Du kannst dir die Bilder ansehen, nichts, was einen vom Hocker haut.« Thomas druckte einige Seiten aus, auf denen das Gebiet einzusehen war.

Er stand auf und reichte sie Dirk Westermann, der am Schreibtisch saß und den Namen Joost Hardenberg im Netz eingegeben hatte. »Das ist merkwürdig«, nuschelte der Hauptkommissar, kaute auf dem Mundstück seiner Pfeife und schüttelte den Kopf. »Nicht ein einziger Hinweis auf den Mann. Es scheint, wie du schon sagtest, als hätte er nie existiert.« Dirk zog die Augenbrauen hoch und suchte weiter. »Hast du ihn durchs System laufen lassen?«, fragte er Thomas.

»Ja, natürlich, was glaubst du? Ich arbeite nicht erst seit gestern bei der Polizei.«

»Hm, da muss irgendetwas zu finden sein. Wart's nur ab.« Thomas stapfte zur Heizung und drehte am Thermostat.

»Warum willst du wissen, was das für ein Ort ist?«, fragte er.

»Julia Hardenberg hat mir eine Adresse in dem Wohngebiet genannt, in dem sie mit dem Toten über ein Jahr gelebt hat.«

»Und meinst du, dass du dort Spuren finden kannst?« Thomas lachte und goss sich Kaffee ein. »Du auch?«

Westermann schüttelte den Kopf. »Nein, aber ich denke, wir sollten uns ein Gesamtbild von dem Toten machen. Morgen fahre ich wieder in die Klinik und unterhalte mich weiter mit Julia Hardenberg. Ich denke, wir müssen viel tiefer graben, um herauszufinden, was in diesem Haus tatsächlich vorgefallen ist. Wenn du deine Infos zusammenhast, hörst du dich nochmal in der Nachbarschaft der Hardenbergs um, um etwas über die letzte Zeit vor der Tat herauszubekommen.«

Thomas nickte, zog die Blätter aus dem Drucker und klopfte sie so lange auf den Schreibtisch, bis sie ein akkurates Bündel ergaben. Dann lochte er die Seiten und zog einen Ordner aus dem Regal. Er beschriftete den Rücken des Aktenordners mit dem Namen Hardenberg und dem Datum, an dem sie den Toten aufgefunden hatten. »So, dann können wir loslegen.« Hartwig war zufrieden und klappte den Ordner zu. »Dann will ich mich mal auf die Socken machen. Aber eines will ich dir noch sagen. Ich bin felsenfest davon überzeugt, dass sie ihren Kerl umgebracht hat!«

»Mach, Jungchen. Und lass deine Spekulationen! Fakten, wir brauchen Fakten.«

*

»Oh, ich freue mich so«, schnurrte Katrin, als Dirk die Treppe hochgesprintet kam. Sie eilte ihm entgegen und zog ihn wie eine Ertrinkende an sich.

»He, he, hast du solche Sehnsucht?« Dirk Westermann schob sie einen halben Meter von sich und sah in ihre rehbraunen Augen. Sein Herz fing an zu rasen und er umklammerte sie. Er gab ihr einen aufwühlenden Kuss, während er sie in die Wohnung drängte.

Katrin prustete und versuchte, sich halbherzig aus seiner Umarmung zu lösen. »Ich habe dich so vermisst«, flüsterte die Eventmanagerin und zog ihn ins Wohnzimmer.

»Wo ist denn Miss Marple?«, griente Dirk und sah sich suchend um.

»Die ist bei einer Freundin ... Teestunde.« Sie lachte.

»Da haben wir ja sturmfreie Bude«, witzelte der Kommissar, zog die Augenbraue hoch und dirigierte sie zum Sofa. Erregt betrachtete er ihren Po, der in engen schwarzen Jeans steckte. »Heiß«, sagte er.

»Den ganzen Nachmittag und den ganzen Abend. Die spielen Scharwenzel, das kann spät werden.« Sie zog ihn zu sich auf die Couch.

»Auf jeden Fall haben wir viele Stunden Zeit, um uns zu *unterhalten*«, bemerkte er mit einem breiten Grinsen. »Wir ziehen wieder in die Burger Dienststelle. Du hast ja von Charlotte sicher schon von dem Mann gehört, der erstochen worden ist. Wir haben den Fall übernommen.«

Katrin schien nicht erstaunt. »Ich habe es gehofft. Dass ihr auf die Insel kommt, ist toll ... toll für uns. Kürzere Wege zum Bett.« Sie kicherte frech und schlang ihre Arme um ihn.

»Deshalb wollte ich mit dir sprechen. Normalerweise hätten wir das von Oldenburg aus regeln können. Die Ex-Frau des Ermordeten sitzt in der Psychiatrie in Neustadt, aber hier sind weitaus mehr Ungereimtheiten zu klären, als ich anfänglich geahnt habe. Da ist es sinnvoller, wir ermitteln im Umfeld des Tatortes und der Verdächtigen.« Obwohl der Kommissar ihr einen ernsten Blick zuwarf, sah sie das verruchte Glänzen in seinen Augen. »Das ist gut, dann bist du öfter in der Nähe«, hauchte sie.

»Genau das waren meine Gedankengänge«, entgegnete er und zog sie erneut in die Arme. Dirk Westermann bog ihren Kopf zurück, entfernte das samtige Haarband aus ihrem Zopf und schüttelte ihre langen Haare, bis sie weich über die Schultern fielen. Er knurrte wie ein Hund und grub seine Lippen saugend in ihre Halsbeuge. Sie gluckste und presste das Kinn auf den Hals, damit er von ihr abließ. Mit beiden Händen umfasste er ihr schmales Gesicht und verschloss ihren Mund verliebt mit fordernden Lippen.

»Morgen früh muss ich nach Neustadt. Hast du da irgendetwas zu erledigen?«, fragte er, während er gleichzeitig an ihrem grünen Shirt nestelte, bevor er seine Hand darunter schob und sanft ihren Rücken streichelte. »Dann könnten wir zusammen fahren und anschließend irgendwo etwas essen gehen.«

Katrin überlegte und schüttelte den Kopf. »Hm, mach weiter, nicht aufhören«, säuselte sie und sah ihn an. »Es ist Monatsabschluss … die Buchführung wartet.« Sie zog die Schultern hoch. »Aber wenn du nächstes Mal hinfährst, komme ich mit.«

»Ich werde in der kommenden Zeit des Öfteren in die Klinik fahren. Vielleicht bekomme ich in Gesprächen heraus, was in diesem Haus passiert ist. Ich hab das Gefühl, sie erzählt uns nicht alles, was sie weiß. Sie hat vermutlich eine Art Trauma. Ihr Gedächtnis spielt nicht mit. Erinnerungsverlust. Ich muss ziemlich behutsam vorgehen, um etwas aus ihr herauszulocken. Thomas ist der festen Überzeugung, dass sie ihren Ex-Mann selbst umgebracht hat. Warum auch immer!«

Dirk verfolgte durch das Fenster interessiert die Nebelschwaden, die über den Sund zogen. Kein Schiff befuhr die Ostsee. Er beobachtete die kleinen Wellen, die langsam an den menschenleeren Strand rollten. »Jetzt ist hier wirklich eine trostlose Zeit«, murmelte er.

»Totentanz, würde ich sagen«, schnurrte Katrin.

»Kennst du Frau Hardenberg?«, fragte Dirk, wandte sich ihr wieder zu und strich eine Haarsträhne aus ihrem Gesicht, bevor er ihre Nasenspitze mit Küssen bedeckte.

»Nein, nicht so direkt. Ich habe ein paar Mal Klamotten bei ihr gekauft, aber sonst nicht. Das ist nicht so meine Ecke. Sie wohnt doch im Tannenweg. Die Gegend kenne ich nicht so gut. Da solltest du eher die Charlotte fragen, die weiß sicher, was es mit dieser Frau auf sich hat. Obwohl … vielleicht ist es besser, wir behelligen sie erst gar nicht mit der Geschichte. Du musst ihr ja nicht erzählen, dass *du* den Fall übernommen hast. Sie fragte mich ohnehin schon, ob du an dem Mord arbeitest.«

»Katrin, wo denkst du hin? Charlotte weiß mit Sicherheit längst, dass wir die Angelegenheit bearbeiten.« Er grinste. »Da kennst du unsere Miss Marple aber schlecht. Die stöbert zweifelsfrei seit der Meldung in der Presse wie ein Cockerspaniel in der Sache herum.« Sie nickte.

»Ich habe übrigens im März zwei Wochen Urlaub eingetragen. Was hältst du davon, wenn wir zwei Hübschen wegfahren? Irgendwohin, nur wir beide … nur kuscheln, und kuscheln, und kuscheln. Vielleicht nach Mallorca. Mandelblüte soll toll sein.« Lässig vergrub er seinen Kopf in ihren Haaren. Katrin nickte und schmiegte sich an ihn.

»Das wäre schön! Aber die Mandelblüte ist, soweit ich weiß, Ende Januar, Anfang Februar, oder?«, kicherte sie und zog ihre Schultern zurück, damit er mit seinen Lippen ihren Hals erforschen konnte. »Auch egal, aber *Lust* hätte ich. Ein breites Bett mit Blick auf das Meer.«

Dirk Westermann griente über sein zweideutiges Angebot.

»Apropos Lust, sag mal, gibt es bei dir eine Tasse Kaffee …?«

Katrin hielt inne. »Jetzt?«

»Möchtest du vielleicht auch noch Kekse?«, fragte sie frech.

»Ich will etwas Süßes, aber keine Kekse …« Er schmunzelte.

»Was brauche ich Kuchen, wenn du in meiner Nähe bist.« Westermann lächelte elektrisiert. Wie auf Kommando zog sie ihr T-Shirt über den Kopf. »Knabbern kann ich auch woanders …«

٭

Thomas Hartwig fuhr am nächsten Morgen als Erstes in den Tannenweg. Er parkte den Wagen direkt vor dem Wohnhaus der Hardenbergs. Suchend schaute er sich um und entschied, den Häusern auf der anderen Straßenseite seine Beachtung zu schenken. Wenn jemand irgendetwas mitbekommen haben sollte, dann die direkten Nachbarn. Bei der ersten Befragung war nicht gerade viel herausgekommen. Er wollte den Leuten auf den Zahn fühlen. Die wissen meistens, was um sie herum geschieht, dachte er, griff nach seinem Notizbuch, steckte es in die Jackentasche und sperrte das Fahrzeug ab. Die Kälte zog augenblicklich in den Kragen und kroch den Rücken hinunter. Hartwig schüttelte sich und zog den Reißverschluss bis zum Anschlag, als er die Straße überquerte. Der Asphalt war mit einem schmierigen Film überzogen, der ihn ohne Vorwarnung ins Schlittern brachte.

Mann, Mann, wir müssen heute Nacht richtig Frost gehabt haben. Er fing sich gerade noch, wankte und torkelte auf das gegenüberliegende Grundstück. Vorsichtig stieg er drei Steintreppen hinauf und drückte auf den Klingelknopf. Die Kirchturmuhr läutete neunmal. Hartwig zählte unaufgefordert mit.

Kein anderes Geräusch störte die morgendliche Stille. Thomas suchte den Blick zum Kirchturm und überlegte: Wenn die die Glocken hören können, hört man die Streitereien aus den Nachbarhäusern sicher auch. Hier ist null Verkehr, stellte er fest.

Die Tür öffnete sich und eine etwa 50-jährige Frau taxierte den Mann in schwarzen Jeans und ebenfalls dunkler Lederjacke von oben bis unten. »Ja?«, fragte sie und wischte ihre Hände an der bunten Schürze ab.

»Thomas Hartwig, Kriminalpolizei Oldenburg. Wir ermitteln im Todesfall von Herrn Hardenberg im Haus gegenüber. Ich hätte da ein paar Fragen an Sie. Dürfte ich reinkommen?« Er zog seine Marke aus der Jackentasche und hielt sie der Frau vor die Augen.

»Ja, aber wir haben nichts mitbekommen. Wir können gar nichts dazu sagen«, stotterte sie. Sie bat den ungebetenen Gast widerwillig ins Haus und drückte die Tür zurück ins Schloss. »Sie müssen mit in die Küche kommen. Ich backe.« Eleonore Backmann huschte in die geräumige Wohnküche und bot Thomas Hartwig einen Stuhl am Küchentisch an, während sie angestrengt Hefeteig auf der Tischplatte knetete und immer wieder auf ihn einschlug, als wollte sie ihn verdreschen.

»Haben Sie in der letzten Woche irgendetwas Auffälliges bemerkt oder gehört, was Ihnen ungewöhnlich erschien?« Eleonore Backmann schüttelte den rot gefärbten Haarschopf. »Nein, wie schon gesagt, wir haben weder etwas gesehen, noch gehört. Wir waren ja froh, dass endlich wieder Ruhe in der Straße eingekehrt war. Das war ja zum Teil nicht mehr auszuhalten da drüben.« Sie deutete mit ihrer Nasenspitze zum Haus der Hardenbergs.

»Erklären Sie mir das bitte etwas genauer.« Thomas Hartwig klickte auf den Kugelschreiber und fing an, sich Notizen in sein Heft zu kritzeln. »Was war nicht mehr auszuhalten?«

»Die hatten fast jede Nacht Streit! Und zwar richtig heftig. Der hat da drüben rumgeschrien, das haben wir natürlich mitbekommen. Die Türen knallten ziemlich oft und der hat bestimmt nicht nur rumgebrüllt. Es war so schlimm, dass unser Nachbar, Herr Sonnenburg, eines Abends selbst unüberhörbar geschrien hat, dass die endlich Ruhe geben sollten, er würde sonst die Polizei rufen. Ja, so laut war das da drüben. Die Frau Hardenberg lief jedenfalls oft mit gesenktem Kopf zur Arbeit. Das hab ich genau gesehen. Wenn er sie mal nicht obendrein verprügelt hat. Aber *sie* war immer freundlich.« Eleonore Backmann wischte sich die bemehlte Hand über die Stirn. »Mir tut ja nur die Lütte leid, die musste die ganzen Querelen der Eltern mit anhören.«

Thomas Hartwig nickte und schrieb. »Der Herr Hardenberg hat also mit ihr ständig gestritten. Und Frau Hardenberg? War sie laut oder wütend und hat geschrien?«

Die dralle Frau, die den Teig ein letztes Mal auf die Tischplatte wuchtete, schüttelte erneut den Kopf.

»Nee, von ihr haben wir nie etwas aufgeschnappt. Sie war immer …«, Eleonore Backmann stutzte. »Wenn Sie mich so fragen, es war schon merkwürdig. *Sie* hat man nie gehört. Und trotzdem dauerte das Gebrüll des Mannes manchmal die halbe Nacht.«

Sie teilte den Teig in drei gleichgroße Stränge und verschlang sie fachmännisch miteinander. »Wissen Sie, Frau Hardenberg wirkt auf mich eher zerbrechlich. Wenn ich sie manchmal auf der Straße treffe, sieht sie irgendwie verloren aus. Ihre Augen kucken meistens traurig.« Sie schüttelte noch einmal den Kopf und legte den geflochtenen Hefezopf auf ein mit Backpapier ausgelegtes Blech. Mit Inbrunst bepinselte sie den Zopf mit zerschlagenem Eigelb und schob ihn in den Ofen. »Geschafft! Aber Sie müssen mir versprechen, dass wir keinen Ärger bekommen. Mein Gustav hat gesagt, ich soll mich da auf jeden Fall raushalten und endlich mal die Klappe halten. Ich schnattere ihm zu viel. Ihr Wort darauf, dass Sie nicht verraten, von wem Sie diese Informationen haben! Sonst habe ich richtig Ärger mit meinem Gustav.«

»Wir werden Ihre Hinweise auf jeden Fall diskret behandeln. Versprochen!« Thomas Hartwig lächelte die geschäftige Frau an, die unermüdlich damit beschäftigt war, die Tischplatte vom Mehl zu reinigen und das gebrauchte Geschirr in den Geschirrspüler zu verfrachten. »Ist Ihnen sonst noch etwas aufgefallen, was uns helfen könnte, den Fall aufzuklären?«

Wieder schüttelte sie den Kopf. »Ich muss nun auch nach Burg rein … einkaufen … aber«, sie hielt plötzlich inne, »… ich will mir nicht den Mund verbrennen. Da war noch was …«

*

Etwa zur gleichen Zeit fuhr Dirk Westermann auf das Gelände der Psychiatrie, um wenig später von einem Pfleger in das Zimmer von Julia Hardenberg gelassen zu werden. Der Schlüssel, der die Tür öffnete, verursachte ein blechernes Geräusch, das durch den langen Flur hallte. Als der Betreuer sich entfernte, quietschten seine Schuhsohlen bei jedem Schritt unangenehm über den Linoleumboden.

Julia Hardenberg saß am Tisch und schrieb etwas in ein dickes liniertes Heft. Als sie Dirk Westermann sah, klappte sie das Schreibheft zu und legte es zur Seite, bevor sie ihm schweigend die Hand reichte. Sie erhob sich und setzte sich auf das Bett.

Das blau-karierte Bettzeug war wie beim letzten Mal pedantisch, ohne eine einzige Falte, auf dem Bett ausgerichtet. Julia trug wieder diesen dunkelblauen Jogginganzug und dazu ihre Sneakers. Nur ihre dunklen Haare hatten mehr Glanz und standen, frech frisiert, vom Kopf ab. Sie hat sogar Make-up aufgetragen, dachte Westermann. Mit klarem Blick sah sie ihm in die Augen. Um den Mund lag noch immer dieser bittere Zug, der ihm beim letzten Mal aufgefallen war. Leise zog er den Stuhl zurück.

»Darf ich?«, fragte er. Sie nickte und Dirk Westermann setzte sich so, dass er sie beobachten konnte. »Wie geht's Ihnen heute?«

»Gut, mir geht's den Umständen entsprechend gut«, flüsterte sie und nickte zustimmend.

»Brauchen Sie etwas oder wollen wir anfangen?«

»Alles gut«, hauchte sie, während Westermann das Diktiergerät auf den Tisch legte.

Er drückte den roten Knopf und sagte: »20. November, Tag zwei der Befragung, Psychiatrische Klinik Neustadt.«

Julia Hardenberg faltete die Hände auf dem Schoß und

wirkte wie eine aufgezogene Puppe, als sie anfing zu erzählen. Es machte auf ihn sofort den Eindruck, als wollte das, was ihr widerfahren war, aus ihr heraus. Als müsste sie ihrem Herzen Luft machen. Und es schien, als hätte sie genau überlegt, was sie ihm heute berichten würde.

»Wir waren bei Ihrem neuen Zuhause stehengeblieben und Sie sagten als Letztes, dass er Ihnen bis heute Geld schuldet, es das erste Mal richtig weh tat«, las der Hauptkommissar von seinen Notizen ab und sah ihr in die Augen.

Sie nickte vorbereitet.

»Hm … ich wohnte mit Mia, die damals ja ziemlich klein war, in dem Haus von Joost. Wie ich Ihnen erzählte, am Anfang war es alles sehr positiv und friedlich. Ich kam mir vor wie eine Prinzessin. Er hat uns sogar jeden Tag, bevor er ins Büro fuhr, das Frühstück vorbereitet. Mit Herzen auf dem Toast, Blumenblättern auf dem Tisch. Süßigkeiten für die Kleine … es war perfekt. Am Anfang der Beziehung war er durchweg früh zu Hause. Er verbrachte die meisten Nachmittage mit uns. Wir sind in den Zoo gefahren, shoppen gegangen, haben wundervolle Ausflüge an den See gemacht. Ich habe mich zwar gewundert, aber es seiner Selbstständigkeit zugute geschrieben, dass er so viel Zeit für uns hatte. Dieser Mann trug uns sozusagen auf Händen. Es war einfach … perfekt. Bis … bis eines Tages …«, sie schwieg für einen kurzen Moment, »bis es eines Morgens an der Haustür klingelte. Ich dachte, Joost hätte irgendetwas vergessen, aber dem war nicht so. Vor der Tür stand ein Mann, den ich nie vorher gesehen hatte und der sich mir als Eigentümer des Hauses vorstellte. Als ich ihn fragte, was er möchte, richtete er mir wütend aus, dass er endlich die Miete für das letzte halbe Jahr haben wollte. Ich war so geschockt, dass mir die Worte fehlten. Ich muss ziemlich blöd ausgesehen haben, als ich da stand.« Julia riss die Augen auf, um ihre Fassungslosigkeit zu demonstrieren.

Sie wirkte ausgeruht und ruhig auf den Kommissar.

»Nachdem ich mich gesammelt hatte, sagte ich ihm freundlich, dass es sich um ein Missverständnis handeln müsste und das Haus Joost Hardenberg gehören würde, da wäre ich mir sicher. Der Mann vor unserer Haustür fing aus vollem Hals schrecklich an zu lachen und meinte, dass das Haus eindeutig nicht das von Joost wäre. Das von uns angemietete Objekt ... und das wüsste er zu 100 Prozent ... gehöre ihm! Dann hat er laut losgeschrien, dass, wenn er nicht umgehend die ausstehende Miete bekommen würde, er uns persönlich rausschmeißt. Und er wies mich darauf hin, dass eine Räumungsklage bereits auf dem Weg zu Joost wäre.«

Julia stand auf und sah aus dem Fenster. Sie blickte in den tristen Himmel. »Wissen Sie, meine Stimmung an diesem Tag war genau wie das Wetter da draußen. Kalt und *sehr* ungemütlich. Ich war so geschockt und hoffte, dass kein Nachbar irgendetwas mitbekommen hatte. Es war furchtbar. Die Peinlichkeit. Dieses Geschrei auf der Einfahrt. Ich habe mich noch nie in meinem Leben so geschämt. Nachdem ich die Tür verschlossen hatte, hab ich mich im Flur auf den Boden gesetzt und fürchterlich geflennt. Der ganze Körper hat geschlottert und mir war grottenschlecht. Froh war ich nur, dass die Kleine im Kindergarten war. Ich wäre am liebsten im Erdboden versunken. Irgendwann hatte ich mich ein bisschen beruhigt und versucht, den Tag normal durchzuziehen. Das miese Gefühl kam erst zurück, als ich Stunden spät am Abend den Wagen von Joost die Auffahrt herauffahren hörte. Ich hatte keine Ahnung, wie er reagieren würde. Natürlich hoffte ich, dass sich alles aufklärte und wir irgendwann entspannt bei einem Glas Wein sitzen und über die ganze Sache lachen würden« Julia lehnte sich gegen den Heizkörper unter dem Fenster und inspizierte den Raum.

»Eine halbe Stunde später erfuhr ich auf die harte Tour, wie er reagierte, wenn man ihn in die Enge trieb.«

Julia Hardenberg verschränkte ihre Hände so fest ineinander, dass die Knochen blutleer hervortraten. Sie sah hilfesuchend zu Dirk Westermann, der sie ohne jegliche Regung im Gesicht beobachtete. Ein kaum wahrnehmbares Nicken zeigte Julia Hardenberg, dass er ihr zuhörte. Mit weichen Knien schlurfte sie zum Bett und setzte sich auf die Decke.

»Mein Puls raste damals wie ein Presslufthammer und die Hände waren so nass, dass man sie hätte auswringen können. Dabei habe ich ihm total gefasst vom Besuch des Mannes erzählt. Ich zog die Angelegenheit geradezu ins Lächerliche und erwartete eine entsprechend logische Erklärung. Ich hoffte darauf, dass sich alles als Irrtum herausstellte. Als ich mit meiner Mitteilung fertig war, spürte ich ohne Vorwarnung seine Hand im Gesicht. Es hat richtig fies geklatscht. Ich war so geschockt, dass ich perplex dastand.« Sie fing an zu zittern und ihre Lippen bebten.

Westermann sah die Tränen in ihren Augen schimmern, stand auf, nahm ein Glas vom Regal über dem Bett. Konzentriert ließ er Wasser aus dem Hahn laufen und füllte das Gefäß bis zum Rand. Er reichte es ihr und setzte sich wieder.

Julia leerte es in einem Zug und sprach mit brüchiger Stimme weiter: »Er hat mich hasserfüllt angesehen und zerrte mich an den Haaren hinter sich her. Als er mich im

Flur von sich stieß, prallte ich ziemlich unsanft gegen die Eingangstür. Genau dorthin, wo ich morgens gesessen und geheult hatte. Ich war so geschockt, dass ich wie gelähmt am Boden sitzen blieb. Rasend vor Wut drehte Joost sich um, griff nach einer Vase, die im Flur auf einer kleinen Kommode stand, und schleuderte sie nicht weit von meinem Kopf gegen die Wand. ›Der lügt‹, schrie er. Er brüllte so laut, dass ich nicht wagte, mich zu bewegen. So hatte ich ihn vorher niemals erlebt. Die Angst, die ich in diesem Moment spürte, blockierte mich total. Überall lagen Scherben am Boden und der Mann, von dem ich dachte, dass er mich über alle Maßen liebte, zeigte mir zum allerersten Mal sein wahres Gesicht.«

Sie schüttelte sich und fuhr fort.»Der Typ im akkuraten Anzug und mit der geschäftsmäßigen Erscheinung, der vor Liebe nur so überströmte, sollte ein jähzorniger Mensch sein? Es fühlte sich alles so falsch an. Mia, die in ihrem Zimmer gespielt hatte, kam, vom Lärm aufgeschreckt, weinend angelaufen. Ich bekam Beklemmung und Atemnot. Mia, wie hatte ich sie vergessen können? Was hatte sie von alldem mitbekommen? Mir war richtig übel. Ich hab mich am Türgriff hochgezogen und sie in den Arm genommen. Es dauerte eine Weile, bis ich sie einigermaßen trösten konnte. Joost hatte sich verzogen und ich hab mich verängstigt zum Telefon geschleppt. Mir war klar, dass ich mit ihr für den Moment aus dem Haus verschwinden musste. Wie weit geht so ein Mensch, wenn es kompliziert würde? Ich habe in meiner Verzweiflung und Hilflosigkeit die Nummer meiner Eltern gewählt. Als mein Vater abnahm, ist alles aus mir herausgebrochen. Ich muss fürchterlich gebrüllt haben, als ich ihn bat, uns schnellstens abzuholen. Ich hatte solche Angst … Als Joost, der sich im Schlafzimmer aufhielt, mitbekam, dass ich telefonierte, kam er fuchsteufelswild die Treppe hinuntergelaufen und riss mir mit bedrohlichem Blick den Hörer aus der Hand. Er bölkte mich an und wollte wissen, mit wem ich telefonieren würde? Dabei legte er seine Hand um meinen Hals und drückte so fest zu, dass ich Probleme mit der Atmung bekam. Mia schrie wie am Spieß. Als er losließ, versuchte ich, ihm so sachlich wie möglich zu erklären, dass ich es für besser hielt, eine Zeit lang zu meinen Eltern zu fahren. Nur so lange, bis die Lage sich beruhigt hätte. Ich wollte ihm die Gelegenheit geben, sich abzuregen, ohne dass es nach Trennung aussah. Ich hatte Angst … fürchterliche Panik. Mia klammerte sich an mein Bein und starrte ihn geschockt an. Es war, als hätten die Worte in ihm einen Schalter umgelegt. Auf einmal wurde er seltsam gelassen. Er stellte sich vor uns, wurde blass und meinte, dass er die Sache in Ordnung bringen wolle. Dass es stimmte, was der Fremde mir erzählt hätte. Wie erstarrt hat er mich angesehen, während Mia sich an mich klammerte. Ich habe den Kopf geschüttelt und gesagt, dass es besser wäre, wenn ich vorerst gehen würde. Vorsichtig zog ich meine Jacke vom Haken und nahm Mia an die Hand. Ich war fest entschlossen, endgültig zu verschwinden, als ich die Tür öffnete. Sein Gesicht wurde gespenstisch bleich, die stahlblauen Augen wirkten eiskalt und dann schlug die Stimmung erneut um. Er drohte mir. Baute sich wie ein Gorilla vor mir auf und meinte, dass ich gar nicht erst wiederzukommen brauchte, wenn ich das Haus verlassen würde. Und dass ich es bitter bereuen würde. Ich solle an meine Tochter denken … Ich wusste nicht, auf was er anspielte, und mir blieb fast das Herz stehen. Wollte er Mia etwas antun? Ich musste verschwinden. Der Mann rannte wie eine Furie ins Schlafzimmer im oberen Stock, während ich panisch mit Mia das Haus verließ, um draußen auf meinen Vater zu warten. Aus dem Augenwinkel sah ich, dass das Schlafzimmerfenster aufgerissen wurde und sämtliche Kleidungsstücke, die mir gehörten, in hohem Bogen im Vorgarten landeten.«

Julia schluchzte. Tränen liefen unaufhaltsam über ihre Wangen. Dirk Westermann reichte ihr ein Taschentuch. Er spürte ihre Verzweiflung und den inneren Kampf, all die Geschehnisse wieder aufleben lassen zu müssen. Er kannte die Probleme, die häusliche Gewalt mit sich brachte. Frauen und Kinder, die oft für den Rest ihres Lebens schwer traumatisiert waren und denen selbst eine Therapie oftmals nicht half, Erlebtes auf Dauer zu verarbeiten. »Möchten Sie aufhören?«

Sie schüttelte heftig den Kopf.

»Nein, es geht schon, aber ich muss was trinken. Meine Kehle ist total ausgedörrt.« Sie fasste sich an den Hals und schluckte.

Ihr Blick war trübe und ihre Haut wirkte wie graue Asche. Westermann atmete tief ein, stand auf und griff nach dem Glas, das sie noch immer in ihren Händen hielt. Erneut ließ er kaltes Wasser aus dem Wasserhahn hineinlaufen. Julia stürzte es hinunter. Sie reichte ihm das Wasserglas, stand auf und lief wie ein gefangenes Tier im Käfig umher. Mit zögernden Schritten schlurfte sie in offenen Sportschuhen und schlotternden Hosen, die tief auf den Hüften saßen, wieder zum Bett und setzte sich. Sie atmete schwer, schien sich einen Moment sammeln zu müssen und sprach mit monotoner Stimme weiter.

»Nach gefühlten Stunden sah ich den Wagen meines Vaters am Grundstück halten. Wir waren zur Straße gehetzt, falls Joost hinter uns her kommen sollte. So hätten wir wenigstens um Hilfe rufen können. Niemand kann sich vorstellen, wie erleichtert ich in dem Moment war. Es war eine Befreiung, den Wagen zu sehen. Noch nie vorher habe ich mich über das alte verrostete Vehikel meines Vaters so gefreut. Mir war auch egal, was die Nachbarn dachten, die wahrscheinlich alle hinter Gardinen standen und das Schauspiel beobachteten. Wir sprangen dem Auto förmlich entgegen. Mein Vater, ein Mann, der anderen durch seine Erscheinung ziemlichen Respekt einflößte, hatte zur Verstärkung sogar meinen Bruder mitgebracht. Ich wollte nur weg und fühlte mich in sicheren Händen. Joost warf immer noch Kleidungsstücke aus dem Fenster. Mia weinte fürchterlich. Meine Familie stand vor dem Auto und sah sich das Theater fassungslos an, während wir einstiegen.« Julia Hardenberg schluchzte.

Es schien, als durchlebte sie jede Sekunde dieser Zeit körperlich. Stockend sprach sie weiter. »Mein Vater sah zum Fenster rauf und erklärte Joost in sehr ruhigem Ton, dass er mich mitnehmen würde, und wenn er nicht augenblicklich alle Klamotten wieder aufsammeln würde, er reinkommen und sich mit ihm von Mann zu Mann unterhalten müsste.«

»Und, was passierte dann?«, fragte Dirk Westermann mitfühlend.

»Mit einem Mal war Stille … Das Ende vom Lied war, dass er, heute muss ich sagen *leider*, am gleichen Abend bei meinen Eltern aufkreuzte und reumütig heulend um Verzeihung bat. Mein Vater meinte damals zu mir, dass ich alt genug wäre, die richtige Entscheidung zu treffen. Ich hätte da bleiben können. Aber ich bin wieder mit ihm und Mia nach Hause gefahren. Er tat mir in seiner jämmerlichen Verfassung leid, als er da im Wohnzimmer stand und heulte. Im Nachhinein hätte ich mir viel, viel Leid erspart, wäre ich nicht wieder zurückgegangen. Aber wer denkt klar, wenn es nicht sehr viele Optionen gibt ... und die rosarote Brille die Augen vor der Wahrheit verkleistert.«

»Optionen?«, wollte Westermann wissen.

»Ja, wo sollte ich denn hin? *Meine* Wohnung hatte ich aufgegeben und zu den Eltern zurück ... Nein, das passte nicht. Sie lebten selbst auf beengtem Raum und dann ich mit Mia, nein ... Ich hoffte so, dass alles wieder wie zu Anfang werden würde. Damals hätte ich der Geschichte vielleicht eine andere Richtung geben können, aber ...«

Es schien, als gäbe sie sich die Schuld für all das, was der Mann ihr und ihrer Tochter angetan hatte. Julia Hardenberg schwieg. Ihre Mundwinkel hingen herunter. Sie knibbelte an einem Fingernagel.

»Ich liebte ihn und wollte, dass alles gut würde. Die Zeit danach war ja auch wieder besser. Er las mir jeden Wunsch von den Augen ab und kümmerte sich rührend um Mia. Ich hoffte, dass die Geschichte nur ein schrecklicher Ausrutscher war. Wissen Sie, wenn das Herz so erfüllt ist von dem Gefühl, den Traummann gefunden zu haben, sieht man die Realität nicht ... will oder kann sie nicht sehen. Es schien alles so ... vollkommen. Ich zahlte sogar von meinem kleinen Gehalt als Verkäuferin die ausstehende Miete, um ihm zu zeigen, dass ich ihm und seiner Liebe vertraute. Aber in diesem Haus wollte ich keinen Tag länger als nötig wohnen. Es hatte zu viele böse Erinnerungen. Ich schlug ihm vor, ein neues Zuhause zu suchen, um einen Neuanfang zu wagen. Merkwürdigerweise war er sofort einverstanden. Tatsächlich kam der Zufall oder, wie soll ich es besser formulieren ... das Schicksal uns zu

Hilfe. Ich las in einer Fachzeitschrift von einem Geschäft, das einen Nachfolger für eine gut laufende Boutique auf einer Ostseeinsel suchte. Ich sah es als eine Art Fügung. Da ich mich schon immer selbstständig machen wollte, überlegte ich nicht lang. Das Geschäft befand sich auf Fehmarn. Zu der Zeit wusste ich nicht einmal genau, wo sich diese Insel befindet. Aber als ich an einem nebligen Nachmittag zusammen mit Joost und Mia über die Brücke fuhr, war mir klar, was ich zu tun hatte. Mein Ex konnte von überall aus arbeiten und wir sahen uns das Geschäft an. Ich sagte zu und keine vier Wochen später übernahm ich den Laden. Es lief alles so rasend schnell, dass ich nicht einmal mehr sagen könnte, wie das in so kurzer Zeit organisiert wurde. Plötzlich stand ich strahlend mit einem Glas Sekt in der Hand in dem Geschäft in der Burger Innenstadt und prostete den Gästen zu, die mir Glück zur Neueröffnung wünschten. Es war einer der schönsten Tage in meinem Leben. Joost postierte sich stolz neben mir und begrüßte die Leute, als hätte er nie etwas anderes getan. Er war ein Mann mit enormer Ausstrahlung, mit einer ungeheuren Selbstsicherheit. Im Nachhinein war er der Chef ... Mit seinem Charme umgarnte er die Anwesenden und ich war in diesem Augenblick einfach nur unsagbar glücklich.«

Ein Lächeln umspielte ihre Lippen. Nur die traurigen Augen verrieten, wie es tief in ihr aussehen musste.

»Das erste Jahr verging so schnell, dass ich es kaum wahrnahm. Meine Boutique lief bombig und erstmals verdiente ich genug, um mir keine Sorgen um unsere Zukunft machen zu müssen.« Sie holte tief Luft.

»Ich zahlte am Anfang die Miete für das Haus, in dem wir immer noch wohnen und das heute mir gehört. Alle Verbindlichkeiten wurden von meiner Boutique beglichen.

Ich hielt das für selbstverständlich. Dass Joost mich in regelmäßigen Abständen um Geld bat, war nicht weiter verwunderlich, im Gegenteil: Es machte mich stolz, zum Lebensunterhalt beitragen zu können. Ich wusste, dass er einen Kundenstamm hier oben im Norden erst aufbauen musste. Später wollte er für alle Kosten aufkommen … später. Wie naiv. Natürlich gab ich ihm, was er wollte, und fragte nicht nach. Na ja und ganz freiwillig waren meine Zahlungen an ihn letztendlich nicht. Joost setzte mich unbewusst damit unter Druck, dass er zu Hause bleiben müsste, wenn ich ihn nicht finanziell unterstützen würde. Ich hätte wesentlich früher misstrauisch werden müssen. Es war unfassbar, was ich erst sehr viel später herausfinden sollte. Es war ein teuflisches Leben, das er hinter meinem Rücken durchzog … aber glauben Sie mir, ich hätte ihn niemals getötet, auch wenn ich es später manchmal aus tiefstem Herzen wollte, so weh hat es getan … Es ist genug.«

Ihre Lippen zitterten, als sie sich die verweinten Augen rieb. »Teuflisch …!«

*

Eingemummelt in ihren bunten Wollmantel, dicke Handschuhe und den selbstgestrickten Schal, fuhr Charlotte Hagedorn den Kirchhof entlang. An diesem Nachmittag wollte sie all die Lieben besuchen, mit denen sie über viele Jahre ihr Leben verbracht hatte, die ihr Halt waren, nachdem ihr Mann verstorben war, und die mittlerweile selbst auf dem Friedhof begraben lagen.

Sie stieg vom Fahrrad ab und lehnte es gegen die aus Findlingen erbaute Friedhofsmauer. Gemächlich stiefelte sie die Steinstufen empor. Sie war alleine, aber die Atmosphäre auf der alten Begräbnisstätte hatte fast etwas Anheimelndes. Nur der dichte Nebel gab dem Areal, das unmittelbar vor der Altstadt lag, einen unheimlichen Rahmen. Geisterhaft, überlegte Charlotte und warf einen Blick durch die Bäume hindurch. Um den Friedhof herum gab es ein Straßennetz. Die Verstorbenen fanden in umtriebigen Zeiten nicht unbedingt die Ruhe, die sich manch einer von ihnen sicherlich gewünscht hätte. Aber ein Platz im Schatten der Sankt Nikolai Kirche war nicht zu verachten.

Das imposante Gebäude, erbaut im 8. Jahrhundert, zog zu jeder Zeit viele Menschen an, die sich für einen Moment in den alten Gemäuern ausruhten und mit ihrem Herrgott Zwiegespräche hielten.

Charlotte schaute zum Kirchturm. Ein paar Tauben kreisten um die vom Dunst eingehüllte Kirchturmspitze, um sich nacheinander in einer der kleinen Einlassungen niederzulassen. *Hätte ich doch nur meine Kamera mitgenommen. Heute ist eine so herrlich unheimliche Atmosphäre.*

Zielstrebig flanierte sie zwischen den Gräbern umher, begrüßte die eine wie den anderen, führte kurze Gespräche und folgte dem Weg Richtung Kirchentür. Sie drückte den massiven Griff herunter und schob die Tür so weit auf, dass sie gerade hineinschlüpfen konnte. Leise huschte sie zum nächsten Zugang und öffnete ihn ebenfalls. Es war still an diesem Samstagnachmittag. »Jetzt im November ist nicht nur auf dem Friedhof Totentanz«, kicherte sie und hielt die Hand vor den Mund. »Entschuldigung, ich wollte nicht frech sein«, sprach sie zu ihrem Schöpfer und schaute Richtung Gewölbe. Lautlos schritt sie durch das Kirchenschiff und setzte sich vorn in die dritte Bank. Ihre Blicke wanderten zum großen Votivschiff aus dem 18. Jahrhundert, das auf der anderen Seite des Ganges unter dem Gewölbe hing. Wat'n Dreimaster, staunte sie und äugte zum dreiflügeligen Altar. Sie hoffte, dass sie den Anblick noch lange aus dieser Perspektive genießen konnte. Wieder kicherte sie. »Tschuldigung«, murmelte sie erneut verlegen.

Auf einmal hörte sie, wie die Tür am Eingang zur Kirche leise ins Schloss fiel. Sie vernahm Schritte, die auf dem gefliesten Boden verhallten, bis sie direkt neben ihr zum Stillstand kamen.

»Darf ich?«, flüsterte eine weibliche Stimme, die Charlotte nur zu genau kannte. Erna Steen aus Avendorf. Die Künstlerin drehte den Kopf in ihre Richtung.

»Ernchen, was willst du denn hier?«, wollte sie wissen.

»Na, was glaubst du, mache ich in einer *Kirche*?«

»Auf jeden Fall keine Karten spielen«, antwortete Charlotte Hagedorn grinsend.

»Ne, meine Liebe. Mir war danach, heute meine Liebsten zu besuchen und ein wenig mit dem Chef zu plaudern. Aber nun kann ich das ja auch mit dir tun«, murmelte Ernchen. »Du weißt ja fast genauso viel wie der da oben, oder?« Sie deutete mit dem Finger in die Höhe.

Charlotte prustete lauthals los. Postwendend hörte sie ein nicht zu überhörendes »Pst« durch die Kirche hallen. »Wir sollten uns verabschieden und irgendwo einen Kaffee trinken«, flüsterte die Künstlerin, nickte und stand auf. Ernchen wurde am Ärmel gegriffen und unsanft hinter ihr hergezogen, gerade als sie sich gesetzt hatte. Es schien, als wäre die Miss Marple von der Insel wieder einmal auf der Flucht. Draußen atmete sie hörbar aus und sog die kühle Novemberluft tief in ihre Lungenflügel. »Hier ist es doch luftiger als da drinnen«, sagte Charlotte. »Lass uns in das

Café da hinten gehen. Da haben die jede Menge Teesorten … Pina-Colada-Geschmack. Der ist so spritzig. Mein liebster Früchtetee. Und leckeren Kuchen haben die auch«, brabbelte sie ohne Unterlass und war etliche Meter vor Erna Steen auf dem Weg zur Orthstraße.

Ernchen hatte Mühe, ihr in den derben Stiefeln auf den Fersen zu bleiben. »Sach mal, hast du dein Fahrrad gar nicht dabei?«

Plötzlich stutzte Charlotte und drehte sich um. Sie schmatzte, als wenn der Kuchen bereits am Gaumen klebte. Erneut schielte sie Richtung Café. »Ach, das klaut schon keiner. Das hole ich nachher ab, jetzt hab ich erstmal Hunger.«

Wenige Minuten später dampfte frisch aufgebrühter Tee in den Bechern der beiden Freundinnen und zwei riesengroße Stücke Marzipan-Nuss-Torte glänzten auf den Tellern. »Jam, jam«, frohlockte Charlotte, den Blick starr auf den Kuchen gerichtet. »Kuck an. Wie lange ist es her, dass ich so ein großes Stück Torte gegessen habe!«

»Na, das schad' dir auch nicht, es nicht so häufig zu tun«, entgegnete Ernchen und begutachtete die Gestalt ihrer Freundin von oben nach unten.

»Sach mal, ich hab doch eine fantastische Figur für mein Alter«, rief Charlotte und sprang auf. Sie streifte mit den Händen über ihren bunten, knielangen Strickpullover, der jedoch mehr verhüllte, als zeigte und drehte sich einmal um ihre eigene Achse.

»Nu mach mal halblang, war ja nicht so gemeint«, antwortete Erna und verzehrte genussvoll das Stück Nuss-Torte, das auf ihrer Kuchengabel lag.

Am Nebentisch unterhielten sich zwei Personen. Charlotte, die mit dem Rücken zu den Gästen saß, geriet, ohne dass sie es wollte, in das Gespräch und vernahm jedes Wort.

»Hast du das gelesen? Jetzt steht es sogar in der Bildzeitung«, brummelte der Mann hinter ihr.

»Was meinst du?«, flüsterte seine Frau leise.

»Das mit dem Mord. Das will ich dir sagen. Der Kerl hatte Dreck am Stecken. Ich kannte den aus dem Büro in Oldenburg. Da hatte der richtig Mist gebaut … was ich so gehört habe. Niemand der Kollegen konnte den leiden. Das war so ein aufgeblasener Fatzke. Den haben sie am Ende rausgeschmissen. Kein Wunder bei den ganzen Weibergeschichten.«

»Ne, erzähl mal. Was hat der denn so Anrüchiges gemacht?«

Charlotte bekam große Augen und Ohren und legte auf der Stelle die Gabel auf den Teller und den Finger auf ihre Lippen. Sie bearbeitete demonstrativ ein paar Strähnen, die sich aus ihrer Steckfrisur gelöst hatten, und steckte sie zurück in den Knoten.

Erna Steen schüttelte verständnislos den Kopf. Sie befürchtete, dass Charlottes Neugier sie antrieb, ihren Hinterkopf fast an dem ihres Tischnachbarn zu reiben.

»Charlotte, was machst du denn schon wieder?«

»Pst, ich muss das unbedingt mitkriegen«, flüsterte sie. Sie kaute auf ihrer Unterlippe, lehnte sich auf ihrem Stuhl zurück, soweit es die kippelige Lage zuließ, und stellte ihre Ohren auf Empfang.

»Was der gemacht hat? Der hat im Büro irgendwelche komischen Nummern angerufen.«

»Komische Nummern? Was meinst du damit?«

»Na ja, so Damen halt, für die *Mann* bezahlen muss, wenn er sich mit ihnen unterhalten will.«

»Ja, über was wollen die sich denn mit den Männern unterhalten?«

Der Mann hinter Charlotte Hagedorn hielt die Hand über den Mund, sodass die Künstlerin kaum etwas hören konnte.

»Über Sexsachen«, tuschelte er.

»Was, am Telefon? Und solche Frauen hat der angerufen?«, rief sie laut.

»Pst«, ermahnte er seine Ehefrau.

»Ja, und die Rechnungen für die Gespräche kamen an die Buchführungsabteilung der Firma, in der er gearbeitet hat ... da wurden die Telefonrechnungen übel in die Höhe getrieben«, feixte er leise. »Wenn du diese Nummern anrufst, dann kann das viele, viele Euro kosten.« Der Mann am Nebentisch schwieg.

»Und woher weißt *du* das so genau?«

Ernchen beobachtete, wie die blauen Augen der Mittsechzigerin mit dem grauen Kurzhaarschnitt sich auf einmal zu schmalen Schlitzen verengten.

»D... d... das weiß ich von den Kollegen. Else, was denkst du von mir?«, stotterte der Mann mit der schütteren Frisur verdattert. Seine Ohren leuchteten schlagartig wie Warnlampen auf einem Müllwagen.

Ernchen konnte nur ahnen, dass der Mann, der ihr den Rücken zuwandte, einen genauso roten Kopf bekommen haben musste.

»Na, da werde ich in Zukunft unsere Rechnungen genau unter die Lupe nehmen, min Jung«, sagte sie und stopfte wutentbrannt ein Stück Apfelkuchen mit Sahne in den Mund. »Und was weißt du sonst noch von dem Kerl, dem Toten?«

»Ach ne, da will ich gar nicht drauf eingehen, dann bin ich wieder der Dummbatz.« Er schüttelte gehörig den Kopf, sodass Charlotte ihren kippeligen Stuhl vorsorglich in gesicherte Position brachte.

»Nun vertell schon«, lenkte die schmale Person versöhnlich ein. »War doch nur Spaß mit den Telefonrechnungen.« Sie kicherte und eine verlegene Röte zog in ihr Gesicht, was Ernchen wohlwollend feststellte, während sie ein Stück Torte in den Mund steckte.

Es war immer wieder aufregend, mit Charlotte auszugehen, das musste sie sich insgeheim eingestehen.

»Na, der hat, wie ich hörte, jede Menge Weibergeschichten gehabt ... und die Frau zu Hause nach Strich und Faden betrogen. Aber lass mal gut sein. Ich will darüber jetzt nicht mehr reden. Das sind vielleicht alles nur Gerüchte. Das ist mir zu blöd und versaut uns nur den Nachmittag.«

Das Gespräch am Nebentisch verstummte. Wenig später verließen die beiden händchenhaltend das Café.

Charlotte blieb stumm sitzen, kniff die Lippen zusammen und versuchte, das Gehörte in ihrem Kopf zu speichern. Dabei fummelte sie so lange in ihrer Frisur umher, bis jede Menge graue Strähnen ihr Gesicht umrahmten.

»Ich wusste, da ist irgendetwas faul im Staate Dänemark.«

Ernchen verschlang ihr Tortenstück und sagte: »Magst du deinen Kuchen nicht, min Deern?«

»Doch, gleich ...« Sie sprang auf, stakste zum Tresen und fragte die Kellnerin nach Papier und Stift. Als ihr die freundliche, junge Bedienung die Schreibutensilien reichte, erkundigte sich Charlotte nebenbei: »Kannten Sie die beiden, die neben uns am Tisch gesessen haben?«

»Wieso? Warum wollen Sie das wissen? Selbst wenn. Ich kann Ihnen doch nicht sagen, wer unsere Gäste sind, wo kommen wir denn dahin?« Sie schüttelte den Kopf.

»Die beiden haben aus Versehen meinen Mantel mitgenommen!«, log sie, ohne rot zu werden.

»Oh«, erwiderte die junge Bedienung. »Das ist natürlich etwas anderes. Da schauen wir zwei nochmal. Vielleicht haben Sie nur nicht richtig nachgesehen«, versuchte die Kellnerin, sie besänftigen.

»Wollen Sie damit sagen, ich wäre blind?« Charlotte griff tief in die Tasche ihres schauspielerischen Könnens und plusterte sich auf.

Eilig huschte die junge Kellnerin zur Garderobe und fragte: »Was für einen Mantel hatten Sie denn an?«

»Einen cremefarbenen Kamelhaarmantel!«, log sie erneut. Sie hatte den weiblichen Gast beim Hinausgehen genauestens beobachtet.

Kurze Zeit später bestätigte die Bedienung mit puterrotem Gesicht. »Da ist kein cremefarbener Mantel. Ein beiger ja, aber kein Kamelhaar …«

»Sagte ich … den haben die mitgenommen.« Bin ich schlau, dachte sie und grinste Ernchen an. Erna Steen verzog das Gesicht. Noch durchschaute sie den Plan ihrer Freundin nicht, aber sie würde schon herausbekommen, was es mit diesem Mantel auf sich hatte.

»Seien Sie bitte leise. Setzen Sie sich doch wieder. Kein Aufsehen. Ich schreibe Ihnen den Namen auf, dann können Sie sich darum kümmern, oder sollen wir …?«

Charlotte schüttelte energisch den Kopf und klopfte mit dem Zeigefinger auf den leeren Block vor sich. Hastig kritzelte die junge Dame einen Namen und eine Straße auf das Papier und übergab dem weiblichen Gast den Zettel. Sie kannte die Miss Marple von der Insel und hoffte, dass es durch dieses Missverständnis keinen Ärger gab. Charlotte Hagedorn zückte ihr Portemonnaie und wollte die Rechnung begleichen.

»Ne, das geht aufs Haus«, flüsterte die Bedienung.

Nickend stopfte sie das letzte Stück Torte in ihren Mund

und forderte Ernchen auf, ihr unauffällig zu folgen. Sie griff nach ihrem Mantel …

»Hallo, das ist doch nicht Ihrer!«

»Ne, aber den nehme ich mit … als Corpus Delicti. Man weiß ja nie.«

»Wir müssen diese Leute finden. Ich muss sie umgehend befragen und dann … sollte ich unbedingt die ersten Nachforschungen anstellen«, murmelte Charlotte. Als sie außer Sichtweite des Cafés waren, zog sie den Mantel, der ihr eigener war, über.

»Ja, von was sprichst du denn, bitte schön? Ich kann dir langsam, aber sicher überhaupt nicht mehr folgen.«

»Papperlapapp, verstehst du es nicht? Ich muss die Jungs bei ihrem neuen Fall unterstützen … ohne mich bekommen die das sowieso nicht hin.«

Charlotte Hagedorn war so gefangen, dass sie überhaupt nicht daran zweifelte, dass Thomas Hartwig und Dirk Westermann den Tod des Mannes aus Burg längst untersuchten.

»Wie hießen die Leute nochmal …?«

✳

Mit einem Lächeln betrat Dirk Westermann das Zimmer. »Guten Morgen, Frau Hardenberg. Wie geht es Ihnen heute?«

Julia sprang auf, richtete die Bettdecke und reichte dem Kommissar die Hand.

Sie hat grad geduscht, stellte Westermann fest und zog den Stuhl heran, auf dem er die letzten Tage gesessen hatte. Julias Haare standen nicht wie zuvor igelig vom Kopf ab. Sie lagen ungewohnt platt an und gaben ihrem schmalen

Gesicht eine kindliche Note. *Aber sie sieht schon lebendiger aus. Nicht mehr so verletzlich.* Die hat den Mann nicht umgebracht, dachte er und es erleichterte ihn. Er nahm ihre kalten Hände in seine.

Julia sah auf ihre Turnschuhe und erwiderte: »Mir geht es besser. Wenn auch nicht hervorragend. Was ich erzählen will, wird Ihnen aufzeigen, wie abgebrüht der Mann tatsächlich war.«

Westermann wusste, dass er von ihr weitaus mehr erfahren konnte als von jeder anderen Person, die er und seine Kollegen befragten. Er ließ sie gewähren, in der Hoffnung, den Fall zügig lösen zu können. »Dann erzählen Sie.«

Julia Hardenberg wirkte aufgeräumter. Ihre Augen glänzten und ihr Teint wirkte gesünder. »In den letzten Tagen habe ich viel nachgedacht. Mir fiel eine Gegebenheit ein, die mir zeigte, wie eiskalt und berechnend dieser Mann war. Ich frage mich ständig, ob er schon vorher so war oder sich in der Zeit, die wir zusammen waren, so entwickelt hat.«

Sie zog ihr leuchtend blaues Sweatshirt glatt, kreuzte die Beine auf dem Bett und legte die Hände in den Schoß.

Westermann spürte, dass sie nach Worten suchte, die beschreiben konnten, was sie empfand.

»Alles schien sich unübersehbar zum Besseren zu wenden … es gab, bis auf ein paar kleine Reibereien, keine Streitigkeiten mehr. Der Mann trug mir gegenüber ein völlig anderes Gesicht zur Schau als bei dem Streit im Haus. Auch Mia fasste langsam wieder Vertrauen. Bis … bis zu diesem Hafenfest. Der Tag begann so harmonisch. Es sollte eigentlich ein schöner Sommerabend werden. Wir … wir hatten uns mit Bekannten an besagtem Abend in Burgstaaken verabredet. Wollten Spaß haben und uns amüsieren. Mia hatte sich zwei Freundinnen eingeladen und sie hatten vor, im Garten zu zelten. Ich war froh, dass sie in ihrer neuen Schule schnell Kontakt zu anderen Kindern aufgenommen hatte und Freundschaften knüpfte. Sie war ja erst in die erste Klasse eingeschult worden und musste die nach nur ein paar Monaten wieder verlassen. Das gab viele, viele Tränen. Natürlich haben wir ihr erlaubt, im Garten zu übernachten. Es war ein lauer Abend. Es gab keinen Wind und die Temperaturen waren so angenehm, dass ich nicht einmal eine Jacke anhatte. Das Hafenfest in Burgstaaken kennen Sie doch, oder?«

Dirk Westermann nickte, obwohl er noch nie dort gewesen war.

»Es ist alle zwei Jahre eines der Highlights auf der Insel. Überall war an diesem Abend Live-Musik. Das Fest war gut besucht. Die Leute schlenderten an den Buden vorbei und vor den Bühnen war es rappeldickevoll. Wir aßen an einem der Stände Scampi und tranken jede Menge Alkohol. Ich war aufgedreht und gut drauf an diesem Abend. Ausgelassen alberte ich mit einer Freundin an einem der Bierstände herum, der auf einem Podest aufgebaut war. Damit hatten wir einen *erhöhten* Blick auf das Hafengelände. Irgendwann in der Nacht stupste sie mich an und meinte, ich solle ein bisschen besser auf meinen Mann achtgeben. Sie zeigte auf Joost, der mit einer mir fremden Frau, zwei Gläsern in der einen Hand und einer Flasche Sekt in der anderen Richtung alter Getreidesilos verschwand. Das sind die, die gegenüber der Kletteranlage stehen. Ich stutzte, mir wurde flau im Magen und ich bekam eine Gänsehaut … was mit Sicherheit nicht am Alkohol lag! Ich fragte mich in dem Moment, was sich da direkt vor meinen Augen abspielte. Es war doch alles in Ordnung in unserer Beziehung. Das Herz puckerte auf einmal, als wenn es explodieren wollte. Ich bin dann mit einem dicken Kloß im Hals den beiden hinterher. Ich kam mir total blöd vor. Aber als ich sah, dass sie hinter einem Container, der an der Rückwand des Silos stand, verschwanden, wurde mir grottenschlecht und ich blieb vor dem riesigen Müllbehälter stehen. Ich glaube, ich war schweißgebadet.«

Julias Lächeln löste sich auf und ihr Mund bekam wieder diesen harten Zug. Selbst die gesunde Gesichtsfarbe verschwand wie ausradiert. »Ich weiß noch genau, wie ich überlegte, ob ich ihnen hinter die Mülltonne folgen sollte oder nicht. Wissen Sie, wie das ist, wenn man die Möglichkeit des Betruges vor Augen hat?«

Westermann nickte. »Ja, das weiß ich«, sagte er leise und biss sich auf die Unterlippe.

»Ich wollte nur *eine* Minute abwarten, um herauszufinden, ob ich mit meiner Befürchtung richtig lag. Aber ich konnte es nicht.« Ihr Blick verklärte sich und Tränen stiegen erneut in ihre Augen. Sie nahm den Finger in den Mund und kaute auf ihrem Nagel herum. In wenigen Augenblicken wirkte sie um Jahre gealtert. Die blutleeren Lippen formten sich zu schmalen Strichen, als sie weitersprach. Ihr Körper zitterte und Westermann überlegte, ob er das Gespräch besser abbrechen sollte, bevor sie zusammenbrach. Er machte sich Sorgen um die Frau. Was für ein Arschloch, dachte er und sah sie ernstlich besorgt an. »Aufhören?«, fragte er.

Sie schüttelte heftig den Kopf. »Lassen Sie mich … bitte! Ich muss das endlich loswerden. Bitte!« Sie sprang auf und griff zur Wasserflasche auf dem Tisch. Sie füllte einen Plastikbecher, der neben der Flasche stand, und leerte ihn in einem Zug. Dann lehnte sie sich mit dem Rücken gegen die Fensterbank und sprach mit brüchiger Stimme weiter. Westermann ließ sie gewähren und das Diktiergerät weiterlaufen.

»Wissen Sie, mir war hundsmiserabel, mein Herz raste und ich hatte das Gefühl, ich müsste mich augenblicklich übergeben. Es war ein so großer Schmerz, als hätte mir jemand eine Faust in die Magengegend geschlagen. Trotzdem bin ich zitternd und mit weichen Knien zwischen den Kübeln hindurch. Was ich sah, war unfassbar. Es war so irre, dass ich an meinem Verstand zweifelte. Mein Herz schlug so laut, dass ich glaubte, sie könnten es hören. Ich bekam Atemnot. Es war, als wenn jemand mir einen Eisenring um die Brust gelegt und zugezogen hätte. Ich konnte mich nicht mehr bewegen. Ich war fassungslos. Ich dachte, mein Herz würde stehenbleiben.«

Julia drehte sich um und schaute aus dem Fenster.

»Wissen Sie, wie das ist, wenn man etwas vermutet und vor lauter Angst, dass es eintritt, genau das Gegenteil tut? Ich schrie nicht, ich rannte nicht auf sie zu und schlug auf sie ein, sondern hörte mich selbst sagen, wie sensationell mir der proletarische Laienfick gefiel.« Sie lachte verächtlich, bevor sie weitersprach.

Julia stützte sich auf dem Heizkörper ab. Westermann stand auf und hielt sie. Er befürchtete, dass sie zusammenklappte. »Schluss?«

»Nein«, rief sie. »Es geht. Alles gut.« Sie wehrte den Kommissar ab und schlich zum Bett. Langsam setzte sie sich und fuhr sich durch die Haare, die mittlerweile getrocknet waren. »Sie hätten mal die Gesichter der zwei sehen sollen, als sie mich entdeckten. Schweißgebadet, mit hochroten Köpfen. Sie saß breitbeinig, mit nackten dicken Schenkeln auf einer Kiste, in der jede Menge Taue lagen, und er stand mit heruntergelassener Hose davor und na ja, Sie wissen schon … dabei wackelten ihre aufgeblasenen Titten wie wildgewordene Gummibälle hin und her. Sein Ausdruck, als sie ihn anstieß und er sich zu mir umdrehte«, sagte sie und fing hysterisch zu lachen. Sie betrachtete Westermann, der befremdet darüber war, wie viele unterschiedliche Gefühlsausbrüche ihr Monolog in ihr erzeugte. »Die Blicke der beiden Ehebrecher sprachen Bände«, fuhr sie fort. »Sie sahen aus wie Penner. Billiger als in jedem drittklassigen Pornostreifen. Ich habe richtig befreit losgelacht, was die zwei völlig entgeistert hinnahmen und mir Genugtuung gab. Da stand mein Mann mit heruntergelassener Hose vor einer Muddi und versuchte, den tollen Kerl heraushängen zu lassen.«

Die ordinären Ausdrücke irritierten Westermann, aber er sprach es der Anspannung zu, die sie gerade durchlebte.

»Ich hab mich nur noch umgedreht und bin ohne Überlegung losgerannt. Wie aufgezogen bin ich die Kopfsteinpflasterstraße runter, wollte nur weg vom Hafen. Der eisige Blick meines Mannes sagte mir, dass er mich mit Sicherheit nicht so aus der Sache rauslassen würde. Diesen Ausdruck in seinem Gesicht kannte ich ja bereits. Ich hatte sein Schäferstündchen durchkreuzt, bevor es überhaupt stattfinden konnte.«

Wieder lachte Julia schrill.

»Damit der Mann mich nicht unterwegs abfangen konnte, schlich ich wie ein Dieb durch Seitenstraßen, irgendwelche Wege, eine Gartenkolonie, die ich nie vorher gesehen hatte, und versuchte, unerkannt nach Hause zu gelangen. Als die Anspannung endlich von mir abfiel, weinte ich die ganze Zeit und sah mein hart erkämpftes Gebilde vom perfekten Familienidyll wie eine zu Boden fallende Glaskugel zerspringen. Während ich im Dunkeln durch dorniges Gestrüpp strauchelte, hatte ich komplett die Orientierung verloren. Ich muss etliche Stunden umhergerannt sein, bis ich wieder auf eine Straße kam. Wahrscheinlich bin ich über die halbe Insel gelaufen, ohne es zu merken. Jedenfalls dämmerte es. Irgendwann strauchelte ich aus einem Seitenweg, den ich vorher nie wahrgenommen hatte und stand nicht weit von unserem Haus entfernt. Ich schlich abgekämpft, mit verheulten Augen und schmutziger Bluse auf das Grundstück und hoffte, dass mich niemand in diesem desolaten Zustand gesehen hatte. Es war mir alles so peinlich, obwohl ich diejenige war, die so tief verletzt worden war. Als ich zitternd vor Angst und Kälte und mit Herzrasen in der Brust die Tür aufschloss, riss Joost sie mir ohne Vorwarnung aus der Hand und stand mit dem gefährlichen Ausdruck einer wilden Bestie vor mir. In seiner Mimik lag pure Aggression, als ich seine zu Fäusten geballten Hände registrierte. Nach der unschönen Geschichte mit den Klamotten bekam ich Angst. Ich ahnte, was passieren würde, als er ausholte …«

KAPITEL 5

»Siehst du, ich habe es gleich gewusst. Das Leben dieses Drecksacks wird eines schönen Tages ein grässliches Ende nehmen.«

Horst Lehmanns Blick war unbeherrscht und er griente verächtlich, als er seiner Tochter mit zorniger Miene die Zeitung in die Hand drückte. Entsetzt las sie den Bericht, den ihr Vater in der Bildzeitung entdeckt hatte.

Toter Mann hält Polizei in Atem.

Fehmarn – Eine 44-jährige, männliche Person wurde tot in einem Haus auf der Insel Fehmarn aufgefunden. Die schwer verletzte Ex-Frau des Toten wurde in die Inselklinik eingeliefert. Die Polizei spricht von einem Tötungsdelikt.

Der 44 Jahre alte Mann stammt aus dem Raum Lüneburg.

Die Polizei geht Vermutungen nach, laut denen der Mann Opfer einer Beziehungstat wurde. Diese Theorie sei jedoch noch nicht untermauert. Aus ermittlungstaktischen Gründen gibt die Polizei zurzeit keine weiteren Informationen an die Öffentlichkeit.

Die genauen Todesumstände werden in den nächsten Tagen von Gerichtsmedizinern der Pathologie bekanntgegeben.

Hinweise, die zur Klärung des Falles beitragen, bitte an die Polizeidienststelle Burg.

Nicola Lehmann starrte ihren Vater geschockt an. »Der wollte wieder zu seiner Ex zurück«, tönte er. »Du weißt, dass der Kerl mir von Anfang an ein Dorn im Auge war.« Er tippte mit dem Zeigefinger aufgebracht auf die erste Seite der Zeitung.

»Woher willst du wissen, dass es Joost ist?«, schrie sie hysterisch.

»Nach allem, was hier steht, besteht doch wohl kein Zweifel, oder? Wieso ist er denn sonst seit Tagen verschwunden? Und wie hier steht, kommt der Tote aus dem Raum Lüneburg«, schrie Lehmann. »Der Kerl hat unsere gesamte Familie auf dem Gewissen. Geschieht ihm recht!« Seine Stimme nahm einen gefährlichen Unterton an.

Nicola drehte sich um und rannte aus dem Zimmer. »Er wollte niemals zurück«, kreischte sie. »Die hat ihn gelockt, ich weiß es, die Alte hat mich gehasst und war nur scharf darauf, ihn wiederzubekommen. Was glaubst du, warum die Tussi hier damals angerauscht kam?«

»Aber sie ist oder besser … *war* lange mit ihm verheiratet, verstehst du das nicht? Und wo warst du eigentlich, als er ermordet wurde?«

Horst Lehmann reagierte nicht auf die Anschuldigungen. Seine Worte duldeten keinen Widerspruch. Er erinnerte sich an die vertrackte Situation, als eine ihm unbekannte Frau vor mehr als einem Jahr an der Haustür läutete. Ihm war das Gespräch, das er mit ihr geführt hatte, genauestens im Gedächtnis. Es hatte einen faden Nachgeschmack bei ihm hinterlassen. Er erinnerte sich plötzlich an diese Begegnung.

»Ja, was kann ich für Sie tun?«, fragte der Polier, nachdem er die Haustür im vierten Stock geöffnet hatte. Er schob die Ärmel seines Sweatshirts bis zu den Ellenbogen hoch und sah sie fragend an. Ihm fiel die extreme Blässe der Frau auf. Sie war schlank und ... auffallend gutaussehend, als sie mit zwei Gegenfragen konterte:

»Wohnt hier eine Nicola Lehmann? Kennen Sie Joost Hardenberg?«

Der Mittvierziger sah der Frau an, dass es sie Überwindung gekostet haben musste, an dieser Tür zu klingeln, so bleich und unglücklich, wie sie vor ihm stand. Tiefe Schatten lagen unter ihren Augen und sie wirkte ausgezehrt. Sie knetete ihre Finger und sah ihn ungeduldig an. In ihrem stumpfen Blick lag etwas Trauriges. Lehmann wollte kein Aufsehen im Treppenhaus, fuhr sich mit der Hand durch die dunkelbraunen, fast schwarzen Haare und zog sie am Jackenärmel hastig in den Flur.

»Ja, das ist meine Tochter und Joost ist ihr ... wer sind *Sie* und warum wollen Sie das wissen?« Er verschränkte die Arme vor der Brust und betrachtete sie.

»Ich bin die Ehefrau«, entgegnete sie resigniert und gleichzeitig kampfbereit, als sie ihre Hände zu Fäusten ballte.

Horst Lehmann sah sie entgeistert an. Was wollte die Ex-Frau des Freundes seiner Tochter hier? Der Polier war irritiert, aber er ließ die kalkweiß aussehende Frau in die Wohnung. Er ahnte sofort, dass dieses Gespräch keinen positiven Verlauf haben würde. »Sie sind doch nicht mehr mit ihm verheiratet. Was wollen Sie denn von uns?« Er bat sie in die Küche und bot ihr einen Stuhl an. Zögerlich setzte sie sich.

»Wie kommen Sie darauf? Hat er Ihnen das weisgemacht?« Die Frau, die ihm gegenübersaß, lächelte bitter. Ein harter Zug lag um ihren Mund.

»Ja, dass er von Ihnen getrennt lebt und die Scheidung, soweit ich weiß, nur noch reine Formsache ist.«

»Formsache. Dass ich nicht lache! Der Mann redet viel, sehr viel, wenn der Tag lang ist. Und vor allem sagt er niemals die Wahrheit.« Sie lachte erschöpft. Die luftige, mindestens zwei Nummern zu große Bluse schlabberte um ihren zarten Körper. Die brünetten Haare hingen glanzlos über die Schultern. »*Mein* Ehemann, der Geliebte *Ihrer* Tochter, lebt nach wie vor in *meinem* Haus auf Fehmarn und von dem Geld, das ich mit *meinem* Geschäft verdiene. Das ist Fakt und das kann ich Ihnen belegen, wenn Sie mir nicht glauben.« Sie zog verächtlich die Augenbrauen hoch. Der Tränenschleier auf ihren Augen zeigte dem Mann allerdings ein anderes Bild.

»Aber er hat eine Wohnung in der Altstadt. Meine Tochter geht in dieser Bude ein und aus. Und wenn Sie wissen, dass Joost mit Nicola ein Verhältnis hat, warum um Gottes willen sind Sie dann mit ihm zusammen? Das haben Sie doch gar nicht nötig, so wie Sie aussehen. Lässt Ihr Stolz das zu?«

Horst Lehmann sah die Frau verwundert an.

»Weil ich ihn liebe«, war die kaum wahrnehmbare Antwort.

»Was gibt Ihnen der Mann? Wie ich das sehe, fährt der Kerl anscheinend zweigleisig und ist nur bei Ihnen, weil Sie ... ihn aushalten. Sie sagten doch, dass es Ihr Haus ist, in dem er wohnt. *Der* ist meiner Meinung nach notorisch pleite. Das ist mir längst aufgefallen. Ich habe mich nur gewundert, wo er ständig die Kohle herhat, mit der er überall den feinen Pinkel spielt? Sie sind, wie ich das sehe, seine *Privatbank* ... der ist nur mit Ihnen zusammen, weil er das Geld braucht, und sobald er genügend davon zwischen den Fingern hat ... ist er auf Abwegen. Glauben Sie mir, solche Typen ändern sich nie. Darauf können Sie sich verlassen. Dieser Mann ist ein notorischer Betrüger und Lügner. Ich hab es gleich gewusst«, stellte Horst Lehmann fest, steckte die Hände in die Hosentaschen seiner Jeans und starrte wütend aus dem Küchenfenster.

»Wenn Sie das alles so genau wissen, warum lassen *Sie* dann zu, dass er Ihre Tochter ausnutzt. Oder glauben Sie, ihr wird es besser ergehen als mir. Sobald er sie satthat, kommt eine andere ... Sie dürfen ihr Mädchen nicht an einen Mann wie ihn verschachern. Wenn das mein Kind wäre.«

»Ist es aber nicht.« Lehmann hielt inne. Ihm war die Härte seiner Worte bewusst. »Soll ich ehrlich zu Ihnen sein ... wir, meine Frau und ich, sind diesen Kuhhandel eingegangen, damit wir unsere Tochter nicht ganz verlieren. Der Mann hat dermaßen viel Einfluss auf Nicola, dass sie schon jetzt kaum noch mit uns spricht. Wenn wir uns gegen diese verteufelte *Beziehung* stellen, sehen wir sie wahrscheinlich nie wieder ... verstehen Sie? Der hat hier mittlerweile die gesamte Familie kaputtgemacht.«

Julia Hardenberg sah, dass der Mann, in dessen Küche sie saß, ebenfalls mit den Tränen kämpfte. »Was hat dieser Schweinehund angerichtet?«, flüsterte sie.

Horst Lehmann schlurfte zur Tür und rief: »Nicola, kommst du bitte mal.«

Kurz darauf öffnete sich die Tür und ein junges Mädchen von allerhöchstens 17 Jahren, zierlich, mit großen braunen Puppenaugen, trat lässig in Hotpants und Top in die Küche und betrachtete die Fremde abschätzend.

»Ja, Paps, was gibt's?«, wollte die dunkelhaarige, südländisch aussehende Schönheit wissen.

Julia Hardenberg versuchte, ihren Schock nicht offensichtlich zu zeigen. Sie hatte mit vielem gerechnet, aber nicht mit einem so jungen Mädchen, einem halben Gör.

»Du setzt dich jetzt sofort hierher.« Er deutete auf einen freien Stuhl.

»Was soll das, wer ist das?«

»Das, mein Kind, ist die Ehefrau des Typen, mit dem du zusammen in einem Bett liegst und rumhurst …« Die harten Worte des Mannes irritierten selbst Julia Hardenberg.

Sprachlos sah das junge Mädchen die schlanke, blasse Rivalin an. Sie schluckte, zog die Augenbrauen in die Höhe und fand schnell ihre Selbstsicherheit wieder. »Und ich dachte, Sie sind alt und fett! Was wollen Sie überhaupt? Sie haben nicht das Recht, diese Familie zu belästigen. Weiß Joost, dass Sie hier rumlungern?« Julia spürte, dass sie das Mädchen gewaltig verunsichert hatte.

»Ich wollte mir die Frau anschauen, mit der *mein* Mann ein Verhältnis hat und die *unsere* Ehe zerstört. Aber Sie sind ein Kind!«

Die zierliche Schülerin drehte sich einmal um ihre Achse und fragte frech: »Reicht das? Haben Sie genug gesehen? Ich seh super aus und … ich bin jung! Das gefällt Joost. Er mag meinen knackigen Körper, die weiche Haut und mein faltenfreies Gesicht«, schleuderte sie fuchsteufelswild zurück.

»Nicola, es ist genug! Setz dich … sofort!« Horst Lehmann zeigte wütend auf den freien Stuhl.

Die Schülerin setzte sich und verschränkte mit hasserfülltem Blick die Arme vor der Brust. Durch schmale Schlitze stierte sie Julia an. »Außerdem haben wir kein *Verhältnis*. Wir lieben uns und wollen heiraten.« Siegessicher sprang die 17-Jährige wieder auf.

Julia hingegen wurde immer gelassener und fand zu ihrer Stärke zurück. Dieses Kind will meinen Mann … nicht kampflos, dachte sie und sagte mit festem Ton: »Du kannst ihn nicht heiraten, weil er längst verheiratet ist und … du bist nicht die Erste und nicht die Letzte, mit der Joost ein Verhältnis hat«, log sie.

»Sie lügen. Das ist nicht wahr. Er liebt nur mich …!« Nicola stürmte aus der Küche und schrie, bis sie lautstark die Tür ihres Zimmers hinter sich zuknallte.

»Ich glaube, es ist besser, ich gehe jetzt. Mir reicht, was ich gesehen habe.« Julia Hardenberg stand auf und gab Horst Lehmann die Hand. »Danke, dass Sie Zeit für mich hatten und wenn *Sie* Ihre Tochter nicht restlos verlieren wollen, kämpfen Sie!«, sagte sie und wollte die Wohnung schnellstens verlassen.

»Wissen Sie, die erste Schlacht gegen den Mann habe ich bereits verloren. Meine Frau hat mich auch mit diesem Mistkerl betrogen. Der hat *sie* genauso um den Finger gewickelt wie Nicola. Sie hat ihm ständig Geld zugesteckt. *Mein* Geld! Was soll ich tun? Sie ist vor zwei Monaten ausgezogen. Irgendwann bringe ich den Scheißkerl um, das schwöre ich!« Seine Lippen verengten sich zu schmalen Strichen, als er sie ein letztes Mal ansah.

In den Augen spiegelte sich grenzenloser Hass, der selbst Julia erschreckte. Aufrecht verließ sie die Wohnung und lief, ohne einen Blick zurückzuwerfen, zu ihrem Wagen. Sie durfte sich keine Blöße geben, da der Weg von der Etagenwohnung aus einsehbar war. Erst als sie hinterm Steuer saß, ließ sie zitternd den Kopf auf das Lenkrad sinken und fing hemmungslos an zu weinen.

*

»Joost zerrte mich am Ärmel meiner Bluse ins Haus und knallte lautstark die Tür hinter mir zu. Dabei zerriss er den Stoff am Oberarm«. Julia zeigte auf ihre Schulter und griff nach dem T-Shirt-Stoff, um Westermann zu demonstrieren, wie er am Gewebe gerissen hatte. »Ich war zu geschockt, um irgendetwas entgegenzubringen. Ich hatte nicht mit einer Attacke gerechnet! Und sein Jähzorn war, wie ich mittlerweile am eigenen Leib festgestellt hatte, unberechenbar.« Sie stand auf, füllte erneut ihr Glas und befeuchtete ihre Kehle.

»Er hat mich durch den Flur gezerrt und gebrüllt, was mir einfiele, in seine *Privatsphäre* einzudringen. Wut und Hass waren nicht abzuschätzen. Ich dachte, mein Herz würde stehenbleiben, so hat es gerast.« Julia Hardenberg stand vor ihrem Bett und betrachtete das Bild an der Wand. »Wissen Sie, was ich gemacht habe?«

Dirk Westermann schüttelte den Kopf.

»Nein? Ich fing vor Panik laut an zu lachen. Dann riss ich mich von ihm los und bin total überspannt an ihm vorbei ins Wohnzimmer. Das hat ihn so wütend werden lassen, dass der Kerl hinter mir herkam, meinen Arm packte und mich wie ein Wahnsinniger durchschüttelte. Als ich mich aus seiner Umklammerung befreien wollte, weil es unbeschreiblich wehtat, schlug er mir die Faust in die

Magengrube … wäm! Als ich am Boden lag, attackierte er mich mit dem Fuß. Meine Entdeckung auf dem Hafenfest musste ihn absolut aus dem Gleichgewicht gebracht haben. Als ich dalag, fühlte ich mich sogar schuldig. Ich war ihm schließlich nachgelaufen. Vielleicht war die Strafe gerecht. Mir war es egal, ob er mich für *seine* Schandtaten mit Schlägen traktierte, weil es viel mehr wehtat, dass er sich mit einer unattraktiven Frau eingelassen hatte. Ich musste irgendetwas falsch gemacht haben, dass ihn in die Arme einer anderen trieb. Jedenfalls hatte ich die Reizschwelle dieses Mannes längst überschritten. Er griff aggressiv nach einem schweren Kerzenständer, der auf der Fensterbank zum Garten stand. Ich hielt meinen Kopf fest, zog den Körper wie einen Embryo zusammen und rechnete damit, dass er mich töten würde.«

Julia starrte abwesend aus dem Fenster, als sie leise flüsterte: »Wahrscheinlich wollte er mich in dem Moment tatsächlich umbringen, ich weiß es nicht. Auf einmal nahm er sich zurück und schleuderte den Kerzenständer mit voller Wucht gegen die Fensterscheibe. Glas zersplitterte und ich blieb regungslos liegen. Der Messingständer hatte ein riesiges Loch in die Scheibe geschlagen und lag auf dem Rasen. Der Boden war voller Scherben und Joost rannte wutentbrannt aus dem Zimmer, die Treppen ins Obergeschoss hoch und hämmerte brüllend seine Faust immer wieder gegen eine der Türen. Am nächsten Tag habe ich festgestellt, dass er die Schlafzimmertür samt Zarge herausgebrochen hatte. Sie lag mit einem riesigen Loch in der Mitte vor dem Bett auf dem Boden.« Julia Hardenberg schüttelte den Kopf, als konnte sie selbst nicht glauben, was sie dem Kommissar erzählte. »Ich hab entsetzt einen Blick aus dem Fenster geworfen. Im Nebenhaus war Licht angegangen und ich hoffte nur, dass es ruhig blieb. Als ich nach den Mädchen im Garten sehen wollte, wurde der Reißverschluss vom Zelt aufgezogen. Mia plierte zwischen der Plane raus! Er hatte nicht einmal auf *sie* Rücksicht genommen. Sie hat mich nur ängstlich angesehen. Ich hab den Finger über die Lippen gelegt und ihr angezeigt, dass sie den Reißverschluss wieder schließen sollte. Mein Herz raste wie ein Presslufthammer und schnürte mir komplett die Kehle zu.«

Julia fasste sich an den Hals, als wenn sie keine Luft mehr bekäme. Sie hyperventilierte.

»Wie konnte jemand, der mich angeblich liebte, mir so etwas antun? Und jetzt möchte ich bitte aufhören.«

Ihre Augenlider flatterten, als sie anfing zu zittern. Dann sank sie ohne Vorwarnung zur Seite und fiel ohnmächtig auf das Bett. Dirk Westermann sprang auf und hielt ihren Kopf. Er fächerte ihrem Gesicht mit der Hand Luft zu und hechtete zur Tür. Hastig riss er sie auf: »Wir brauchen Hilfe«, schrie er.

*

»Ist alles okay? Du bist so schweigsam.« Katrin spazierte mit Dirk Stunden später eng umschlungen am Strand von Altenteil entlang. Der mit Algen gespickte Sand quietschte unter ihren Schuhsohlen. Sie blieben stehen und schauten schweigend auf die Ostsee. Die kleinen Wellen kräuselten sich und brachen sich knisternd am Strand. Eine leichte Brise wehte und trieb schwere Wolken unter steingrauem Himmel vor sich her. Der Kommissar hielt ihre Hand, führte sie zum Mund und bedeckte sie mit seinen Lippen. Ohne Eile zog er sie an sich und beantwortete ihre Frage mit einem innigen Kuss, der nach Hilflosigkeit schmeckte. Katrin ließ es geschehen. Sie sehnte sich nach diesen Momenten, in denen er ihr allein gehörte. Sie ungestört vom täglichen Trubel mit sich und ihrer Zweisamkeit sein konnten. Nur widerstrebend löste sie sich aus seiner Umarmung. »Nun red schon, ich spür doch, dass dich etwas bedrückt.«

Westermann starrte abwesend aufs Wasser. Er beobachtete die Nebelschleier, die einen Teil der Ostsee bedeckten. Er vermutete, dass es heute Nacht kalt werden würde. Gleichmütig, ohne sie anzusehen, sagte er: »Das mit dieser Frau Hardenberg macht mir zu schaffen. Sie erzählt mir ihre … Lebensgeschichte und ich weiß ehrlich gesagt nicht wirklich, wie ich damit umgehen soll. Da ist so viel Leid. Sie ist völlig fertig und wirkt auf mich so … so gelähmt. Heute Morgen ist sie tatsächlich umgekippt. Sie haben ihr erst einmal Bettruhe verordnet und ihr Medikamente gegeben. Die Geschichte macht mich wütend.«

Katrin sah ihn wortlos an. Sie zog ihren Schal entschlossen um ihren Hals, rückte die Mütze über die Ohren und nahm seine Hand in ihre. In Gedanken versunken zog sie ihn hinter sich her. Sie betrachtete die milchig-weiße Gischt. Verliebt schlang sie ihren Arm um die Taille des Kommissars und drückte ihn an sich, als hätte sie Angst, er könnte fortlaufen. »Was meinst du, dass du damit nicht umgehen kannst?«

Dirk kaute auf seiner Unterlippe, zog die Augenbrauen zusammen und sah sie mit einer steilen Falte auf der Stirn an.

»Ja, sie erzählt mir ihre gesamte Lebensgeschichte. Details, kleine Geheimnisse, die, mir zu berichten, ihr sehr schwerfallen müssen. Sie durchlebt mit jedem Satz das ganze Verhältnis gefühlsmäßig noch einmal. Du müsstest sie nur mal sehen. Ein Häufchen Elend und dennoch so stark. Trotz allem habe ich das Gefühl, dass es erst der Anfang einer schrecklichen Beziehungskiste ist. Sie war lange total apathisch. Wie sie da wortlos in ihrem Zimmer saß, als wäre es ihr komplett egal, was mit ihr geschieht. Sie benimmt sich manchmal ziemlich abgeklärt und ist dann wieder hoch emotional. Thomas ist sogar der festen Überzeugung, dass *sie* ihren Ex umgebracht hat, was ich für absurd halte. Wobei sie mit Sicherheit jeden Grund gehabt hätte, ihn umzubringen … Sorry.«

»Muss sie noch lange in der Klinik bleiben, oder wie läuft das, wenn ihr beziehungsweise Thomas sie für schuldig hält?« Katrin blieb stehen und sah Dirk an.

»Ja, sie wird entlassen, wenn es ihr besser geht. Zeitgleich arbeitet sie mit einer Therapeutin. Ich denke, sie wird lange brauchen, um das Geschehene zu vergessen. Ich lasse sie jetzt erstmal ein paar Tage in Ruhe. Aber was soll passieren? Sie kommt nicht in Untersuchungshaft, wenn du das meinst. Dafür besteht überhaupt keine Veranlassung. Nur ihr Gesundheitszustand, der ist außergewöhnlich wechselhaft. Und solange sich da nichts ändert, behalten sie die Frau unter Kontrolle. Die Psychologin führt täglich Gespräche mit ihr, um das Trauma aufzuarbeiten. Ich denke, dass sie die Therapie auch weiterführen muss, wenn sie entlassen wird. Sie kann sich nach wie vor an nichts, was den Abend angeht, erinnern. Es besteht zum jetzigen Zeitpunkt weder Fluchtgefahr noch sonst irgendetwas. Und bis wir die Tatwaffe nicht gefunden haben, kommen wir nur schwerlich weiter.« Der Hauptkommissar steckte die Hände in die Jackentasche und stierte über das schmutziggraue Wasser. Es fröstelte ihn und er zog den Kragen des Cabans enger um den Hals. Katrin hakte sich bei ihm unter und sie liefen eine weitere Etappe am Strand entlang.

»Es ist wie verhext. Keine Tatwaffe, keinerlei fremde DNA, nicht einmal einen Verdächtigen, zumindest nicht bis zum jetzigen Zeitpunkt. Klingt alles schleierhaft, oder?«

Katrin Duvenstedt presste seinen Arm an ihren und lehnte den Kopf gegen die sonst so starke Schulter. »Ich weiß, du wirst den Täter aufspüren, davon bin ich überzeugt. Es braucht halt ein wenig mehr Zeit. Du findest deine Spuren.«

»Das Einzige, das nach den ersten Gesprächen mit seiner Ex sicher ist, ist, dass der Tote selbst richtig Dreck am Stecken hatte. Ich hab vorhin mit Charlotte telefoniert und was sie mir mitteilte, klang auch nicht sehr positiv. Sie will mich später nochmal anrufen. Dieser Mann war nach Aktenlage und unserem Raster ein Geist. Er hatte weder eine aktuelle Adresse noch ein auf ihn angemeldetes Auto, nicht einmal ein Handy. Wir haben nichts! Keinen winzigen Anhaltspunkt. Es ist verrückt. Der ist … war unsichtbar. Na ja, wobei Geist trifft ja zu. Verdammt!« Dirk stieß mit dem Fuß den Sand vor sich weg. Er war mit der Situation unzufrieden.

»Hältst du es für möglich, wenn du alle bisherigen Fakten zusammenfasst, dass sie die Mörderin sein könnte? Eine Beziehungstat?« Katrin blieb stehen und sah den Kommissar an.

Dirk nagte an seiner Unterlippe und schüttelte den Kopf. »Sagte ich schon. Für mich klingen Thomas' Anschuldigungen absurd. Es scheint undurchsichtig, aber sie ist viel zu … zart? Ich finde nicht das richtige Wort dafür. Nein! Ich halte sie nicht für die Täterin. Außerdem waren ihre Verletzungen so schwer, dass sie noch eine ganze Weile davon zehren wird. Der Kerl war ja nicht schmächtig. Sich als Frau mit so einer Konstitution gegen einen Mann aufzulehnen, halte ich für ausgeschlossen. Und ihre Psyche. Völlig desolat. Allerdings: Je mehr ich über den Toten erfahre, umso stärker gehe ich davon aus, dass da andere Sachen am Laufen waren. Die Frage, die sich mir immer wieder stellt: Was hatte der Ex-Mann in dem Haus zu suchen? Die waren längst geschieden und ich glaube nicht, dass sie ein Plauderstündchen mit ihm abhalten wollte. Niemals! Warum hätte er sie aufsuchen sollen? Da war nichts zu erwarten. Ich denke nicht, dass sie ihm irgendetwas zu sagen hatte. Was verdammt beabsichtigte er da? Sie saß im oberen Stockwerk und war schwer verletzt. Haben sie sich gestritten? Hat er sie angegriffen und sie hat sich gewehrt? Das wäre für mich die einzige Option. Oder ist jemand völlig anderes der Täter? Ich glaube, wir haben jede Menge Arbeit vor uns. Der Tote hat sie auf jeden Fall seelisch wie körperlich gehörig misshandelt.«

Katrin sah ihn durchdringend an. »Dann hätte sie allerdings jeden Grund, oder?«

»Ich kann es dir zu diesem Zeitpunkt nicht sagen.« Dirk Westermann stiefelte mit Katrin weiter durch den feuchten Sand. Er zerrte den dunkelgrauen Schal enger um seinen Hals und zog die Pfeife aus der Jackentasche. Dicke Rauchwolken verschwanden Richtung Himmel, als er sie ansah. Ihr geflochtener Zopf wippte auf ihrem Rücken hin und her und ihre Nase schimmerte rot. »Ist dir kalt? Sollen wir umkehren?«, fragte er besorgt und hielt ihre Hände in seiner.

Katrin schüttelte den Kopf. »Nein, lass uns noch ein bisschen laufen. Es ist hell genug. Außerdem möchte ich mir endlich mal die Plattform am Huk ansehen. Die soll großartig sein. Ich seh sie schon die ganze Zeit über. Schau, da hinten.«

»Was du alles so siehst.« Dirk lächelte das erste Mal an

diesem Tag und folgte ihrem Finger. Angespornt durch das hölzerne Ungetüm, zog er sie neben sich her, steckte ihre eiskalte Hand gemeinsam mit seiner in die Jackentasche und stapfte eine Gangart schneller.

»He, nicht so stürmisch, sonst bin ich gleich aus der Puste. Bin schließlich keine Lokomotive.« Katrin lachte und tapste im Stechschritt hinter ihrem Kommissar her. Zehn Minuten später hielten sie vor dem Konstrukt. Direkt davor standen zwei Bänke, die zum Ausruhen einluden. Die Freundin des Hauptkommissars lief aufgedreht die Holzstufen hinauf, bis sie die zweite Etage der Plattform erreicht hatte.

Dirk folgte ihr in gemäßigtem Tempo. Er genoss die langsamen Schritte und den Duft seines Tabaks. »Wow, das ist ein toller Ausblick«, rief die rotwangige Hochzeitsplanerin und ließ den Blick zu beiden Seiten schweifen. »Das gefällt mir. Komm schon, mein edler Ritter, rette Rapunzel vom Turm«, lachte sie und lockte Dirk mit ihrem Zeigefinger. Schmunzelnd blies er die Rauchwolken in den Himmel. »Musst du mir jetzt die Sicht vernebeln?«, ulkte Katrin und wedelte theatralisch den Rauch von der Plattform.

»Ach, mein Mädchen, das wird die Natur nicht gleich umhauen.« Er zog sie an sich und gemeinsam hielten sie für einen Moment die Zeit an. »Von hier oben erscheint alles sofort klarer. Dieser Weitblick, keine Menschenseele, kein Lärm. Könnte die Welt nicht immer so harmonisch sein?«, murmelte er.

Katrin seufzte und schmiegte sich an Dirk. »Niemand kann sich die Welt schönreden, ohne zu wissen, wie sie wirklich ist«, entgegnete sie. »Das musst du doch wissen.«

»Du hast recht, aber von hier oben betrachtet bekommt man einen anderen Blickwinkel, eine bessere Sichtweise auf die Probleme, die uns umgeben«, sagte er und atmete die klare Luft tief in seine Lungen.

»Jetzt übertreibe es mal nicht. So schlimm ist es auch wieder nicht. Zumindest hier auf der Insel haben wir noch ein bisschen ›Bullerbü‹, wenn du verstehst, was ich meine.« Katrin drehte sich im Kreis.

»Selbst hier im hohen Norden, auf deiner Insel, gibt es mittlerweile Verbrechen, wie du bemerkt haben dürftest.« Dirk sah sie ernst an und blies erneut den Rauch in den Himmel.

»Was wollt ihr denn jetzt in eurem Fall tun?«, fragte Katrin und machte sich auf, die Plattform wieder zu verlassen.

»Ich glaube, wir werden in Lüneburg Amtshilfe beantragen.«

»Ja, aber dann wisst ihr doch, wo er herkommt?«

»Nein, er war irgendwo in Lüneburg ansässig, das wissen wir von Julia Hardenberg … nur wissen wir nicht, wo …«

*

Nicola Lehmann saß auf ihrem Bett und streichelte mit der Hand über den dunkelblauen Pullover, der Joost gehörte und den er bei ihr vergessen hatte. Sie presste ihn gegen ihre Brust, inhalierte den Geruch seines Aftershaves, das noch an ihm haftete, und schleuderte ihn dann wutentbrannt von sich. »Du elender Mistkerl. Was wolltest du bei dieser Frau? Ich habe dich gewarnt.«

»He, was ist denn hier los?«, rief Horst Lehmann, als er die Tür aufriss und in das Zimmer seiner Tochter stürmte.

»Was soll hier los sein? Ich trauere, siehst du doch!«

»Das seh ich«, entgegnete der Vater und zog die Augenbrauen hoch. »Sei mal ein bisschen leiser, Fräulein«, knurrte er und legte den Finger über seine Lippen.

»Warum? Was weißt du denn schon? Ich leide, merkst du das nicht? Und jetzt lass mich endlich in Ruhe.«

»Ich weiß auf jeden Fall eine ganze Menge mehr als du, mein Kind.«

»Ich bin kein Kind«, keifte sie und trat mit dem Fuß nach dem Pullover, der am Boden lag.

»Lass den Idioten und tu etwas Sinnvolles. Ich bin froh, dass es vorbei ist!«

Sie sprang auf, stopfte Kleidung in die blaue Sporttasche und wollte entschlossen das Zimmer verlassen. Sie betrachtete den Pullover auf dem Boden, ging darauf zu und trat solange nach dem Kleidungsstück, bis es unter ihrem Bett verschwunden war. »

Ich habe dich immer vor dem Idioten … diesem Möchtegern gewarnt«, rief der Vater mit hochrotem Kopf. »Der hat uns allen nur Unglück gebracht.« Plötzlich erklang leises Wimmern aus einem weißen Kinderbettchen, das neben dem Fenster an der Wand in Nicolas' Zimmer stand. »Jetzt siehst du, was du angerichtet hast«, flüsterte Horst Lehmann wütend.

»Na und, du kannst ja den Babysitter spielen, wenn du unbedingt willst. *Opa!* Die Flasche steht in der Küche.« Sie nahm ihre Tasche. Die Tür knallte ins Schloss, als sie die Wohnung verließ. Sprachlos ließ sie Horst Lehmann mit dem Baby zurück …

*

»Na, meine kleine Miss Marple, was gibt es?« Dirk Westermann saß im Büro der Dienststelle in Burg und recherchierte,

als sein Handy klingelte. »Ob ich den neuen Fall bearbeite …
was denkst *du*?« Der Hauptkommissar lachte, als hätte er
eine Ahnung. »Du weißt es doch längst. Bei deinem Spür-
sinn. Aber ja, wir beackern diesen Todesfall und richten uns
gerade häuslich ein.« Wieder schmunzelte der Kommissar.
Thomas Hartwig sah fragend vom Computer auf und
griente. »Herzlich willkommen im neuen Fall«, rief er so
laut, dass Charlotte Hagedorn es nicht überhören konnte.
»Ja, sag ich ihm. Du musst mit mir sprechen … du hast
erste Hinweise? Na dann mal los. Komm in der Dienststelle vorbei und wir reden …« Westermann sah auf die
Uhr an seinem Handgelenk. »Verdammt, du hast recht, es
ist gleich neun. Das ist natürlich Kokolores. Lass uns morgen Vormittag, ja? Gut, drück meine Kleine. Nacht, Charlotte.« Er drückte den Knopf und legte das Handy zurück
auf den Schreibtisch.

»Ich soll dir ausrichten, dass du nicht immer so frech
sein sollst, sonst verdrischt sie dir beim nächsten Treffen
den Hintern«, sagte Dirk zu Thomas, grinste und öffnete
die Akte vor sich. Erneut griff er zum Telefon und fragte
nach Benjamin Rehder, dem Chef der Lüneburg Polizeidienststelle. »Na, mein Jung. Wie geht es dir? … Urlaub?
Das ist hm … ja, mir auch, aber wir haben hier ein großes Problem und bitten eure Dienststelle um Amtshilfe.«
Dirk Westermann unterhielt sich mindestens eine viertel
Stunde mit seinem Gesprächspartner, bis er mit den Worten schloss: »Ja, wir schicken unsere Daten und ihr meldet
euch, wenn ihr etwas herausgefunden habt. Das ist wirklich sehr hilfreich. Danke, Benjamin … ja, wir müssen endlich mal wieder ein Bier zusammen trinken.«

*

Julia Hardenberg konnte es kaum fassen. Sie stand vor dem Einfamilienhaus und zog den Schlüssel aus der Jackentasche. Das Polizeisiegel klebte an der Tür, aber es war durchtrennt. Frau Tamken hat sicher dafür gesorgt, dass im Haus wieder alles an seinem Platz steht, vermutete sie und steckte den Schlüssel ins Schloss. Sie wusste, dass Tatortreiniger von der Kripo angewiesen worden waren, die schrecklichen Spuren des Mordes zu beseitigen. Und sie hoffte, dass ihre Perle trotz allem Fürchterlichen bei ihr bleiben würde.

Julia Hardenberg betrat mit gemischten Gefühlen den Flur. Die Heizung war angestellt. Es war angenehm warm. Nichts deutete mehr darauf hin, dass hier vor Kurzem ein grauenhafter Mord passiert war. Julia nickte erleichtert und zog ihre Winterjacke aus. Sie hängte den dunkelblauen Parker an den Garderobenhaken und schlüpfte aus ihren Stiefeln. Sie wähnte sich auf befremdliche Art zu Hause angekommen. Es war wie nach einem Urlaub, wenn man das Gefühl hatte, alles im Haus wirkte irgendwie kleiner … fremder. Genau wie heute. Langsam schritt sie auf die Wohnzimmertür zu. Sie wollte sich erholen, obwohl sie ausgeruht war. Die Wochen in der Klinik und die tiefgreifenden Gespräche mit der Therapeutin hatten sie gestärkt und gaben ihr Sicherheit. Sie lösten ihre Zweifel zwar bisher nicht auf, aber sie musste versuchen, Vergangenes hinter sich zu lassen. Es könnte ein langer, beschwerlicher Weg zurück zur Normalität werden, das wusste sie.

Langsam öffnete sie die Tür. Sie wunderte sich, dass ihre Lore alle Zimmertüren verschlossen hatte. Sie wusste, dass Julia es hasste. Nichtsahnend ging sie ins Wohnzimmer und blieb wie angewurzelt stehen.

Im Zimmer herrschte Chaos. Überall lagen Papiere, Bücher und Zeitschriften verstreut auf dem Boden, sämtliche Schubladen waren herausgerissen, Vorhänge hingen zerfetzt herunter. Selbst der Fernseher lag zerstört auf dem Holzboden.

Tränen stiegen in Julias Augen und verschleierten ihren Blick. Panisch rannte sie in den Flur und lief die Stufen in den oberen Stock. Sie riss sämtliche Türen auf und entdeckte, dass jedes Zimmer verwüstet war. In ihrem Hals kratzte es und sie wankte ins angrenzende Badezimmer, um Wasser zu trinken. Die Spuren des Mordes waren beseitigt, allerdings gab es überall Anzeichen neuer Zerstörung. Kosmetikartikel und Handtücher lagen auf dem Kachelboden. Im gesamten Haus sah es aus wie nach einem Einbruch. Wer immer das getan hat, hat ganze Arbeit geleistet, dachte Julia und füllte ihre Handinnenflächen mit Wasser. Gierig ließ sie es in ihre Kehle laufen. Mit dem Unterarm wischte sie den Mund trocken.

Als sie in den Spiegel schaute, begriff sie, dass sie in Gefahr war. Kreidebleich rannte sie die Stufen hinunter, griff in die Jackentasche und zog ihr Handy heraus. Mit zitternden Fingern wählte sie die Nummer von Dirk Westermann.

*

Dirk nahm Charlotte gegenüber Platz. Thomas brütete über einem Aktenordner, raufte sich die Haare und ließ sich nicht stören.

»Na, meine liebe Miss Marple, nun erzähl mal, was hast du herausgefunden? Wir sind nicht einmal richtig in den Fall eingetaucht und du weißt schon, wer der Mörder ist?« Er lachte.

»Papperlapapp, was du immer redest.« Sie winkte ab und zog zwei handgroße Schokoladenweihnachtsmänner aus dem Rucksack. »Nein, wir waren, also Ernchen und ich waren … im Café und da haben wir sehr Interessantes zu hören bekommen.« Sie stellte die Schokoladenmänner auf den Schreibtisch.

»Und was ist das?«, fragte Westermann erstaunt.

»Nikoläuse! Du weißt schon, dass Nikolaus ist?«

Der Hauptkommissar nahm den Schokomann in die Hand und betrachtete ihn von allen Seiten. Thomas sah überrascht auf. Charlotte reichte ihm den Zweiten. Ohne zu überlegen, riss er das Papier von der Gestalt und biss dieser den süßen Kopf ab. Die vielsagenden Blicke der anderen sprachen Bände. »Das hätte ich fast vergessen.«

Irritiert stellte Westermann seinen zurück. Er musste sich etwas für Katrin überlegen. »Was gab es nun so Wichtiges im Café?«

»Tee und Kuchen, was sonst«, entgegnete sie und griente.

»Nein, ich meine, was *du* da so Bedeutungsvolles zu hören bekommen hast?«

»Sag das doch gleich.« Sie tat, als hätte sie die Frage von Dirk Westermann nicht verstanden. Dabei wollte sie ihn nur aufziehen. »Also, da waren zwei Leute, ein Ehepaar. Von den beiden wusste der Mann einiges über den Toten zu berichten. Der hatte Dreck am Stecken, ich sag es dir.« Sie zwirbelte ihren Schal vom Hals, legte ihn auf ihren Schoß. »Mensch, ist das warm hier.« Charlotte wedelte mit der Hand vor ihrem hochroten Gesicht herum.

»Was hat er den verbrochen, das so dreckig ist?«, fragte Dirk und lächelte seinen Gast an.

»Du nimmst mich nicht ernst!«, meuterte sie und schaute ihn an.

»Wenn ich das nicht tun würde, säßest du in diesem Moment nicht hier. Aber *wenn* ich dich sehe, muss ich mich einfach freuen. Du bist so … *einzigartig*, meine liebe Charlotte. Fast so süß wie deine Nichte.«

»Ich bin doch nicht süß und überhaupt. Nun gut. Ich will da jetzt nicht drauf rumreiten. Der Tote, also der Hardenberg, hat in irgendeinem Büro gearbeitet. So ein Autohaus, wenn du verstehst, was ich meine. Und er hat dort ein Telefon benutzt.«

»Verstehe ich, das mache ich hier auch immer so«, schmunzelte Westermann.

»Ich meine ja auch nicht *so* das Telefon benutzt. Der hat über das Telefon in dem Büro irgendwelche Damen angerufen, mit denen er sich anscheinend auf Firmenkosten vergnügen wollte. Und das kostete, so viel ich verstanden habe, jede Menge Geld.«

»Das versteh ich dann jetzt doch nicht. Er hat sich mit Frauen vergnügt und das Unternehmen hat es bezahlt?«

»Quatsch mit Soße, der hat am Telefon mit verruchten Damen *Telefonsex* gehabt. Dafür musste, soviel ich verstanden habe, Geld gezahlt werden, aber die Gespräche hat nicht *er* bezahlt, sondern diese Autofirma, weil die Abrechnungen der Hotline direkt an die Firma gingen. Puh!« Charlotte japste nach Luft, wischte sich mit dem Handrücken über die Stirn und schluckte. Dabei verzog sie das Gesicht, worauf Westermann aus vollem Hals lachte.

»Wasser? Möchtest du etwas trinken?« Die Künstlerin schüttelte den Kopf.

»Was gibt es denn da zu lachen? Nun lass mich mal zu Ende erzählen, bevor ich alles durcheinanderbringe. Ich hatte mir das so schön zurechtgelegt. Er hat obendrein Kollegen beschuldigt, dass sie es gewesen wären, die Telefonsex hatten. Verstehst du das jetzt?«

»Na ja, so halb. Lass mich das Gesagte noch einmal

zusammenfassen. Der Tote hatte Sex am Telefon und die Abrechnung lief über die Firma. Aber was ist so schlimm daran? Das sollen einige Männer machen.«

»Ja, aber doch nicht auf *Firmenkosten*!«, erboste sie sich. »Und er war letztendlich mit Frau Hardenberg verheiratet, da macht man so etwas nicht. Außerdem sind Privatgespräche *dieser* Art wohl eher nicht erlaubt, oder?« Sie spitzte die Lippen und sprang vom Stuhl auf.

»Na ja, sollte man nicht, aber davon gibt es mehr als genug. Wenn du wüsstest.«

»Also, wenn ich dich dabei erwischen würde, dann …« Sie hob theatralisch den Zeigefinger in die Luft.

»Gott behüte, das werde ich niemals tun«, lachte Dirk und schob Charlotte Hagedorn zurück auf den Stuhl. »Möchtest du zur Beruhigung lieber einen Tee?«

»Rooibos!«

Der Hauptkommissar erhob sich, griff in eine kleine Holzkiste auf der Ablage neben dem Schreibtisch und fischte einen Beutel Rooibos-Tee heraus. Er ließ ihn in einen Becher gleiten und goss heißes Wasser darüber. »In welcher Firma war das?«, fragte der Kommissar.

»Das habe ich dir aufgeschrieben.« Charlotte Hagedorn reichte ihm einen weißen Zettel, auf dem sie Namen und Anschrift des Autohandels fein säuberlich notiert hatte.

»Und die Leute im Café haben dir freiweg erzählt, was der Tote in diesem Büro gemacht hat? Und dir obendrein die Adresse der Firma in die Hand gedrückt?«

»Nö, aber ich konnte sie belauschen, dann bin ich denen nachgefahren und habe eine erste Befragung durchgeführt.«

»Charlotte!«, rief er, als das Telefon klingelte …

*

Westermann und Hartwig stoppten ihren Dienstwagen vor dem Haus von Julia Hardenberg. Eilig liefen sie den schmalen Weg hinauf, der zum Eingang führte.

Thomas Hartwig wollte auf den Klingelknopf drücken, als die Tür aufgerissen wurde. »Kommen Sie, hier ist alles verwüstet!« Julia Hardenberg sah die beiden Männer verstört an. Sie war bleich und ihre Hände zitterten. »Ich dachte, hier sei alles in bester Ordnung. Aber als ich ins Wohnzimmer kam ... sehen Sie selbst.«

Sie gab den Polizeibeamten den Vorrang und betrat nach ihnen das Zimmer. Dirk Westermann ließ seinen Blick schweifen und zog sein Handy aus der Jackentasche. »Wir brauchen hier die Spurensicherung ... ja, das ganze Team. Haben Sie irgendetwas angefasst?«

Julia schüttelte erregt den Kopf. »Nein, natürlich nicht.«

Sprachlos schritten die beiden Männer durch das Zimmer.

»In den oberen Räumen sieht es nicht besser aus!« Verzweifelt ließ sie die Schultern sinken. »Ich wollte meine Tochter abholen. Ihr eine Freude machen und ein leckeres Essen zaubern.« Tränen liefen der Frau über das Gesicht. »Hört das denn nie auf?«

In Dirk Westermann breitete sich immer mehr das Gefühl aus, dass jemand es auch auf Julia Hardenberg abgesehen hatte und nicht eher lockerlassen würde, bis sein Werk vollendet war. »Die Frau ist in Gefahr. Wir müssen sie überwachen. Ich denke nicht, dass derjenige, egal wer das hier gewesen ist, so schnell aufgibt«, raunte er.

»Du hast recht«, bestätigte Thomas Hartwig und sah sich in dem verwüsteten Zimmer um. »Langsam glaube ich auch, dass da eine Riesensauerei am Laufen ist.«

An Julia Hardenberg gewandt, sagte Westermann:

»Ich denke, es ist besser, wir bringen Sie in ein Hotel. Sie können nicht hierbleiben, das wäre zu gefährlich.« Der Hauptkommissar sah die Frau mitleidig an.

»Nein, ich will nicht. Ich will nur, dass das hier schnellstmöglich wieder in Ordnung gebracht wird und wir endlich unsere Ruhe haben.«

Sie huschte die Stufen hinunter, blieb im Flur stehen und wankte zaghaft zur Küchentür. Langsam drückte sie die Klinke herunter.

Bis zu diesem Zeitpunkt hatte sie vermieden, den Raum zu betreten, in dem der Mord passiert war. Hartwig kam ihr zuvor und betrat die Küche als Erster. Der Anblick war derselbe wie in allen anderen Zimmern. Chaos, wohin man schaute. »Seien Sie vernünftig, Frau Hardenberg«, versuchte Hartwig, sie zu beruhigen. »Lassen Sie die Spurensicherung ihre Arbeit machen und dann rufe ich Ihre Reinmachefrau an, damit sie hinterher Ordnung schaffen kann.«

»Meinen Sie, dass sie überhaupt nochmal wieder bei mir aufkreuzt?«

Westermann schüttelte den Kopf. »Ich weiß es nicht, aber ich werde mit ihr telefonieren. Machen Sie sich keine Sorgen, wir kriegen das hin! Wenn Ihre Tochter morgen kommt, wird nichts von dem, was hier heute passieren wird, zu sehen sein. Ja? Und dann lassen wir einen Wagen vor dem Haus postieren!«

Julia Hardenberg nickte. Es schien, als hätte sie resigniert. In ihrem Innersten tobte allerdings ein Kampf, der ihr Herz fast zum Explodieren brachte …

KAPITEL 6

»Wir müssen uns umgehend um die Wohnung von diesem Joost Hardenberg kümmern. Vielleicht finden wir dort etwas, was darauf hinweist, was das ganze Drama im Hause Hardenberg bedeutet.« Thomas nickte, als Dirk eine Nummer wählte. »Frau von Hagemann, können Sie mich mit Herrn Rehder verbinden? Hm, der ist schon weg? Dann müssen Sie mir weiterhelfen. Ich weiß nicht, inwieweit Ihr Chef Sie in den Fall involviert hat, aber wir müssen über einen gewissen Joost Hardenberg mehr Informationen herausbekommen. Wohnort, Arbeitsplatz, Familie, Freunde und so weiter. Können Sie mir weiterhelfen? Ach, er hat Sie instruiert? Das ist hervorragend. Ja, dann werden *wir* beide das Vergnügen haben. Das ist fein. Freut mich auch. Faxen Sie mir Ihre Erkenntnisse zu. Ja, ich melde mich und komme umgehend mit meinem Kollegen nach Lüneburg.«

Dirk Westermann stand auf und ging zur Kaffeemaschine. Er ließ das schwarze Gebräu aus der Glaskanne in einen Becher laufen und leerte ihn in einem Zug. Der Hauptkommissar bewegte sich auf den Flipchart zu. Mit einem Stift kritzelte er den Namen Hardenberg in die Mitte auf die Folie und zog einen Kreis darum. Dann schrieb er: *Firma Autohaus Presslow, Arbeitsstelle. Adresse. Sex auf Hafenfest mit fremder Frau. Telefonsex. Ex-Ehefrau misshandelt. Jähzornig! Wohnung, wo?* Westermann verband mit mehreren Strichen die Fakten um den Kreis. Dann ging er einen Schritt zurück und betrachtete die Informationen. *Verdächtige*, fügte er noch hinzu und nickte.

»Was soll das sein?«, wollte Hartwig wissen.

»Das sind erste Sachverhalte, die mir seine Ex-Frau und Charlotte in Gesprächen erzählt haben. Wir können davon ausgehen, dass der Tote ein charmanter, dennoch jähzorniger Mann war, der die Regeln in dem Betrieb, in dem er angestellt war, missachtet hat und dem dafür wahrscheinlich gekündigt wurde. Wir wissen, dass er Frauen gegenüber nicht abgeneigt war und sie, wenn er Gelegenheit dazu hatte, traf und Sex mit ihnen hatte! Und wir wissen auch, dass er, als er bei einem *Techtelmechtel* erwischt wurde, die Kontrolle verloren hat, was Julia Hardenberg auf schmerzliche Art und Weise am eigenen Leib erfahren hat.«

»Du weißt, ich wusste gar nichts. Der Typ muss ja ein richtiger Hallodri gewesen sein.«

»Sieht so aus. Nicht nur das. Er war unberechenbar und sehr aggressiv. Und er misshandelte seine Frau seelisch und körperlich … wohl über Jahre«, murmelte Westermann. An Thomas Hartwig gewandt, sagte er: »Kannst du nochmal zu dieser Familie im Sonnenwinkel fahren und mit dem Ehepaar ganz offiziell über Joost Hardenberg und seine Telefonitis sprechen?«

»Warum offiziell? Ist doch alles amtlich!«

»Weil … Charlotte Hagedorn bereits als Kommando

aufgetreten ist und erste Befragungen im Rahmen unserer Polizeiarbeit gedeichselt hat.«

»Ne! Das hätte ich mir ja auch denken können. Aber mach ich, kein Problem.« Er nahm den Zettel entgegen, auf dem Name und Adresse der Personen geschrieben waren, deren Gespräch Charlotte Hagedorn belauscht hatte. »Und falls sie fragen, warum *sie* eine Befragung durchgeführt hat …«, er lächelte, »sag einfach, sie arbeitet in dieser Angelegenheit mit uns zusammen. Wenn rauskommt, dass sie nichts mit der Polizei zu tun hat, dann hat sie richtig Ärger am Hals … und wir ebenfalls.«

Westermann stöhnte. »Das wollen wir doch tunlichst vermeiden.«

»Die Frau macht aber auch überall Rabatz«, entgegnete Thomas Hartwig. »Ja, ich kümmere mich darum.« In diesem Moment piepte das Faxgerät.

Westermann sprang auf und zog ein beschriftetes Blatt aus dem Gerät. »Da haben wir ja schon mal was. Joost Hardenberg, Amselstraße 4 …, Lüneburg. Er wohnte dort zur Untermiete. Hat zu der hier notierten Adresse einen Mahnbescheid erhalten. Das ist ja mal eine Ansage! Keinerlei Angaben über einen derzeitigen Arbeitgeber. Aber die Adresse des letzten Arbeitsplatzes … dieses Autohaus Presslow steht hier. Der Mann wurde entlassen, fristlos gekündigt.« Westermann schlug mit der flachen Hand gegen das Papierstück und sah Hartwig erstaunt an. »Ich hab es geahnt. Das deckt sich mit den Angaben, die wir von Charlotte haben. So ein amouröses Abenteuer am Telefon kann einem das Genick brechen.«

Thomas sah seinen Vorgesetzten fragend an. »Was meinst du damit … Abenteuer?«

Dirk lachte. »Charlotte hat mir erzählt, dass sie die

Leute, die du aufsuchen sollst, belauscht und dabei herausgefunden hat, dass der Tote über eine gewisse Hotline mit Frauen gesext und sich sehr wahrscheinlich auch verabredet hat. Wir müssen unbedingt die Rechnungen überprüfen, um die andere Seite der *Servicenummer* herauszufinden. Das heißt, wenn wir die Firma besuchen, kümmerst du dich dort um die Telefonrechnungen aus dieser Zeit. Das dürfte bei deinem Charme kein Problem sein.« Thomas nickte und wollte gehen, als Dirk sagte: »Danach findest du heraus, was hinter den Telefonnummern steckt. Das ist doch für dich eine nette Aufgabe, oder? Es ist sicherlich prickelnd, sich mit den Damen zu unterhalten.« Er schmunzelte.

»So Chef, wenn es recht ist, fahre ich jetzt mal zu diesen Leuten. Und falls etwas passiert … *ruf mich an*. Ich bin dann mal weg«, rief er und wollte verschwinden. »Ach so, das hätte ich fast vergessen. Ich muss hinterher nochmal weg. Hab einen Termin. Geht das oder brauchst du mich heute noch?«

»Zahnarzt?«

»Ne, das geht im Moment. Nehme jede Menge Tabletten, das betäubt. Ich will meinen Kleinen abholen.«

»Du willst was? Gibt es was, das du mir verheimlicht hast? Zahlst du Alimente? Oder liebst du …«

»Nicht, was du denkst. Ich hole meinen Hund ab.«

»Du hast einen Hund? Seit wann?« Westermann blieb der Mund offen stehen. »Wo hattest du den denn versteckt?«, fragte er und sah Hartwig erstaunt an.

»Oh, Mann. Ich hole ihn vom Züchter ab. Der ist vor acht Wochen geschlüpft.«

»Was ist denn mit dir los? Such dir lieber mal eine Freundin.«

»Hab ich dann später ganz sicher, aber der Kleine … ich hab mich bei der Hundestaffel mal umgesehen und dachte mir, ein Hund, das wär's. Den könnten wir bei der Mordkommission doch sehr gut einsetzen.«

»Was ist denn das für einer? Schäferhund?«

»Nein, ein … nicht lachen. Verrate ich nicht. Auf jeden Fall sind die total süß. Ich habe ein Foto gesehen. Große Knopfaugen.«

»Bist du von allen guten Geistern verlassen?« Westermann steckte seine Pfeife zurück in den Mund und zündete sie an. »Hast du noch nicht genug von großen Tieren? Du weißt schon, dass die jede Menge Arbeit machen. Mann, Mann. Wer soll sich denn darum kümmern?« Er blies den Rauch in die Luft und schüttelte den Kopf.

»Kümmern? Niemand, ich natürlich. Und du am Rande auch.« Hartwig schluckte und sah seinen Vorgesetzten an, während er sein Kinn streichelte.

»Wieso ich? Du spinnst.«

»Na ja, ich möchte mit ihm in die Polizeihund-Ausbildung und vielleicht …«

»Vergiss es. Ein Hund als Polizeispitzel. Und wie soll der Kleine heißen? Raute oder Zweite Liga?« Er lachte aus vollem Hals

»Du bist echt blöd …!«, rief Hartwig, sah seinen Boss zähneknirschend an und verschwand endgültig.

Westermann kramte sein Notizbuch hervor, schüttelte den Kopf und begann zu schreiben.

KAPITEL 7

»Hast du gehört, der is tot?«

»Wer is tot?«, fragte Marek Pawlowski den Mann neben sich mit rollender Stimme, der sich ungeniert mit einer Schere die Fingernägel reinigte, während er auf dem alten Holzstuhl saß und sich mit den Füßen immer wieder vom Boden abstieß. »Hardenberg ist tot!«, grinste Wiktor Sikora, legte die Küchenschere auf sein Hosenbein, nahm das Schnapsglas von der Tischplatte und kippte den Wodka hinunter. Er stellte es zurück auf den alten Küchentisch, um sich erneut aus der Wodkaflasche zu bedienen. Sie saßen in einem Raum, der nichts anderes aufzuweisen hatte als kahle Wände, von denen der Putz an manchen Stellen heruntergefressen zu sein schien. Die Luft in dem Zimmer roch miefig.

Wiktor betrachtete den maroden Holzschrank, dessen rechte Tür aus der oberen Verankerung gerissen war und windschief herunterhing.

Überall platzte die alte Lackierung ab. Sikora knabberte am Fingernagel und spuckte die abgebissenen Teile auf den verdreckten Fußboden. »Wieso ist Hardenberg mausetot?«, fragte Pawlowski scheinheilig.

»Weiß nicht«, antwortete Sikora und lachte. Es klang, als würde diese Mitteilung keine Trauer in einem von ihnen hervorrufen.

»Weiß Vlad schon?«

»Ne, aber ist egal, wir müssen Geld und Papiere finden, sonst … wir sind tot.« Sikora fasste sich mit der Hand gegen die Kehle, bevor er seine kurzgeschorene Platte streichelte.

»Wo sollen wir suchen? Hat Papier und Kohle gut versteckt«, sagte Marek Pawlowski und genehmigte sich ebenfalls einen Wodka. Die Männer hatten die Flasche geleert. Sikora rülpste und setzte seine Maniküre ungeniert fort.

»Haben überall gesucht, nix gefunden, müssen nochmal alles auf Kopf stellen, sonst Vlad kommt und ist böse … sehr böse.«

Marek Pawlowski stand auf und eierte zum Schrank. Er öffnete die Tür der anderen Seite und zog eine Glock 17 vom Bord. »Wir nehmen in die Hand und fahren zu Hardenbergs Wohnung. Irgendwo muss Geld sein. Sonst Freundin krrrrck.« Pawlowski wiederholte die Geste von Sikora und stand lauernd vor dem 47-jährigen Kollegen.

Die polnischen Männer, die seit geraumer Zeit auf der Suche nach gestohlenen Blankopapieren und jeder Menge Drogengeld waren, schauten sich an. Sie wussten, wenn sie nicht beides beschafften, würde ihr Boss, ein russischer Drogenhändler, sie töten lassen. Pawlowski stand auf, wankte selbst zum Schrank und zog eine MP9 vom Holzregal. »Dann lass uns Besuch machen bei Freundin von Hardenberg. Bei Hardenbergs Frau haben wir nix gefunden. Irgendwo muss das Geld sein …«

*

»Füfüfü...« Charlotte pfiff leise »Stille Nacht, heilige Nacht« vor sich hin. Katrin war glücklicherweise nicht im Haus. Ihre Nichte hatte sich heute Morgen über den Schokoladen-Nikolaus auf ihrer Fensterbank gefreut und ihn in weniger als fünf Minuten verputzt. Eilig war sie danach ohne weiteres Frühstück ins Büro gefahren, obwohl Charlotte den Tisch mit kleinen Leckereien gedeckt hatte. An diesem Nachmittag hatte sie sich mit einer Freundin zu einem Nikolaus-Spaziergang verabredet und wollte spätestens zum Abendbrot zurück sein.

Charlotte sah auf die Uhr. Es war kurz nach 14 Uhr. So, ich habe jetzt alle Zeit der Welt, den Schrank auszuräumen, um nachzusehen, ob ich etwas dazu kaufen muss, dachte sie und grinste. Die Künstlerin huschte in die Küche und schaltete die Herdplatte an, auf dem der rote Wasserkessel stand. Trotz der Bitte ihrer Nichte, sich doch endlich einen Wasserkocher anzuschaffen, hatte Charlotte Hagedorn dies entschieden verneint und betrachtete verliebt das in die Jahre gekommene Emaillestück. Sie füllte den Kessel mit Wasser und stellte ihn zurück auf die Heizplatte. Sanft drehte sie die Flöte fest. Sie rutschte in freudiger Erregung im Jogginganzug durch den Raum und landete vor dem weißen Landhausschrank. Um besser sehen zu können, schaltete sie den Kronleuchter ein, der über ihrem Haupt angebracht war und durch viele kleine, bunte Glasperlen glitzerndes Licht im langgestreckten Flur verbreitete. Sie krempelte die Ärmel des roten Sweaters hoch und öffnete die geschwungenen Schranktüren. Nach Größen gestapelte, mit Weihnachtsmotiven bedruckte Kartons und Holzkistchen blitzten ihr entgegen. Charlotte strahlte wie ein Honigkuchenpferd. Mit roten Wangen zerrte sie die erste Schachtel aus dem obersten Schrankregal. Als sie den Pappdeckel herunterzog, lugten daumennagelgroße silberne Eicheln heraus, deren Hauben durch Lichteinfall wie funkelnde Brillanten strahlten.

»Oh, wie schnuckelig«, rief sie und nahm eine in die Hand. Eilig faltete sie mit ihren Fingerspitzen jedes einzelne Papierpäckchen auseinander, um nachzusehen, was sich darin verbarg. Es macht so viel Spaß, die kleinen Päckchen zu öffnen und immer wieder Gegenstände zu entdecken. Fast wie Weihnachten, dachte sie. Nacheinander steigerte sich die Verzückung. Der Flur glich einem funkelnden Durcheinander, das unbedingt in der Wohnung ausgebreitet werden musste. Wenn nicht jetzt, wann …

*

Das schmale Backsteinhaus reihte sich ein zwischen die anderen Gebäude in der mit Kopfstein gepflasterten Straße. Keines der daneben befindlichen historischen Häuser war ausladender als acht Meter. Hutzelig sahen sie aus, mit ihrem Fachwerk und den zum Teil äußerst schiefen Giebeln. Das Gebäude, das Joost und seine junge Freundin seit der Trennung von der Ex-Frau bewohnt hatten, war schmaler und hatte zwei Geschosse. Unter dem Giebel entdeckte Sikora ein weit geöffnetes, fipsiges Sprossenfenster. Er betrachtete das anthrazit gestrichene Balkengerippe, welches mit dunkelroten Backsteinen ausgefüllt war.

»Hier kannst du nicht wohnen. Ist klein, viel zu klein. Und ist einer zu Hause … Fenster ist auf«, sagte Sikora und zeigte mit dem Finger auf das Sprossenfenster. Er betätigte den Klingelknopf. »Nix! Nochmal.«

»Nix meins, ich will nicht in Vogelhäuschen leben. War armes Schwein.« Pawlowski lachte und drückte den Zigarettenstummel auf dem Boden aus. »Da ist niemand und gibt kein Seiteneingang, müssen durch Haupttür. Ist blöd.«

Sikora nickte. »Du stellst vor mich, hältst Ausschau, ich mach Tür auf.«

Pawlowski nickte. Er stellte sich mit dem Rücken zum Haus, sodass niemand sehen konnte, was hinter ihm passierte. Es dauerte nur wenige Minuten, dann war die Tür geöffnet. Sikora zog die Waffe aus dem rückwärtigen Hosenbund und schlich in das Gebäude. »Wohnt hier echt Toter?«

»Ja, was glaubst, schau auf Klingelknopf. Lehmann …«

»Er nicht mehr wohnt hier … hat jetzt noch viel kleinere Wohnung.«

»Aber Freundin von Joost, ich weiß, weil ich war hier einmal.« Pawlowski nickte erneut und schlich hinter seinem Kumpan in den engen Hausflur. Leise öffneten sie die Tür zu ihrer Linken. Das Wohnzimmer war leer. »Du schaust in Küche, ich …« Er deutete auf die schmale Stiege, die nach oben führte. Als er die Stufen auf Zehenspitzen hinaufging, knarrte bei jedem Schritt das Holz der Treppenstufen. Dann stieß er mit dem Kopf gegen einen Balken, der seiner Größe entgegentrat.

»Au, Scheiße, will nicht in Vogelhäuschen leben«, murrte er leise, rieb sich die schmerzende Stelle an der Stirn, die mit dem Holzbalken kollidiert war, und schlich weiter. Er hielt die Knarre ausgestreckt vor sich und ertastete jede Stufe, bis er oben angelangt war. Pawlowski spähte zeitgleich in die höchstens sechs Quadratmeter große Küche, die ebenfalls so eine niedrige Deckenhöhe hatte, dass hochgewachsene Menschen Genickstarre bekommen mussten. Das ist eindeutig kein Zuhause für mächtige Leute, dachte Pawlowski. Er öffnete eine weitere Tür, die in einen unbedeutend schmalen Innenhof führte. Sikora kam die Treppe hinunter. »Nur winziges Zimmer mit kleine Bett und fitzeliges Badezimmer ohne Badewanne. Nichts, keine Freundin.« Er steckte die Waffe zurück in den Hosenbund. »Wir werden durchsuchen ganze Haus. Muss hier sein.

Sonst wir kommen wieder, holen Freundin, Geld und Papiere bei Vater von Freundin, dostac?« Marek Pawlowski nickte und durchwühlte sämtliche Schränke. Sikora tat Gleiches im Obergeschoss. Die vom oberen Flur in das Dachgeschoss führende Leiter endete auf einem Miniboden, in dem einzig eine Matte ausgebreitet war. »Was haben hier gemacht?« Er schüttelte grinsend den Kopf und krabbelte auf den Knien zu der Schlafstelle. Angestrengt hob er sie an und sah nach, ob sich irgendetwas darunter fand. Ernüchtert ließ er die Matratze zurücksinken, rutschte zurück zur Luke und stieg wieder hinab. Im Schlafzimmer zog er die Aufleger vom Bett, zerwühlte das Bettzeug und warf alles auf den Boden. Er öffnete den höchstens 1,50 Meter breiten alten Schrank und riss sämtliche Kleidungsstücke heraus. Sikora brauchte keine zehn Minuten, dann stand nichts mehr an seinem Platz und er stieg die Treppe hinunter. Auf dem Flur traf er auf Pawlowski, dessen Schultern zuckten. »Nix, gar nix«, sagte er und Sikora nickte. »Wir fahren zu Vater von Freundin morgen und holen Geld.«

Ergebnislos verließen sie das Haus und verschwanden wenig später so lautlos, wie sie gekommen waren.

*

»Dieser verdammte Hardenberg«, murmelte Dirk Westermann, stand auf und blickte aus dem Fenster.

Es war dunkel und diesig. Dichter Nebel kreiste die umstehenden Gebäude immer mehr ein und schien sie zu verschlucken.

Die Tür ging auf und Thomas Hartwig kam in den Raum. »Na, mein Jung, alles klar? Hast du was Neues herausbekommen?« Dirk nahm seinen Teebecher und setzte sich.

»Nicht wirklich, aber eines doch. Diese Telefongeschichte hat damals viel Staub aufgewirbelt und zur fristlosen Kündigung des Toten geführt.«

»Dachte ich mir.« Westermann schlürfte den heißen Tee. Thomas setzte sich ihm gegenüber.

»Das hat ziemlichen Stress in diesem Büro gegeben. Weiteres konnten die mir nicht erzählen, weil er dann nicht mehr dort gearbeitet hat und niemandem eine neue Adresse hat zukommen lassen.« Thomas zuckte die Schultern.

»Wer weiß, was da noch alles herauskommt. Ach ja, die haben mir übrigens erzählt, dass er sich in den Mittagspausen häufig mit Frauen in Restaurants getroffen hat. Dumm nur, dass er dabei von Kollegen beobachtet wurde. Aber das war's auch schon ... und noch was: Charlotte Hagedorn konnte ich marplemäßig aus der Sache herausschleusen.« Hartwig grinste, stand auf und kippte sich Kaffee in einen Becher.

»Das ist gut! Ach so, morgen fahren wir nach Lüneburg und treffen auf Kommissarin Katharina von Hagemann. Sie fährt mit uns zur Wohnung des Toten beziehungsweise seiner Geliebten.«

Westermann stand auf und stellte den Becher zurück. »So, und jetzt will ich mal die Schlafstätte aufsuchen. Wir bleiben hier und erledigen die Sache vor Ort. Ist das für dich in Ordnung, Thomas? Ich habe unser Appartement in der Pension reserviert. Wir hatten Glück. Durch den Weihnachtsmarkt sind fast alle Zimmer ausgebucht. Aber Nele Martin hatte Erbarmen mit uns.« Westermann zwinkerte seinem Kollegen zu.

»Na, dann bleibt mir wohl auch gar nichts anderes übrig. Ich hab eine Not-Tasche im Auto. Wer mit dir zusammenarbeitet, muss ja auf ziemlich alles gefasst sein. Aber wenn wir morgen sowieso nach Lüneburg fahren, können wir ja hinterher den Hund abholen, oder?«

»Wenn es unbedingt sein muss. Welche Farbe hatte er noch … schwarz, weiß, blau?«

»Ich, ich … ach, du kannst mich mal«, winkte Thomas ab und stand ebenfalls auf.

Sie verließen die Dienststelle und verabschiedeten sich von Olaf Schütt und Jan Becker, die über anderen unaufschiebbaren Unterlagen brüteten und sich die Haare rauften.

*

»Oh, mein Gott, was ist denn hier passiert?« Katrin hielt sich die Hand vor den Mund, als sie das Licht im Flur andrehte. Dieser ähnelte einem Juweliergeschäft. Von den Glaskörpern des Kronleuchters hingen Sterne und Engel herunter. »Charlotte!« Auf dem Landhausschrank lagen weiße Calla, eingebettet in jeder Menge Lichterketten. Katrin streifte die Schuhe ab und hängte ihren Parka an den Garderobenhaken. Müde betrat sie die Küche, weil das Licht brannte und sie Charlotte dort vermutete. Aber sie war leer.

Sie schaute auf das cremefarbene Küchenregal an der Wand und entdeckte rosafarbene Engel und Herzen. »Nein meine Liebe, das ist eindeutig zu viel des Guten.« Sie traute sich kaum ins Wohnzimmer, weil sie das Schlimmste befürchtete.

Plötzlich ging die Tür auf und ihre Tante rauschte in den Flur. »Hallo, meine Süße, ist das nicht schön …?«

*

Am nächsten Morgen saßen sie um 8 Uhr im Dienstwagen und bewegten sich auf der Autobahn Richtung Lüneburg. Die Fahrt verlief schweigend. Nur das Radio meldete vom Trainer der bayrischen Fußballmannschaft, dass dieser über die Mitteilung einer Spielerfrau entsetzt war.

»Das hätte ich eher von deinem Verein erwartet, aber nicht von den Bayern«, sagte Dirk Westermann, als sie an der Abfahrt Harburg vorbeifuhren.

»Was weißt du denn? Du hast doch gar keine Ahnung. Die halten mehr zusammen als andere Vereine. Du wirst es erleben. Die sind irgendwann wieder da, wo sie hingehören. Die werden zu einem Team zusammengewachsen sein, wirst schon sehen. Auch wenn es im Moment vielleicht nicht so aussieht.« Hartwig tippte mit den Fingerspitzen zum Takt des aktuellen Songs eines deutschen Liedermachers.

»Bist du nervös?«, fragte Westermann.

»Ne, eher aufgeregt, wenn das von dir nicht gleich wieder als Schwäche ausgelegt wird. Ich freue mich schon auf den Kleinen.«

Der Hauptkommissar nickte und schmunzelte. Mittlerweile wusste er, um wen es sich handelte. »Hoffentlich brummst du dir da nicht zu viel auf«, sagte der Hauptkommissar.

»Wieso?«, entgegnete Hartwig und schüttelte den Kopf. »Ist doch nur ein Hund. Was soll da zu viel werden?«

»Na ja, ein junger Welpe im Allgemeinen ist wie ein Kleinkind und schon sehr speziell. Da musst du ziemlich viel Arbeit investieren. Den kannst du nicht einfach allein zu Hause lassen. Ich hab mich da mal umgehört. Jede Menge Arbeit!«

»Blödsinn. Und alleine zu Hause lassen will ich ihn ja auch gar nicht. Der soll *uns* nach seiner Ausbildung im Dienst begleiten. Wird unser neuer Partner.«

»Ja, und Charlotte setzen wir dann gleich dazu. Die möchte ich obendrein als Ermittlerin einstellen.« Nun schüttelte Dirk Westermann den Kopf. »Mach mal halblang. Ein Hund! Du weißt, dass es bis zum Abwinken Zeit in Anspruch nimmt, ein Tier vernünftig auszubilden. Du bist selbst auf eine Art wild, wie soll …« Der Hauptkommissar schwieg und folgte der Abfahrt Richtung Lüneburg. »Grad mal zwei Stunden von Fehmarn, trotz der vielen Baustellen«, freute sich Westermann. »Bin wirklich gespannt, was die uns zu berichten haben.«

Wenig später fuhren sie auf das Gelände der Polizeidienststelle. Dirk setzte den Wagen zurück und parkte ihn neben dem Eingang zur Dienststelle. »Passt.« Er stieg aus, nahm die Ledertasche vom Rücksitz und ging Richtung Eingangstür.

»Kannst du auf mich warten?«, fragte Hartwig und hatte Mühe hinterherzukommen, weil der Reißverschluss seiner Jacke klemmte.

Als sie den lichtdurchfluteten Flur betraten, kam ihnen eine junge Frau mit leuchtend roten Haaren entgegen, die Hartwig wie eine feurige Hexe aus dem Mittelalter erschien und ihn von oben bis unten taxierte. Alter Schwede! Mann, das ist ja mal ein heißer Feger, überlegte er und lächelte sie hingerissen an. Sein Puls schnellte unaufhörlich in die

Höhe. Die schlanke, bildhübsche Polizeibeamtin zog ihre Augenbrauen hoch und ließ seinen hechelnden Ausdruck mit einem verächtlichen Blick an sich abprallen.

Eingebildete Zicke, dachte er und räusperte sich.

»Westermann, nehme ich an«, sagte die Frau und belohnte den Hauptkommissar mit einem entwaffneten Lächeln.

»Ja, Dirk Westermann«, antwortete er, nahm ihre Figur in Augenschein und griente Hartwig von der Seite an, dessen Gesichtsausdruck Unzufriedenheit verriet.

»Kommen Sie mit in mein Büro. Ich gebe Ihnen einen kurzen Zwischenstand und dann können wir zur Wohnung des Toten fahren. Allerdings ist dort nur die Lebensgefährtin gemeldet. Es wundert mich ohnehin, dass wir ansonsten keinerlei Daten von ihm gefunden haben. Er steht in keinem Register, hat nirgends ein Auto angemeldet, nicht einmal ein Telefon. Klingt fast nach einem Phantom.« Katharina von Hagemann schnaufte.

»Ja, das habe ich beim LKA ebenfalls erfahren. Allerdings haben die, nachdem sie die Akte geschlossen hatten, keinerlei Interesse mehr an ihm.« Westermann schüttelte den Kopf. »Wir sind, wie die Sache aussieht, auf uns gestellt.«

Die Oberkommissarin stelzte in engen Röhrenjeans, die ihre tadellose Figur betonten, zum Schreibtisch, setzte sich mit Schwung neben die akkurat geordneten Akten auf der Tischplatte und nahm mit einem gewinnenden Lächeln ein angebissenes Franzbrötchen von einem Pappteller. Inbrünstig biss sie hinein. »Tschuldigung, ich hab noch nicht gefrühstückt«, murmelte sie verlegen. Normalerweise genoss sie die frühe Stunde in der Dienststelle. Die Zeit, bevor der Trubel losging.

»Hier geht es heute Morgen schon richtig zur Sache … ist wie im Taubenschlag.«

»Schätzchen«, griente Thomas und fing sich umgehend einen abschätzenden Blick der Kollegin ein.

»Setzen Sie sich für einen Moment … bitte. Sie machen mich ganz wuschig«, murrte sie.

Westermann horchte auf. Irgendwie klangen die Worte und ihr Dialekt mehr nach Großstadt als dem heimeligen Lüneburg. »Sind Sie von hier?«, fragte er.

»Nein, wieso? Ich bin eigentlich eine Hamburger Deern und seit ein paar Jahren hier in der Dienststelle. Ist das wichtig?«

»Nein, aber das habe ich mir fast gedacht. Sie hören sich nach waschechter Hamburgerin an«, lächelte der Hauptkommissar.

»Ja, ick bün een seute Deern«, feixte sie.

Na, sieh mal einer an, der Chef, grummelte Hartwig und pflanzte sich auf einen Stuhl, der vor einem zweiten Schreibtisch stand. »Wem gehört denn dieser Platz?«

»Dem Chef«, sagte Katharina von Hagemann, der das gute Aussehen des Kollegen trotz seiner Flegelhaftigkeiten nicht entgangen war.

Dann richtete sie sich zielgenau an Dirk Westermann und fuhr mit reservierter Stimme fort: »So, nun zu der heiklen Angelegenheit. Wir fahren in ein paar Minuten zu der Wohnung. Wir haben versucht, die Mieterin zu erreichen. Sie ist nicht da! Niemand konnte mir sagen, wo sie sich aufhält. Ich habe zur Vorsicht schon mal einen Schlüsseldienst angerufen, der sich um 11 Uhr mit uns dort trifft und die Tür öffnet, falls sie nicht auftaucht.«

»Das war eine sehr gute Idee, aber haben Sie einen Durchsuchungsbeschluss?«, fragte Westermann.

»Was glauben Sie? Gefahr in Verzug!« Sie grinste, zog ein Dokument aus dem Ordner, der neben ihr lag, und reichte es Dirk Westermann. Hartwig schwieg und beobachtete die Kollegen. »Wir haben den Namen der … wenn ich es mal so sagen darf … sehr jungen Frau.«

»Wie sind Sie da rangekommen? Wir haben absolut nichts Verwertbares gefunden.«

»Ja, das war merkwürdig. Wir haben beim Standesamt nachgeforscht … das war eine Idee von meinem Chef Benjamin Rehder. Er hat gehofft, dass Ihr Hardenberg vielleicht wieder geheiratet hat. Dann hätte es auf jeden Fall eine Heiratsurkunde geben müssen. Es war sozusagen eine Eingebung. Und peng, er ist dort nicht als Ehemann, aber als Vater des Kindes dieser Frau registriert.« Sie klopfte mit dem Fingernagel gegen das Schriftstück. »So what, so sind wir an die Adresse des Mädels geraten. Wie schon gesagt, die Wohnung hier in Lüneburg läuft auf *ihren* Namen, der Wagen, den der Tote augenscheinlich gefahren hat, ist auf *sie* eingetragen und ein bestehendes Konto wird ebenfalls unter dem Pseudonym Nicola Lehmann geführt! Es scheint, als wäre sein ganzes Leben auf die knapp 18-Jährige zugelassen. Das kam uns eigenartig vor.« Sie blickte in die Runde und biss ein weiteres Mal von ihrem Franzbrötchen ab.

»Was heißt *uns*?«, fragte Westermann.

»Ich habe die Informationen mit meinem Chef Benjamin Rehder durchgearbeitet, bevor er in den sauer verdienten Urlaub gegangen ist. Er konnte sich ebenfalls keinen Reim darauf machen. Aber komisch ist es schon, oder?« Sie stopfte das letzte Stück des Brötchens in ihren Mund und wischte sich die Krümel von den Lippen.

Mann, ist die süß, dachte Hartwig und fuhr sich verlegen durch die Haare. Er wusste um seine Wirkung auf

Frauen. An ihr aber würde er sich ganz offensichtlich die Zähne ausbeißen.

Warte ab, bis ich meinen Hund habe, dann wirst du dahinschmelzen. Er grinste und Katharina von Hagemann sah ihn erstaunt von der Seite an.

»Ist der immer so?«, fragte sie, an Westermann gewandt.

»Ja, manchmal«, antwortete er lächelnd und klopfte sich auf die Oberschenkel. »Ich denke, wir müssen. Die Zeit.« Er tippte mit dem Zeigefinger auf das Ziffernblatt seiner Uhr. »Wir haben noch zwei Termine heute. Außerdem wartet der Schlüsseldienst.«

»Ja dann.« Katharina von Hagemann sprang vom Stuhl auf, ging zur Tür und griff im gleichen Atemzug nach ihrer heißgeliebten schwarzen Lederjacke.

»So, wollen wir?«

Der Wagen von Westermann hielt gegenüber dem kleinen Haus, zu dem Katharina von Hagemann sie dirigiert hatte. »Das ist ja mal nett«, sagte er und stieg aus. Die beiden Kollegen folgten ihm. Direkt vor der Haustür stießen sie auf einen Mann mittleren Alters im Blaumann, der eindeutig als Schlüsseldienst zu erkennen war, weil ein handtellergroßes gelbes Schild auf seiner Brust prangte.

»Ich glaube, da ist jemand. Da oben ist ein Fenster auf«, sagte der Mann und deutete in den Giebel des schmalen Gebäudes.

Beide Fensterflügel waren weit geöffnet. Westermann nickte und betätigte den Klingelknopf. Sie standen zu viert vor der Tür und warteten. Aber nichts geschah … Erneut drückte der Hauptkommissar die Klingel, auf der nur der Name Lehmann zu finden war. Es war nicht zu erkennen, ob jemand sich im Haus aufhielt.

»Walten Sie Ihres Amtes, guter Mann«, sagte Westermann und wies auf das Schloss der Eingangstür.

Hartwig betrachtete währenddessen die Oberlichter über der Tür. Das gesamte Konstrukt war im Gegensatz zu den Fenstern im Rundbogen gebaut.

Katharina von Hagemann nickte und verschränkte die Arme vor der Brust. Der Mann öffnete das Schloss mit wenigen Handgriffen.

»Da ist keiner!«, rief eine ältere Frau, die im Nebenhaus aus dem offenen Fenster im ersten Stock schaute. Sie hatte einen Lockenwickler im grauen Pony und eine Schürze über ihrem hellbraunen Pullover. Neugierig hatte sie die letzten Minuten verfolgt. »Da ist schon seit ein paar Tagen niemand mehr. Ich habe keine Geräusche gehört.« Sie nickte. »Die sind nämlich normalerweise ziemlich laut nebenan. Die streiten fast jeden Abend und dann schreit das Baby. Wissen Sie, die Wände sind nicht gerade sehr dick in diesen Häusern …« Die Frau schob die Ärmel ihres Pullovers nach oben und tat so, als würde sie auf der Fensterbank Staub wischen. Dass sie nur von Neugier erfüllt war, lag auf der Hand.

»Wer wohnt denn hier?«, fragte Westermann und tat, als ob er ahnungslos wäre. Er wusste, dass Nachbarn oft einiges zu berichten hatten. Manche Nachfrage hatte dadurch schon Erstaunliches ans Tageslicht befördert, was für die Polizei am Ende hilfreich war.

»Da wohnt ein ziemlich gut aussehender Mann, so Anfang 50«, schwärmte die ältere pausbäckige Frau und fuhr sich mit der Hand durch die grauen Haare.

»Aber der steht nur auf so ganz junge Dinger. Das Mädel, mit dem er hier wohnt, ist höchstens 17 Jahre alt. Und dann haben die auch noch ein Kind zusammen. Wenn das mal der Vater dazu ist! Sie wissen ja, wie die sich heutzutage alle herumtreiben … und wie die sich anziehen. Fürchterlich. Na, das kann ja nix werden mit unserer Jugend.«

»Äh, danke. Sie haben uns wirklich weitergeholfen«, unterbrach Westermann die Nachbarin. »Wissen Sie, wie die junge Frau hieß?«

»Nicole oder so ähnlich. Das hat die mir mal erzählt, als sie sich vorgestellt haben. Nicole, glaube ich … und der gutaussehende Mann hatte auch so einen komischen Namen. Jupp oder so ähnlich. Moost, ne Joost. Ja, so hieß der. Aber den Nachnamen, den haben sie mir nicht genannt. Ich denke Lehmann, weil das ja auf der Klingel steht.«

»Danke vielmals«, grüßte Hartwig und hoffte, dass sie umgehend im Haus verschwinden konnten.

»Ja, da siehst du es mal. Alte Männer und junge Frauen, das macht immer was her.« Thomas griente und sah den schlanken Westermann von der Seite an.

»Was soll diese Anspielung? Neidisch?«, flüsterte er leise. »Pass bloß auf, Jungchen.«

Der großgewachsene Hauptkommissar blinzelte mit den graublauen Augen und betrat als Erster den Flur. Der Anblick, der sich ihm im Inneren bot, erinnerte ihn sofort an die Vorkommnisse in Julia Hardenbergs Haus.

Westermann zog die Waffe unter dem Caban hervor, entsicherte sie und schritt geräuschlos durch die schmale Diele. Seine Kollegen folgten ihm und zogen ebenfalls ihre Pistolen aus den Holstern. Hartwig zeigte schweigend an, dass er sich nach oben begeben würde. Westermann nickte. Katharina von Hagemann stiefelte ihm unaufgefordert hinterher und stieg die knarrenden Holzstufen so leise, wie es überhaupt möglich war, hinauf. Damit hatten sie nicht gerechnet. Das Haus war bis unter das Dach verwüstet. Herausgerissene Schubladen, Wäsche und jede Menge Papiere lagen verstreut auf den Böden herum. Hartwig deutete seiner Kollegin an, dass er die Stiege ins Dachgeschoss hochsteigen würde. Mit ausgestreckter Waffe schob er sich nach oben. Als er den Kopf unter der Holzkante hindurch steckte, flog eine Krähe, die auf dem Sims des geöffneten Fensters saß, kreischend von der Fensterbank hinaus. Thomas Hartwig wurde bleich und fasste sich mit einer Hand an seine Brust. Mann, nochmal so'n Anschlag und ich bin tot, mutmaßte er und rutschte rückwärts wieder die Stufen hinunter. Außer einer großen Matratze lag dort oben nichts, was in irgendeiner Weise auffällig gewesen wäre. Erleichtert schlich er zurück zu Katharina, die sich im kleinen Schlafzimmer umsah. Das Chaos war unübersehbar. Selbst die beiden weißen verschnörkelten Nachttische lagen umgeworfen am Boden. Eine Wiege stand in der Ecke vor dem Fenster.

Katharina schaute hinein. Sie war leer. »Wer auch immer das hier getan hat, hat akribisch nach etwas gesucht. Das war kein normaler Einbruch!«, sagte die Oberkommissarin.

Hartwig nickte und sie verließen die obere Etage. Westermann kam ihnen im Flur entgegen. »Und?«

»Nichts. Der gleiche Saustall wie hier unten«, sagte Thomas und Katharina musste lächeln. Es war das erste Mal, dass sie ihn überhaupt anlächelte. Er wurde sofort einen halben Kopf größer und griente frech zurück. Sein Grübchen im Kinn vertiefte sich.

»Bilden Sie sich bloß nichts ein«, knurrte Katharina von Hagemann grinsend und wandte sich an Westermann. »So ganz verstehen tue ich das hier nicht. Wo ist die Frau Lehmann? Was ist hier passiert und warum? Das geht nicht mehr mit rechten Dingen zu. Erst der Einbruch bei der Hardenberg, jetzt hier.«

»Allerdings dürften die nicht viel gefunden haben, so wie das hier aussieht. Reichtümer waren hier sicher nicht zu holen. Junges Mädchen, teurer Schmuck? Wage ich zu bezweifeln. Nicht mal einen Computer gibt es hier. Oder die Einbrecher haben ihn mitgenommen. Tja, ich wüsste zu gern, was hier passiert ist und ob es irgendwas mit unserem Mordfall zu tun hat«, sagte Westermann. »Es ist auf jeden Fall der Wohnsitz des Toten. Aber warum hier alles durchwühlt ist und er tot in dem Haus der Ex-Frau lag? Das ergibt überhaupt keinen Sinn. Am Tatort sah es allerdings genauso aus wie hier«, sagte er zu Katharina. »Wenn wir vom Ort des Verbrechens mal absehen.« Westermann zog die Pfeife aus der Jackentasche und schob sie zwischen die Lippen. Hartwig kannte das Prozedere. Sein Chef grübelte.

»Ich habe da so meine Vermutung«, sagte die Kommissarin.

Die Männer sahen sie fragend an.

»Ja, ich könnte mir vorstellen, dass diese Nicola herausgefunden hat, dass ihr Lover sie mit seiner Ex betrogen hat. Sie ist ihm hinterher, hat ihn erstochen, alles durchwühlt, damit es nach einem Einbruch aussieht und ist danach wieder hierher zurückgefahren. Dann hat sie hier ihre Wut rausgelassen, irgendwelche Hinweise gesucht, die den Betrug bestärken, und ist infolgedessen mit dem Kind untergetaucht. Ich rufe am besten mal die Spurensicherung«, sagte Katharina von Hagemann und wählte eine Nummer. Sie schritt durch die Hintertür in den höchstens vier Quadratmeter großen Innenhof, atmete die kalte Luft ein und führte ein kurzes Telefonat. Dann zog sie eine Schachtel Zigaretten sowie einen kleinen Aschenbecher aus der Jackentasche. Sie griff nach dem Feuerzeug, zündete eine Zigarette an und inhalierte tief.

»Na, das war ja mal eine kurze Hypothese«, murmelte Hartwig. »Wenn es so simpel ist, wie sie es darlegt, können wir den Fall ja sehr bald abschließen«, griente er und fragte Dirk Westermann: »Meinst du, das hat irgendetwas mit unserem Mordfall zu tun?«

»Sag du es mir! Auf jeden Fall gibt es eine Verbindung zwischen dem Einbruch auf Fehmarn und dem völlig verwüsteten Gebäude. Alleine schon daraus resultierend, dass die Leute, die hier und auf der Insel wohnen, sich kennen. Wir müssen herausfinden, was es mit dieser Nicola Lehmann auf sich hat«, sagte der Hauptkommissar und kaute auf dem Pfeifenmundstück herum. »Die ist bestimmt untergetaucht, als sie das hier entdeckt hat.«

»Das hat die nicht gemacht … glaube ich nicht. Das wäre zu einfach. Dann müssten wir sie nur ausfindig machen und festsetzen. Dazu mit einem Baby, ne. Du sollst die Pfeife rauchen, nicht essen«, erläuterte Hartwig.

Katharina von Hagemann kam zurück und brachte den Geruch von Nikotin mit. »Die Spurensicherung ist auf dem Weg und dann habe ich gleich mal den Namen dieser Nicola Lehmann weitergegeben, damit wir wissen, um wen genau es sich bei dem Mädel handelt. Gleichzeitig habe ich sie zur Fahndung ausgeschrieben.«

Westermann sah sie erstaunt an. »Gute Arbeit, Frau Kollegin. So kommen wir weiter. Ihr Chef kann stolz auf Sie sein.« Er zwinkerte ihr zu.

Hartwig fixierte seinen Vorgesetzten und wollte widersprechen, als Katharina ihm zuvorkam. »Ist er! Wir sind ein Team, da ist nicht viel Chef zwischen uns, verstehen Sie?«

Westermann nickte und betrachtete seinen jungen Kollegen. »Das verstehe ich sehr gut«, entgegnete er und sagte: »Ich denke, wir müssen uns jetzt erstmal auf die Kriminaltechniker verlassen und fahren zurück nach Fehmarn. Wenn Sie irgendetwas herausfinden, bitte melden Sie sich umgehend bei uns.« Er zeigte auf sich und seinen Kollegen. Hartwig griente die Kollegin aus Lüneburg an. »Ich gebe Ihnen meine Karte, falls der Chef nicht da ist«, murmelte er, räusperte sich und reichte ihr eine Visitenkarte.

»Wir müssen herausfinden, wo sie steckt. Das würde einiges erklären. Vielleicht wurde sie entführt oder ist vor lauter Angst abgehauen und irgendwo untergekrochen«, mutmaßte Thomas Hartwig.

Der Hauptkommissar raunte Unverständliches. Sie verließen das Haus und Westermann zog die Tür hinter sich zu. »Wir müssen warten, bis die Spusi kommt«, sagte er, ging auf den Wagen zu und zündete die Pfeife in seinem Mund an. In diesem Moment hielten drei Fahrzeuge vor dem historischen Gebäude …

KAPITEL 8

Eine Dreiviertelstunde später hielt der Dienstwagen vor einem Resthof im Lauenburger Elbvorland. Westermann parkte vor einem unübersehbaren dreistöckigen Fachwerkhaus, das von jeder Menge Lichtern angestrahlt wurde. Es dämmerte. Die Männer stiegen aus und bewunderten das Gelände, das von weißem Lattenzaun eingezäunt war. Vor dem großen Gebäude mit schneeweißen Fachwerkbalken und friesenblau gestrichenen Fensterläden, standen Bäume, die im Sommer einen herrlichen Anblick abgeben mussten. Jetzt hingen jede Menge Lichterketten in den Zweigen, die Grundstück und Haus ausleuchteten. Hartwig eilte voran. Er knetete die Hände und fuhr sich in einer Tour durch die gegelten Haare, die mittlerweile abstanden wie bei einem HB-Männchen. Wie ein Hampelmann zappelte er in seinen zerschlissenen Jeans vor der Tür, dann betätigte er den Messingklopfer, der anstatt einer Klingel an der Tür angebracht war. Sein Kehlkopf hüpfte unruhig auf und ab. Im Inneren des Hauses hallten die dunklen Schläge des Metallbügels. Westermann stand mit verschränkten Armen einige Meter hinter ihm. Die Tür öffnete sich. Eine Frau um die 40 strahlte den Männern entgegen.

»Herr Hartwig, wenn ich richtig liege«, bemerkte sie und bat die beiden Polizeibeamten ins Haus.

Thomas' Ohren glühten und er nickte fortdauernd, was Dirk Westermann wortlos registrierte. Der ist doch sonst nicht so hibbelig, stellte er fest und folgte ihm. Vor ihm lag eine beeindruckende Diele. Der Terrazzoboden hatte mittig einen mehrfarbigen gelegten Stern und glänzte mit dem aufgestellten leuchtenden und stilsicher geschmückten Weihnachtsbaum um die Wette.

»Gewaltig«, murmelte Westermann und blickte die dunkle Holztreppe entlang, die in den ersten Stock führte. So etwas könnte ich mir mit meiner Süßen vorstellen, überlegte der Hauptkommissar und augenblicklich stieg sein Puls. Er vermisste Katrin. War es schon wieder zwei Tage her, dass sie sich gesehen hatten? Wie gern würde er *mehr* Zeit mit ihr verbringen. Westermann kaute auf seinem Pfeifenmundstück und folgte den anderen. Er bestaunte die dunkel gebeizten Fachwerkbalken, die sich unter der Decke erstreckten.

»So, und jetzt kommen wir in unsere Babystation.« Die Besitzerin, die ein Flanellhemd über ihrer Jeans trug, rutschte in ein paar Birkenstock-Latschen, die vor der Tür am Ende des Ganges standen. Sie öffnete und trat in einen Raum, der jede Menge Wärme ausstrahlte. Drei überdimensionale Hundekörbe nebeneinander aufgereiht an der Wand unter Rotlichtlampen. In einem der Körbe lag eine Hündin mit fünf Welpen. »Das, meine Herren, sind die Kleinen. So ein Wolfshund …«

»Ich glaub's ja nicht!«, entfuhr es Westermann. »Du kaufst dir einen Wolf?«

»Chef, das ist kein Wolf, das ist ein tschechoslowakischer Wolfshund. Sind die nicht süß?«, fragte er seinen Vorgesetzten.

»Aber …« Der war sprachlos. »Nun sag mir bloß, wie bist du denn darauf gekommen? Hast du noch nicht genug von Wölfen?«

»Das würde mich jetzt allerdings auch interessieren, wie Sie auf diese Rasse gestoßen sind«, entgegnete die Hundezüchterin und betrachtete Thomas Hartwig eingehend. Ihre Wangen glühten und sie schob eine blonde Haarsträhne zur Seite. Sie hockte sich hin und streichelte über den Kopf der Hündin. Die Welpen lagen entspannt daneben und dösten.

»Das kann ich euch genau sagen. Nach unserem Mordfall im letzten Jahr habe ich mich eingehend mit Wölfen, ihrer Herkunft und ihrem Leben beschäftigt. Ich fand es so faszinierend, was für eine Vita diese Tiere haben, dass kein anderer Hund mehr in Frage kam. Ein Wolfshund ist furchtlos, aktiv, aufgeweckt und tapfer. Den zeichnen außerdem so viele Eigenschaften des Schäferhundes und des Wolfes aus, dass ich gar nicht anders konnte, als mir diese Rasse genauer anzusehen. Und er ist ausdauernd und scharfsinnig. Ergo ein super Gebrauchs- und Begleithund. Das kommt mir beziehungsweise uns doch für alle weiteren Fälle total entgegen. Ich weiß, dass er erstklassig erzogen werden muss, und das traue ich mir absolut zu. So ein Freund ist das Beste, was einem Mann passieren kann. Außerdem ist er treu, mutig und hat keine Angst vor gar nichts. Also ist er ungefähr so wie ich.«

Der Redefluss Hartwigs verstummte, als Westermann in das Lachen der Züchterin einstimmte.

»Das ist das beste Zeugnis, das Sie für einen unserer

Hunde ausstellen konnten. Jetzt sehen Sie sich die Welpen genau an. Bisher sind Sie der Erste, der seinen zukünftigen Partner aussuchen wird. Sie haben sozusagen die Qual der Wahl. Aber entscheiden Sie vernünftig. Lassen Sie sich Zeit und entdecken Sie Ihren Hund.«

Thomas Hartwig stand wie ein kleiner Schuljunge mit roten Ohren vor dem Korb und bestaunte jedes einzelne Tier.

Die Züchterin zog Westermann am Jackenärmel hinter sich her. »Lassen wir ihm die Zeit. Das will gut überlegt sein. Schließlich wird sein Baby ihn für lange Jahre auf seinem Weg begleiten.« Sie verließen den Raum und ließen Thomas allein mit einer Hündin und fünf Welpen.

»Ich würde mir das an seiner Stelle nochmal überlegen. Ein Hund der Kategorie ist nicht leicht zu händeln«, sagte Westermann.

»Da haben Sie recht! Aber wenn ich mich recht erinnere, ist Herr Hartwig Polizist. Und die sollten mit Tieren dieser Rasse zurechtkommen.« Sie setzte sich auf einen alten Lehnstuhl, der in der Diele seinen Platz hatte. »Setzen Sie sich. Das kann dauern«, bat sie Westermann und bot ihm den Stuhl ihrem gegenüber an. Dazwischen ein runder Holztisch mit eingelassenen Intarsien, auf dem nichts weiter als eine Glas Vase mit Tannengrün stand.

»Nett haben Sie es hier. Das ist ja ein Traumhaus!« Westermann zeigte sich beeindruckt.

»Und jede Menge Arbeit, das kann ich Ihnen versprechen. Das Haus ist seit drei Generationen in Familienbesitz und wenn ich es nicht so lieben würde, hätte ich es längst verkauft. Aber die Tradition, Sie verstehen?«

Der Hauptkommissar nickte. »Trotzdem beeindruckend!«

»Verraten Sie mir, was seine Wahl mit diesem Fall bei Herrn Hartwig auf sich hatte?«

Westermann schluckte und überlegte, wie er die Situation schildern sollte. »Es gab mehrere Todesfälle und ein wie aus dem Nichts aufgetauchter Wolf schien für die Tötungen verantwortlich zu sein. Es stellte sich heraus, dass er sich zur falschen Zeit am falschen Ort aufhielt.«

Die Züchterin nickte wissend. »Und wo ist er abgeblieben? Haben sie ihn erschossen oder eingefangen?«

»Darüber darf ich Ihnen leider keine Auskunft geben.«

»Sind Sie sicher, dass es ein Wolf war?«

»Absolut. Die Untersuchungen haben es eindeutig ergeben. Der hat für reichlich Ärger gesorgt.«

»Konnte der Kommissar den Fall denn lösen?«

»Ja, mit meiner Hilfe!« Westermann grinste.

»Oh, dann sind Sie auch Polizist?«, fragte sie.

»Ja, Hauptkommissar Dirk Westermann. Wir sind Kollegen. Ich leite die Mordkommission Oldenburg.«

»Oh Mann, das ist mir jetzt aber peinlich.«

»Das muss es nicht. Woher sollten Sie das wissen? Mein Kollege will sich seinen Wolf abholen, ich könnte sonst wer sein, oder?«

Sie lächelte und nickte zustimmend. Die Tür öffnete sich. Thomas Hartwig kam mit einem dunkelgrauen flauschigen Knäuel in die Diele. Seine Wangen glühten und die Ohren leuchteten wie rote Tomaten kurz vor der Ernte.

»Das ist mein Hund!«, flüsterte er sichtlich stolz, während er dem Welpen aufgeregt über den Kopf streichelte.

»Warum dieser kleine Kerl? Sie wissen, dass es ein Rüde ist?«

»Hm, habe ich bemerkt. Er hat mir auf den Arm gepinkelt.«

Westermann und die Züchterin Isabell Lafrat lachten aus vollem Hals.

»Na, dann kann ja nichts mehr schiefgehen«, ulkte sein Chef. »Und wie soll dein Kleiner heißen? Wolf? Wolfgang oder Wölfchen?« Dirk grinste.

Thomas sah ihn an und sagte bestimmt. »Watson, er heißt Watson.«

»Wieso Watson?«, fragte Westermann erstaunt.

»Weil er mein Begleiter sein wird. Immer und überall werden wir zusammen unsere Fälle lösen. Natürlich mit dir gemeinsam, Chef.«

»Aha, dann bist du also Sherlock Holmes«, grinste Westermann belustigt.

Hartwig blickte zuerst auf die Züchterin, dann auf seinen Vorgesetzten. »Na, du bist doch Sherlock.«

»Ne, du Sherlock, Hund Watson und ich bin Chef! Na dann mal los, Sherlock. Nimm Watson und dann geht's ab, den Mordfall lösen …«

*

»Hallo, Charlotte. Ja, schön … schön kitschig. Was soll Dirk denken, wenn er mich besuchen kommt? Der lacht sich tot.«

»Ach, Deern, glaubst du nicht, dass er mehr Verständnis für die Dekoration hat als du? Er ist viiiiel entspannter. Sei nicht knurrig. Ich hab gehofft, wir trinken jetzt lecker Tee und essen ein paar Plätzchen. Riechst du nicht, wie wunderbar es duftet?« Charlotte streckte die Nase in die Höhe.

»Ja, von mir aus. Ich hab ja gewusst, dass du Weihnachten liebst. Aber ich erschrecke mich jedes Jahr aufs Neue. Sorry …« Katrin ging auf ihre Tante zu, umarmte sie und drückte ihr einen dicken Kuss auf die rosige Wange.

»Und diese Zeit erinnert mich …«, ihr blieben die Worte im Hals stecken.

»Es wäre schön, wenn ich Mama und Papa mal wiedersehen könnte.« Katrin wirkte auf einmal traurig.

Ihre Tante nahm sie in den Arm und sagte: »Sollst mal sehen, sie besuchen dich sicher bald mal wieder.«

Wieder ist gut, dachte Katrin. »Sie haben es in den letzten Jahren nicht *einmal* geschafft, nach Deutschland zu kommen, um wenigstens eine Stippvisite abzuhalten. Sie machen ihr eigenes Ding in der Sonne und es scheint, als hätten sie uns längst vergessen, als hätte es mich nie gegeben.«

»Nun sei man nicht ungerecht. Sie haben dir oft vorgeschlagen, zu ihnen zu ziehen … was *du* nicht wolltest.«

»Wie stellt ihr euch das vor? Alles einfach so mir nichts, dir nichts aufgeben und den ganzen Tag lang faul in der Sonne liegen? Das geht nicht!«, sagte Katrin. Sie war bedrückt, aber sie war erwachsen und musste ihren eigenen Weg finden. »Außerdem habe ich es doch schön bei dir!« Ihr Lächeln kehrte zurück.

Charlotte Hagedorn war gedanklich bereits am Telefon. Sie wollte dafür sorgen, dass ihre Nichte ein unvergessliches Weihnachtsfest verleben würde. Sie lächelte vielsagend und zog Katrin hinter sich her in die Küche. Sie hatte eine fabelhafte Idee. »Sonst musst *du* einfach mal hinfahren und sie auf Mallorca besuchen«, versuchte ihre Tante, sie zu beschwichtigen. »Platz haben sie genug. Raff dich auf. Die haben sicher auch ein Plätzchen für deinen Kommissar.«

»Du weißt doch, wie wenig Zeit ich habe, und die paar Stunden möchte ich mit ihm hier … obwohl, eigentlich hast du gar nicht so unrecht und ich müsste mit ihm einen gemeinsamen Urlaub …«

»Komm, Kekse essen«, murmelte ihre Tante und hauchte ihr einen Kuss auf die Stirn.

Als sie am Küchentisch saßen, fing Charlotte an zu plappern. »Dein Dirk ist noch immer keinen Schritt weiter in unserem neuen Mordfall, oder?« Sie knabberte an dem Mürbeteigtaler herum und schob ihn krümelnd in den Mund.

»Das hast du natürlich alles schon wieder unter Kontrolle, nicht wahr?«, mutmaßte Katrin und nahm einen Schluck Tee.

»Na ja, ich habe da so meine Quellen. Bisher konnte ich ihm zu einem Schritt vorwärts verhelfen und morgen Vormittag besuche ich Eleonore Backmann. Die hat immer etwas zu berichten. Und sie wohnt genau gegenüber vom Tatort. Außerdem möchte ich mir unbedingt einen neuen Pullover zulegen. In dem Geschäft von Frau Hardenberg war ich vorher noch nie … es wird Zeit.«

Katrin grinste und sagte: »Jaja, und die Verkäuferinnen haben sicherlich jede Menge Informationen für dich.«

»Ja, da finde ich bestimmt ein paar Spuren, du kennst mich …«

KAPITEL 9

Am nächsten Morgen radelte die Miss Marple von Feh-marn flötend und gutgelaunt, dick eingemummelt in ihren farbenfrohen Wintermantel, ihre Strickmütze mit dem gestickten Delphin und einen ebenso bunten Schal, mit ihrem roten Fahrrad Richtung Burg. Als sie trotz des winterlichen Wetters beschwingt im ersten Gang durch das weihnachtliche Avendorf schlitterte, fiel ihr ein, dass Ernchen seit Längerem auf ihr Quittengelee und eine Flasche Likör wartete. Sie hatte ihr versprochen, in diesem Jahr Gelee zu machen und ihr berühmtes Hexenfeuer anzusetzen. Dafür musste sie allerdings erst einmal los, um Schlehen zu pflücken, und sie stöhnte. »Wenn ich doch bloß mehr Zeit hätte … diese ewigen Verbrecherjagden. Heiland Mailand!« Sie fuhr mit festem Tritt weiter und bog mit roten Wangen in die Blieschendorfer Allee ein.

»Ist das eine klasse Idee gewesen, die Straße zu verbreitern. Und erst der Fahrradweg!« Sie radelte die fast vier Kilometer lange Strecke mit wehendem Schal auf der Allee entlang. Sie freute sich, dass sie den breiten Radweg in Gänze für sich alleine hatte. Jetzt brauch ich keine

Angst mehr zu haben, dass sie mich hier wie ein Karnickel überfahren, dachte sie und trat zum Endspurt mächtig in die Pedale. Eine viertel Stunde danach hatte sie das Ortsschild von Burg erreicht. Sie befuhr die Breite Straße mit ihren vielen weihnachtlich geschmückten Geschäften und kam kurz darauf an ihr Ziel. Jetzt wollte sie zuallererst nach einem neuen Pullover schauen.

Als sie die Boutique in der Seitenstraße betrat, sah sie in ein bekanntes Gesicht. »Moin, Frau Hass. Frau Hardenberg gar nicht da?«, fragte sie, obwohl sie genau wusste, dass diese im Moment nicht in ihrem Geschäft anzutreffen sein würde. Die hatte genug mit sich und ihrem Kind zu tun, da war sich Charlotte sicher.

»Nein, die Chefin ist nicht hier. Die hat Urlaub«, sagte die höchstens 1,53 Meter große Mitarbeiterin des Ladens, die sie noch aus Doros Modelädchen kannte. »Kann *ich* Ihnen helfen?«

»Vielleicht!« Unbeeindruckt zog Charlotte Hagedorn einen Pullover nach dem anderen aus dem Regal, und breitete sie auf einem vor der Verkäuferin aufgebauten Tischchen aus, um sie von allen Seiten genauestens zu begutachten. Im Anschluss ließ sie die Ware achtlos liegen, um den nächsten Stapel zu inspizieren. »Haben Sie nichts Ausgefalleneres …, etwas, das zu mir und meiner Persönlichkeit passt?«

Schnippisch antwortete Anna-Lena Hass: »Ich weiß nicht, ob wir für *Ihre* Altersklasse das Richtige führen.«

»Wum, jetzt haben Sie es mir aber gegeben!«, entgegnete Charlotte Hagedorn ernüchtert. Sie würde die Mitarbeiterin zum Duell herausfordern, das konnte sie schließlich hervorragend.

»Also, Ihre Chefin hat da aber ein ganz anderes Händchen. Die findet immer heraus, was zu mir passt. Die weiß *genau*, was meine Persönlichkeit unterstreicht.«

»Die hat nicht einmal herausbekommen, dass ihr Mann sie betrügt«, murmelte die Verkäuferin.

»Was haben Sie gesagt? Das lassen Sie Ihre Chefin mal nicht hören!«, antwortete die Künstlerin.

»Ist mir doch egal. Als ich ihr erzählt habe, dass ihr Mann sie mit einer Bekannten meiner Freundin hintergeht, hat sie mich ausgelacht. Dabei hat der jede Gelegenheit genutzt, sie zu betrügen. Das pfiffen die Krähen schon von den Dächern.«

»Die Spatzen, mein Kind, die Spatzen«, verbesserte Miss Marple von Fehmarn die Mittdreißigerin.

»Ist mir auch egal. Haben Sie jetzt etwas gefunden?«

»Ich glaube nicht. Vielleicht ist es besser, ich komme wieder, wenn die Chefin da ist. Und ob Sie hier so über Frau Hardenberg reden sollten, wage ich zu bezweifeln«, entgegnete Charlotte und wollte das Geschäft verlassen.

»Nun bleiben Sie, wir finden sicherlich etwas Passendes für Sie«, murmelte die Verkäuferin und fuhr sich genervt durch die kurzen dunkelblonden Haare.

Die Künstlerin grinste. Jetzt hatte sie die Frau genau da, wo sie sie haben wollte. »Na, dann finden wir gemeinsam sicher das Richtige.« Sie zwinkerte der Verkäuferin zu. Als sie den ersten Pullover über ihr Shirt zog, fragte sie: »Wie kommen Sie darauf, dass der Ex-Mann von Frau Hardenberg sie betrogen hat?« Charlotte schnalzte mit der Zunge. »Haben Sie ein Glas Wasser für mich? Mein Hals ist fürchterlich trocken. Ich dehydriere.«

Die Verkäuferin nickte und eilte in die hinteren Räume. Kurze Zeit später kam sie mit einem Glas in der Hand zurück in den Verkaufsraum. Charlotte hatte inzwischen drei Pullover anprobiert und sich einen, der ihr besonders gefiel, beiseitegelegt.

»Oh, das ist nett von Ihnen. Aber nun mal Butter bei die Fische, was ist denn mit dem Mann gewesen? Mir können Sie es doch erzählen … außerdem weilt er ja nun nicht mehr unter uns.«

»Tja, ich dachte, ich soll nicht über meine Chefin sprechen?«

»Nun mach es nicht so spannend, Mädchen.« Charlotte zog die Augenbrauen hoch und starrte sie an. Und es schien, als müsste man sie nicht zweimal darum bitten zu reden.

»Wie war das noch gleich? Ich war auf dem Festland bei einer Freundin zu einer Dessous-Party. Irgendwann kamen wir in dieser Runde auf die Arbeit zu sprechen und ich hab erzählt, wo ich beschäftigt bin. Da plapperte eine mir völlig fremde Frau drauflos, dass sie den Mann meiner Chefin *sehr* gut kennen würde. Sie sabbelte laut und für jeden hörbar, dass er ein heißer Feger sei.« Die kleine, zierliche Verkäuferin mit den kurzen, dunklen Haaren plusterte sich empört auf. »Ich hab sie damals sofort unterbrochen und ihr erklärt, dass der Mann ein äußerst ruhiger Vertreter sei und nett obendrein. Ich konnte ja nicht ahnen, was für ein Kerl das war. Da hat die doch tatsächlich behauptet, dass er der Freund ihrer Freundin sei. Da war ich platt, das können Sie sich vorstellen. Ich hielt es für meine Pflicht, Frau Hardenberg darüber aufzuklären, was die Tante auf der Party erzählt hat, aber … es hat sie nicht einmal interessiert. Sie lachte und nannte die Person eine Lügnerin. Da habe ich mich richtig geärgert, dass ich überhaupt etwas von mir gegeben habe. Mit mir nie wieder! Und daran habe ich mich gehalten. Fertig!«

Sie winkte ab und hielt Charlotte den ausgesuchten Pullover vor die Brust. »Hübsch, sehr hübsch. Unterstreicht Ihre Persönlichkeit …«

✳

Charlotte Hagedorn trug die Papiertüte pfeifend zu ihrem Fahrrad. Der Einkauf hat sich in doppelter Hinsicht gelohnt, dachte sie und fuhr den Weg zurück, bis sie in den Tannenweg einbog, in dem dieser bestialische Mord passiert war und ihre Bekannte Eleonore Backmann wohnte.

Die Künstlerin stellte ihr Fahrrad gegen den Vorgartenzaun, stopfte die Papiertüte in ihren Rucksack und stiefelte auf die Eingangstür zu. Sie richtete ihren Wollmantel, rückte die Mütze zurecht und drückte auf den messingfarbenen Klingelknopf. Sie hörte den charakteristischen Gong. Charlotte verschränkte die Arme vor der Brust. Mach schon, ich habe schließlich noch mehr zu tun.

Wenig später wurde die Tür geöffnet. Eleonore stand mit Schürze vor ihr. »Deine roten Backen passen hervorragend zu deiner rostigen Haarfarbe«, kicherte Charlotte und drückte die Freundin.

»Wangen, Charlotte, man nennt es Wangen. Rück mir nicht so auf die Pelle, sonst bist du gleich voller Mehl.«

»Eleonore Backmann, kannst du eigentlich etwas anderes, als Kuchen backen?«

»Ja, mit dir schnattern, deshalb bist du ja anscheinend hier, oder?«

Die Künstlerin nickte und trat ein. Sie ließ den Rucksack von ihren Schultern rutschen und stellte ihn an der Garderobe ab.

»Aber die Stiefel ausziehen, sonst machst du mir die ganze Küche dreckig.« Unmissverständlich zeigte sie auf die klobigen Lederstiefel, die bis über den Knöchel reichten und in denen die Hosenbeine der Jeans steckten.

»Was du immer hast, die sind doch sauber«, maulte Charlotte.

»Ausziehen!«, war die klare Ansage von Eleonore Backmann. Widerwillig öffnete sie die Schnürsenkel und quälte sich aus den derben Stiefeln, nachdem sie sich ihres Mantels entledigt hatte. Sie rutschte durch den mit Fliesen ausgelegten Flur.

»Hm, wie das bei dir wieder duftet. Respekt, das muss man dir ja lassen. Wie weit ist er denn?«, frohlockte Charlotte und rieb sich genüsslich die Hände.

»Der Kuchen? Fertig, aber du bist doch bestimmt nicht hier, um über mein Backwerk zu reden. Ich denke …«, sie schwieg für einen Moment und richtete sich die rostroten Haare, »du bist hier wegen dem da drüben.« Sie zeigte mit ihrem Zeigefinger zum Fenster auf die andere Straßenseite.

»Und lüg nicht, ich kenn dich. Du kommst nicht vormittags ohne Grund auf einen Tee vorbei … du willst doch Tee, oder?« Sie hängte einen Teebeutel über den Becherrand und füllte ihn mit heißem Wasser.

Charlotte nickte und setzte sich an den Küchentisch. Sie liebte es, in Küchen zu sitzen. Hier gab es grundsätzlich die besten Gespräche und leckeres Gebäck obendrein. »Sind deine Spitzbuben fertig?«, fragte die Künstlerin.

»Hast Glück, dass ich grad den Ofen ausgemacht hab«, sagte Eleonore und richtete einen Teller mit Weihnachtskeksen an, um sie Charlotte Hagedorn vor die Nase zu stellen. »So, aber Spaß beiseite. Was willst du wissen? Du bist sicher nicht hier, um mich als neue Torten-Botschafterin zu gewinnen. Die haben wir nämlich schon«, kicherte Eleonore. »Und außerdem hätte ich gar keine Zeit, um mit einem Zirkuswagen durch die Lande zu ziehen.« Sie hielt sich die verschwitzte Hand vor den Mund. Ihre Wangen glühten und ihre Augen sprühten vor Übermut. Dann sah sie Charlotte an und ihr Gesicht bekam erneut einen prüfenden Ausdruck. Sie kräuselte die Nase und wartete darauf, dass sie mit der Sprache herausrückte.

»Was ich wissen will? Alles, was du mir über den Mann, der da drüben gewohnt hat, erzählen kannst.« Miss Marple von Fehmarn griff zu einem warmen Keks. »Hm, köstlich. Und wie das duftet«, schwärmte sie und schnüffelte am Backwerk.

»So viel kann ich dir gar nicht verraten. Das hab ich schon dem Kommissar erzählt, der hier auf der Matte stand. Ein schmucker Jung war das, das muss ich sagen. So schöne dunkle Haare. Und diese Augen. Die haben mich wirklich verwirrt«, kicherte Leonore erneut.

»Der war hier?« Charlotte sah die Freundin fragend an und richtete sich kerzengerade auf.

»Ein Kommissar Hartmann oder so ähnlich. Der hat mir seine Karte dagelassen, soll ich sie holen?«

»Ne, lass man, ich weiß schon … Hartwig heißt er. Und was hat der wissen wollen?«, lauerte sie und trommelte mit den Fingern ununterbrochen auf die Tischplatte.

»Alles, was du auch herausbekommen willst. Aber ich hab nichts haarklein verzählt, sonst krieg ich Ärger mit meinem Gustav.« Sie kicherte und schob sich ebenfalls einen Keks in den Mund. »Also, ich hab ihm erzählt, dass der da drüben die halbe Nacht rumgeschrien hat, wenn er denn mal zu Hause war, und das kam gar nicht so oft vor. Meist kam er erst weit nach Mitternacht.«

»Woher weißt *du* das denn?«

»Na ja, ich schau nachts oft Fernsehen, kann nicht gut schlafen. Weißt ja, Hitzewallungen und so … und da kriegt man sehr wohl mit, wenn ein Auto die Straße runterfährt.«

»Aber hier ist doch die Küche, wie kannst du sehen, ob ein Auto kommt, wenn du fernsiehst?«

»Na, ich hab nachts immer Hunger. Dann husch ich, wenn Werbung läuft, schnell mal in die Küche und seh doch, ob der schon nach Hause gekommen ist. Der hatte ja das Auto!«

Charlotte nickte.

»Nur am Tag, da war das Phantom sehr rege! Das erschien mir merkwürdig. Immer wenn Frau Hardenberg in ihrem Geschäft war, hat der Sachen aus dem Haus geschleppt.«

»Wie, *Sachen* rausgeschleppt?«, fragte Charlotte.

»Na Sachen halt. Rosa Regale, Töpfe, körbeweise Wäsche. All so 'n Zeug eben. Ich hab mich oft gewundert, was er damit macht. Zum Sperrmüll sollte das mit Sicherheit nicht. Aber komischerweise hat der immer nur dann rumgeräumt, wenn niemand im Haus war. Und kurz bevor er abgehauen ist, da ging das richtig los.«

»Abgehauen?«, fragte Charlotte aufgeregt.

»Jaja, ich mach ja schon. Also zwei Tage vor Heiligabend, da ist er ausgezogen. Ich weiß das genau, weil Gustav den Weihnachtsbaum aufgestellt hat. Zwei Tage vor Weihnachten hat der das Auto bis unters Dach mit Klamotten vollgepackt. Reingestopft hat er alles. Ich kann dir sagen. Ich hab meinen Mann geholt, damit er sich das Schauspiel ansieht. Hab gesagt: ›Gustav, komm mal, ich glaub, der zieht aus.‹ Und weißt du, was mein Gustav gesagt hat? Ich soll nicht rumtüddeln, das Zeug soll bestimmt in Klamottencontainer. Aber ich hab das ja gleich nicht geglaubt. Und … ich hatte recht.« Sie klatschte sich übertrieben die Hände auf die Oberschenkel. »Der ist quasi bei Nacht und Nebel abgehauen. Der konnte gar nicht richtig durch die Rückscheibe sehen, das war alles vollgemüllt. Und seitdem hab ich den hier nicht mehr gesehen. Bis sie ihn im Leichenwagen abtransportiert haben.« Eleonore schüttelte den Kopf.

Charlotte biss in ihren dritten Keks und spülte mit einem Schluck Pfefferminztee hinterher. »So kurz vor Weihnachten«, flüsterte Charlotte. »Was für ein Schwei… Schweinebraten«, sagte sie stattdessen.

»Wer isst Schweinsbraten?«

»Ach, ist doch egal. Und was passierte dann?« Charlotte Hagedorn zappelte auf ihrem Stuhl hin und her. Das Kissen unter ihrem Po rutschte heraus und landete auf dem Fußboden.

Missmutig stierte Eleonore Backmann zum Boden und zog die Augenbrauen hoch. Ihre Gesichtsfarbe hatte mittlerweile einen normalen Teint angenommen und die Schweißperlen waren von ihrer Stirn verschwunden. Umständlich versuchte sie, ihre rote Haarpracht zu bändigen. »Erstmal nicht viel. Mir ist nur aufgefallen, dass die Lütte, die Mia, zwei Tage später, am Heiligabend, mit einem großen Weihnachtsbaum um die Ecke kam. Den hat die arme Deern allein den Gehsteig runter bis auf die Terrasse gezogen. Ich hab mich noch gewundert. Da hat sie sich richtig abgemüht, die Kleine. Die tat mir so leid«, sagte Eleonore Backmann und steckte sich den letzten Keks in den Mund. »Ja, mehr kann ich dir nicht sagen … Ach ja, was mir noch einfällt: Kurz davor war da mal ein Schlüsseldienst. Das war komisch.«

»Erzähl!«, drängte Charlotte.

»Hm, ja doch. Die Frau Hardenberg war mehrere Tage mit ihrer Tochter allein im Haus. Der Hardenberg war auf Dienstreise. Glaube ich zumindest. Tee?«

Charlotte schüttelte den Kopf und deutete mit der Hand fortzufahren.

Eleonore zuckte die Schultern, schenkte sich ein und setzte sich zurück auf den Stuhl. »Nun nimm doch langsam mal das Kissen vom Boden hoch«, murrte sie stattdessen, bevor sie weitersprach.

Unwillig griff Charlotte Hagedorn mit der Hand nach dem bunten Stuhlkissen, hob ihren Hintern an und schob es darunter.

»Besser! Also, da stand Frau Hardenberg an einem Samstagvormittag mit einem Mann vor der Haustür. Ich hab mich gewundert. Es war ziemlich kalt und die dünne Deern schlotterte da im T-Shirt in der Eiseskälte. Der Kerl hatte einen blauen Metallkoffer dabei und hat das Schloss ausgetauscht. Keine Ahnung, ob das Alte kaputt war. Aber sehr auffällig war, dass der Mann am nächsten Tag noch einmal wiederkam und das Türschloss erneut auswechselte. Das ist doch eigenartig, nicht wahr?«

Charlotte spitzte die Ohren, überlegte und nickte. »Weißt du noch, wie der Schlüsseldienst hieß?«

»Der Aufmacher! Genau! Aufmacher.«

»Und woher weißt du das so genau?«

»Ich hatte vorher gerade einen spannenden Film im Fernsehen gesehen mit dem – na, wie hieß er denn? – … dieser Schimanski. Der hat die Hauptrolle in dem Film ›Der Totmacher‹ gespielt.«

Charlotte schüttelte verständnislos den Kopf. »Totmacher? Was hat das denn damit zu tun?«

»Totmacher, Aufmacher, so einfach.«

»Na, deine Logik möcht ich haben. Aber das so zu behalten, ist eine schlaue Eselsbrücke.«

Der Keksteller war ebenso leer wie der Teebecher, als Charlotte Hagedorn auf die Küchenuhr starrte, die an der Wand über der alten Chromspüle hing. Ein schlammfarbenes Relikt der 70er-Jahre. Die Uhr war offensichtlich genauso alt wie die Küche selbst. Weiß, laminierte Presspappe mit eichenfarbenen Zierleisten, deren Griffe dringend erneuert werden müssten. In diesem Raum wurde gelebt und gearbeitet und das sah man ihm an. »Oh, mein Gott. Ich hätte längst zu Hause sein müssen«, log sie. »Ich muss den Braten in den Ofen kriegen.« Sie klopfte auf ihren Rucksack und deutete damit an, dass der sich wohl darin befinden würde. Sie sprang vom Stuhl. Hatte genug gehört. Mehr konnte oder wollte Eleonore ihr im Moment anscheinend nicht erzählen. »Wenn dir irgendetwas einfällt, rufst du mich an, ja?«

Sie wischte ihre Finger an der Schürze ab und reichte der Künstlerin die Hand. Charlotte Hagedorn winkte ab, drückte Eleonore und verschwand, ohne sich umzudrehen, zu ihrem Fahrrad. Sie hatte jede Menge Arbeit vor sich …

*

Nur wenige Stunden nach dem Einbruch in Joost Hardenbergs Haus klingelte es an der Tür von Horst Lehmann, der seit der Trennung von seiner Frau am Rande Lüneburgs wohnte. Die Wohnung lag im siebten Stock eines Wohnblockes aus den 60er-Jahren. Grauer Putz, eidottergelb gestrichene Balkone, deren Farbe an vielen Stellen abblätterte. An einigen Balkonbrüstungen hingen Blumenkästen mit kleinen Koniferen, in denen Lichterketten baumelten. Allerdings wirkte der Block trotz der Beleuchtung genauso trist wie das Wetter. Die Männer schlichen zum Eingang des Wohnhauses und suchten auf der endlos erscheinenden Klingelliste nach dem richtigen Namen. Pawlowski betätigte einen der Knöpfe. Sekunden später summte es. Sikora, der in seiner schwarzen Lederjacke wie ein Türsteher aussah, schob mit der Schulter die Tür auf und drängte sich zuerst in den Eingangsbereich.

»Ist Idiot«, sagte Pawlowski und tippte sich mit dem Zeigefinger gegen die Stirn. Wortlos stiegen sie in den Lift. Am Ende des Flurs deutete der Ältere von beiden auf ein mehrfach überklebtes Kunststoffschild mit dem Namen Lehmann. Es hallte im kahlen Treppenhaus. Sikora hämmerte mit der Faust gegen die Tür. Babygeschrei tönte aus dem Inneren der Wohnung. Er starrte Pawlowski fragend an und zog die Augenbrauen hoch. »Ist nicht allein? Wir müssen abwarten, bis wir drinnen. Wenn wir ohne Papiere kommen …«

Der ältere Pole deutete mit der Handkante gegen die Kehle. »Wir gehen jetzt rein, dann wissen wir mehr.«

Der 42-jährige Pawlowski nickte. In dem Moment öffnete sich die Tür. Horst Lehmann stand unrasiert vor ihnen. Sikora betrachtete das senfgelbe Shirt und schob den Mann zurück in die Wohnung. »Hast Besuch?«, fragte er und schloss die Tür hinter sich.

»Nein, habe ich nicht, sollte ich? Aber was geht euch das überhaupt an? Was wollt ihr hier?«

Es war sofort klar, dass die Männer sich kannten und es keineswegs freundschaftlich war. Horst Lehmann spannte den Körper an. Er wusste, dass es nichts Gutes bedeuten konnte, wenn die beiden Polen hier auftauchten. »Also, was wollt ihr?«, fragte er, ohne die Männer aus den Augen zu lassen.

Pawlowski zog die Waffe, die er unter seiner schwarzen Jacke versteckt gehalten hatte, und stiefelte durch den Flur. Mit dem Lauf schob er die Tür zum Wohnzimmer auf. Das Zimmer war leer. Das gleiche Bild zeigte sich ihm in der Küche. Sikora behielt Lehmann im Auge. Nachdem sein Komplize das Schlafzimmer inspiziert hatte, schlich er auf das Zimmer zu, aus dem das Babygeschrei kam.

»Nicht da rein. Lasst das Baby in Ruhe!« Er drängte sich zwischen Pawlowski und die Tür.

Der Pole grinste ihn verächtlich an, zog die Augenbraue hoch und schob ihn mit dem Lauf der Waffe unsanft zur Seite. »Wer ist da?«, fragte er und öffnete die Tür.

»Sagte ich doch … niemand. Nur meine Enkelin.«

Pawlowski schaute erstaunt hinter die Tür. Es war nur dieses Kind im Zimmer. Das Kleinkind lag in seinem Kinderbett und schrie.

»Seht ihr?« Er schob sich an den Männern vorbei und wollte das Baby aus dem Bett heben.

»Lass liegen die Brut, wir haben Wichtiges zu besprechen«, sagte Sikora und drängte Lehmann zurück in den Flur.

»Aber die Kleine schreit«, versuchte er, die Polen zu beruhigen.

»Ist egal, du schreist auch gleich, wenn wir nicht haben Kohle und Blankopapiere aus Ausländeramt.« Sikora stieß den Mann ins Wohnzimmer und zog ebenfalls eine Waffe unter der Jacke hervor. Er richtete sie auf den verunsicherten Lehmann. »So, sag, wo Dokumente und Geld oder wir blasen Gehirn weg.« Er sah sich im Zimmer um. An der linken Wand stand eine Lederecke aus Kunstleder, die bis unter das große Fenster reichte. Davor auf dem Couchtisch lagen eine Fernsehzeitschrift und drei Fernbedienungen. Sikora starrte auf den Flachbildfernseher, der an der gegenüberliegenden Wand auf einem ebenfalls dunklen Lowboard stand. »Großer Fernseher. Fliegt aus Fenster, wenn du nicht redest.« Er deutete mit dem Lauf seiner Waffe auf die Fensterscheibe, vor der keine Gardinen die Sicht nach außen verhinderten. Der Balkon machte ebenfalls einen ungepflegten Eindruck. Kisten stapelten sich und ein zusammenklappbarer Wäscheständer, auf dem Babystrampler hingen, erzeugte ein unordentliches Bild.

»Was für Geld, was für Papiere? Ich habe keine Blankopapiere. Ich weiß nichts von irgendwelcher Kohle.« Lehmann wurde blass.

»Du weißt es genau. Wir wissen, dass du mit Schwiegersohn Geschäfte gemacht hast. Rede!«

»Das ist nicht *mein* Schwiegersohn«, entgegnete er wütend.

»Und ich habe mit ihm schon gar keine Geschäfte …« Sein Gesicht lief puterrot an.

»Du weißt Bescheid«, flüsterte Sikora gefährlich leise.

»Ich weiß nichts, und jetzt raus hier!«, schrie Lehmann und wollte Pawlowski aus dem Zimmer stoßen.

»Pst, nicht schreien, denk an Baby oder willst du, dass kleine Balg fliegen lernt wie Fernseher?« Sikora stapfte auf die Tür des Raumes zu, in dem das Kind nach wie vor schrie.

»Ich warne dich.« Lehmann holte aus und schlug seine Faust in das Gesicht des älteren Polen.

»Das war Fehler!« Er wies Pawlowski an, das Kleinkind aus dem Bett zu nehmen. »Mach Fenster gaaanz weit auf«, knurrte er bedrohlich und zeigte auf die Balkontür. Der andere nickte. Im Arm das kleine Mädchen, öffnete er die Glastür und schritt auf die Loggia.

»Nein«, brüllte Lehmann. »Ich weiß nichts von Geld oder Papieren, ehrlich nicht.« Seine Worte klangen brüchig. Pawlowski nahm den Säugling in beide Hände und hielt das schreiende Kind über die Brüstung. Lehmann erstarrte. »Ich weiß es nicht«, schrie er und ließ entmutigt die Schultern sinken. »Nehmt mich, aber lasst das Baby in Ruhe.«

Sikora blickte ihn kalt an und schlug zu, bis der Mann vor ihm stöhnend am Boden lag. Wütend trat er ihm in die Seite, bis er sich nicht mehr rührte. Dann nahm der Pole den Fernseher, hob ihn an, stieg über Lehmann, drängte an Pawlowski vorbei auf den Balkon und warf ihn mit einem breiten Grinsen über die Brüstung …

*

»Moin, ist der Chef da?«, fragte Charlotte Hagedorn, als sie wie ein Wirbelwind, bunt gekleidet mit ihrem Wollmantel, der selbstgestrickten Mütze mit dem Delphin und derben Stiefeln, in die Burger Dienststelle stapfte.

»Ja, der ist in seinem Büro«, sagte der schlaksige Jan Becker und er blickte die Künstlerin verwundert an. Er fuhr sich mit der Hand durch die wenigen, militärisch kurz rasierten Haare auf dem Kopf.

Als Charlotte die Tür öffnete, sah sie in das erstaunte Gesicht von Olaf Schütt, der im dunkelblauen Dienstpullover von einem Stapel Papiere hochblickte.

»Na, Frau Hagedorn, neuer Fall?«, fragte der Dienststellenleiter nicht gerade erfreut und fuhr sich über das Kinn. Er ahnte, dass irgendetwas im Busch war und es meist nichts Erfreuliches bedeutete, wenn Miss Marple von Fehmarn hier aufkreuzte.

»Ich dachte, der *Chef* ist hier?«, entgegnete sie, schaute

sich fragend um und kratzte geschäftig den Kopf unter ihrer Mütze, sodass eines ihrer Ohren herausblitzte.

»Ja, sitzt hier vor Ihnen, oder bin ich so dünn geworden?« Schütt lachte lauthals, was Charlotte Zornesröte ins Gesicht schießen ließ.

»Ich meinte nicht Sie! Ich wollte zum Hauptkommissar der *Mordkommission*«, betonte sie schnippisch.

»Ach wat, wat wüllt se denn von em?«

»Das, mein lieber Herr Schütt, geht Sie mal gar nichts an.« Der Dienststellenleiter setzte sich kerzengerade in seinen Bürostuhl und sein Gesicht bekam angespannte Züge. Er verschränkte die Arme vor der Brust. »Nun mal recht freundlich, junge Dame. Ich bin hier der Chef. Falls Ihnen das nicht gefällt, kann ich nicht weiterhelfen und Sie können gerne wieder von dannen ziehen. Und wenn Sie Hauptkommissar Westermann suchen, der hat das Büro am Ende des Flurs bezogen. Moin!« Er stand auf, verwies Charlotte Hagedorn des Raumes, zog einen Aktenordner aus dem Regal und würdigte sie keines weiteren Blickes.

»Tsts … Heiland Mailand, wer wird denn gleich in die Luft gehen?«, war die verschnupfte Reaktion auf den Anranzer, den der Hauptkommissar ihr verpasst hatte. Mit hochrotem Kopf eilte sie den Gang entlang. Jeder ihrer Schritte quietschte auf dem Belag und hinterließ ein unangenehmes Geräusch in ihren Ohren. Resolut öffnete sie die Tür.

»Charlotte! Was für eine Freude, dich zu sehen«, rief Dirk Westermann und sprang vom Stuhl auf.

»Da bist du wohl der Einzige«, murrte sie. »Ich muss unbedingt mit dir sprechen. Es gibt Neuigkeiten in *unserem* Mordfall.«

Thomas Hartwig schielte am Bildschirm des Computers vorbei. Er hatte es sich mittlerweile abgewöhnt, die Hilfe von Seiten Charlottes ins Lächerliche zu ziehen. Bisher hatte sie trotz ihrer manchmal drängenden Art meist maßgeblich zur Aufklärung der Fälle beigetragen. Leises Fiepen riss ihn aus seinen Gedanken. Mit einem Fuß stupste er gegen das unscheinbare Körbchen unterm Schreibtisch, aus dem ein Wollknäuel mit großen braunen Augen herauslugte.

»Was ist das denn? Haben die jetzt hier in Burg Diensthunde?«

»Nein«, schmunzelte Westermann und stand auf. Er wirkt in den verwaschenen Jeans und dem dunkelblauen Pullover wie ein richtiger Seebär, dachte Charlotte und lächelte. Der Dreitagebart mit durchzogenen weißen Stoppeln unterstrich sein markantes Kinn. Und dann diese Haare, wunderbar. Sie kicherte. Fehlte nur noch ein Ohrring.

»Kann ich dir deinen Mantel abnehmen? Das ist übrigens unser Polizeiwolf. Darf ich vorstellen, Watson. Er gehört Thomas.« Der Hauptkommissar grinste in Hartwigs Richtung.

»Den haben wir vor ein paar Tagen vom Züchter abgeholt. Und um genau zu sein, das ist tatsächlich ein halber Wolf. Das ist ein tschechoslowakischer Wolfshund.« Westermann ging zur Ablage und goss sich Kaffee in einen Becher. »Tee, nehme ich an?«, fragte der Hauptkommissar und stellte den Wasserkocher an.

»Ja, gern«, flötete die Künstlerin und näherte sich dem Körbchen. Sie zog ihre Mütze vom Kopf und legte sie auf Westermanns Schreibtisch. Sie hatte gehofft, dass sie den Wolf, der auf der Insel sein Unwesen getrieben hatte, zu Gesicht bekommen würde. Umso mehr enttäuscht war sie, dass er es vorgezogen hatte, Fehmarn genauso unauffällig wieder zu verlassen, wie er gekommen war. Sie hockte sich hin und fragte Thomas: »Darf ich ihn anfassen?«

»Aber klar, Frau Hagedorn. Wenn nicht Sie, wer dann?«
Er stand auf, schlich um den Schreibtisch und kniete sich
neben Charlotte vor das Körbchen. Ihre Blicke trafen sich
unter der Tischplatte.

»Hochnehmen, ich?«, war die nächste Frage.

Ohne allerdings die Antwort abzuwarten, hatte sie das
fipsige Bündel gegriffen, in den Arm genommen und fing
an, über seinen Kopf zu streichen. Sie richtete sich mit
dem Hund auf dem Arm wieder auf. Prompt schmiegte
sich der Welpe in ihre Armbeuge und rieb sich am Stoff.
»Sehen Sie, der mag mich. Ach, ich liebe Wölfe.«

»Das lassen Sie bloß niemanden hören, dann werden
Sie gekillt.« Thomas sah sie eindringlich an.

»Aber die sind nun mal da und die Bauern und Schaf-
züchter müssen den Tieren zumindest auf halber Strecke
entgegenkommen.«

»Nun lass das Thema mal ruhen. Damit haben wir uns
im letzten Jahr wirklich ausgiebig befasst. Die werden
sicher auf lange Sicht eine entsprechende Lösung finden!
So geht das nicht weiter! So, Charlotte. Was hast du denn
heute für uns?«

Dirk Westermann stellte den Teebecher vor ihre Nase
und bat sie, sich zu setzen. Mit dem Welpen auf dem Arm
saß sie dem Hauptkommissar gegenüber.

»Ja, ich habe da so meine Ermittlungen angestellt und
bin fündig geworden. Der Bursche war ein Fiesling«, sagte
die Künstlerin unbeeindruckt und kraulte zeitgleich den
Welpen hinter den Ohren.

»Dann erzähl mal. Ich bin ganz Ohr.«

»Ja, der …« Charlotte Hagedorn erzählte den aufmerksam zuhörenden Kommissaren vom nächtlichen Nach-
Hause-Kommen des Toten, von seinen Ausräumaktionen,

vom Schlüsseldienst und vom Weihnachtsbaumgeschleppe der Hardenberg-Tochter.

»Das ist ja hochinteressant«, sagte Dirk Westermann, der Notizen in sein Buch eintrug. »Und kannst du mir sagen, wie der Schlüsseldienst hieß?«, fragte der Hauptkommissar.

»Ja, die hab ich sogar angerufen, aber …«, sie prustete erbost, »die wollten mir partout nicht erzählen, warum sie das Schloss wieder ausgetauscht haben. Die … die …«

»Datenschutz und Schutz vor Einbrechern, meine Liebe. Sie können dir doch keine persönlichen Daten herausgeben! Selbst wenn du Charlotte Hagedorn heißt, so bedeutet das noch lange nicht, dass du alles darfst, was wir dürfen.« Er zwinkerte ihr zu.

»Iiiihgitt, das ist aber auch. Heiland Mailand!« Charlotte Hagedorn sprang entsetzt vom Stuhl auf und blickte mit weit aufgerissenen Augen an sich herunter. Wie ein Rumpelstilzchen hüpfte sie von einem Bein auf das andere.

Thomas Hartwig und Dirk Westermann verfielen in lautstarkes Gelächter. Der Welpe hatte sich auf ihrem Schoß erleichtert und just in diesem Moment tropfe es bis auf den Boden. »Hier hast du deinen Wolf«, rief sie und hielt dem Kommissar das wollende Bündel entgegen.

»Tja, die mit dem Wolf tanzt!«, lachte Thomas und nahm ihr den winselnden Hund ab. »Ich glaube, ich muss mit ihm dringend mal vor die Tür«, sagte Hartwig und verließ den Raum.

»Jetzt ist es sowieso zu spät«, flachste Westermann und bemerkte, an Charlotte gewandt: »Du hast uns in vieler Hinsicht wieder mal geholfen. Gibst du mir den Namen von diesem Schlüsseldienst? Ich fühle denen mal auf den Zahn.«

Kurz nachdem er Charlotte verabschiedet hatte, klin-

gelte sein Handy. Westermann setzte sich auf den Schreibtischstuhl, schob die Ärmel seines dunkelblauen Sweatshirts hoch und ließ die Brille auf die Nase rutschen. Dann
sah er auf das Display, zuckte mit den Schultern und nahm
das Gespräch entgegen.

»Hallo? ... Anja?« Der Anruf schien ihn nicht zu
erfreuen. Im Gegenteil. Eine leichte Röte zog sich über
sein Gesicht. Hartwig sah ihn interessiert an, als er den
Raum wieder betrat. Westermann stand auf und schlich
auf den Flur. Dann sprach er weiter. »Ich denke nicht, dass
das der richtige Weg ist ... was ist mit ... deinem Lover?«,
wollte er wissen. »Ach, hm ... und da hast du gedacht, da
ruf ich mal den Dirk an, der wartet solange, bis ich ... lass
mal. Ich glaube nicht, dass es eine gute Idee ist. Ich habe
wirklich keine Zeit.« Westermann beendete das Telefonat,
ging zurück ins Büro und starrte aus dem Fenster.

»Was Wichtiges?«, fragte Hartwig.

Der Hauptkommissar winkte ab und wandte sich
den Aufzeichnungen zu. Dann wählte er die Nummer
des Schlüsseldienstes. In sein Inneres allerdings fraß sich
ein lang zurückliegendes Gefühl, das er längst vergessen
wähnte ... Eifersucht.

*

Als Nicola die Stufen im Treppenhaus hinauflief, hörte sie
ihre Tochter von Weitem schreien. Hastig schloss sie die
Tür auf. »Was ist denn hier los?«, rief sie, ließ die Sporttasche fallen und eilte auf direktem Weg in ihr Zimmer. Sie
war froh gewesen, dass ihr Vater sie trotz aller Widrigkei-
ten aufgenommen hatte. Sie wollte nicht allein im Haus
bleiben, nachdem sie von Joosts Tod erfahren hatte. Traurig

hatte sie wahllos ein paar Sachen zusammengepackt, ihre Tochter auf den Arm genommen und das windschiefe historische Häuschen verlassen.

Zuvor hatte sie sich im Flur noch einmal umgesehen. Ohne Joost würde sie den Mietvertrag nicht erfüllen können, obwohl sie diejenige war, die den Betrag Monat für Monat von ihrem kargen Lohn als Kellnerin zahlte. Sie befürchtete, dass der Vermieter ihr umgehend kündigte. Außerdem wollte sie ohne ihn nicht dortbleiben. Ihr Vater hatte ihr seine Hilfe angeboten. Sie wusste, dass er froh war, dass endlich alles vorbei war.

Ohne sich umzuschauen, war sie zu ihrem Auto gehastet. Dass die oberen Fenster offen waren, hatte sie nicht bemerkt. Sie rief ihren Vater und öffnete die Tür zu ihrem Zimmer. »Ich dachte, du wolltest …« Sie schrie, als sie ihren blutüberströmten Vater am Boden liegen sah. Ihr Herz schlug ängstlich, als sie in das Kinderbett guckte. Erleichtert, dass der Kleinen offensichtlich nichts fehlte, steckte sie ihrem Kind den Schnuller in den Mund. »Pscht, pscht, Mama nimmt dich gleich hoch, meine Süße.« Sie legte die wärmende Decke über den Bauch des Babys, hoffte, dass es sich beruhigen würde.

Dann kniete sie sich neben ihren leblosen Vater. »Papa, was ist los? Papa!« Entsetzt sah sie Horst Lehmann an. Seine Augen waren zugeschwollen und aus dem Mund hatte sich ein Rinnsal Blut den Kiefer hinuntergezogen. Eigenartig verrenkt lag er da. Nicola horchte, ob er lebte. Erleichtert stellte sie fest, dass er atmete. Vorsichtig streichelte sie über seinen Kopf, in der Hoffnung, dass er zu sich kam. Sie zog mit einer Hand ihr Handy aus der Hosentasche, um einen Rettungswagen zu verständigen, als Horst Lehmann stöhnend zu sich kam.

»Wir müssen weg hier«, ächzte er kaum hörbar. »Die kommen zurück.«

Nicola verstand den Sinn des Gesagten nicht und sah ihn fragend an. »Wer kommt zurück?«, wollte sie wissen.

»Die Polen, die haben hier in der Wohnung was gesucht«, presste er die Worte heraus. Sein Gesicht war schmerzverzerrt und er versuchte, die Augen zu öffnen. »Pack die Kleine ein, wir müssen hier weg.«

»Ja, aber wo willst du denn hin?«, fragte sie besorgt.

»Wir … zu dieser Ex-Frau von deinem Typen. Wir fahren nach Fehmarn! Herausfinden, was los ist«, stammelte er. »Wir fahren auf die Insel und mieten uns irgendwo ein. Dann fühle ich der Hardenberg auf den Zahn. Die weiß mehr, als sie zugibt«, stöhnte Horst Lehmann. »Kannst du mir ein Glas Wasser und eine Aspirin holen?«

Nicola verstand nicht, was das alles zu bedeuten hatte, aber was sie auf keinen Fall wollte, war, auf diese Insel zu fahren. Und auf keinen Fall in die Nähe der verhassten Ex-Frau ihres Freundes. Was wollte ihr Vater dort? Hatte er etwas mit dem Tod von Joost zu tun? Wahllos raffte sie Klamotten zusammen und warf sie in die Sporttasche, die immer noch im Flur auf dem Boden stand. Nervös nahm sie die Kleine hoch, die sich beruhigt hatte und vor sich hin grummelte. Nicola wiegte sie in ihren Armen. Sie eilte in die Küche und fand die volle Trinkflasche im Flaschenwärmer vor. Die hat Hunger, dachte sie, kein Wunder, dass sie so geschrien hat. Schnell stellte sie das Gerät an. »Kriegst gleich, meine Süße«, flüsterte sie und schaute sich um. Alles war aus den Schränken gerissen. Es herrschte Chaos, wohin sie sah. Angst kroch ihren Körper hoch. Was, wenn die wiederkommen, bevor wir verschwunden sind, überlegte sie und fühlte, ob die Trinkflasche warm genug war. Gedanken kreisten wirr in ihrem Kopf. Sie hielt ihrem Baby apathisch die Flasche entgegen, das sofort gierig am Schnuller saugte. »Mein Herz, hast du solchen Hunger?«, flüsterte Nicola und wiegte das Kind in ihrem Arm. Mit der anderen Hand füllte sie ein Glas Wasser, das vor ihr auf der Spüle stand und suchte in der Schublade nach Aspirin.

Anschließend schlich die junge Frau zurück in ihr Zimmer und sagte kaum hörbar: »Papa, ich füttere die Kleine und dann verschwinden wir! Du hast recht, hier können wir auf gar keinen Fall bleiben.« Sie zeigte mit der Nasenspitze auf das Kind.

Horst Lehmann richtete sich stöhnend auf. Er fuhr mit der Hand über das blutverschmierte Kinn und quälte sich hoch. »Ich muss ins Bad«, keuchte er und schlurfte aus dem Zimmer.

Kurz darauf verließen sie das Haus …

*

Wenig später stand Westermann vor der Tür von Julia Hardenberg. Er sah zum Himmel. Die dunkle Wolkendecke hatte sich zugezogen und es würde anfangen zu schneiden. Der Hauptkommissar zog den Kragen seiner Jacke enger zusammen. Es war eisig kalt. Die ersten weihnachtlichen Vorboten waren bereits vor ein paar Wochen angekommen. Aber die Temperaturen stimmten nicht. Die Ostsee war mit fünf Grad eindeutig zu warm. Matsch von drei schneegetränkten Tagen hatte das graue Wetter nicht gerade weihnachtlicher erscheinen lassen. Seit zwei Tagen allerdings sanken die Temperaturen unter null. Erster leichter Schneefall hatte vorgestern Abend eingesetzt und eine zarte weiße Decke auf die Straßen gelegt.

Dirk Westermann zog die Mütze weit über die Ohren und hauchte warme Luft in die Handinnenflächen. Die Tür öffnete sich.

»Moin, Frau Hardenberg.« Er reichte ihr die Hand. »Ich war in Ihrem Geschäft, aber dort sagte man mir, dass ich Sie hier antreffen würde.«

Julia sah den Hauptkommissar fragend an.

Westermann betrachtete die schlanke Gestalt. Sie sieht besser aus als vor ein paar Tagen, dachte er und trat ein. Der royalblaue Kapuzenpullover unterstrich ihre Hautfarbe und gab ihr eine gesunde Röte. In ihrer engen Röhrenjeans hatte sie etwas Mädchenhaftes. Westermann freute sich über die positive Entwicklung und hoffte, dass sie sich in nächster Zeit wieder erinnern würde. »Ich hätte da noch ein paar Fragen. Darf ich?« Westermann deutete auf den Eingangsbereich.

»Ja, kommen Sie. Ich wollte mir gerade einen Kaffee … aber jetzt kommen Sie schon rein. Ist aasig kalt.« Sie bat ihn in den Flur.

Umständlich putzte er seine Schuhsohlen auf der Fußmatte. »Das ist ein ganz gemeiner Belag da draußen«, stellte er sinnig fest.

»Na ja, wir haben Winter«, entgegnete Julia Hardenberg lächelnd und verschloss die Tür. »Im Dezember soll das schon mal vorkommen. Was erwarten Sie?« Sie lächelte verhalten, nahm ihm die Jacke ab und hängte sie an die Garderobe.

Er legte seine dunkle Dockermütze auf den Jackenkragen und betrat nach ihr das Wohnzimmer. Der Raum strahlte eine wohlige Wärme aus. Auf dem Tisch und auf der Fensterbank hatten silberfarbene Kerzenleuchter, die mit perlmuttfarbenen Kerzen bestückt waren, ihren Platz. Es duftete nach Zimt und Orangen. Eine esstellergroße Silberschale mit genau den Zutaten glänzte auf dem weißen Tisch. Westermann betrachtete die kniehohe, gekalkte Holztonne, die mit Tannenzweigen bauchig befüllt draußen vor der Terrassentür ein weihnachtliches Bild vermittelte. Daran hingen verschieden große Weihnachtskugeln in pastelligen Tönen. »Hier riecht es aber lecker«, lenkte Dirk Westermann sein Augenmerk wieder auf Julia Hardenberg und reckte seine Nase in die Höhe.

»Ja, hab ich heute Vormittag gebacken. Apfelkuchen. Möchten Sie? Ich hab Kaffee fertig.«

»Da sag ich nicht nein«, entgegnete der Hauptkommissar und setzte sich auf das Sofa rechts an der Wand. Er liebte es, Raum und Fenster im Blick zu behalten. Fluchtverhalten nannte er es. Es war eine Marotte, sich stets so zu setzen, dass niemand unbeobachtet hinter seinem Rücken agieren konnte. Katrin belächelte es, wenn sie im Restaurant einen Tisch auswählten, an dem Dirk den gesamten Raum überblickte.

Julia kam mit einer silberfarbenen Kanne und einem Teller mit lecker riechendem Kuchen zurück. »Verführerisch. Da freut es mich, den Weg zu Ihnen gemacht zu haben.« Dirk Westermann liebte selbstgebackenen gedeckten Apfelkuchen, wie seine Mutter ihn gebacken hatte. Die Zeit war vorüber. Seit zwei Jahren lebte sie in einem Altersheim für Demenzkranke und er war froh, wenn sie ihn bei einem der Besuche überhaupt noch erkannte. Als er sie das letzte Mal vor einer Woche besucht hatte, hatte die freundliche Betreuerin sie bei der Verabschiedung gefragt, ob sie wisse, wer denn der junge Mann sei, der sie beehrte.

»Mein Bruder«, hatte sie gutgelaunt geantwortet und sich bei ihm eingehakt. Die Antwort der zierlichen Frau mit den schneeweißen Haaren hatte ihn traurig werden lassen. Aber er wusste nach langen Gesprächen mit Ärzten und Klinikpersonal, was auf ihn zukommen würde, und hatte sich, zumindest für den Moment, damit abgefunden, dass er die Reise seiner Mutter ins Vergessen nicht ändern, sondern nur begleiten konnte.

Julia schnitt ein großes Dreieck des goldbraunen wunderbar duftenden Gebäcks ab und schob es Dirk Westermann auf den weihnachtlich bedruckten Teller. Sie füllte den Becher mit Kaffee und setzte sich auf die Couch unter dem Fenster, das zur Straße zeigte. »Was wollen Sie wissen?«, fragte Julia und schob sich Apfelkuchen in den Mund.

Westermann legte die Kuchengabel zurück auf den Teller, sagte: »Ich habe wichtige Fragen, die Sie mir vielleicht beantworten und die uns näher an das Motiv für einen Mord heranbringen könnten.«

»Haben Sie schon einen Verdacht?«, fragte sie beiläufig und ließ die Kuchengabel sinken.

»Darüber darf ich Ihnen leider keine Auskunft geben. Laufende Ermittlungen. Da Sie aber direkt betroffen sind, kann ich Ihnen zumindest mitteilen, dass wir unter Hochdruck arbeiten und erste wichtige Spuren verfolgen.«

»Dann fragen Sie«, sagte die junge Frau und zuckte die Schultern.

»Wir würden gern wissen, warum Sie das Schloss Ihrer Haustür haben auswechseln lassen, um es nur kurze Zeit später wieder zurückzubauen?«

Julia hielt inne. Sie legte die Gabel auf den Teller und wurde blass. Angestrengt schob sie die Ärmel ihres Pullovers nach oben. »Woher wissen Sie das?«

»Frau Hardenberg, wir machen unsere Arbeit und suchen Anhaltspunkte, um dem Täter auf die Spur zu kommen. In diesem Fall müssen wir herausfinden, was für ein Mensch Ihr Ex-Mann war und weshalb bestimmte Dinge so geschehen sind. Also, warum haben Sie die Schlösser zweimal in zwei Tagen auswechseln lassen?«

Sie atmete erleichtert aus. »Sie haben recht. Natürlich müssen Sie herausfinden, was für eine Person hinter dem Mann mit der überaus charmanten Maske steckte«, murmelte sie verächtlich.

»Aus Angst? Wissen Sie, für mich war die Zeit nach der ersten Verliebtheit mit ihm nicht unproblematisch. Mein … Ex reiste im Auftrag seiner Firma für zehn Tage zu Kunden nach Spanien … das glaubte ich zumindest. Er hat damals im Immobilienbereich gearbeitet. Der Ex-Chef von Joost rief irgendwann in der Boutique an und fragte mich nach meinem Mann. Ich muss wohl ziemlich bescheuert geklungen haben.« Julia Hardenberg lachte gequält. »Wenn ich gewusst hätte …«, sie fuhr sich durch die Haare. Auf einmal war sie wieder da, ihre Verletzlichkeit. Ihr blasses Gesicht. Die Traurigkeit in ihren Augen. Dirk Westermann schwieg. Dann sprach sie weiter. »Der Vorgesetzte meines Ex' fragte, ob ich Zeit für ein Gespräch hätte. Das hat mich nicht wirklich beunruhigt und ich sagte ihm, dass ich viel zu tun hätte und er mich abends privat anzurufen solle. Noch am gleichen Abend führten wir ein schwer zu ertragendes Gespräch. Als er fragte, ob ich säße, war ich ziemlich verdutzt. Das können Sie sich vorstellen, oder?« Julia Hardenberg sah den Kommissar mit großen, traurigen Augen an.

Westermann nickte.

Leise sprach sie weiter. »Der Mann erzählte mir, dass er und seine Frau das schamlose Treiben meines Ex' nicht unterstützen würden, nachdem sie mich bei unserer Hochzeit kennengelernt hatten.« Sie schluckte und in ihren Augen leuchtete ein verräterischer Glanz.

Julias Blick wirkte abwesend, als sie fortfuhr. »Er fragte mich, ob ich wüsste, wo mein Ehemann sich derzeit aufhalten würde. Können Sie sich vorstellen, wie perplex ich war. Mir lief eine Gänsehaut den Rücken hinunter. Ich habe mechanisch geantwortet, dass er selbst ihn nach Spanien geschickt hätte, um Ferienwohnungen zu verkaufen. Der ehemalige Vorgesetzte von Joost hat daraufhin laut gelacht. Und wissen Sie, was er sagte?« Sie nahm einen Schluck Kaffee. »*Ihr* Mann macht Urlaub in Griechenland … und das nicht allein. Da habe ich mich hinsetzen müssen. Meine Knie haben gezittert und mir war grottenschlecht. Es war, als hätte mir jemand eine Faust in die Magengrube geschlagen.« Tränen füllten ihre Augen und liefen über ihre Wange.

»Ich konnte es nicht fassen. Das musste ich erstmal sacken lassen. Aber es war ja nur eines der vielen Puzzleteile, die sich mehr und mehr zu einem Ganzen zusammenfügten.«

»Haben Sie deshalb die Schlösser austauschen lassen?«

Sie schüttelte den Kopf. »Ich wusste zuerst gar nicht, was ich tun sollte. Ich war wütend und verletzt. Sehr viel später fiel mir ein, dass wir einen Bekannten in dem Ort hatten, an dem Joost *angeblich* mit einer mir fremden Frau Urlaub machte.« Sie schwieg und starrte aus dem bodentiefen Fenster. Dann sagte sie: »Ich habe ihn angerufen und ein langes Telefonat mit ihm geführt. Stellen Sie sich vor, er war in dem Glauben, Joost wäre mit *mir* dort! Das hatte er Ilias, so heißt der Freund, erzählt.«

Julia Hardenberg lachte verzweifelt. »Ich sollte mit ihm in der Ferienwohnung sein, die er ihm zur Verfügung gestellt hatte. Ich konnte es nicht fassen. Er hatte sich den Schlüssel abgeholt, sodass ich gar nicht in Erscheinung trat. Als Ilias Papandreou erfuhr, dass ich im kalten Deutschland saß und meinen Mann suchte, wollte er sich augenblicklich selbst ein Bild machen. Er rief mich Stunden später an und teilte mir mit, dass er mit einer jungen Frau in der Ferienwohnung hauste. Und da er für die Wohnung nichts bezahlen brauchte, weil Ilias mich dort vermutete, hat er sofort Geld von ihm verlangt.« Julia lachte laut. »Das konnte er allerdings nicht berappen.«

»Warum nicht?«, fragte Westermann.

»Weil er von *meinem* Geld gelebt hat. Wovon hätte er einen zehntägigen Urlaub in Griechenland zahlen wollen? Er hat unseren gemeinsamen Bekannten für seine Zwecke ausgenutzt und das ist … dank meines Anrufes vollends in die Hose gegangen.« Sie lachte immer noch, gleichzeitig rannen Tränen über ihr Gesicht.

»Er musste diese Frau sogar als Pfand dalassen, um das ausstehende Geld zu besorgen«, weinte sie. »Und den sollte ich in *mein* Haus zurücklassen?«

»Ihr Haus?«

»Ja, ich habe durchweg *alles* bezahlt. Die Finanzierung des Gebäudes läuft auf meinen Namen. Ihm gehörte … nichts! Ich war so unendlich wütend. Und ich hatte ein ungutes Gefühl. Dass er zurückkam und da weitermachte, wo er vor der *Reise* aufgehört hatte. Ich sah es als einmalige Chance, mich endlich von ihm zu lösen«, schrie sie. Westermann nahm die Gefühlsausbrüche dieser verletzten Frau wahr, und er bedauerte sie. »Dann habe ich das Schloss ausgetauscht … und es meiner damaligen Schwiegermutter am Telefon mitgeteilt. Wissen Sie, was sie mir antwortete? Nein? Sie sagte: Du kennst Joost, mach es lieber rückgängig. Du weißt, er geht durch geschlossene Türen.« Sie fing an, nervös ihre Finger zu kneten.

Dirk Westermann legte die Hand auf ihren Arm.

Sie sah ihn an und murmelte: »Ich hatte wahnsinnigen Respekt vor seinem Jähzorn und habe am nächsten Tag sofort veranlasst, dass das alte Türschloss wieder eingebaut wird. Das war's.«

»Hätte Ihnen niemand helfen können?«

»Wer denn? Meine Tochter? Mit zwölf Jahren? Ich hatte hier auf der Insel keine Freunde. Habe immer nur gearbeitet, um den Lebensstandard dieses Mannes halten zu können. Verstehen Sie? Ich hatte keine Wahl ... und *keine* Freunde«, flüsterte sie leise. »Niemand hätte mir helfen können. Was hätte ich auch sagen sollen?«

»Haben Ihre Eltern nicht ...?«

»Herr Kommissar. Die wohnen 150 Kilometer entfernt. Was hätten die tun können? Ich war völlig auf mich allein gestellt. Die jähzornigen Wutausbrüche hatten in den letzten Jahren zugenommen. Ich kann die Türen, die er aus den Angeln geschlagen hat, gar nicht mehr zählen. Das war ein sehr teurer Spaß.« Sie schaute gedankenverloren aus dem Fenster.

Westermann nickte. »Warum sind Sie nicht gegangen?«

»Weil ich mit Mia und mit meiner Angst allein war. Niemand hätte mich da rausholen können. Ich hatte nicht die Kraft. Und irrsinnigerweise das Gefühl, als wenn ich das alles ... die Selbstständigkeit, das Haus, ja mein ganzes Leben nicht auf die Reihe bekommen würde. Obwohl ich selbstständig war. Wahnsinn, oder? Für mich wurde es immer schlimmer, je länger der Zustand andauerte. Ich trank fast nur noch Kaffee, rauchte wie ein Schlot und leerte abends meist eine Flasche Rotwein ... allein. Von dem Mastschwein, das er aus mir gemacht hatte, war nicht mehr viel übrig. Dieser Mann zehrte mich aus. Ich stand oft nur noch neben mir und beobachtete die Dinge wie in einem Film.«

Dirk Westermann verstand die Frau und wollte nicht noch mehr in die Tiefe gehen. Es war für heute genug. »Ich denke, wir lassen es jetzt gut sein. Sie wissen, ich bin jederzeit für Sie da. Ich komme in den nächsten Tagen wieder vorbei und dann reden wir weiter. Oder wollen Sie lieber zu mir in die Dienststelle ... wenn es Ihnen hier unangenehm ist?«

»Nein, kommen Sie ruhig, ich habe nichts zu verbergen und ich fühle mich hier sicher.«

Westermann erhob sich. Harter Tobak, dachte er und ging in den Flur, um seine Jacke überzuziehen. »Wie hält man das aus?«, wollte er wissen.

»Gar nicht! Ich war innerlich tot.« Julias Augenlider zuckten. Plötzlich blieb sie wie erstarrt stehen und stierte auf die Mütze in seiner Hand.

Der Hauptkommissar sah sie an und bewegte sich nicht. Er beobachtete sie.

»Schwarz, sie war schwarz«, sagte sie tonlos.

Westermann starrte sie an und fragte: »Was war schwarz? Was sehen Sie?«

»Die Mütze war schwarz. Er hatte eine schwarze Mütze auf. Zwei Löcher. Die Augen, schwarze Augen.«

Ihre Augenlider flackerten und dann schüttelte sie sich. »Was haben Sie gerade gesehen? Wer war der Mann mit der schwarzen Mütze?«, wollte Westermann wissen. Er ahnte, dass ein Teil des Puzzles ihr Gedächtnis zurückeroberte.

»Was?«, fragte Julia entgeistert und schüttelte sich. »Was wollen Sie? Dunkle Mütze? Ich weiß nicht, es war nur eine Eingebung. Ein Flashback. Ein Mann, es war ein Mann im Haus.«

»Wenn Ihnen etwas dazu einfällt, rufen Sie mich sofort an. Jederzeit, auch nachts!« Dirk Westermann verabschiedete sich und trat vor die Tür. Er musste weiterhin sehr behutsam mit ihr umgehen. Es hatte angefangen zu schneien. Die Straßenlaternen streuten diffuses Licht auf den schneebedeckten Weg und weiße Flocken wirbelten in ihrem senfgelben Schein. Der Hauptkommissar zog den Kragen der Jacke zu und stapfte über die Straße zum Wagen. Ich muss zu Katrin, dachte er. *Sie einfach nur in den Arm nehmen.* Ein Lächeln umspielte seinen Mund und er stieg ein. Entschlossen startete er das Fahrzeug.

*

»Mama, ich hab dich so vermisst. Es tut mir alles schrecklich leid.« Mia rannen Tränen über die Wange, als Julia ihre Tochter im Flur in Empfang nahm. Die Mutter von Svea winkte ein letztes Mal durch die Autoscheibe und fuhr schlitternd mit ihrem Wagen davon. Mia zog Felix, den zehn Jahre alten braunen Mischling, hinter sich her.

Aufgeregt sprang er an Julias Beinen hoch, um ihr zu demonstrieren, wie es ihn freute, wieder zu Hause zu sein. »Ach, meine Süße. Dir muss überhaupt nichts leidtun. Du kannst doch für all das hier nichts.« Julia schloss hinter Mia die Tür. Von den Geschehnissen der letzten Tage war nicht einmal ansatzweise etwas zu erahnen.

Frau Tamken war nach dem Telefonat mit Hauptkommissar Westermann umgehend zum Haus der Hardenbergs gefahren. Sie hatte das Chaos in gewohnter Manier beseitigt und wunderte sich über gar nichts mehr. Julia war für zwei Nächte in einer Pension in Burg untergekommen. Nun stand ihre Tochter vor ihr. Alles soll endlich wieder seinen gewohnten Gang gehen, wünschte sich die 35-Jährige.

»Zieh erstmal deine Jacke aus«, sagte Julia erfreut und ging ins Wohnzimmer. Sie setzte sich auf die Couch. Für einen Moment war sie vorhin eingenickt und das Läuten der Klingel hatte sie aus einem traumlosen Schlaf gerissen.

Wortlos zog sie die Wolldecke über ihre Beine und kuschelte sich darin ein. »Hast du geschlafen?«, fragte die 14-Jährige erstaunt.

»Na ja, mir war kalt und dann bin ich eingedöst. Das war in den letzten Wochen einfach zu viel.«

Mia nickte und umschlang ihre Mama mit ihren Armen.

»Was hältst du davon, wenn wir beide in den Weihnachtsferien wegfahren?«

»Wegfahren? Wir? Das wäre ja super. Weißt du, seit wann wir keinen Urlaub mehr gemacht haben?«, fragte der Teenager. Mia klatschte begeistert in die Hände und setzte sich zu ihrer Mutter ans Fußende des Sofas. »Ja, lass uns abhauen, Mami.« Die Augen des Mädchens leuchteten.

Julia nickte: »Wir müssen das jetzt ein für alle Mal hinter uns bringen und ein Weihnachtsfest wie das letzte brauchen wir wirklich nicht.«

»Erinnerst du dich an dieses schreckliche Weihnachten, als ich im Geschäft angerufen habe? Mir läuft immer noch eine Gänsehaut über den Rücken«, antwortete Mia.

»Wenn ich daran denke, was ich *dir* damit angetan habe …«, schluckte Julia.

»Du hast mir gar nichts angetan, Mami, *der* ist abgehauen und das zwei Tage vor Weihnachten! Wie bescheuert war das denn? Alles hatte der leergeräumt … ich konnte es nicht glauben, als ich aus der Schule kam. Mir war richtig schlecht, als ich die leeren Schränke gesehen habe.«

»Das war so schrecklich. Ich hatte solche Angst um dich. Du warst so dünn geworden.« Mia sah ihre Mutter verzweifelt an. »Und du hast viel zu viel geraucht! Dabei war es am Ende das Beste, was uns passieren konnte. Ich war froh, dass der endlich weg war.«

Das Mädchen sah ernst und wesentlich reifer aus, als es in Wirklichkeit war. »Ich weiß noch, dass du nicht mal einen Weihnachtsbaum wolltest.« Julia sah Mia wortlos an. Ihr wurde die jämmerliche Situation bewusst, in der sie sich befunden hatten und aus der sie selbst nicht herausgekommen war, um ihrer Tochter zu helfen. Sie fühlte sich auf einmal wieder genauso leer wie damals.

»Ja, aber da kennst du deine Mia! Hab ich doch toll gemacht mit dem Tannenbaum, oder?« Sie klopfte sich auf die Brust. »Na ja, ein bisschen schief war er ja, aber sonst … ich fand ihn cool. Und ich hab ihn allein vom Bauern geholt.« Mia kuschelte sich an ihre Mutter.

»Ja, der Baum war wunderschön. Ich war so stolz auf dich. Und es tat mir alles so leid.« Julias Worte legten ein trauriges Lächeln auf Mias Lippen.

»Ja, und ganz ehrlich, es war das ruhigste Weihnachtsfest, das wir seitdem gefeiert haben!«, antwortete Mia und kuckte ihre Mutter an. Es lagen unausgesprochene Liebe und Verstehen in ihrem Blick. »Endlich hab ich dich wieder«, flüsterte das Mädchen.

Julia Hardenberg wurde das Herz schwer. Ihr wurde bewusst, was sie alles hatte durchgehen lassen. Wie sie dem Mann, den sie zu lieben glaubte, wie eine Süchtige gefolgt war, ohne an die Konsequenzen für ihre Tochter zu denken. »Ach Süße, das ist ja jetzt Gott sei Dank vorbei.« Sie nahm Mia in ihre Arme und drückte sie fest an sich. »Ich hab dich so lieb. Es tut mir leid!«, schluchzte Julia.

»Aber die hässlichen Schuhe, die standen noch unter dem Tannenbaum«, lachte Mia und sprang auf, um ihre Mutter abzulenken. »Der falsche Fünfziger war weg und die Galoschen das Einzige, was von ihm übrig blieb«, kicherte sie.

»Ja, und ich hab zwei Wochen vorher zu ihm gesagt, dass man keine Schuhe zu Weihnachten verschenkt, weil dann der Beschenkte wegläuft! Das war wie eine Vorahnung.« Auf einmal musste auch Julia lachen.

»Die Situation war grotesk. Es war wie ein öder Film, in dem wir die Hauptrolle gespielt haben …«, antwortete Mia und tänzelte durch das Zimmer. »Mama, lass hier bloß nie wieder einen Mann ins Haus.«

Julia sah ihre Tochter an. »Willst du ein Stück Kuchen? Ich habe gebacken.« Sie schluckte und ein kalter Schauer lief ihr plötzlich über den Rücken …

»Hier, hier muss es sein«, deutete Hartwig auf die Nummer des Hauses, in dem Horst Lehmann wohnen sollte. »Da vorn kannst du parken, dann brauchen wir nicht so weit laufen.«

Der junge Kommissar griente und sah an der Fassade des eintönigen Wohnblocks hoch. Wieso fiel ihm gerade jetzt ein, dass die Hardenberg heute Morgen nach der Pastete gefragt hatte? Er hatte zuerst nicht mal gewusst, was sie meinte. Dabei hatte er ihr erklärt, dass die längst entsorgt worden war. Die würde eh keiner mehr essen wollen. Er schüttelte den Kopf und murmelte: »Hier möchte ich nicht tot überm Zaun hängen.«

Westermann sah ihn verwundert an. »Wo du nicht alles *nicht* tot über einem Zaun hängen willst!« Er lachte und drängte seinen Kollegen unsanft zur Seite. »Zum einen, mein Bester, wirst du in Zukunft weit längere Wege zurücklegen müssen und zum anderen … wer weiß, *wo* wir tatsächlich am Ende hängenbleiben.« Er grinste und schob sich die Pfeife in den Mund. Er deutete mit dem Pfeifenkopf in den Fond des Wagens, in dem das graubraune Bündel, eingerollt in eine karierte Decke, lag und selig schlummerte. »Der wird dich Kilometer kosten, mein Lieber!«

Hartwigs Mundwinkel verzogen sich und er antwortete: »Ach was, der wird uns so manches Mal eine große Hilfe sein, schätze ich, und das bisschen Laufen, das habe ich vorher auch gemacht. Der kann mich von nun an täglich beim Joggen begleiten. Das ist doch cool.«

»Na, schauen wir mal. Nun los! Wir wollen keine Zeit verschwenden.« Westermann deutete mit dem Kopf zum Eingangsbereich des Betonsilos.

Leise drückten sie die Türen des Wagens ins Schloss, um den Welpen nicht aufzuwecken. Der Hauptkommissar zündete die Pfeife an und blies dicke Rauchschwaden in die Luft. »Ts, ts, das kann ja noch heiter werden«, griente er und sie marschierten mit zügigen Schritten zum Eingang des Hochhauses. Hartwig suchte den Namen Lehmann auf der ellenlangen Klingelleiste. Dann drückte er den dazugehörigen Knopf. Als nach mehrmaligem Drücken allerdings niemand öffnete, betätigte er mehrere Tasten gleichzeitig.

»Vergiss es, da können wir nichts machen. Um in die Wohnung zu gelangen, brauchen wir einen Durchsuchungsbeschluss, und den werden wir mit Sicherheit nicht so schnell bekommen.«

»Aber wieso denn?«, fragte Hartwig, zog grinsend die Augenbraue hoch und drückte mit der Schulter gegen die Glastür, als es mehrmals hintereinander summte.

»Weil wir nichts in der Hand haben, was das hier rechtfertigen würde.«

»Tür ist doch auf«, schmunzelte er und stieg in den Fahrstuhl, der mit geöffneten Türen auf sie zu warten schien.

»Thomas, das ist keine Option!« Sein Vorgesetzter schüttelte verständnislos den Kopf, folgte ihm schweigend in den kahlen, kalten, mit Graffitis beschmierten Eingangsbereich. Ein Eimer Farbe würde nicht schaden, dachte er. Unter Umständen war der Mann doch zu Hause und öffnete nur nicht, überlegte Westermann und betrat den blechernen Lift, der ihn an eine Konservendose erinnerte. Als sie ruckelnd den siebten Stock erreicht hatten, verließen sie den Fahrstuhl.

»Du rechts, ich links«, flüsterte Hartwig und obwohl Westermann der Aktion keineswegs zustimmte, folgte er nachdenklich und schritt systematisch die Eingangstüren ab.

»Chef, ich hab's.« Thomas dirigierte seinen Vorgesetzten zurück. Es war die letzte Tür auf der linken Seite, an der ein weißes Kunststoffschild mit dem Namen Lehmann klebte. Hartwig legte den Kopf gegen die Tür. »Da drinnen ist es mucksmäuschenstill, da ist niemand«, flüsterte er. Ungefragt drückte er den Klingelknopf neben der Tür.

»Jungchen, lass gut sein. Wir müssen uns etwas anderes einfallen lassen. Ich denke, dass die Kollegen aus Lüneburg den Lehmann aufsuchen sollten.« Westermann wandte sich ab und wollte den Gang zurücklaufen.

»Sowas, jetzt ist die Tür tatsächlich von alleine aufgesprungen«, murmelte Hartwig und hielt seinem Chef eine Kreditkarte entgegen.

»Bist du von allen guten Geistern verlassen?«, entgegnete der, warf ihm einen angespannten Blick zu und zog den übereifrigen Kollegen von der Tür weg.

Der war schneller und sprang mit einem Satz in die Wohnung. »Jetzt komm, oder willst du da draußen festwachsen?« Er zog Westermann am Jackenärmel in den Flur und drückte hinter ihm die Tür ins Schloss. »Wenn wir schon hier sind«, griente Hartwig und zuckte die Schultern. »Muss ja niemand mitbekommen, wenn du … Scheiße, wie sieht es denn hier aus!«, rief er, als er das Wohnzimmer betrat. »Chef, sieh dir das an. Das ist doch nicht mehr normal! Überall, wo wir aufkreuzen, war schon jemand da und hat aufgeräumt«, sagte der junge Kommissar.

Sprachlos sahen die Männer sich um.

»Na ja, von Aufräumen kann hier wohl eher nicht die Rede sein«, entgegnete Westermann.

»Die Wohnung sieht genauso chaotisch aus wie das Haus von dem Joost und das der Hardenberg«, stellte Hartwig trocken fest. Durch seine huskyblauen Augen scannte er jeden Winkel des Zimmers.

»Ich glaube, wir haben es hier mit mehr als nur dem Mord auf der Insel zu tun. Irgendwie hängt das alles zusammen und irgendjemand sucht nach etwas Bestimmtem, und anscheinend dringend und sehr offensichtlich«, mutmaßte Westermann. »Das ist eindeutig die gleiche Handschrift … oder was meinst du?«

Hartwig zuckte die Schultern. »Und was machen wir jetzt?«, fragte er und betrachtete die anderen Räume. »Hier ist überall Blut auf dem Boden«, stellte er fest und deutete in das kleinere Zimmer, das zum Innenhof hinaus lag, und auf den hellen holzähnlichen Fußbodenbelag. »Ein Kinderbett! Dann ist die Tochter mit ihrem Kind vielleicht hier bei ihrem Vater untergetaucht! Es sieht aus, als wenn sie fluchtartig die Wohnung verlassen haben.«

»Oder entführt wurden«, mutmaßte Westermann, schob die Pfeife in den Mundwinkel und kaute nachdenklich auf dem Mundstück herum. »Ich ruf jetzt die Kollegen der

Lüneburger Dienststelle. Die müssen mit ihrer Spurensicherung kommen.«

»Ja, und wie willst du denen unseren Einbruch erklären?«, fragte Hartwig betroffen und wurde rot.

»Wie schon? Ein besseres Argument als die Verwüstung gibt es gar nicht. Wir wollten Lehmann aufsuchen, haben ihn nicht angetroffen, und die Tür stand offen! Klingt wenigstens plausibel nach diesem Durcheinander«, erklärte Dirk Westermann mit ernster Miene.

»Und die Tür ist nicht mal aufgebrochen«, bemerkte Hartwig.

»Heißt nur, dass Lehmann den oder die Täter hereingelassen haben muss.«

Thomas nickte und Westermann zog das Handy aus seiner Jackentasche. »Meine liebe Frau von Hagemann, wir könnten Sie dringend gebrauchen …«

Ein Leuchten erschien in Hartwigs Augen. Er hatte sich vom ersten Moment an in die attraktive Frau mit den roten Haaren verguckt. Er mochte Frauen, die auch in Jeans elegant aussahen und auf der anderen Seite die Krallen ausfahren konnten. Zumal sie eine genauso schwarze Lederjacke trug wie er selbst. Allein das machte sie für ihn sympathisch. Außerdem war es lange her, dass er … vielleicht sollte er sich um die Sache kümmern. Ein romantischer Abend mit einem Essen beim Italiener … und eine anschließende Nacht mit der Kollegin wäre nicht zu verachten. Und dass sie Oberkommissarin war, wen störte es? Thomas Hartwig malte sich die Begegnung in den feurigsten Farben aus und freute sich darauf, obwohl er nicht einmal wusste, ob sie überhaupt interessiert war. Nachdenklich fuhr er sich immer wieder durch die gestylten Haare.

»Sag mal, bist du nervös?«, fragte Westermann, der im

Hausflur am Fenster stand, hinausblickte und die Arme vor der Brust verschränkte.

»Nö, ich hab nur langsam das Warten satt«, sagte er und rutschte, auf einer der kalten Treppenstufen sitzend, von einer Seite zur anderen. »Wir hätten vielleicht besser in der Wohnung gewartet«, jaulte der Kommissar.

Er stützte die Ellenbogen auf die Knie und legte sein Kinn in die Handinnenflächen, als Westermann fragte: »Sag mal, was ist eigentlich mit deinem Watson?«

»Oh Mann, den habe ich gar nicht mehr auf dem Schirm gehabt«, rief Hartwig, sprang auf und jagte, immer zwei Stufen gleichzeitig nehmend, die Treppe hinunter.

»Den hast du eindeutig vergessen«, murmelte Westermann und schaute dem Kollegen, der wie ein Verrückter zum Wagen hechtete, nach. »Na, das kann ja heiter werden.« Der Hauptkommissar steckte nachdenklich die Hände in die Hosentasche. Er beobachtete, wie Thomas den Welpen überschwänglich aus dem Auto hob, ihn auf einem Rasenstück unweit des Autos absetzte und darauf wartete, dass er sein Geschäft erledigte. Als er sah, dass Hartwig sich die Hände an einem Papiertaschentuch abwischte, wusste er, dass es bereits zu spät gewesen war. Westermann lächelte. Er öffnete das schmale Fenster auf der rechten Seite der Fensterreihe, zog seelenruhig Streichhölzer aus der Hosentasche und entzündete eines. Genüsslich zog er den Tabakrauch ein und ließ die Rauchwolken in den kalten grauen Himmel aufsteigen. Ein wohliges Vanillearoma zog durch den Flur, das sämtliche herumwabernde Ausdünstungen von Knoblauch, Schweiß und abgestelltem Schuhwerk in diesem nicht sehr gepflegten Treppenhaus übertünchte. Es würde niemanden stören, dass er hier seine Pfeife schmökte.

Thomas mühte sich derweil mit dem kleinen grauen

Bündel auf dem Rasenstück ab. Er setzte ihn immer wieder an einer anderen Stelle ins Gras, in der Hoffnung, der Welpe würde endlich sein Geschäft erledigen. Den größten Haufen hatte er allerdings bereits unübersehbar auf der Decke im Wagen hinterlassen. »Dass ein so kleiner Hund einen so großen Kackhaufen hinlegen kann, das gibt's doch gar nicht«, murmelte Hartwig belustigt. In seiner nicht gerade winterfesten Lederjacke stand er in der Kälte, trippelte umher und schlang die Arme um die Schultern, um sich zu wärmen. Als er den Hund endlich auf den Arm nehmen wollte, kamen zwei Wagen mit Lüneburger Kennzeichen auf den Parkplatz gefahren.

Dirk Westermann erkannte sofort, dass es sich um die Kollegin der ansässigen Dienststelle handelte. Die roten Haare leuchteten selbst aus der Entfernung wie Flammen eines Gartengrills. Er wollte gerade seine Pfeife ausmachen, als das Handy klingelte. »Ja, moin«, nuschelte er zwischen den Lippen hervor. »Ja, ich hab Sie schon gesehen. Ich bin im siebten Stock und warte. Hm, bis gleich.« Entspannt steckte er das Telefon zurück in die Tasche.

Auf einmal musste er grinsen. Thomas nahm hektisch den Hund auf den Arm, als er den Wagen der Kollegin erkannte. Westermann sah, dass er einen roten Kopf bekam, als Oberkommissarin Katharina von Hagemann in Jeans, Lederjacke und hochhackigen Stiefeletten aus dem Auto stieg. »Na, das ist ja mal ein Ding«, murmelte der Hauptkommissar, als er bemerkte, wie Thomas den Welpen überschwänglich knuddelte. »Armer Watson«, brummte Westermann und verschloss das Fenster.

Hartwig stand vor der Kommissarin und stotterte: »Guten Morgen, Frau Kollegin.« Die lächelte, als sie den kleinen Welpen auf seinem Arm entdeckte.

»Oh, ist der süß. Ist das etwa Ihrer?«, fragte sie verwundert.

»Ja, das ist Watson«, entgegnete Hartwig mit geschwollener Brust. Ohne jegliches Zutun wurde er in Sekunden einige Zentimeter größer. »Der soll uns bei der Polizeiarbeit in Zukunft unterstützen.« Sichtlich stolz kraulte er den Welpen hinter dem Ohr, dem das zu gefallen schien. Fiepend reckte er seinen kleinen Kopf und leckte Thomas über den Mund, bis der das Gesicht verzog.

»Dann passen Sie mal auf, dass Sie ihn gleich anständig erziehen. Sonst ist er für Polizeiarbeit nicht mehr zu gebrauchen.« Katharina von Hagemann wollte Richtung Wohnblock laufen, blieb stehen und sagte an Hartwig gewandt. »Ich hätte da eine gute Adresse für Sie ... wenn Sie wollen?«

»Das kann ich gut alleine!«, antwortete er und setzte den Hund wieder in den Fond des Wagens.

»Na dann ...«

*

»Wo willst du denn jetzt eigentlich hin?«, fragte Nicola Lehmann ihren Vater, als sie über die Sundbrücke fuhren. Sie schaute zur rechten Seite und sah ein winziges Boot in dem lütten Hafen dümpeln. Die Ostsee war aschgrau und erinnerte sie nicht gerade an die Karibik. »Hier möchte ich nicht baden müssen«, murmelte sie.

»Warum nicht?«, fragte der Vater teilnahmslos.

»Das Wasser ist total schmutzig.«

Horst Lehmann sah ebenfalls aus dem Wagenfenster, während sie die Brücke überquerten, und antwortete: »Das sieht nur so aus. Wenn die Sonne scheinen würde, wäre die Ostsee blau wie die Südsee.«

Seine Tochter sah ihn ungläubig an. »Die Farbe des Himmels spiegelt sich zu einem kleinen Teil in der des Wassers wider, wusstest du das nicht? Und wenn der Grund feinsandig und hell ist, erscheint auch das Meer klar. Da, wo sich die Algenteppiche ausbreiten, ist die Ostsee manchmal tiefgrün. Und jetzt, zu dieser Jahreszeit, kommen die Stürme, die den Grund aufwirbeln. Die Sedimente wie Sand und Algen reflektieren das Licht dann in ihrer Eigenfarbe. Das alles kann das Wasser braun-grau einfärben. So wie gerade.«

»Jaja, genug. Das versteht ja kein normaler Mensch«, brummte Nicola und nickte, obwohl sie nicht ein Wort von dem begriffen hatte, was ihr Vater gepredigt hatte.

Er war belesen und hatte nie verstanden, dass seine Tochter sich zwei Jahre vor dem Abitur mit einem *Taugenichts*, wie er ihn nannte, eingelassen hatte und ihren Horizont nicht erweiterte. Sie hatte die Schule auf sein Drängen hin abgebrochen und stand ohne irgendeinen Schulabschluss und obendrein mit einem Kind da.

Nicola spähte in den Fond des Wagens und sah, dass ihre Tochter im Kindersitz selig schlief. »Aber wo willst du denn jetzt hin?«, fragte sie ein weiteres Mal.

»Ich habe uns eine Ferienwohnung am Strand rausgesucht. Wir müssen nur den Schlüssel an der Rezeption abholen.« Er nickte und fuhr die Straße bis zur ersten Abfahrt. Dann folgte er dieser bis zur Altstadt und weiter Richtung Südstrand.

»Was sind das denn für hässliche Teile«, bemerkte Nicola verächtlich. »Da müssen wir aber nicht hin, oder?«

»Na ja, schön sind die nicht. Aber soviel ich weiß, gehören sie seit mehr als 50 Jahren auf diese Insel. Ich hab mal gelesen, dass ein Arne Jacobsen sie gebaut hat. Ein Däne.

Alles, was du hier siehst, gehört, wie ich verstanden hab, dazu.« Er zeigte über die gesamte »Neue Tiefe« und fuhr links auf das Parkgelände der hell gestrichenen Betontürme. »Und soweit ich mich erinnern kann, steht das Ganze hier unter Denkmalschutz. Also abreißen ist nicht. Dafür hat man einen traumhaften Ausblick.«

»Woher weißt du das alles?«, fragte Nicola erstaunt.

»Lesen bildet, sagte ich doch schon. Hättest du die Schule nicht …« Er schwieg und sah seine Tochter, die ihre Zukunft vorerst für einen Filou in den Sand gesetzt hatte, nachdenklich an. Sie parkten auf dem riesigen Gelände, stiegen aus und holten die Taschen aus dem Kofferraum. Die junge Frau eilte zur Rückbank. Sie hob die schlafende Sarah aus dem Sitz und legte sie in die Tragewippe. Vorsichtig deckte sie das Baby mit einer flauschigen rosafarbenen Decke zu und zog sie ihr bis zum Hals, damit sie nicht aufwachte. Ihr Vater verschloss den Wagen und sie stiefelten gemeinsam dem Eingang des mittleren Turms entgegen.

»Was das wohl für Buden sind?«, murmelte Nicola.

»Na, wir müssen ja nicht ewig hierbleiben«, antwortete Horst Lehmann leise.

Zehn Minuten später betraten sie das Appartement im achten Stock. »Wenn das mal kein böses Omen ist. Da kriegt man ja eine Gänsehaut«, sagte Nicola und folgte ihrem Vater in die Ferienwohnung.

»Na, hab ich zu viel versprochen?«, fragte Horst Lehmann und schlurfte zum bodentiefen Fenster. »Einmaliger Blick!«

»Ja, daran gibt's nichts zu meckern. Aber sonst ist das nicht so der Hit.«

»Schweig, Kind! Weißt du eigentlich, was du redest? Wer im Glashaus oder besser gesagt in einer halb verfallenen Hütte wohnt, sollte lieber still sein.« Seine harten Gesichtszüge verrieten ihr, dass es an der Zeit war, die Klappe zu halten.

»Ich bin jedenfalls so schnell wie möglich hier wieder weg«, antwortete sie leise, sah ihren Vater schlecht gelaunt an und fügte trotzig hinzu:

»Diese blöde Kuh wird dafür bezahlen, was sie mir und meinem Kind angetan hat, verstehst du?«

»*Ich* werde mich mit der Frau unterhalten.« Lehmann griff nach seinem Handy und verließ das Appartement. Er zog die Glastür hinter sich zu und stand auf dem Balkon. Die Aussicht von dort war nicht zu überbieten. Ein 180-Grad-Panoramablick über die Ostsee. Allerdings hatte Nicola nicht das Gefühl, als würde ihr Vater sich in irgendeiner Weise dafür interessieren. Sie setzte sich auf die buntgemusterte Couch und blätterte gelangweilt in einer Zeitschrift, die auf dem flachen Kieferntisch lag.

Horst Lehmann sprach und sein Gesicht errötete. Seine Tochter konnte nicht hören, was im Einzelnen gesprochen wurde, aber sie nahm wahr, wie ihr Vater sagte, dass sie sich um 17 Uhr an der alten Mühle treffen wollten. Eine Gänsehaut überzog ihren Körper, als sie daran dachte, was mit ihrem Freund passiert war. Wieso wurde sie den Verdacht nicht los, dass ihr Vater mehr damit zu tun haben könnte, als er zugab? Sie würde Joosts Ex-Frau für diesen Verrat nicht so davonkommen lassen, so viel war sicher. Dann weinte ihr Baby …

✳

Charlotte war längst auf dem Weg zum Markt, als Katrin sich zufrieden reckte. Sie öffnete die Augen und blinzelte Dirk verliebt von der Seite an. Vorsichtig streckte sie ihren

Arm aus und legte ihre Hand über seinen nackten Bauch. Sanft streichelte sie den Brustkorb, der sich langsam hob und senkte. Der Mann neben ihr schlief friedlich. Katrin schmiegte ihren Kopf in seine Halsbeuge und hauchte ihm einen zarten Kuss auf die männlich-herb duftende Haut. Sie inhalierte den markanten Geruch, den er ausstrahlte und der Geborgenheit verströmte. Mit ihren Fußspitzen suchte sie die Füße ihres Freundes und schob ihre unter die andere Decke. Nie mehr wollte sie ohne ihren Dirk sein, da war sie sich sicher. Das Streicheln seines Körpers führte dazu, dass der Hauptkommissar stöhnend erwachte. Er drehte sich auf die Seite, sodass er ihr ins Gesicht sehen konnte. Als er tiefenentspannt die Augen öffnete, sah er in Katrins lächelndes Antlitz.

»Guten Morgen, mein Mädchen«, murmelte er flüsternd und blinzelte sie verschlafen an. »Hast du gut geschlafen?«

»Wie sollte ich neben dir nicht gut schlafen«, schnurrte sie.

»Hm, komm her, ich will dich vernaschen«, knurrte Dirk Westermann und zog Katrin unter seine Decke. Er schmiegte sie an sich. Vorsichtig schob er ihre langen Haare zur Seite und fuhr mit zwei Fingern vom Hals bis zum Po ihren Rücken hinunter.

»Stopp, stopp, nicht weiter«, stöhnte sie erregt. »Wir müssen aufstehen. Es ist gleich 10 Uhr«, rief Katrin, weil sie sicher war, dass dieser Moment unweigerlich in wildem Gerangel enden würde. Wobei sie ja nicht gänzlich abgeneigt war, das Spiel auf die Spitze zu treiben. Sie erinnerte sich an die letzte Nacht und eine Gänsehaut überzog ihren Körper, die in ihrem Beckenbereich zu pulsieren anfing.

»Du kleine Wildkatze. Komm her …« Schnaubend vergrub er seinen Mund in ihrer Halsbeuge und biss zärtlich in ihre Haut.

»Nein, Charlotte kommt sicher bald vom Markt zurück und wir liegen hier immer noch in der Puch. Jetzt ist Sense!« Sie schlug demonstrativ die Decke nach hinten und sprang lachend aus dem Bett. Dirk betrachtete eingehend ihren schlanken wohlgeformten Körper. Sie ist zart wie eine Elfe, dachte er, und allein der Gedanke schien ihm den Verstand zu rauben. Zufrieden stützte er sich auf den Arm. Ihre langen brünetten Haare glänzten und fielen in sanften Wellen weit über die Schultern. Dabei bedeckten sie nur wenig von ihren festen Brüsten, sodass die Brustwarzen immer wieder frech herauslugten.

Sie bückte sie sich so vor ihm, dass er ihren Po betrachten musste, und raffte ohne Eile ihre Unterwäsche zusammen, die verstreut auf dem Boden lag. Lasziv schlüpfte sie in den hauchdünnen Slip und streifte das knappe weiße Top über. »Nochmal ausziehen, bitte«, jaulte Dirk und warf ein Kissen nach ihr.

»Nix da, aufstehen. Musst du nicht in die Dienststelle … Mörder fangen?« Sie juchzte und öffnete die Tür zum Flur. »Oh nee, die ganze Wohnung leuchtet«, rief sie aus der Küche, als sie Charlottes Dekowahn betrachtete.

Katrin goss Kaffee in zwei Becher, den ihre Tante bereits in der Früh gekocht und in eine Thermoskanne gefüllt hatte. Sie schlich zurück in ihr Zimmer, reichte Dirk einen der Trinkbecher und stellte ihren neben das Bett auf das zierliche Tischchen. Nur ein antiker Kerzenleuchter, in dem eine Porzellankerze steckte, und ein alter mintgrüner Wecker, Relikt ihrer Großmutter, standen dort. Daneben lag ein Roman der Hamburger Autorin Kathrin Hanke. Sie liebte True-Crimes und fand das Buch »Die Engelmacherin von St. Pauli« bemerkenswert. Dass Frauen Kinder ermordeten, hielt sie an sich schon für unbegreiflich.

Dass allerdings vor so vielen Jahren und mit derart perfidem Hintergrund kleine Würmer bestialisch ihren Tod fanden, konnte sie nicht nachvollziehen.

Katrin zog den Vorhang zurück und blickte hinaus. »Brr, es hat wieder geschneit. Alles weiß!« Sie sprang aufs Bett und kuschelte sich unter Dirks Decke.

»Hey, pass auf, der Kaffee«, rief er und zeigte auf den Becher in seiner Hand, bevor er einen Schluck nahm. Die Hochzeitsplanerin schmiegte sich an ihn. »Ich dachte, wir müssen aufstehen?«, fragte Westermann schmunzelnd.

»Fünf Minuten, nur fünf Minuten«, surrte sie. »Aber du wolltest mir erzählen, was du heute alles auf dem Plan hast.«

Er stellte seinen Becher neben sich auf den Boden, sagte kein Wort und fing stattdessen an, Katrin das Top über den Kopf zu streifen. Behutsam umkreiste er mit der Hand ihre Brust und murmelte: »Ich, ich habe einen Termin mit Frau Hardenberg! Ich werde mich heute weiter mit ihr unterhalten. Ich muss mehr erfahren. Sie ist so … anders.« Er knurrte erneut und bedeckte ihre Brüste mit sanften Küssen.

»Dann will ich mit der Kollegin aus Lüneburg telefonieren«, wieder küsste er die warme Haut und knabberte an ihren Brustwarzen. Katrin stöhnte leise und schob ihm ihren Unterleib entgegen. »Und … und ich muss Gassi gehen.«

Katrin spürte die Erregung, die sich unter seiner Decke entwickelte und fragte stattdessen heiser: »Gassi gehen?« Sie zog die Augenbrauen hoch, während er an ihrer Haut knabberte.

»Ja, das habe ich dir bisher gar nicht erzählt.« Dirk richtete sich auf und lehnte sich gegen das Kopfteil des Bettes.

Katrin sah ihn enttäuscht an. Er strich mit den Fingern

durch die weißen Haare, um Ordnung in die zerwühlte Mähne zu bringen.

»Thomas hat sich einen Hund angeschafft.« Der Hauptkommissar nahm den Becher wieder in die Hand und trank ihn in einem Zug leer, ohne auf ihre sehnsüchtigen Blicke einzugehen.

»Oh. Was für einen? Welche Rasse? Was für eine Farbe hat er? Wie alt?«

»He he, was ist denn hier los? Wieso ist das für euch Frauen immer so wichtig? Er hat einen Welpen, einen tschechischen Wolfshund, und der ist ziemlich klein … Baby sozusagen.«

»Oh, wie schnuckelig«, jauchzte Katrin. »Bringt er ihn mal mit?«

»So wie ich das verstanden habe, wird Watson von nun an unser ständiger Begleiter sein«, schmunzelte Dirk Westermann. Er sah Katrin vernarrt an.

»Watson, warum Watson? Ja, aber wenn ich darüber nachdenke, passt das genau. Du bist Sherlock und euer Hund …«

»Stopp! Ich nicht Sherlock … Thomas Sherlock … Hund Watson. Ich Chef von zwei Verrückten«, er grinste wie ein Honigkuchenpferd, verschwand mit seinem Kopf unter der Decke. Knurrend vergrub er sein Gesicht auf ihrer Haut. Langsam schob er sich weiter nach unten. Katrin schnurrte und drängte ihn von sich.

»Liebling, Liebling, nicht …«, sie zog die Bettdecke zurück. »Das wird schon, mach dir keine Sorgen. Und wenn ihr mal nicht wisst, wohin mit dem Hundebaby«, sie zeigte mit dem Zeigefinger auf sich, »bin ich ja auch noch da!«

Dirk seufzte. »Chance vertan«, entgegnete er. »Hund, Hund … So und nun muss ich«, sagte er enttäuscht und

sah auf seine Armbanduhr. »Ich habe mich um 11 Uhr mit
Julia Hardenberg verabredet. Oder wollen wir zwei nochmal …?« Er deutete auf sie und sich.

Katrin schüttelte energisch ihren Kopf. »Und? Kommst
du weiter mit dem Fall?«, versuchte sie, ihn von mögli-
chen Konsequenzen im Bett abzulenken.

»Herzi, du weißt doch … aber es ist schwierig. Viele
kleine Puzzlestücke. Das wird ein hartes Stück Arbeit.
Ich kann die Ex-Frau nicht richtig einschätzen. Ich hoffe,
dass sie so viel Vertrauen zu mir aufbaut, dass sie … keine
Ahnung. Thomas denkt sogar, dass sie es selbst getan hat.
Mir wäre das zu augenscheinlich. Was ich bisher gehört
habe … lässt in mir manchmal das Gefühl aufkommen,
sie könnte es gewesen sein. Aber es spricht genauso viel
dagegen. Sie ist eine arme Frau, die jede Menge aushalten
musste. Körperlich wie seelisch. Wenn ich so etwas mit
dir angestellt hätte, du hättest mich ohne Frage gelyncht!«

»Ich weiß ja nicht, was der Kerl getan hat, aber wenn
du mich betrügen würdest …«

»Niemals! Versprochen. Aber so langsam bekommen
wir ein Gesamtbild von dem Toten. Es gibt anscheinend
mehrere Leute, die ein Motiv hätten, und die … müssen
wir aufspüren. Das allerdings ist ziemlich schwierig, da sie
permanent abtauchen.« Dirk schwieg plötzlich und schob
sich schwerfällig aus dem Bett. Man sah ihm an, dass er
wesentlich lieber an Katrins Seite liegen bleiben würde. Er
war froh, dass er gestern Abend trotz der späten Stunde
zu ihr gefahren war, nachdem sie ihn nur angerufen hatte,
um ihm eine gute Nacht zu wünschen.

Seine bleierne Müdigkeit war in dem Moment verflo-
gen, als sie ihm in durchsichtigem Höschen und knappem
Hemdchen mit offenen, verwuschelten Haaren und sehn-

süchtigem Blick die Tür geöffnet hatte. Charlotte hatte längst geschlafen und sie waren wie Diebe in Katrins Heiligtum geschlichen. Dirk Westermann griente. Er hatte sich nicht eine halbe Ewigkeit mit Vorreden aufgehalten und sie waren wortlos übereinander hergefallen. Die bringt mich um den Verstand, sinnierte er. Nackt schlich er um das Bett und raffte die Kleidung vom Boden. Er betrachtete Katrin, die ihre weiblichen Reize zur Geltung brachte und sich appetitlich auf ihrem Laken räkelte. Und auch sie sah seinen Augen an, dass sie ihn über alle Maßen reizte. Es dauerte nur Sekunden. Dann ließ er die Klamotten fallen, sprang aufs Bett und fing erneut an, Katrin begierig am ganzen Körper zu küssen. »Waren wir gestern Nacht genauso hemmungslos?«, wollte er erregt wissen.

»Ich nicht, aber du …«, stöhnte sie leidenschaftlich!

*

Zwei Stunden später klingelte er entspannt an Julia Hardenbergs Tür. »Moin. Ich hoffe, es passt noch? Tut mir leid, mir kam ein wichtiger Termin dazwischen«, schwindelte Westermann und räusperte sich verlegen, als sie die Tür geöffnet hatte.

Die zierliche Frau schüttelte den Kopf. »Ich wusste ja, dass Sie erscheinen. Ob nun eine Stunde später … ist egal. Ich hab mir frei genommen. Kommen Sie rein, es ist kalt.«

Dirk Westermann klopfte die Boots an der letzten Steinstufe ab, um sie vom Schneematsch zu befreien. Im Flur streifte er sie auf der Fußmatte ab, um keine Nässe auf dem Boden zu hinterlassen.

»Nun lassen Sie schon, das kann ich nachher aufwischen.« Der Hauptkommissar sah sie an und stellte fest, dass sie bei jedem Treffen besser aussah. Julia hatte ein wenig Schminke aufgetragen. Steht ihr gut, dachte er und zog die Jacke aus.

»Sie wissen ja, wo Sie sich aufhängen können«, lächelte sie und deutete mit dem Kopf auf den leeren Garderobenhaken. Westermann nickte und folgte ihr ins Wohnzimmer. Eine angenehme Wärme strömte ihm entgegen.

»Setzen Sie sich. Ich glaube, ich muss das nicht immer betonen, oder? Kaffee?«

Der Hauptkommissar nickte erneut und setzte sich auf das an die Wand gestellte Sofa.

Julia Hardenberg kam mit einem weißen Holztablett ins Wohnzimmer, auf dem eine Kaffeekanne, ein Teller mit Schokoladenkeksen und zwei Becher standen. »Schwarz, wenn ich mich richtig erinnere.«

»Ist hervorragend«, antwortete Westermann und lehnte sich zurück. Es waren Floskeln, die die Atmosphäre auflockerten. Julia Hardenberg wusste, warum der Hauptkommissar hier in ihrem Wohnzimmer saß, und sie war vorbereitet.

»Na, dann fangen Sie mal an. Was wollen Sie wissen?« Sie betrachtete ihn von der Seite, als sie die Becher mit Kaffee füllte. Einen davon stellte sie vor Dirk Westermanns Nase.

Er zog das Diktiergerät heraus und legte es auf den Wohnzimmertisch. Sie setzte sich ebenfalls. »Mir ist mittlerweile klar, dass es einige Leute gibt, die nicht besonders gut auf Ihren … Ex-Ehemann zu sprechen waren. Haben Sie von irgendwelchen Nebengeschäften gewusst?« Er sah ihr geradeaus in die Augen.

Julia schüttelte den Kopf. »Nein, ich habe absolut nichts von alledem geahnt. Ich war so geblendet, dass ich es wohl nicht sehen wollte. Der Mann hat mich eingewickelt wie ein Stück Brot. Er hat mich manipuliert, ohne dass ich Anteil daran hatte. Ich habe nicht einmal bemerkt, dass ich im Laufe der folgenden Jahre immer peu à peu zulegte. Er hat mich sozusagen gemästet. Das hört sich sicherlich merkwürdig an, aber so war es. Schauen Sie mich an, können Sie sich vorstellen, dass ich mal locker 20 Kilo mehr auf die Waage gebracht habe? Nein? Ich auch nicht. Mir ist das nicht einmal aufgefallen. Es war schlicht gesagt unwichtig. Mein Arzt hat mir viel später klargemacht, dass er das nur tat, um mich zu Hause zu halten, um selbst ungestört seinen *Leidenschaften* nachzugehen.«

»Wie meinen Sie das? Können Sie mir das genauer erklären?«

»Ja, ich saß … unattraktiv zu Hause, während er auf die Jagd nach jungen Mädels ging. Ich denke, er wollte sichergehen, dass mich niemand ansprach oder mit mir flirtete. So hatte er meine Wenigkeit … seine Einnahmequelle im Sack und brauchte sich keine Sorgen machen, dass ich jemand anderes kennenlernen könnte, um ihn zu verlassen. Das war alles ziemlich schlau eingefädelt, oder nicht? Schauen Sie mich nicht so an. Ich weiß, dass ich mittlerweile nur noch die Hälfte von dem bin, was er aus mir gemacht hat«, sie lachte. »Aber damals wog ich sicherlich so um die 80 bis 90 Kilo, auch wenn man mir das jetzt, Gott sei Dank, nicht mehr ansieht.« Julia Hardenberg stand auf. Sie rutschte auf dicken Wollsocken zu dem weißen Buffet an der Wand neben der Terrassentür und zog eine der beiden Schubladen auf, die sich über den Türen befanden. Konzentriert durchwühlte sie einen Haufen Papiere in der Lade und zog ein Foto heraus. »Aber nicht lachen … bitte!« Sie reichte Dirk Westermann ein Bild, das sie in einem hellblauen Cabriolet zeigte.

Das Dach war geöffnet und sie saß hinter dem Steuer. Einen Strohhut auf dem Kopf und ein herrliches erfrischendes Lächeln im wohlproportionierten Gesicht. »Damit hätten Sie mit offenem Verdeck aber nicht fahren können.« Westermann lachte. »Da wäre Ihnen der Hut weggeflogen. Ich weiß gar nicht, was Sie wollen, Sie sehen auf dem Foto wirklich sehr nett aus, vielleicht ein wenig ..., sagen wir, voller als heute.«

Jetzt stimmte auch Julia Hardenberg in das Gelächter ein. »Na ja, das sehen Sie so, aber ich war schon moppelig damals.« Sie schlürfte einen großen Schluck Kaffee.

»War das Ihr Wagen?«

»Merkwürdig, dass Sie mich danach fragen. Ja, das war mein Auto, mein ganzer Stolz.« Sie schwieg schlagartig. »Bis, bis er eines Tages nicht mehr da war.«

»Wieso nicht mehr da war?«, wollte Westermann wissen und sah sie fragend an.

»Das war eine von den Geschichten, die ich damals nicht durchschaute und die im Nachhinein unfassbar erscheinen. Erst später, als ... aber lassen Sie mich von vorn anfangen. Als ich an meinem Geburtstag abends nach Hause kam, stand mein geliebtes Cabrio nicht in der Einfahrt. Dort parkte, mit einer roten Schleife verziert, ein neues tomatenrotes Cabriolet. Eben mal so zum Geburtstag. Ich war sprachlos. Einerseits habe ich mich natürlich über ein dermaßen großzügiges Geschenk wahnsinnig gefreut, allerdings sofort nachgehakt, was mit meinem Wagen passiert sei. Joost beteuerte, dass beim TÜV festgestellt worden sei, dass der Motor defekt gewesen wäre, und er ihn umgehend hatte verschrotten lassen. Das war für ihn Grund genug, mich am Geburtstag mit eben diesem neuen Auto zu überraschen. Ich stutzte zwar, aber ich nahm es hin, wie ich fast alles hinnahm, was er mir erzählte. Welcher Mann schenkt seiner Frau schon einen nagelneuen Sportwagen?« Sie schwieg.

»Aber das ist doch eine nette Geste«, betonte Westermann.

»Ja, normalerweise«, sagte sie. »Wenn nicht ein paar Wochen später eine Mitarbeiterin der Volkswagen Bank angerufen hätte und von mir wissen wollte, ob ich diejenige sei, der das Fahrzeug gehörte.« Sie lachte hysterisch. »Ich hab das natürlich bestätigt. Allerdings wurde mir kurz danach mit Blick auf mein Konto klar, dass ich den Wagen selbst finanzierte! Von *meinem* Geschäftskonto wurde von dem Tag an regelmäßig ein relativ hoher Betrag eingezogen.« Julia Hardenberg wurde blass. »Jeden Monat zahlte ich für das von ihm gemachte *Geschenk*. Und das waren weiß Gott nicht die einzigen Präsente, die ich im Laufe der Zeit geschenkt bekam und dann selbst bezahlt habe, das können Sie mir glauben.«

»Haben Sie Ihren Ex-Mann nicht zur Rede gestellt?«

»Und ob ich das tat«, rief sie erbost und sprang auf. »Aber er hat mir versichert, dass die Finanzierungsbeiträge nicht von seinem Konto abgebucht werden konnten, weil es durch Steuerlasten nicht genügend Deckung aufwies. Joost hat mich mit Schmeicheleien so umgarnt, dass ich zerknirscht zugestimmt habe, den Betrag zu übernehmen. Wissen Sie, das Geschäft lief nicht allzu gut und ich musste mit jedem Cent rechnen. Ich hatte letztendlich den Abtrag für das Haus zu leisten, eine Tochter, die meine finanzielle Unterstützung brauchte, und … und Joost forderte ebenfalls jede Menge Geld von mir ein. Das war schon eine ziemliche Hürde, die ich bewältigen musste.«

»Warum haben Sie dem nicht Einhalt geboten?«

»Ich weiß es nicht. Ich hab es versucht. Das müssen Sie mir glauben. Der Mann hatte solche Macht über mich und ich hab es nicht bemerkt. Und wissen Sie, was das Schlimmste an der Sache war? Er hat mich mit dem Auto *richtig* reingelegt.«

»Wieso? Hatte er doch sowieso. *Sie* bezahlten schließlich für das Cabriolet.«

Sie schüttelte den Kopf. »Ich rief in der Firma an, bei der er den Wagen angeblich verschrottet hatte, aber dort wusste niemand etwas von meinem Cabrio! Zufällig habe ich von einem Mitarbeiter der Autowerkstatt erfahren, dass Joost das alte Auto längst gegen bar veräußert hatte und die Kohle eingesteckt hat. *Der* hatte mich wieder einmal betrogen, ohne dass ich es verhindern konnte.« Sie leerte ihren Becher.

»Hatte Ihr Mann denn kein eigenes Einkommen? Ich dachte, er hatte einen gutbezahlten Job?«

Julia zuckte die Schultern. »Angeblich hat er immer verdient, aber ihm kam dauernd irgendetwas dazwischen. Mal war das Konto gesperrt, ein anderes Mal wurde kein Gehalt überwiesen und so weiter und so weiter. Wissen Sie, irgendwann hinterfragt man nicht einmal mehr. Ich hab es als gegeben hingenommen. Ich konnte die Lügen nicht ertragen. Und ich habe in den ganzen Jahren nie einen Kontoauszug zu Gesicht bekommen. Es gab keinerlei Informationen über seine beruflichen Angelegenheiten. Ich ahnte ja nicht, dass alles, was dieser Mann an Papieren und Korrespondenz erhielt, quasi umgeleitet wurde.«

»Das erklären Sie mir bitte etwas genauer. Waren Sie nicht misstrauisch? Haben Nachforschungen angestellt?« Westermann nahm einen Schluck Kaffee und steckte sich einen Schokoladenkeks in den Mund.

»Mehr als einmal. Aber alles, was er anstellte, war

geschickt verwischt. Es schien, als lebte der Mann, wenn er die Brücke überquerte, ein anderes Leben. Ich könnte Ihnen so viele Vorfälle schildern. Es ist quälend, darüber nachzudenken. Es tut weh, das alles noch einmal durchstehen zu müssen. Verstehen Sie das? Vielleicht hat mein Gedächtnis deshalb auf stur geschaltet. Ich weiß es nicht. So schmerzhaft. Sie würden mir die vielen kleinen Geschichten und Lügen am Ende nicht glauben, so unwahrscheinlich klingen sie. Selbst mir ist es schleierhaft, wie das alles im Nachhinein passieren konnte«, sagte Julia und ließ sich entkräftet zurück in das Sofa fallen und atmete schwer.

Sie strich mit der Hand wie in Zeitlupe ihr schwarzes Shirt glatt. Sie sah äußerst zerbrechlich aus. Ihre Haut war bleich und durchscheinend. Auf einmal waren die dunklen Ringe unter ihren Augen wieder da und die Wangen wirkten eingefallen. Wie in Trance fuhr sie sich durch die kurzen, dunkelbraunen Haare, als bräuchte sie Zeit zum Überlegen. Dirk Westermann spürte, dass sie am Ende ihrer Kraft angelangt war. Aber noch konnte er nicht nachgeben, wenn er den Mordfall lösen wollte. Vielleicht lag in einem ihrer Berichte die Lösung des Falles, eine Kleinigkeit, die zum Täter führte, ohne dass sie sich dessen bewusst war.

»Was ich glaube, und was nicht, das sollten Sie mir überlassen. Ich habe während meiner langen Dienstzeit bei der Mordkommission Vorfälle mitbekommen, die sich als so unfassbar darstellten, dass sie schon wieder einleuchtend waren«, sagte Dirk Westermann und sah Julia Hardenberg ermutigend an.

»Ich weiß gar nicht mehr, wie das Fiasko ans Tageslicht kam.« Sie überlegte und schüttelte den Kopf. »Ich glaube, die Frau hat mich kontaktiert. Ja, eines Tages hat sie mich angerufen.«

»Welche Frau?«, fragte Westermann und blickte sie an.

»Ja, das war ein neuer Schock. Sie hieß, warten Sie …, Antoni, sie hieß Carmen Maja Antoni. Ich war zu Hause, als das Telefon klingelte. Was ich Ihnen jetzt erzähle … ist … so weit hergeholt … unglaublich.« Sie schüttelte den Kopf, als könnte sie selbst nicht glauben, was sie erlebt hatte, stand auf und sah aus dem Fenster.

Es schneite und dicke Flocken bedeckten den Rasen vor ihrem Haus. Einige der Schneeflocken setzten sich auf die Fensterscheibe, um gleich darauf geschmolzen an der Scheibe hinunterzulaufen.

»Da war diese Person am anderen Ende der Leitung, die unbedingt Joost sprechen wollte. Meine Alarmglocken läuteten sofort. Ich musste herausfinden, was sie von ihm wollte. Richtig frech fragte sie mich, wann er seine Post endlich bei ihr abholen würde. Da läge ein riesiger Stapel und er wäre die ganze Woche nicht da gewesen und sie wäre schließlich kein Postamt.« Julia knetete ihre Hände, bis die Knöchel weiß hervortraten.

Westermann blieb wortlos sitzen. Er rückte die Brille auf dem Kopf zurecht.

»Ich habe sofort geschaltet. Ich hoffte, etwas herauszufinden, Joost erneut auf einer Spur folgen zu können, die ihn entlarvte. Stellen Sie sich vor, ich habe mich als *Sekretärin, seine Sekretärin*, ausgegeben, glaubt man das? Die Frau nannte mir daraufhin sogar ihren Namen, damit ich die Fakten an Joost weitergeben konnte. Hinterlistig, oder? Aber ich musste wissen, was da vor sich ging. Und ich baute mir über die Jahre ein eigenes Netz auf, um an Informationen heranzukommen, die mir das andere geheime Leben dieses Mannes aufschlüsselten. Im Anschluss an das Gespräch suchte ich mir im Computer die passende

Adresse zu dem Namen heraus. Ich habe meinem Ex kein Sterbenswörtchen von diesem Telefonat erzählt, in der Hoffnung, dass er nicht bereits mit ihr gesprochen hatte.« Julia Hardenberg knabberte an ihrem Fingernagel.

Sie atmete unruhig und ihre Pupillen vergrößerten sich zusehends. Sie war sichtlich nervös. »Ich könnte jetzt glatt eine rauchen«, sagte sie und leerte ihren Kaffeebecher. »Am nächsten Tag bin ich in der Mittagspause zur Adresse dieser mir unbekannten Frau gefahren. Ich konnte nicht anders. Es war wie ein zwanghafter Drang. Auch wenn es mich innerlich zerriss, musste ich die Geliebte *meines* Mannes mit den Fakten konfrontieren. Mit mir hatte sie jedenfalls nicht gerechnet.« Julias Brustkorb hob und senkte sich wie ein Blasebalg.

Dirk Westermann sah, dass sie kämpfte. Schweißperlen sammelten sich auf ihrer Stirn und sie schluckte wie eine Verdurstende.

Sie sah dem Kommissar entrückt in die Augen. »Wissen Sie, wie das ist, wenn man überhaupt keine Ahnung davon hat, was einen am Ende erwartet? Können Sie sich vorstellen, mit welchem Gefühl ich in diesen Ort kurz vor Segeberg gefahren bin?« Sie presste die Lippen dermaßen fest zusammen, dass Westermann nur noch schmale blasse Striche wahrnahm. Er sah auf ihre zu Fäusten geballten Hände, mit denen sie immer wieder hart gegen ihren Brustkorb trommelte.

»Setzen Sie sich«, sagte Westermann, der befürchtete, sie könnte die Kontrolle über ihren Körper verlieren. Der Hauptkommissar nahm die Brille vom Kopf, setzte sie auf die Nase und fuhr sich mit der Hand durch die Haare. Er war versucht, das Gespräch abzubrechen, aber irgendetwas hielt ihn davon ab. »Sprechen Sie«, forderte er sie stattdessen auf.

»Wo war ich? Ja … ich bin zu dieser Frau gejagt. Wenn die mich geblitzt hätten, wäre ich meinen Führerschein losgewesen. Da schien erstmal nichts ungewöhnlich. Es war ein Wohnblock aus den 60ern. Wissen Sie, da war ich schon fast ein bisschen enttäuscht. Ich hätte ein Häuschen oder eine Villa erwartet. Keine Ahnung. Aber keinen Block. Ich bin ausgestiegen und habe mir den Namen auf der Klingelleiste herausgesucht. CM Antoni. Carmen Maja Antoni. So hatte sie sich mir am Telefon vorgestellt. Mein Herz raste wie verrückt. Ich glaube, die Hände haben gezittert, als ich auf den Klingelknopf gedrückt habe. Aber genau weiß ich es nicht mehr. Zumindest bekam ich eine Panikattacke und hatte das Gefühl, ich würde in Ohnmacht fallen. Ich musste mich am Türrahmen festhalten, so habe ich geschlottert.« Sie stierte in den Raum. Dann schüttelte sie den Kopf.

Westermann lehnte sich zurück, rieb den Dreitagebart und verschränkte die Arme vor der Brust. Die dunkelblaue Sweatjacke mit der maritimen Aufschrift hatte er ein Stück weit geöffnet. Er räusperte sich, um das Gespräch wieder in Gang zu setzen.

Julia sprach weiter. »Als der Türöffner brummte, bin ich in den Flur und … brauchte gar nicht lange suchen. Die erste Tür im Parterre auf der rechten Seite wurde geöffnet und aus der Wohnung sah mich eine …« Sie sah ungläubig Westermann an. Der Kommissar richtete sich auf, zog die Augenbrauen zusammen und sah sie an. Das Grübchen in seinem Kinn vertiefte sich. Die Anspannung war groß, als sie sagte: »Ich kann nicht mehr …«

Westermann und Hartwig arbeiteten am gleichen Tag an den Spuren, die sie bisher aufgetan hatten, und es waren nicht viele. »Ich weiß nicht, was ich von der Geschichte halten soll«, sagte der Hauptkommissar und starrte auf die Aktennotizen vor sich.

»Der Kerl war ein dubioser Arsch, das halte ich davon. Nach allem, was du mir erzählt hast, hätte ich den wahrscheinlich selbst gekillt«, sagte Thomas Hartwig und tippte mit dem Finger auf seine Aufzeichnungen. Dann sprach er weiter: »Es scheint, als hätte er die Leute um sich herum massiv manipuliert. Diese Heimlichkeiten, die Frauen, die er belogen und wahrscheinlich um jede Menge Kohle betrogen hat. Fast kann ich verstehen, dass sie ihn …«

»Stopp! Sprich nicht aus, was du nicht beweisen kannst. Julia Hardenberg hat vorhin das Gespräch abgebrochen. Ich fahr nachher noch einmal zu ihr. Sie brauchte dringend eine Pause. Der hat sie auf jeden Fall richtig plattgemacht. Das war ein echter Arsch …«, murmelte Westermann.

»Hey, das aus deinem Mund? Beruhige dich. Ich fahr jetzt nochmal zu der Backmann. Vielleicht fällt der Frau ja noch was ein, was uns weiterbringt. Trotzdem glaube ich, sie war es …«

Der Hauptkommissar blickte besorgt auf. »Verschwinde. Ich werde mich mit den Arbeitgebern dieses Mannes befassen.«

Hartwig sprang vom Stuhl auf, notierte etwas auf einem gelben Zettel, riss das Blatt vom Block und verließ mit der Jacke in der Hand das Büro.

Dirk Westermann telefonierte mit den letzten beiden Firmen, in denen der Tote tätig gewesen war, und was er dort erfuhr, rundete die Informationen, die er über diesen Mann in Erfahrung gebracht hatte, ab. Der Hauptkommissar kritzelte Fragen auf seinen Block, die er im nächsten Gespräch mit Julia Hardenberg unbedingt klären wollte. Die Tür öffnete sich und eine Frau betrat das Büro. Dirk Westermann blickte auf, sah zur Tür und wurde augenblicklich blass.

»Was willst du denn hier?« Verdattert starrte er auf die 50-Jährige, die er besser kannte als irgendjemand sonst. Das hatte er zumindest geglaubt, *bevor* sie ihn mit seinem ehemaligen Kollegen und besten Freund betrogen hatte. »Anja! Ich hatte dir unmissverständlich gesagt, dass ich es für keine gute Idee halte, mich hier aufzusuchen.«

Anja Westermann schluckte, ging auf ihren Mann zu und blieb direkt vor ihm stehen. Sie sieht anders aus als damals, stellte er fest. Sie hatte sich auffallend verändert. Aus der sportlich-eleganten Erscheinung mit den leuchtenden Augen und der positiven Ausstrahlung war eine verhärmte Frau geworden, die mit ihrem Leben offensichtlich unglücklich war. Dirk Westermann war betroffen, als er seine Ex-Frau schweigend betrachtete. Was ist mit ihr passiert, fragte er sich und stand auf. Er räusperte sich und baute sich vor ihr auf. Vor ihr zu stehen, gab ihm das Gefühl, die Kontrolle über die Situation zu behalten. Fahrig schob er die Brille auf die Haare und verschränkte zur Abwehr die Arme vor der Brust. »Was willst du? Ich glaube nicht, dass wir uns noch irgendetwas zu sagen haben.« Er sah die Unsicherheit, die seine Ex-Frau ausstrahlte.

Sie schluckte und antwortete, während sie angestrengt ihre Hände knetete. »Du siehst gut aus. Hast dich ziemlich verändert in den letzten Jahren. Das Landleben scheint dir zu bekommen.« Ein vages Lächeln huschte über ihr müdes, aschfahles Gesicht.

Ihr Blick aus dunklen Augen streifte seinen und verursachte ein unangenehmes Gefühl in Dirk Westermanns

Magengegend. »Was soll das? Ich glaube nicht, dass du hier bist, um mir zu sagen, dass ich mich verändert habe, oder? Also, was ist los?«

Anja Westermann sah verlegen zu Boden und starrte ihre Fußspitzen an. Die Schuhe, die sie anhatte, waren nicht von der Qualität, die er von ihr gewohnt war. Für sie musste immer alles akkurat und ... *teuer* sein. Heute trug sie No-Name-Klamotten. Ihre früher mit äußerster Sorgfalt frisierten Haare besaßen keinen modischen Haarschnitt und hingen glanzlos bis in den Nacken.

Sie hob den Kopf und sah ihn an. »Ich habe dich vermisst. Mir ist längst klar, dass ich dich immer noch liebe.«

Dirk Westermann zog seine Augenbrauen hoch und schluckte, als die Tür aufging.

»Na Dirk, gibt es schon eine Spuu...? Oh, Entschuldigung. Ich wollte nicht stören.« Der Dienststellenleiter Olaf Schütt bemerkte sofort, dass er in diesem Moment genau das tat. »Ähm, ich komm später wieder.« Hastig zog er die Tür hinter sich zu.

»Ich glaube, es ist keine gute Idee, wenn wir unser Gespräch hier weiterführen. Und wie gesagt, ich denke nicht, dass es zwischen uns Wichtiges zu besprechen gibt.« Westermanns Miene verfinsterte sich zunehmend.

»Ich möchte nur mit dir reden ... bitte!«, flehte sie leise.

Der Hauptkommissar seufzte. »Also gut, wir können einen Kaffee zusammen trinken. Mehr aber auch nicht!« Er streifte den Caban über und griff nach dem Wagenschlüssel. Dirk Westermann hielt es für besser, an einen Ort zu fahren, wo sie in Ruhe reden konnten, ohne dass er gleich erkannt wurde. Seine Ex-Frau folgte ihm schweigend, während sie ihre dünne Steppjacke vor der Brust zuzog. Es schneite heftig und der Wind hatte zugenommen. Sie konnten kaum die Hand vor Augen sehen. Als der Kommissar mit einem Klick die Wagentüren geöffnet hatte, stieg sie überhastet ein.

Eine viertel Stunde später saßen sie sich im »Küstenblick« an einem der Fenstertische gegenüber. Dirk schaute aus dem Fenster und folgte mit seinem Blick den schwarzen aufbrausenden Wellen, die mit brachialer Gewalt ans Ufer rollten. Er beobachtete das wilde Schneetreiben und hoffte, dass es bald wieder aufhörte. Eine Kellnerin kam an den Tisch und nahm die Bestellung auf.

»Was kann ich Ihnen bringen?«

»Kaffee?«, fragte er Anja Westermann. Sie nickte zaghaft. »Zwei Kaffee, bitte.«

»Kännchen oder Tasse?«, fragte sie.

»Bringen Sie zwei Tassen, danke«, antwortete er gleichmütig.

»So, nun raus mit der Sprache, was willst du hier? Und woher weißt du, dass ich auf der Insel bin?«

Sie wurde rot. »Deine Dienststelle …«

»Aber die dürfen dir überhaupt keine Auskunft …«

»Ich habe ihnen gesagt, *deine Frau* wäre am Apparat.«

Dirk Westermann schluckte. »Wir sind nicht mehr verheiratet, wenn ich dich daran erinnern darf.« Seine Lippen verzogen sich zu schmalen Strichen.

»Ich wusste nicht … ich musste dich sehen.« Tränen stiegen in ihre Augen, als sie ihn ansah und sagte: »Ich liebe dich … und … ich möchte wieder mit dir zusammen sein. Du hast mir so unendlich gefehlt. Bitte verzeih mir.«

Tränen liefen unkontrolliert über ihre Wangen, als die Kellnerin mit dem Kaffee kam. Verlegen stellte sie die Tassen auf den Tisch und verschwand wortlos. Westermann sah, dass sie sich angeregt mit einer Kollegin hinter dem Tresen unterhielt. Vielleicht war es doch keine gute Idee gewesen, mit ihr hierher zu kommen. Die wissen sicher, wer ich bin, dachte der Kommissar und trank einen Schluck Kaffee. Er erinnerte sich gut an den ersten Fall auf der Insel und an *dieses* Café, das eine wichtige Rolle in dem damaligen Mordfall spielte. Er atmete tief ein und sagte: »Du, ich weiß nicht, was du dir von dem Theater hier versprichst, aber von meiner Seite aus gibt es keinerlei Interesse, die Beziehung wieder aufleben zu lassen. Du weißt doch, wie es mit aufgewärmten Kaffee ist.« Im gleichen Moment ärgerte er sich über die sinnlose Metapher.

Anjas Tränen rollten fortwährend über das Gesicht und vereinzelte Tropfen landeten auf der weißen Tischdecke. »Reiß dich zusammen. Was ist mit …« Er wollte den Namen des ehemaligen Kollegen und Freundes nicht einmal aussprechen. »Ich dachte, du liebst den Kerl?«

Anja Westermann schüttelte den Kopf. »Das war keine Liebe. Ich … ich weiß auch nicht. Du warst nie da … ich war so allein … und … und.« Sie schluchzte.

Der Hauptkommissar fühlte sich unwohl in seiner Haut. Aber er wollte es vernünftig zu Ende bringen. Er zog ein Papiertaschentuch aus der Jackentasche und reichte es ihr. »Und was ist jetzt mit euch?«, wollte der Kommissar wissen. »Er hat mich gegen eine Kollegin aus der Dienststelle eingetauscht.«

»Wie?«, fragte Dirk Westermann.

»Eine junge Kommissarin aus Bremen. Sie ist kaum 30.«

Jetzt wusste der Hauptkommissar, woher der Wind wehte. »Und da hast du dich auf einmal wieder an mich erinnert, oder wie soll ich das verstehen?« Sein Blick verhärtete sich.

»Ja, nein, ich weiß nicht. Wo soll ich denn hin? Wer nimmt mich denn noch in meinem Alter?«

»Erstmal bist du nicht alt. Gerade mal 50. Du kannst doch nicht ernsthaft glauben, dass wir nach allem, was passiert ist, dort wieder anfangen, wo wir aufgehört haben.« Er schüttelte verständnislos den Kopf. »Ich kann und ich werde das nicht mit dir ausdiskutieren. Du hast mir damals ziemlich wehgetan und … ach, lassen wir das. Nein! Es gibt da eine andere Frau. Das mit uns … das ist lange vorbei.« Er winkte der Kellnerin und bat um die Rechnung.

»Aber ich liebe dich«, schrie sie, sprang auf und klammerte sich an Dirk Westermann.

Verzweifelt versuchte er, sie von sich zu schieben, als sie ihn küsste. »Hör auf«, sagte er in gereiztem Ton. Sein Gesicht wurde blass. »Wenn das jemand sieht.« Aufgebracht schob er sie von sich. »Lass uns gehen, sofort. Ich beende das Gespräch hier, und zwar jetzt. Wir fahren zurück.« Damit stand er auf, legte zehn Euro auf den Tisch, griff nach ihrer Jacke und warf sie ihr in die Arme. »Zieh an!« Anja Westermann schluckte und verließ das Café, ohne nur einen Schluck von ihrem Kaffee getrunken zu haben. Zitternd und mit zuckenden Schultern schlich sie zum Wagen ihres Ex-Mannes. »Wo ist dein Auto? Ich bringe dich hin.«

»Das steht bei euch auf dem Parkplatz«, jammerte sie und hielt sich die Hände vors Gesicht.

»Lass uns wie zwei Erwachsene damit umgehen. Unsere Zeit ist Geschichte und es gibt eine Partnerin, die ich sehr liebe. Das mit uns ist endgültig vorbei und wenn ich ehrlich bin, habe ich nicht im Geringsten das Bedürfnis, diese Beziehung neu aufleben zu lassen.« Er sah zur Seite und stieß einen tiefen Seufzer aus. »Versteh mich bitte. Fahr nach Hause und bring das mit … na, mit deinem Freund in Ordnung.«

Den Rest der Fahrt schwiegen beide.

Anja Westermann wusste, dass sie längst nicht bereit war, den Mann, der ihr einmal so nah gestanden hatte, kampflos aufzugeben. Aber das sagte sie ihm nicht. Vor der Dienststelle setzte er sie ohne ein weiteres Wort ab und gab Gas.

Dirk Westermann fuhr zurück zu Julia Hardenbergs Haus. Sie hatten ebenfalls einiges zu klären.

*

Nur wenig später saß er vis-a-vis und legte das Diktiergerät auf den Tisch. Sein Gesicht war angespannt und er versuchte, trotz der üblen Begegnung in seinem Büro freundlich zu sein. »Na, dann mal los. Ich hoffe, Sie haben sich wenigstens ein bisschen erholt.«

Sie nickte und kreuzte die Beine übereinander. In ihrem dunkelblauen Jogginganzug sah sie mädchenhaft jung aus. »Ja, ich war eine Runde joggen. Ist ganz schön kalt draußen. Verzeihen Sie meinen Aufzug.« Sie sah ihn verschüchtert an.

»Alles in Ordnung. Sie sollen wissen, es liegt mir fern, Sie zu quälen. Aber wenn wir den Mörder Ihres Ex-Mannes und Ihren Angreifer fassen wollen, müssen wir herausfinden, wer Interesse daran hatte, ihn zu töten und auch *Sie* um Haaresbreite auszulöschen.«

»Überhaupt kein Problem. Wo war ich stehengeblieben?« Sie spickte auf einen auf dem Tisch liegenden Zettel. »Damit ich den Anschluss finde«, sagte sie leise. »Also, ich war bei besagter *Privat*-Poststelle. Als sich die Tür auf der Etage öffnete, starrte mir eine übertrieben geschminkte Frau um die 60 entgegen. Ich dachte, mich trifft der Schlag. Ich lag völlig falsch mit meiner Vermutung, hier eine Geliebte von Joost anzutreffen.« Sie schüttelte den Kopf. »Ungeheuerlich, oder? Die Person glich einer stinknormalen Hausfrau.

Die hatte dunkel gefärbte Haare und war eher unscheinbar. Allerdings erschien mir der Ausschnitt ihrer roten Bluse eindeutig zu gewagt für das Alter. Und auch die abartig klobigen Klunker passten nicht so recht ins Bild. Ich war richtiggehend geplättet«, sagte sie wütend, aber ihre Stimme klang traurig. »Sie hat auf jeden Fall ziemlich erschreckt gekuckt, als ich meinen Namen nannte, und mich ohne viel Federlesens hastig in die Wohnung gedrängt. Ich erinnere noch, wie sie sich ängstlich im Hausflur umgesehen hat, und ich das Gefühl hatte, als sollte bloß niemand mitbekommen, dass die Frau ihres Lovers vor der Tür stand. Das alles hat mich schon sehr verwundert. Mehr noch, als sie mir berichtete, welches miese Spiel der Kerl mit *ihr* gespielt hat. Ich konnte überhaupt nicht fassen, was sie zum Besten gab.«

Westermann stand unter Druck. Lag hier die Lösung? »Erzählen Sie«, sagte er geduldig.

Selbst Julia bemerkte die Anspannung in seinem Gesicht. »Diese Carmen Antoni erzählte mir, dass Joost sie regelmäßig besuchte. Er war sogar so geschmeidig und brachte Kuchen mit, bereitete ihr Geschenke und hat sie ganz offensichtlich umworben. Und alles von *meinem* Geld! Dann erzählte sie, dass er jedes Mal, wenn er zu ihr kam, als Erstes dort duschte. Duschen, können Sie sich das vorstellen? Eine ungeheuerliche Story, oder? Und er hätte erwähnt, dass er bei mir längst ausgezogen sei und die Wohnung, in der er lebte, nicht fertiggestellt war. Kaum zu glauben, finden Sie nicht?« Sie schüttelte heftig den Kopf. Ihre Wangen glühten.

Westermann nickte. Wenig später schien sie wieder gefasst. Und selbst wenn ihre Gesichtszüge Härte demonstrierten, wirkte ihr Blick unglücklich. »Das ist in der Tat äußerst merkwürdig«, sagte der Hauptkommissar und kritzelte Notizen in sein Buch. »Er wohnte zu der Zeit aber bei Ihnen, wenn ich mich recht erinnere?«

»Natürlich lebte er bei – und mit mir! Wo denn sonst? Bei dieser Person? Deren Wohnung war klein und mit Schnickschnack und alten Möbeln überladen. Puah, da hätten selbst *Sie* eine Gänsehaut bekommen. Der hat die alte Frau ausgenutzt. Sie hat ihm des Öfteren Geld geliehen, das hat sie immer wieder betont. Der hatte es mit Sicherheit auf ihr Geld und ein Postlager abgesehen, wo man seinen Machenschaften und Heimlichkeiten nicht auf die Schliche kam. Ich wäre niemals darauf gekommen, hätte sie mich nicht angerufen.« Julia Hardenberg starrte den Kommissar an.

»Was hatte das mit der Post auf sich? Um was für Post handelte es sich?«, wollte Westermann wissen.

»Ja, das war ungeheuerlich. Ich fragte sie, ob ich die Zustellungen sehen dürfte, die sich da angesammelt hatten. Die Frau zeigte auf einen riesigen Stapel Briefpost in einem Pappkarton neben einer Anrichte. Joost schien länger nicht da gewesen zu sein, um seine Zustellungen mitzunehmen. Und darüber war die alte Dame ganz offensichtlich nicht erfreut. Im Karton lagen Briefe von Versicherungen, Banken, Immobilienfirmen.« Sie zuckte die Schultern. Ihre Lippen bebten. »Ich gehe heute davon aus, dass es sich um Mahnungen, Rechnungen und Bestellungen handelte, die er über mich abwickelte, denn es stand fast überall *mein* Name drauf. Das hat mich total geschockt. Er hat der Frau für seine fiesen Zwecke nicht nur Gefühle vorgegaukelt, die er gar nicht empfand, er hat obendrein meinen Namen benutzt und beschmutzt.« Sie biss die Zähne zusammen. »Verstehen Sie jetzt, wie psychopathisch der Kerl war? Ich bekam einige Monate später sogar den Anruf eines Postamtes aus Lüneburg, die wissen wollten, wann ich denn endlich das Postfach leeren würde, da es bereits überquoll. Der Mann hatte dieses Fach auf meinen Namen angemietet, fast die gesamte Post umgeleitet, damit ich nicht erfahre, wie viele Schulden er auf meinen Namen gemacht hatte. Von Mahnungen und Mahnbescheiden, die ich erst sah, als der nette Beamte mir die Post in einen Karton steckte und mir freundlicherweise direkt ins Geschäft schickte. Sie glauben gar nicht, wie es war, die vielen Briefe zu öffnen. Es hat eine Woche gedauert, die Firmen einigermaßen zu beruhigen. Mein Konto war bis zum Anschlag im Dispo und ich musste mir sogar Geld leihen. Es war eine Schande! Es wundert mich überhaupt nicht, dass es Leute gab, die ihn lieber tot als lebendig gesehen hätten. Er hat alle um sich herum belogen und schändlich betrogen.« Julia Hardenberg sah betroffen zu Boden.

»Ich glaube, der Mann hat in den ganzen Jahren keine zwei wahren Sätze von sich gegeben«, flüsterte sie und sah Westermann unter Tränen in die Augen. »Es war alles eine große Lüge. Und jedes Mal, wenn *ich* ihm auf die Schliche kam, wurde er aggressiv, zerschlug Türen und Fenster und manchmal eben auch mich. Aber die seelischen Grausamkeiten, die waren viel abscheulicher. Er hat mich mental fertig gemacht.«

Westermann räusperte sich und fragte: »Warum sind Sie nicht gegangen? Sie sind eine starke Frau.«

»Das war ich einmal, bevor ich ihn kennenlerne und es sagt sich so leicht, *warum* bist du nicht gegangen? Dieser Mann hat es fertig gebracht, mich Stück für Stück auseinanderzunehmen. Er hat mich manipuliert und meinen Lebenswillen zerquetscht, ohne dass ich es merkte. Wer bist du, was hast du denn geschafft mit deinem jämmerlichen Laden? Du machst dich lächerlich! Diese Aussagen haben mein Selbstbewusstsein und Selbstwertgefühl zertreten. Ich fühlte mich über lange Jahre als totale Versagerin, die nichts konnte, dick und hässlich war und ohne ihn gar nicht lebensfähig ... ich hab es am Ende geglaubt! Obendrein hatte ich das Geschäft und Mia. Da geht man nicht einfach. Ich hatte unbändige Angst ... Angst, ich würde es alleine nicht schaffen, obwohl ich diejenige war, die alle Fäden zusammenhielt. Das Geld nach Hause brachte, ihn versorgte. Er hat mich gedemütigt, wo er konnte. Ich wäre eine schlechte Mutter, miese Hausfrau und zu nichts zu gebrauchen. Sex hatten wir über Jahre so gut wir gar nicht und wenn, dann war ich diejenige, die betteln musste, damit er sich herabließ und mich wie einen Hund benutzte. Er hat es vermieden, wo er konnte. Heute denke ich, dass er, wenn ich etwas von ihm wollte, wahrscheinlich aus dem warmen Bett irgendeiner fremden Frau gekrochen kam. Der hätte gar nicht gekonnt, selbst wenn er gewollt hätte. Und deshalb fuhr er auch zu dieser älteren Frau: um den Schmutz der Liebschaften von seinem Körper zu scheuern. Alles, damit ich ihm nicht auf die Schliche komme.« Julia Hardenberg lachte hysterisch.

»Und wenn ich versuchte, mich aufzubäumen, nicht funktionierte, ihn nicht mit Geld versorgte, drohte er mir, *mich* als Geschäftsfrau unmöglich zu machen. Verstehen Sie? Er besaß Macht über die Menschen. Ich hatte keine Wahl! Ich duckte mich wie ein Mäuschen, um ihn nicht unnötig zu provozieren und keine Wut in ihm heraufzubeschwören. Ich wurde leiser ... bis ich ganz verstummte. Wissen Sie, manchmal stand ich direkt neben mir und sah, wie ich langsam immer durchscheinender wurde. Es ist alles nicht nachzuvollziehen, aber wahr ... Können wir bitte aufhören? Ich kann nicht mehr ...«

Westermann stellte das Diktiergerät aus.

KAPITEL 10

Der Hauptkommissar betrat die Dienststelle und hörte schon von Weitem lautes Gejaule in einem der Büros. Ein aufgebrachter Dienststellenleiter fegte durch den Gang. »Na, Schütt, was ist hier denn los?« Dirk Westermann sah den Burger Kollegen an und wusste, auch ohne dass der antwortete, was los war. Es war, als schien der Tag nicht schon genug üble Geschichten beinhaltet zu haben.

»Der ... der blöde Köter macht hier die ganze Wache verrückt. Der jault auf Gedeih und Verderb seit Stunden und hat in eurem Büro totales Chaos angerichtet.«

Westermann stutzte. »Und wo ist Hartwig?«

»Ja, das wüsste ich auch gern. Der kam zwischendurch mit dem Wolf da drinnen und wollte *nur* kurz zum Bäcker – und das ist mindestens eine Stunde her. Du hörst ja, was da los ist«, brüllte er. »Aber das ist ab sofort deine Sache, kümmer dich! Das ist eine Polizeidienststelle. Kein Hundekindergarten! Wenn es euch hier zu bunt wird, dann ... dann ...« Schütt hielt inne und verließ mit hochrotem Kopf den Gang. Wortlos verschwand er in seinem Büro.

Der Hauptkommissar aus Oldenburg starrte ihm fassungslos nach. So hatte er den Gemütsmenschen Olaf Schütt bisher nie erlebt. Die Tür knallte unüberhörbar zu und ließ für Sekunden die Leichtbauwand vibrieren. »Oh Mann, Hartwig, was machst du für einen Blödsinn!«, murmelte Westermann und betrat die Höhle des Minilöwen. Als er die Tür öffnete, musste er trotz des miesen Tages herzhaft lachen. Vor ihm saß, als wenn er keiner Fliege etwas zuleide tun könnte, ein kleiner graubrauner Hundewelpe und sah ihn mit großen braunen Kulleraugen an. Er fiepte und wedelte freudig mit dem Schwanz, als er den Hauptkommissar den Raum betreten sah. Übergangslos kläffte er und sprang mit seinen kurzen Beinen an Westermanns Hosenbein hoch.

»Ach, du Armer. Hat dein Herrchen dich hier tatsächlich alleine gelassen? Na warte, lass den mal kommen«, griente er, hob Watson vom Boden und nahm ihn auf den Arm. Dann sah er sich im Büro um. Im Raum verteilten sich mehrere Pfützen zwischen Zeitungsseiten, die Hartwig wahrscheinlich vorher auf dem Fußboden fein säuberlich ausgelegt hatte, um genau dieses Chaos zu verhindern. Die Zeitungsblätter lagen zerfetzt, verstreut und durchgekaut in den von Watson hinterlassenen Seen und Haufen. Westermann hielt den Hund vor sich in die Luft, lachte und sagte: »So, mein Kleiner, jetzt wollen wir hier zuallererst mal Ordnung schaffen und dann knöpfen wir uns deinen Sherlock vor.« Plötzlich waren seine Ex-Frau und die verwirrenden Geschichten Julia Hardenbergs Nebensache. Watson fiepte von Neuem und leckte dem Kommissar mit der winzigen rosafarbenen Zunge über das Gesicht …

Eine halbe Stunde später war das Kuddelmuddel im Büro beseitigt, der Welpe lag schlafend auf der alten Wolldecke aus Westermanns Auto und Thomas Hartwig öffnete flötend die Tür. »Da bin ich wieder. Na, siehste, was hab ich gesagt? Das funktioniert doch glänzend«, begrüßte er seinen Vorgesetzten, der über den Rand der Brille hinweg linste und mit verschränkten Armen gegen die Fensterbank gelehnt dastand.

»Klappt schon, meinst du? Da hab ich aber etwas völlig anderes erlebt.« Westermann sah mit strengem Blick zu Hartwig, dem Röte die Ohren hochstieg.

»Wieso? Sieht hier doch akkurat aus und er schläft selig.« Der junge Kommissar schien sich keiner Schuld bewusst und ließ sich auf den Bürostuhl fallen.

»Nachdem ich zerfleddertes Papier entsorgt, Hundepisse und Kackhaufen aufgewischt und einen Anpfiff vom obersten Dienstsheriff Schütt abgewehrt habe … ja, klappte alles glänzend.« Westermann sah Hartwig, der betreten zu Boden starrte, durchdringend an. »Und wo bist du überhaupt so lange gewesen? Wenn du dir *so* ein Tier anschaffst, musst du dafür sorgen, dass er absolut idiotensicher versorgt ist! So läuft das auf jeden Fall nicht! Diese Art Hund kannst du nicht, nein, niemals, allein lassen. Die zerlegen dir das komplette Büro, wenn sie älter werden.« Dirk Westermann stapfte zum Drucker und zog ein Papier aus dem Gerät. »Und damit du es weißt: Wenn *du* weiterhin willst, dass Watson uns hier erhalten bleibt, muss er zur Schule!«

Thomas Hartwig sah Westermann ungläubig an. »Zur Schule? Sonst noch was? Blödsinn! Das kann ich selbst.«

»Das seh ich. Hier hast du die Adresse und … keine Widerrede! Wenn er ein Jahr alt ist, macht er genau da eine Ausbildung zum Schutzhund. Ich hab mich informiert, nachdem ich euren Dreck beseitigt hatte. Er muss allerdings, und das ist mir ein winziger Dorn im Auge, ein

Jahr alt sein, um ausgebildet zu werden. Bis dahin musst du zielgerichtet mit ihm arbeiten. Das ist *dein* Hund! Da du dich ja für eine derartig komplizierte Rasse entschieden hast, wirst du diesen Weg konsequent durchziehen«, stellte Westermann überzeugend fest. »Watson wohnt ja bei dir und ist Teil deiner *Einmannfamilie*. Das dürfte kein Problem darstellen. Wenn wir den Wurm hierbehalten, dann vernünftig! Hast du verstanden?«

Der jüngere der beiden Kommissare schwieg und sah seinen Vorgesetzten sprachlos an. Er wusste genau, dass sein Verhandlungsspielraum ausgereizt war.

»Ohne vernünftige Ausbildung kannst du so ein Tier vergessen.« Er betrachtete das braune, schnarchende Fellknäuel auf der Decke. »Der braucht eine absolut feste Hand. Das ist kein Knuddeltier, verstehst du?«

Hartwig stand auf und legte zwei Stücke Marzipan-Nuss-Torte auf Kuchenteller. Er ging zum Schreibtisch zurück und schob einen der Teller versöhnlich in Westermanns Richtung. Mit einem Hundeblick, der dem von Watson glich, deutete er auf den Kuchen und setzte sich. »Möchtest du?«, fragte er und hielt die Kaffeekanne in die Höhe.

Der Hauptkommissar schüttelte den Kopf und ließ sich am eigenen Schreibtisch nieder. »Hab ich mich klar ausgedrückt?«

Hartwig sprang von seinem Stuhl auf, salutierte und rief: »Ja, Chef! Aber wo bist *du* den ganzen Tag gewesen? Ich habe gewartet, damit ich zum Zahnarzt kann. Du warst nicht hier. Mir blieb nichts anderes übrig, als ihn hierzulassen«, versuchte er, die verzwickte Situation mit dem Hund geradezurücken.

»Zahnarzt, wieso? Hast du Zahnschmerzen?«

»Einer meiner Zähne tut höllisch weh.« Hartwig sah Westermann gequält an.

»Und, was hat er gemacht? Zahn gezogen?«, fragte der Hauptkommissar und betrachtete Thomas genauer.

»Ne, gar nichts. Es tat so weh, dass er ihn nur geröntgt hat und mir Antibiotika und hochdosierte Schmerzmittel verschrieben hat. Er meinte, die Wurzel hat einen mitgekriegt. Die Entzündung muss erstmal raus.«

»Ja, wenn ich dich so anseh, du siehst irgendwie betäubt aus. Außerdem ist deine Wange aufgedunsen«, entgegnete er mitleidvoll.

Sein junger Kollege nickte heftig und hoffte, dass damit der peinliche Vorfall mit Watson zu den Akten gelegt werden konnte. Ohne Aufforderung hielt er sich mit der rechten Hand die rot geschwollene Wange. Die dunklen Haare verstärkten den Kontrast und die blauen Augen leuchteten fiebrig. »Morgen muss ich wieder hin. Ich hoffe, das geht so weg, sonst …« Mit einer Leidensmiene verschlang Thomas Hartwig den Kuchen.

»Aber schmecken tut's noch, oder …?«

*

»Du hast mein Leben zur Hölle gemacht. Ich hasse dich und kann es nicht mehr ertragen. Du wirst mich nicht kontrollieren.« Die Worte dröhnten in seinen Ohren.

»Wie kannst du es wagen, so mit mir zu sprechen? Was glaubst du, wen du hier vor dir hast?«, flüsterte er leise. Die Antwort darauf war ein Schlag in sein Gesicht. Für einen Moment verlor er das Bewusstsein, sackte zusammen und blieb auf dem vereisten Holzboden liegen. Sein Gegner stand abfällig lächelnd da, betrachtete den Bewusstlosen wie einen Gegenstand und neigte den Kopf wie ein Metronom von einer Seite zur anderen. Der Dunst legte sich eisig auf seinen Körper. Der Herzschlag erhöhte sich und das Blut fing an zu pulsieren, bis die Halsschlagader sichtbar trommelte.

Stöhnend kam der am Boden Liegende zu sich. Als er registrierte, was passiert war, erhob er sich, wuchtete sich auf die Füße und fauchte: »Das wirst du bereuen!« Feindseligkeit lag in seinem Gesicht und formte es zu einer Fratze.

Dieser Ausdruck verunsicherte den Angreifer. Irritiert fuhr sich der Schläger mit der Hand über den Kopf und flüsterte: »Lass uns Frieden schließen. Ich will das alles nicht. Wir können nur funktionieren, wenn wir das Persönliche beiseitelassen und uns wie zivilisierte Menschen benehmen.«

»Von mir aus!« Hoffnung keimte auf, als der Verletzte lauernd einen Schritt auf die Gestalt zukam und die Hände ausstreckte. Nicht ahnend, was diese Bewegung auslöste. Als er auf die Person zutaumelte, spürte er erneut einen harten Stoß. Schwankend wich er zurück, stolperte und fiel mit dem Hinterkopf gegen eine Eisenhalterung. Dabei verfing er sich in einem Tampen. Dann löste sich ein Stößel aus der Verankerung.

»Was glaubst du …?«

Fahrig legte er die rechte Hand auf den Hinterkopf und rutschte dabei mit dem Kopf unter einen Tampen. Zwischen den Fingern quoll Blut hindurch. Seine Augen weiteten sich, als er den warmen Saft spürte. Sein Schädel fühlte sich an, als hätte jemand mit einem Amboss auf ihn eingehämmert. Mühsam versuchte er, sich aufzurichten. Verzweifelt klammerte er sich mit der Hand an eine der Sprossen. Er registrierte, wie die Kraft seinen Körper verließ. Sein Blick wurde trübe und der Schatten der Figur, die sich entfernte, verschwamm vor ihm. Das Atmen fiel ihm schwer. Gurgelnd hielt der sich am Holz fest. Ein schmaler Strom Blut drang zwischen den Lippen hervor. Er verdrehte die weit aufgerissenen Augen. Die Gestalt, die ihm gegenübergestanden hatte, registrierte er nicht mehr. Eine Brise wehte wie eine böse Drohung über die Galerie. Als sein Kopf zur Seite sackte, fing das Gerüst an zu rotieren …

*

»Komm, mein Kleiner, wir wollen uns deine Schule ansehen. Da kannst du was fürs Leben lernen«, griente Hartwig und setzte den Welpen auf die Decke im Fond des Wagens. Das Grübchen auf der rechten Wange unterstrich die Attraktivität des jungen Kommissars. »Das ist doch ein feines Auto. Da hast du richtig viel Platz.« Hartwig hatte einen Dienstwagen der Burger Polizeidienststelle für seine Befragung geordert. Als sie eine halbe Stunde später die A1 entlang rasten, saß Watson auf der alten Wolldecke, reckte die feuchte Nase in die Luft und linste Hartwig an. »So, mein Junge, jetzt musst du mal ganz lieb sein«, versuchte er, den Minihund zu beruhigen. Der allerdings betrachtete dies als Aufruf, sich zu seinem Herrchen zu schleichen. Unauffällig schob er sich mit den Vorderpfoten zwischen den Vordersitzen hindurch, was dem Kommissar nicht verborgen blieb. »Da übt doch einer tatsächlich das Heranschleichen. Ich glaub's ja nicht. Das geht nicht, Watson, du musst hinten bleiben. Platz! Sitz! Hinlegen!« Die Versuche, das Tier zur Ordnung zu rufen, hatten bei Westermann Gelächter ausgelöst. Hier nützten sie herzlich wenig. »Ja, freu dich, dass der Chef nicht dabei ist. Der würde …« Hartwig gab auf. Zwischen seinen Augen entstand eine steile Falte und er verzog missmutig den Mund. Der smarte Polizist fuhr die nächste Abfahrt zu einem Parkplatz raus, lenkte den Wagen in eine der vielen Parklücken und stellte den Motor aus.

Dann stieg er aus, schlich zur hinteren Tür, öffnete sie, griff den Welpen und setzte ihn ein paar Meter weiter ins Gras. Dort standen die beiden eine Weile und starrten sich an. Es schien, als wüsste Watson nicht, was sein Herrchen auf dem ungewohnten Terrain von ihm erwartete. »So, nun mach hinne. Wir müssen!« Hartwig schielte auf die Uhr am Handgelenk, wartete weitere Minuten, bis der Hund endlich anfing, sich wie ein Irrwisch im Kreis zu drehen, um sein Geschäft zu erledigen. Erleichtert packte der Polizeibeamte das Tier, nahm es hoch, kramte ein Leckerli aus der Jeanshosentasche und tätschelte ihm den Kopf. »Das hast du brav gemacht.« Der Kommissar zog die Decke vom Rücksitz. Vorsorglich hatte er alte Zeitungen aus der Dienststelle mitgenommen, die er mit einer Hand im Kofferraum auslegte, um die Wolldecke darüber auszubreiten. »So, mein Freund. Das wird jetzt dein neuer Platz. Und dort bleibst du, bis wir da sind. Hast du mich verstanden.« Thomas Hartwig senkte die Klappe und stieg ein. Er drehte das Radio lauter, als der Welpe anfing zu jaulen. Dieses Mal wollte er hart bleiben und keine Reaktion zulassen. Der Hund stellte sich auf die Hinterpfoten, sprang immer wieder an der hinteren Rückenlehne hoch und versuchte verzweifelt, darüber zu spähen. Hartwig entdeckte im Rückspiegel einen Satz kleiner brauner Ohren und grinste. Der Kommissar tat, als würde er ihn nicht bemerken. Nach einer gefühlten Ewigkeit wurde es still im hinteren Teil des Wagens. Watson schien eingeschlafen zu sein …

Eine Stunde später parkte er seinen Dienstwagen vor der Lüneburger Polizeidienststelle, stieg aus und drückte, so leise es ging, die Fahrertür ins Schloss. Ein Blick durch das Wagenfenster. Der Hund schlief. Erleichtert stiefelte er in die Dienststelle. Als ihm ein Kollege entgegenkam, fragte er: »Wo finde ich Kommissarin Hagemann?«

Der sportliche Mann um die 40 sah ihn kaugummikauend von oben bis unten an. »Frau *von* Hagemann, so viel Zeit muss sein!«, entgegnete der zivil gekleidete Polizist.

Hartwig zog die Augenbrauen hoch und sagte: »Ist mir schon klar. Katharina von Hagemann ... so, nun haben wir es wohl bald. Oder?« Der Kommissar aus Oldenburg steckte die Hände in die Hosentaschen. »Und es wäre nett, wenn wir das heute erledigen könnten, ich muss noch weiter.«

»Was möchten Sie denn von Frau von Hagemann? Vielleicht kann *ich* Ihnen weiterhelfen?«

Hartwig hüstelte, schob die Lederjacke soweit zurück, dass der muskelbepackte Kollege mit dem Ami-Haarschnitt die Dienstwaffe entdecken musste.

»Letzte Tür auf der rechten Seite.« Der Polizist deutete knurrig den Flur entlang.

»Danke und schönen Tag«, erwiderte Thomas Hartwig siegessicher. Da habe ich die Fronten ja schnell geklärt, überlegte er und schritt den Gang hinunter. Für einen Moment blieb er vor der Tür stehen, als wollte er sich sammeln. Seine Hände schwitzten und der Puls raste. Er klopfte, trat ein und ging, ohne eine Antwort abzuwarten, durch das Großraumbüro in das angrenzende Büro von Rheder und Katharina von Hagemann. Da saß sie. Mit ihren roten Haaren, ungehemmt ein Franzbrötchen kauend, während sie mit rasender Geschwindigkeit etwas in den Computer eintippte. »Moin«, schluckte Hartwig und wurde augenblicklich rot. Katharina von Hagemann sah auf und verschluckte sich.

Sie riss das Brötchen zwischen den Zähnen heraus und deponierte es hastig auf einer Tüte, die auf der Schreibtischplatte lag. Sie räusperte sich. »Moin, was machen *Sie* denn hier?«, war die einzige Reaktion.

»Ich bin gekommen, um Ihnen die Krümel vom Mund zu fegen«, antwortete er, ging um den Alutisch herum und wischte mit dem Zeigefinger über ihre Lippen, auf denen sich die Krumen des Franzbrötchens festgesetzt hatten.

»Unverschämtheit«, rief die Kommissarin und fegte seine Finger von ihrem Gesicht. »Was fällt Ihnen ein? Und was wollen Sie eigentlich hier? Wo ist *Ihr* Chef?« Damit zeigte sie ihm, dass er nicht im Geringsten eine Chance hatte, von ihr akzeptiert zu werden.

»Ich wollte nur nett sein. Was tun Sie, wenn *Ihr* Chef reinkommt und Ihnen kleben sämtliche Krümel am Mau… Mund.« Es ärgerte ihn ungemein, dass sie dermaßen wenig Interesse an seiner Person zeigte.

Na warte, dir werd ich es zeigen, dachte er und verschränkte die Arme vor der Brust. Kampflustig baute er sich vor ihr auf. »Also, zu Ihrer ersten Frage. Ich will wissen, wie weit Sie mit Ihren Ermittlungen sind, und … ich hätte gern ein paar Informationen zu dieser … Hundeschule?«

Jetzt sah Katharina von Hagemann ihn verblüfft an. »Oh, Sie haben Ihren Hund mitgebracht?«, fragte sie und ein Lächeln huschte über ihr zartes Gesicht, während sie auf ihr Franzbrötchen schielte.

»Ja, der liegt schlafend im Wagen.«

»Na, wenn das mal stimmt«, murmelte sie und griff nach der klebrigen Leckerei auf dem Papier. Sie hatte eher die

Vermutung, dass der Welpe im Auto Rabatz machte. »Setzen Sie sich, dann kann ich Sie über den Stand der Untersuchungen informieren, *obwohl* Ihr Chef alle Informationen von uns erhalten hat.« Katharina von Hagemann wirkte verunsichert, was normalerweise nicht zu ihren Tugenden zählte. Aber irgendetwas schien dieser Kommissar aus Oldenburg in ihrem Kopf auszulösen. »Nun setzen Sie sich endlich«, warf sie in den Raum. »Kaffee?«

»Hm, da sag ich nicht nein. Wenn er nicht genauso grausig schmeckt wie in unserer Dienststelle.«

»Ich weiß ja nicht, was da für eine Brühe gekocht wird, hier ist der Kaffee 1a.« Die Kommissarin stand auf und bewegte sich auf den, von ihr angeschafften, Kaffeevollautomaten zu. Sie griff nach einem Becher und drückte auf einen der Knöpfe. »Bitte, da können Sie probieren, wie gut Koffein schmecken kann.«

»Ist wohl die Krönung?«

Sie lachte.

»Also, was gibt es Neues von diesem Lehmann?«

Katharina von Hagemann zuckte ihre Schultern. »Wir konnten ihn und seine Tochter bisher nicht aufspüren. Die haben sich anscheinend in Luft aufgelöst. Meine Kollegen und ich fahren täglich zu der Wohnung beziehungsweise zum Haus dieser Nicola und haben sämtliche Nachbarn instruiert, uns zu informieren, falls einer von ihnen auftaucht.« Sie schob den Rest ihres zuckersüßen Brötchens in den Mund und wischte die Finger an einer Serviette ab.

Hartwig war zunehmend irritiert. »Hm, was haben Sie denn den Nachbarn erzählt, damit die Ihnen Informationen zukommen lassen?«

Katharina sah ihn an. »Eine Belohnung, wenn Sie uns helfen, die beiden zu finden, weil eine verstorbene Erbtante vorhanden ist und wir unbedingt Fristen einhalten müssen, damit sie an ihr Erbe gelangen ...«

»Gerissen! Und das haben die Ihnen abgenommen? Sowas macht doch normalerweise ein Anwalt, oder nicht? Das ist ja figeliensch«, entgegnete Hartwig. »Respekt, so viel Cleverness hätte ich Ihnen gar nicht zugetraut. Da muss einer erstmal drauf kommen.«

»Nicht einer, ich!«, erwiderte die Kommissarin ausdruckslos. Sie stand auf und schaute aus dem Fenster. »Es hört gar nicht mehr auf zu schneien. Wenn das so weitergeht ...« Sie zog einen kleinen Aschenbecher aus der Hosentasche, griff nach einer Zigarette, zündete sie an und zog gierig daran.

»Könnten wir zwei Hübschen ja mal zusammen Schlitten fahren.« Thomas grinste und betrachtete ihren knackigen Hintern, der in ausgewaschenen Jeans steckte. Sie hatte eine Hand in die Hosentasche gesteckt. Geübt drehte sie sich auf ihren coolen Boots um, während sie den Zigarettenqualm ausstieß. Die königsblaue Kapuzenjacke stand in grellem Kontrast zu ihren roten Haaren und machte sie noch aufreizender, als sie sowieso schon war. Sie sieht richtig geil aus, bemerkte Hartwig und bekam leuchtende Augen.

»So, und was wollten Sie zu Ihrem Hundebaby wissen?«

»Sie haben mir vom Training der Polizeihunde erzählt. Ich werde Watson ausbilden lassen und habe von meinem Chef Informationen darüber erhalten, dass Sie hier in Lüneburg eine der besten Polizeihundeschulen Niedersachsens haben. Stimmt doch, oder?«

»Sie haben sich aber ausgezeichnet informiert«, staunte Katharina von Hagemann.

»Ja, wir haben hier tatsächlich eines der herausragenden

Ausbildungszentren für Diensthunde. Allerdings müssten Sie regelmäßig nach Lüneburg kommen, um mit Ihrem Watson zu trainieren. Das ist ein Stück harte Arbeit.«

Sie schaute ihm geradewegs in die Augen. »Da müssen Sie aber erstmal wesentlich konsequenter sein. Was ich bisher gesehen habe …« Sie lachte und zeigte eine Reihe strahlend weißer Zähne.

Hartwig stand auf. »Würden Sie mir zeigen, wo das ist? Ich klär das dann. Die werden uns schon aufnehmen. Vielleicht haben Sie ja Lust, mich zu begleiten … zur Hundeschule, meine ich.« Thomas Hartwig stieg die Röte einmal mehr ins Gesicht.

»Ich bring Sie hin, obwohl ich eigentlich keine Zeit für solche Sperenzchen aufwenden kann. Aber um eines gleich klarzustellen. Ich bin in festen Händen und wir …« Sie hielt schlagartig inne und schwieg.

Thomas starrte sie fragend an.

»Geht Sie ja auch nichts an«, murmelte sie, zog ihre Lederjacke mit einem Ruck vom Haken und sagte forsch: »Na, dann los. Ist nicht weit.«

Hartwig schluckte. Diese Information musste er erst einmal verdauen. Damit hatte er nicht gerechnet. Wie konnte ich so blöd sein zu denken, dass so eine Klassefrau allein ist. Er schüttelte den Kopf und folgte ihr schweigend zum Parkplatz.

»Wir nehmen sicher Ihren Wagen, oder? Wo ist denn der kleine Rabauke?«

KAPITEL 11

Klaus Klahn fuhr mit dem Wagen die schmale Straße hinunter. Sie führte ihn von der Marina Lemkenhafen direkt zur alten historischen Mühle. Der Bodennebel ließ an diesem Morgen keinen Weitblick zu. Im Gegenteil. Er musste aufpassen, dass er nicht ins Schlittern geriet. Die Straße war seit der zurückliegenden kalten Nacht mit einem verdächtig schimmernden Film überzogen, der ihn zur Vorsicht anhielt. Am Ziel angekommen, stellte er erleichtert den Motor aus und verließ den Wagen.

Der Museumsleiter wusste, dass er den letzten geöffneten Tag der Museumsmühle in Lemkenhafen vor sich hatte. Die Saison war an ihm nicht spurlos vorbeigegangen. Wenngleich ihm beim Anblick der altehrwürdigen Mühle wehmütig ums Herz wurde. Er betrachtete »Jachen Flünk«, *seine* Segelwindmühle, die ihren eindrucksvollen Namen vom ehemaligen Besitzer erhalten hatte, dessen Geist noch heute in der Mühle umher spuken sollte.

Er schritt auf den Mühlenstein zu und klopfte wie jedes Mal vor dem Betreten mit der Hand dreimal auf den Stein. Es war ein Ritual zwischen dem Mühlenmuseumsbetreiber und dem Steinrad. Klaus Klahn liebte die älteste, vollständig erhaltene und sogar funktionstüchtige, mit Windsegeln ausgestattete Windmühle Schleswig-Holsteins. Er war sichtlich stolz auf dieses Bauwerk aus dem 18. Jahrhundert und erzählte gern kleine Anekdoten, die mit der Segelmühle in Verbindung standen.

Heute war sie nicht mehr in Betrieb und präsentierte sich als Mühlen- und Landwirtschaftsmuseum der Öffentlichkeit. Klaus wollte, dass der Museumsbetrieb weiterhin aufrechterhalten wurde. Es waren kaum noch Leute zu finden, die diese historischen Gebäude weiterführen wollten … so entschied er sich, die Leitung eigenhändig zu übernehmen.

Sein Blick wanderte über das Grundstück zum anliegenden Speicher, dem Museum für landwirtschaftliche Geräte, in dem sogar Modelle Fehmarnscher Bauernhöfe gezeigt wurden. Schon von Weitem hörte er den Hund von Frau Müller-Jürgens bellen und drehte sich um. Sie kam wie jeden Morgen in Hauspantinen die Straße heruntergeschlurft. Sie wohnte am Anfang des Weges in einem alten, wenngleich gepflegten Einfamilienhaus und lief ihre gewohnte Strecke, um mit dem Hund Gassi zu gehen.

Klaus wollte gerade die Tür zum Museum aufschließen, als ein gellender Schrei ihn aus seinen Gedanken riss. Hastig wandte er sich um, um zu sehen, was den Aufschrei ausgelöst hatte. Auf der anderen Seite des Weges stand Frau Müller-Jürgens in ihrem beigen Mantel und den rosa Pantoffeln, bleich wie ein Geist. Sie hielt den dicklichen weißen Pudel an einer pinkfarbenen Leine und deutete unentwegt mit ihrem Zeigefinger auf die Flügel der Mühle, während sie pausenlos schrie. Klaus eilte zu ihr auf die andere Straßenseite und folgte dem zittrigen Finger. Sein Blick wanderte vom verschindelten Rumpf zur Galerie des Holländers. Die Segelwindflügel drehten sich nicht und am nach oben ausgerichteten Sprossenflügel hing der leblose, merkwürdig verrenkte Körper eines Menschen. Es erschien ihm wie ein schlechtes Omen, eine Unheil bringende Deutung. Klaus schluckte und blieb wie angewurzelt mit offenem Mund stehen. Er konnte nicht fassen, was er erblickte.

Noch gestern hatte er ein letztes Mal die Flügel mit dem Passbaum in Gang gesetzt, um zu prüfen, ob der Antrieb reibungslos funktionierte. Da war nichts Auffälliges auf der Galerie zu sehen gewesen. Hatte er die Fierkette, mit der der Mühlenkopf in Bewegung gebracht wurde, nicht anständig festgemacht? Ihm lief ein kalter Schauer über den Rücken. Heute wollten sie die Segel entfernen. Hatte er sich nicht vergewissert, dass alle Türen verschlossen waren? Wie kam die Person auf die Galerie? Er hatte persönlich kontrolliert, dass sämtliche Gäste die Mühle verlassen hatten, oder doch nicht?

Kreidebleich stand er neben der Frau, die wie Espenlaub zitterte und den quiekenden Pudel an der Leine zu sich zerrte. Er war nicht in der Lage, auch nur ein Wort herauszubringen. Es war doch kein Wind heute Morgen, wie …? Der dicke Bodennebel hatte die Mühle in schwammiges Licht getaucht und ließ die Kulisse befremdlich und makaber erscheinen. Ein paar frostige Nebelschwaden zogen um das Gebäude, und das Bild tauchte in die neblige Atmosphäre ein.

*

»Na, Kollege, was hat dein Ausflug ergeben?«, fragte Dirk Westermann, als er in das Büro eintrat. Thomas Hartwig saß verkniffen am Schreibtisch, wühlte in chaotisch angehäuften Papierstapeln, deren Blätter genauso zerknittert aussahen wie sein Gesicht. Er sah seinen Vorgesetzten durch verquollene Augen an.

»Irgendwie siehst du aus, als hättest du die Nacht in der Kneipe verbracht«, schmunzelte Westermann und zog den Caban aus. Er nahm die Brille vom Kopf und schüttelte die Schneeflocken von den Haaren. »Du solltest erstmal einen Kaffee trinken«, wollte der Hauptkommissar seinen unübersehbar schlecht gelaunten Kollegen aufmuntern.

»Die Brühe kipp mal schön alleine runter! Du hättest mal den Kaffee in Lüneburg süffeln sollen, dagegen kannst du unseren hier getrost vergessen. Ne, lass mal.«

Dirk Westermann schenkte sich dennoch von der *Brühe* ein und stellte den Becher vor sich auf den Schreibtisch. Er zog den graublauen Pullover zurecht und setzte sich auf den Stuhl. »Was ist Jungchen, hast *du* nicht gut geschlafen oder … Watson? Ich hab euch gar nicht kommen hören.« Der Hauptkommissar schob die Brille auf die weißen Haare und grinste ihn aufmunternd an. Auf seinem Kinn bildete sich ein tiefes Grübchen, das ihn noch attraktiver aussehen ließ.

»Ne, ich hab heute Nacht zu Hause geschlafen – und der Köter? Der hat mein ganzes Sofa zerlegt. Der soll mich heute bloß in Ruhe lassen.«

Dirk Westermann zog die Augenbrauen nach oben und schaute schmunzelnd zum Hundekörbchen. »Aber der tut doch gar nichts«, antwortete er als Retourkutsche auf den letzten Auftritt. Tatsächlich lag Watson mit offenen Augen in dem dunkelblauen Korb. Der Welpe äugte abwechselnd von Westermann zu Hartwig, als könnte er keiner Fliege etwas zuleide tun und als wüsste er genau, dass mit seinem Leitwolf an diesem Tag nicht gut Kirschen essen war.

»Wie hat er denn das angestellt?«, wollte der Hauptkommissar wissen.

»Als ich heute Morgen aufgestanden bin, lag er nicht in seinem Korb. Und als ich ihn endlich auf meinem teuren Ledersofa entdeckt habe, lag er brav schlafend darauf.«

»Na ja, das ist doch nun nicht so schlimm, oder?«

»Ne, das Schlafen nicht. Aber er hat fast das komplette Leder zerbissen. Das Sofa ist total hin.« Über Hartwigs Augen lag ein verdächtiger Glanz.

»Mensch, Thomas. So eine Couch ist doch kein Weltuntergang. Dann kaufst du halt mal eine Neue. Etwas Robusteres.«

»Die war robust«, fauchte Hartwig.

Um die Situation zu entschärfen, fragte Westermann: »Und du warst in Lüneburg? Was hast du in der Dienststelle gemacht? Erzähl doch mal.«

»Wieso? Recherchiert. Was glaubst du denn? Aber das hattest du ja alles längst mit denen bekakelt, wie man mir mitgeteilt hat. Da hätte ich gleich hierbleiben können.«

Die Mimik Westermanns veränderte sich. Nicht mehr so freundlich setzte er seine Brille vor die Augen und sah den aufgebrachten Kollegen unmissverständlich an. »Jetzt werd mal nicht komisch. Wir haben das bis hierhin alles haarklein ausdiskutiert. Ich weiß nicht, was du heute für Probleme hast. Ich will mich hier nicht ärgern. Wir haben genug Verwicklungen in diesem Fall, da brauche ich *deine* ganz sicher nicht noch obendrauf!« Westermann stand auf und begab sich zum Fenster. Es hatte aufgehört zu schneien.

Die Äste hingen, von Schnee beladen, weiß und schwer

von den Bäumen herunter. Hartwig merkte, dass er den Bogen überspannt hatte. Er setzte sich aufrecht in seinen Stuhl, atmete tief durch und sagte: »Tschuldigung. Ich hab total mies geschlafen und ein, zwei Bierchen hab ich wohl auch zu viel getrunken.« Seine Stimme war rau.

Dirk Westermann sagte nichts und nickte.

»Die hat einen Freund!«, brummelte er leise.

»Wer hat einen Freund?«, wollte der Hauptkommissar wissen und sah ihn erstaunt an.

»Na, die Politesse aus Lüneburg.«

»Ne, du meinst doch nicht etwa Katharina von Hagemann. Ich werd ja nicht mehr.« Westermann lächelte. »Der Kleine ist verliebt. Das wurde ja auch Zeit. Allerdings hast du dir anscheinend wieder mal die falsche Frau dafür ausgesucht«, sagte der Hauptkommissar und setzte sich zurück an seinen Schreibtisch. Watson schien die Entspannung ebenfalls zu bemerken und platzierte vorsichtig eine Pfote auf der Kante des Körbchens. Er fühlte sich unbeobachtet. Nachdem keine Reaktion zu sehen war, schob er die zweite hinterher und sprang aus dem Hundekorb. Wie auf Kommando lief er auf den Hauptkommissar zu. Westermann sah es und klopfte mit den Händen ermunternd gegen seine Schienbeine. Sofort stemmte Watson sich dagegen. Der Kommissar nahm ihn hoch und setzte ihn auf den Schoß. »Na, kleiner Kollege, wie geht's?« Freudig schleckte der Welpe Westermann über die Hand.

»Ist ja gut«, rief er und sagte an Hartwig gewandt: »Der ist wirklich niedlich. Das wird mal ein ganz großer …«

Thomas nickte und versuchte, der Unordnung auf seinem Schreibtisch Herr zu werden, als ohne Vorwarnung die Tür aufgerissen wurde.

Olaf Schütt stand blass im Türrahmen. »Nicht schon

wieder«, rief Hartwig und ahnte, dass etwas Schreckliches passiert war.

»Der Museumswärter hat einen Toten gefunden. Ihr müsst sofort nach Lemkenhafen! Ich halte hier die Stellung.«

»Wo?«, fragte Westermann, während er den Hund zurück in den Korb setzte und seine Jacke überstreifte.

»Er hängt an einem Flügel von ›Jachen Flünk‹.«

»›Jachen Flünk‹?«, fragte Hartwig.

»Ja, die Mühle«, entgegnete Schütt, als verstünde er nicht, warum der Kollege sie nicht kannte.

»Dann mal los. Wir werden sie schon finden. So groß ist Lemkenhafen ja nicht«, sagte Westermann zu Hartwig. »Und vergiss Watson nicht. Da kann er gleich was lernen …«

Zehn Minuten später bogen sie in den Mühlenweg ein. Hartwig hatte zuvor den Welpen in den Kofferraum bugsiert und hoffte, dass er nicht jaulte. Aber wider Erwarten war es mucksmäuschenstill im Fond des Dienstwagens. Westermann stoppte unmittelbar vor der Mühle und stellte den Motor ab. »Wir brauchen die Kollegen der Spurensicherung und die sollen hier umgehend das Gelände absperren.« Er deutete mit der Hand aus dem Seitenfenster. Es musste sich wie ein Lauffeuer herumgesprochen haben, dass es hier etwas zu sehen gab. So wie es aussah, hatten sich sämtliche Bürger von Lemkenhafen versammelt. Etliche Leute hantierten mit ihren Mobiltelefonen herum und erstellten Fotos und Videoaufnahmen vom Toten am Flügel der Windmühle.

»Gelände abschotten und bitte sorg dafür, dass die Aufnahmen von den Handys verschwinden. Alles löschen lassen.« Westermann wusste, dass es nicht möglich sein würde, aber er wollte nicht, dass diese Szenerie im Netz auftauchte. Er griff nach der Pfeife auf dem Armaturenbrett, steckte sie zwischen seine Lippen und entzündete sie.

Hartwig ging routiniert auf die Menschentraube zu, während Westermann telefonierte und auf den Mann am Eingang der Mühle zusteuerte. »Sie haben uns gerufen?«, fragte der Kommissar und blies eine Wolke in die diesige Luft.

»Ja, ich hab Sie angerufen. Klaus Klahn mein Name. Ich bin der Museumsleiter«, sagte er dienstbeflissen.

»Und wer sind Sie? Zur Burger Polizeidienststelle gehören Sie nicht. Das wüsste ich.«

»Nein, Hauptkommissar Westermann, Mordkommission Oldenburg, und der Kollege da hinten ist Thomas Hartwig. Wir ermitteln in einem anderen Fall auf der Insel.«

»Ach ja?« Klahn sah ihn fragend an, stellte allerdings keine weiteren Fragen.

»Frau Müller-Jürgens hat den … Toten entdeckt«, wies er auf die Dame in Hauspantoffeln, die blass wie eine frisch gekalkte Wand mit einem Hund auf dem Arm direkt neben dem Museumsleiter stand und heftig mit dem Kopf nickte.

»Ich war mit meiner Tinka unterwegs, Gassi gehen«, sagte sie und hielt den Pudel in die Luft, damit der Kommissar ihn nicht übersah. »Die Tinka hat gebellt, sie hat ihn zuerst gesehen.« Zitternd deutete sie mit dem Finger ihrer freien Hand nach oben.

Westermann folgte dem Blick und nickte ebenfalls. »Haben Sie irgendetwas angefasst?«, fragte er Klaus Klahn.

»Nein, um Gottes willen, das habe ich natürlich nicht. Ich bin nicht mal hinaufgegangen.« Er schüttelte vehement den Kopf.

»Zeigen Sie mir dann bitte, wie ich da oben rauf-
komme?« Westermann zeigte mit dem Pfeifenkopf in die
Richtung der Flügel.

»Aber selbstverständlich! Sie müssen über die Stiege
auf die Galerie.«

Der akkurate Ton des Museumsleiters gefiel dem
Hauptkommissar und erinnerte ihn an die alten Hamburger Kaufmannsleute aus der Gegend von Blankenese,
die mit ihrer vornehmen Aussprache über den besagten
spitzen Stein stolperten. Westermann lächelte.

Klahn schloss mit zittrigen Fingern die Tür auf. »Darf
ich vorgehen? Sie müssen ein bisschen aufpassen, wenn
Sie die alte Stiege hochsteigen.«

»Sie dürfen, aber Sie sollten sich, genau wie ich, Über-
zieher über die Schuhe ziehen und Handschuhe überstrei-
fen. Wir wollen keine Spuren verwischen, oder?«

Der Museumsleiter nickte und wartete, bis Westermann
mit den Utensilien zurückkehrte. Der Hauptkommissar
folgte dem Leiter der Segelwindmühle in das weit über
200 Jahre alte Bauwerk. »Die Pfeife bitte ausmachen! Hier
darf nicht geraucht werden. Auch nicht die Polizei.« Westermann klopfte seine Tabakspfeife am Mühlenstein aus
und folgte dem Mann. »Passen Sie auf, dass Sie sich Ihren
Dötz nicht stoßen.« Er wies auf die niedrige Lattenkons-
truktion über der alten Holzstiege.

Der Kommissar zog den Kopf ein und fand sich wenige
Stufen später im Mahlgang der Mühle wieder, von wo aus
man auf die Galerie gelangte. Ein unter normalen Zustän-
den unbestritten fantastischer Ausblick von dieser Empore,
der jetzt, eingehüllt von Nebelschwaden und eisiger Kälte,
keinen Besucher hier herauf locken würde.

»Bei klarer Sicht kann man den Hafen sehen und weit

über die Felder blicken. Sogar bis nach Heiligenhafen«, entgegnete er stolz und deutete Richtung Jachthafen Lemkenhafen. »Hier können Sie in alle vier Himmelsrichtungen schauen … wenn das Wetter gut ist.« Er zeigte auf die verschlossenen Fensterluken. Westermann nickte und hatte das Gefühl einer persönlichen Führung. Dann wandte er sich dem Toten am Flügelkonstrukt der Mühle zu. Der Mann hing mit baumelnden Beinen am zum Himmel weisenden Holzkonstrukt und hatte eine weiße Schlinge um den Hals.

»Drehen sich die Flügel?« Am Boden entdeckte er dunkle Flecken, die darauf hinwiesen, dass es eine blutige Auseinandersetzung gegeben haben musste.

»Nur bei Wind, aber nicht jetzt. Ist ja kein Wind. Wir wollten heute am letzten Tag die Segel herunternehmen. Im Sommer ist die Mühle ja in Betrieb, über den Winter wird sie geschlossen.« Fassungslos starrte der dünne Mann zum Toten.

»Aber wie kommt man denn, wenn die Flügel stillstehen, dort oben hinauf?«, wollte Westermann wissen.

»Eigentlich gar nicht«, antwortete der Leiter des Museums kleinlaut, als hätte er Angst, ihm wäre Nachlässigkeit anzukreiden. »Das ist ja das Merkwürdige. Faktisch ist das überhaupt nicht möglich.« Klahn schüttelte ratlos den Kopf.

»Können die Flügel maschinell bewegt werden?«, wollte Westermann wissen.

»Nein, das funktioniert ausschließlich durch Wind oder durch die Kurbel, damit wir an die Segel kommen. Aber da außer mir niemand hier heraufkommt, ist das schier unmöglich.« Wieder schüttelte er den Kopf.

»Zeigen Sie mir mal bitte, wie das mit dieser Kurbel funktioniert!«

Klahn nickte und schritt hinter die nach unten zeigenden

Flügel, wollte die Verankerung lösen, um dem Kommissar die Technik zu demonstrieren. »Das ist nicht verriegelt«, sagte er bleich. »Da hat jemand die Verankerungen gelöst … das gibt's doch nicht. Normalerweise ist das alles fest eingehakt und doppelt gesichert. Sehen Sie?« Der Museumsleiter zeigte auf die Metallösen und den Metallhaken, der zur Sicherheit im Boden verkeilt war. Verwirrt raufte er sich die weißen Haare. »Ich bin gewiss, dass ich gestern alles verschlossen habe. Verdammich noch eins!«, sagte er, ohne dass er darauf einen Eid hätte schwören können.

Westermann atmete tief durch. Er schien zu überlegen und warf einen Blick über das Geländer der Galerie. Die Burger Kollegen waren mittlerweile eingetroffen und hatten die schaulustige Menge hinter das Absperrband gedrängt. Hartwig war darum bemüht, die Leute zum Gehen zu bewegen und die Handyaufnahmen unter Kontrolle zu behalten. Da er Watson auf dem Arm trug, war es allerdings nur schwer möglich, die Meute zu kontrollieren, da sich die weiblichen Zuschauer um Hartwig und den Welpen scharten. Schütt und Becker hatten alle Hände voll damit zu tun, Ruhe in die Angelegenheit zu bringen.

Der Hauptkommissar wandte sich wieder dem Museumsleiter zu. »Bewegen Sie bitte den Flügel runter, damit da unten Funkstille einkehrt.« Klahn nickte und suchte nach dem Haken, der an einem langen Stab befestigt war. Westermann zog sein Handy aus der Jackentasche und fertigte Fotos vom Tatort an. Dann gab er dem Museumsleiter ein Zeichen, die Flügel langsam in Bewegung zu setzen. Zentimeter für Zentimeter bewegte sich das Holzkonstrukt, an dem der Tote hing, Richtung Galerie. Die Leute vor der Mühle kreischten, als der Körper zur Seite schlug. Klahn schwitzte, als wenn er geradewegs in der Sauna sitzen würde. Ihm war übel. Seine Stirn lag in krausen Falten und die Augenlider flackerten nervös. Westermann sah ihn an, als ahnte er, was in dem Mann vor sich ging. Die Hand des Toten, die schlaff herunterhing, bewegte sich mit jedem Zentimeter und es schien, als winkte er den Männern auf der Galerie zu.

In diesem Moment erschien Thomas Hartwig und rieb sich mit einer Hand den Kopf. »Da müsste ein Schild stehen, damit man sich den Schädel nicht anstößt«, jaulte er und deutete zurück auf die Eingangstür.

»Da hängt ein Schild. Hätten Sie mal genau hingesehen ...« Klahn kurbelte weiter und die Hand des Toten streifte die Holzplanken der Galerie.

»Sie können anhalten, bitte«, sagte Westermann. »Lass bloß den Hund hier nicht auf den Boden«, mahnte der Hauptkommissar und zeigte auf Watson. Thomas nickte und rieb sich weiter den Kopf.

»Das sieht aber nicht gut aus«, murmelte er stattdessen und inspizierte die Leiche.

»Ne, das sieht gar nicht gut aus«, erwiderte Westermann und hockte sich hin.

»Der hat sich nicht aufgehängt, wie ich zuerst vermutete. Der ist erdrosselt worden, wie es aussieht. Selbstmord?« Westermann deutete mit der Hand in Richtung Oberkörper des Toten und schüttelte den Kopf.

»Unwahrscheinlich, da das Konstrukt sich normalerweise nicht von allein dreht. Aber was ist hier passiert?«, fragte Hartwig.

»Vielleicht ein Unfall? Dem vielen Blut nach zu urteilen, ist er unter Umständen mit dem Kopf angeschlagen.« Westermann zeigte auf die Blutlache am Boden und die Metallhalterung am Flügel.

»Ja, aber wer hat ihm diesen Tampen um den Hals gelegt?«, wollte Hartwig wissen.

»Vielleicht ist er bei dem Sturz so unglücklich gefallen, dass er sich unter der Schlinge verheddert hat«, sagte Westermann.

»Das ist keine Schlinge, das gehört zum gerafften Segeltuch und die Tampen dienen der Verankerung am Flügel«, entgegnete Klaus Klahn einsilbig. »Hätten wir die Segel doch bloß schon gestern abgetüddelt«, sagte der weißhaarige Mann. Sein Gesicht war aschfahl und er sah die Kommissare verzweifelt an, während er sich fortwährend die Hände knetete.

»Sie können nichts dafür. Die Frage ist, wie der gute Mann hier heraufgekommen ist. Die Mühle wird doch sicher abends abgeschlossen, oder?«

Klahn nickte heftig.

»Wer hat einen Schlüssel zu den Türen und gibt es einen weiteren Eingang?«

»Ja, da gibt es noch die Backdör. Da kann man raus zu den Toiletten. Aber die ist normalerweise abgeschlossen. Hier oben rauf kommt man nur über die Stiege. Und die Türen werden jeden Abend von mir oder dem Mühlenbetreuer verriegelt.«

Westermann nickte. »Backdör? Was ist das?«, wollte er wissen.

»Das ist die Hintertür. Die zeige ich Ihnen gern später.«

»Also müssen wir abwarten, was die Spurensicherung herausfindet und was die Pathologie uns erzählt. Wer war gestern Abend zuständig für das Abschließen?«

»Ich«, murmelte der Leiter leise.

»Haben Sie irgendjemanden gesehen, der hier nicht hergehört? Ist Ihnen etwas Ungewöhnliches aufgefallen?«

Der Museumsleiter schüttelte den Kopf. »Ne, die paar Leute … ne, da war nichts, was anders war als sonst.«

»Also heißt es abwarten, bis die Spurensicherung etwas herausfindet. Geben Sie mir bitte noch den Namen des Kollegen?« Wieder nickte Klahn.

Vorsichtig tastete der Hauptkommissar die Hosen und Jackentaschen des toten Mannes ab, um zu sehen, ob er irgendwelche Papiere bei sich trug. »Leer«, sagte er, stand auf und verschränkte die Arme vor der Brust. Watson fing an zu fiepen. »Ich glaub, dein kleiner Detektiv muss mal«, meinte der Hauptkommissar und betrachtete den Welpen im Arm des Kollegen.

»Mann«, fluchte Hartwig und verließ mit dem Tier die Galerie.

»Aua …!« Westermann ahnte, dass er erneut gegen den Deckenbalken gestoßen war.

»Wir können hier nichts ausrichten, müssen die Spurensicherung abwarten. Kommen Sie bitte mit, Herr Klahn. Sie könnten mir die genaue Technik der Anlage noch einmal erklären … ja?«

Der Museumsleiter nickte erleichtert. Er war froh, diesen furchterregenden Ort umgehend zu verlassen.

*

Am gleichen Abend klingelte Dirk Westermann an Katrins Haustür. Sie hatte ihm freudestrahlend zu seinem Geburtstag im Mai, kunstvoll verpackt in einem Geschenkkästchen, einen Zweitschlüssel für die Wohnung übergeben, aber er fand es vermessen, ihn zu benutzen, da das Appartement gleichermaßen Charlotte Hagedorn gehörte. Der Türöffner summte. Er drückte sie auf und lief sportlich die Stufen in die zweite Etage hinauf. Als er oben ankam, lächelte die ihm gutgelaunt entgegen.

»Na, Herr Kommissar, wat führt dich denn in unsere erlesene weihnachtlich geschmückte Hütte?«, kicherte sie und hielt sich die Hand vor den Mund. Sie trug eine rosafarbene Schürze, hatte Puderzucker im Gesicht und prustete durch die Finger. Aus ihrem im Nacken gebundenen Zopf hingen ein paar lose Strähnen heraus, die sie vor ihren Lippen wegpustete.

»Ich wollte meine Lieblings-Miss-Marple und ihre Nichte besuchen. Es duftet hier so herrlich, dass ich es bis in die Dienststelle gerochen habe. Du hast mich sozusagen angelockt.« Dirk Westermann griente über das ganze Gesicht und trat in den Flur. Langsam zog er die dunkelblaue Mütze vom Kopf, stopfte sie in die Jackentasche und wuselte mit der Hand seine weiße Mähne durch.

»Treck man din Jack ut und dann könnt wi ja tosammen Käffchen drinken. Was hältst du davon?«

Dirk nickte und sagte: »Wie könnte ich diese Einladung mit einem so herrlichen Dialekt ausschlagen.« Er zog den Caban von den Schultern und streifte seine Boots ab.

»Ja, ich weiß, mein Platt is nicht allzu platt, hat mein Mann auch immer gesagt. Aber ich bin es den Inselkolleginnen schuldig, es wenigstens zu versuchen«, lachte sie und schloss die Tür. Dirk Westermann bewegte sich ins Wohnzimmer. Er schob die Ärmel des Sweatshirts, das locker über den Hüften hing, nach oben.

Der Hauptkommissar steckte eine Hand in die Tasche seiner abgewetzten Jeans und rieb sich mit der anderen über den Dreitagebart. »Wo ist denn die Kleine?«, wollte er wissen.

»Die duscht. Das tut sie eigentlich immer, bevor du vorbeikommst, ist dir das noch nicht aufgefallen?« Charlotte plierte den attraktiven Kommissar mit dem sexy Grübchen auf dem Kinn grinsend an. Dem hätte ich in jungen Jahren mit Sicherheit die Augen verdreht, dachte sie und huschte in die Küche. »Kaffee oder Tee?«, rief sie.

»Dein Kaffee ist nicht zu verachten. Gern«, antwortete er und schielte aus dem Fenster. Weit konnte er nicht sehen, weil es wieder angefangen hatte zu schneien und die Flocken die Sicht auf die Ostsee verhinderten. So eine wunderschöne Insel und so viele Morde, überlegte er und wandte sich ab. Zielstrebig schritt er auf das maritime Sofa zu und setzte sich. Auf dem Tisch lag eine Zeitschrift mit dem Titel »Landgang«. Darauf zu sehen: ein rot-weißer Leuchtturm. Hier passt alles zueinander, reflektierte er und fing an, in der Lektüre zu blättern.

In diesem Moment verdeckten zwei Hände seine Augen und er lächelte. »Meine Kleine«, hauchte er und zog Katrin über die Lehne zu sich auf den Schoß. Die Zeitschrift fiel dabei auf den Boden. »Süße Deern«, nuschelte er, während er ihren Mund mit Küssen bedeckte. Katrin Duvenstedt öffnete ihre Lippen und ließ seine Zunge mit ihrer spielen. Sie stöhnte und drängte ihren warmen Körper an seinen. Dirk schob sie von sich und sah sie bewundernd an. Sie trug eine verwaschene Jeans und ein royalblaues Sweatshirt, das ihre Haut zum Leuchten brachte.

»Mhm ... ich könnt schon wieder«, murmelte er und drückte sie fest an sich.

»Untersteh dich! Charlotte!«, lachte sie laut und versuchte, sich aus der Umklammerung zu lösen.

»Was ist mit mir?«, erklang eine Stimme hinter dem Sofa. Dirk Westermann räusperte sich und richtete sich verlegen auf. Katrin blieb unbekümmert auf seinem Schoß sitzen.

»Brauchst nicht rot zu werden, Herr Kommissar. Ich

war schließlich auch mal jung«, säuselte Charlotte und setzte die Teekanne auf dem Stövchen ab. Sie stellte zwei Becher mit Kaffee und ihre Teetasse dazu auf den Truhentisch. Mittlerweile hatte sie sich ihrer Schürze entledigt und die Haare in Ordnung gebracht. Ihre weißen Naturlocken fielen ihr weich auf die Schultern. Sie hatte sogar ein wenig Make-up aufgelegt, als wollte sie dem Kommissar gefallen.

»Vertell, was gibt's Neues in unserem Fall?«, fragte sie geradeheraus und sah Dirk Westermann mit festem Blick in die graublauen Augen.

»Charlotte, kann er nicht erstmal ankommen und in Ruhe seinen Kaffee trinken?« Katrin war nicht erfreut darüber, dass ihre Tante den Freund sofort in Beschlag nahm, sobald er die Wohnung betreten hatte.

»Nun lass sie man, ist gut. Ich kann ihr sowieso nicht viel berichten, außer …«

»Außer?«, wollte Charlotte aufgeregt wissen und saß auf einmal kerzengerade im Ohrensessel. Sie zog die Wolljacke über ihrer Brust zusammen und verschränkte die Arme davor.

»Außer, dass wir einen weiteren Toten aufgefunden haben.« Er nahm einen Schluck Kaffee und setzte den heißen Becher wieder ab.

»Wo … wer … warum … hat das was mit unserem Fall zu tun? Mann oder Frau?«, ratterte Charlotte Hagedorn ihre Fragen wie eine Gewehrsalve herunter.

»Langsam, langsam.« Er nahm Katrin in den Arm und streifte mit den Fingern durch ihr langes Haar. »Ein Mann, und er hing … ich kann es dir ruhig erzählen, weil es morgen eh jeder weiß. Der Tote hing an einem Flügel der Mühle in Lemkenhafen.«

»Ne! Sach an. Kannte ihn jemand? War er von der Insel?«

Charlotte Hagedorn rutschte in ihrem Sessel von einer Pobacke auf die andere. Sie bekam hektische rote Flecken im Gesicht und griff nach der Teekanne. Mit zittrigen Händen füllte sie die heiße Flüssigkeit in ihre Tasse. Der Kandis fing leise an zu knistern, als sie mit einem kleinen Löffel Sahne gegen den Uhrzeigersinn in den Tee laufen ließ.

»Die Spurensicherung hat alles dokumentiert und der Leichnam liegt in der Pathologie. Wir müssen abwarten. Und mit unserem Fall hat das eher nichts zu tun. Der Museumsleiter kannte ihn jedenfalls nicht.« Erneut nahm Dirk Westermann einen Schluck des heißen schwarzen Gebräus. »Sehr gut, dein Kaffee.«

Charlotte sprang auf, setzte die Tasse ab und lief in die Küche. »Hab ich total vergessen.«

Dirk und Katrin sahen sich wortlos an. Er griente. »Meine Miss Marple«, flüsterte er.

»Das hab ich genau gehört«, antwortete sie und stellte eine Porzellan-Etagere auf den Tisch, auf dem frisch gebackene Spitzbuben lagen.

»Hm, ich ahnte es bereits. Wenn ich öfter auf diese Insel käme, sähe ich bald aus wie der Weihnachtsmann persönlich.« Dennoch griff er beherzt zu und ließ den leckeren Keks zwischen den Lippen verschwinden. »Aber du weißt, das ist alles nicht für fremde Ohren bestimmt ... ja, Charlotte?« Der Kommissar sah sein Gegenüber eindringlich an. Sie nickte und stopfte sich ebenfalls ein Gebäckstück in den Mund.

»Ehrenwort. Das weißt du doch«, sagte sie mit fester Stimme.

»Wer's glaubt«, flüsterte Katrin dem Kommissar zu. »Genug jetzt mit Mördersuche. Ich wollte eigentlich gern mit euch zum Weihnachtsmarkt nach Burg. Was haltet ihr davon? Es ist so eine weihnachtliche Stimmung in der Altstadt.« Katrin sah beide fragend an. Dirk nickte zustimmend. Charlotte schüttelte den Kopf.

»Geht nicht, Mädchen. Ich hab heute erst unser Treffen und dann weihnachtliches Konzert bei Mirella in der Haifischbar. Da müsst ihr ohne meine Person auskommen. Das schafft ihr sicherlich auch allein, ihr Turteltäubchen«, raunte sie. »Ein andermal gern«, flötete sie und stand auf. »Und jetzt muss ich mich fertig machen. In zwei Stunden geht es los. So, meine Lieben. Habt ihr man einen schönen Abend. Ich kann euch nicht sagen, wann ich zurück bin.« Sie zwinkerte Dirk Westermann keck zu. »Toter am ›Jachen Flünk‹ … ne, ne. Heiland Mailand …«

*

Dirk Westermann stellte den Wagen direkt vor dem Hotel am Markt ab. Katrin streifte Handschuhe über und stieg aus. Eilig zerrte sie den Reißverschluss ihres Parkas nach oben und zog die Kapuze über den Kopf. Der Kommissar verschloss den Wagen. »Na, meine Kleine, siehst ja aus wie ein Eskimo.« Er strahlte sie an und zog sie zu sich. Mit dem Fell ihrer Mütze kitzelte er ihre Nasenspitze, bevor er sie auf den Mund küsste. Der Hauptkommissar nahm seine Freundin in den Arm. »Das ist ja wirklich außergewöhnlich schön«, sagte er beeindruckt. »Dass auf einen so kleinen Platz so viele Buden passen, hätte ich nicht vermutet.« Er drückte Katrin an sich, die wohlig seufzte.

»Das sieht wie ein Puppenhaus aus«, murmelte sie und schlängelte sich enger an den hochgewachsenen Mann. So fühlt sich Glück an, dachte sie und genoss den Moment. Die weit über 30 Holzhäuschen mit ihren roten Dächern waren auf dem historischen Marktplatz von einem Lichtermeer umgeben, das den Weihnachtsmarkt in eine märchenhafte Atmosphäre tauchte. Um den Platz herum trugen selbst die höchsten Bäume Lichterkleider und in der Mitte des Marktes thronte über allem erhaben der mindestens 20 Meter hohe, mit bunten Kugeln geschmückte Weihnachtsbaum. Der wohl kuscheligste Weihnachtsmarkt des Nordens strahlte mit den Augen der Gäste um die Wette. Auf der einzigen Weihnachtsinsel Deutschlands herrschte reges Treiben.

»Na, dann wollen wir uns mal ins Gewühl stürzen«, sagte Dirk Westermann und zog Katrin mit sich. Auf der großen Bühne vor dem Rathaus spielte eine Band Après-Ski-Musik. Der Platz davor war von weihnachtssüchtigen Menschen gefüllt, die singend und tanzend mit Glühwein und Wurst in der Hand auf ihre Art die weihnachtliche Atmosphäre feierten.

»Tolle Stimmung«, sagte Katrin. »Aber weißt du was, mir knurrt der Magen. Ich hätte Lust, eine Kleinigkeit zu essen.« Sie blickte Dirk an und hauchte ihm einen Kuss auf die Lippen.

»Auf was hättest du denn Appetit, meine Kleine?«, fragte er und suchte mit Blicken die Buden ab. »Wurst oder Fish and Chips?«

»Oh ja, Fish and Chips hört sich lecker an. Das habe ich heute schon ein paar Mal gehört. Soll fantastisch schmecken.«

»Ja, dann machen wir das doch. Ich denke, ich nehm das Gleiche. Fish and Chips.« Der Hauptkommissar lächelte, nahm die Frau an seiner Seite ein weiteres Mal in die Arme und wiegte sich mit ihr zu »Ein Stern« von DJ Ötzi. Dabei summte er leise mit.

Katrin freute es, weil sie spürte, dass er sich zumindest für diesen Moment ein wenig entspannte. Die letzten Tage hatte sie ihn kaum gesehen und wenn, dann hatte sie an seinem ernsten Ausdruck erkannt, wie prekär die Lage war. Sie wollte alles dafür tun, dass es ihm gutging. »Ich reih mich mal in die Schlange ein und du … du kannst uns ja schon mal was zu trinken holen, was hältst du davon?«, fragte sie gutgelaunt.

»Gute Idee. Was möchtest du? Glühwein?«.

Katrin Duvenstedt schüttelte den Kopf. »Nein, um Gottes willen, bloß keinen Glühwein, da bin ich vor ein paar Jahren mit einer Freundin mal ganz fies abgestürzt.« Sie kicherte und hielt die Hand vor den Mund.

»Wieso? Zu viel davon?«

»Ne, das war komisch, aber egal. Lange her.« Sie rutschte in der Schlange einen halben Meter weiter nach vorn.

»Kannst du mir ja ein andermal erzählen, ich hole uns …?« Er schaute Katrin fragend an.

»Ich möchte einen Eierpunsch.« Wenig später kam Dirk mit dem gewünschten Getränk zurück. »Und du?«, fragte sie.

»Glühwein … mit Schuss«, grinste er und stellte sich an einen der runden Stehtische direkt vor dem Fischhäuschen.

»Das muss gut sein. Schau dir mal die Schlange hinter dir an?«

Sie drehte sich um und lächelte. »Wie gut, dass wir gleich dran sind.« Katrin nahm den Punsch und säuselte: »Mhm, ist der lecker … und ganz schön heavy.« Wenig später stellte sie zwei Portionen gebackene und frittierte Fischstücke mit dicken Kartoffelstäbchen auf den Tisch. Ihr lief das Wasser im Mund zusammen. Sie schnalzte mit der Zunge, zog ihre Handschuhe aus und pikste das erste Stück Fisch heraus. »Oh, wie gut!«

»Wirklich«, antwortete Dirk und schob sich ein weiteres in den Mund. Die Stimmung auf dem Weihnachtsmarkt war nicht wie auf anderen Märkten. Es war familiär, gemütlich und es herrschte eine heimelige Atmosphäre. Katrins Lippen verzogen sich, als sie die leere Tüte untersuchte. »Soll ich dir noch eine Portion holen? Also, ich könnte … obwohl … eine Currywurst wäre auch nicht zu verachten.« Westermann rieb sich voller Vorfreude den Bauch und suchte nach dem Würstchenstand, den er vorhin entdeckt hatte. Auf einmal hörte er hinter sich leises Fiepen. Er strengte sich an herauszufinden, woher das Jaulen rührte. Die Musik übertönte alles und er schüttelte den Kopf. Scheinbar hatte er sich verhört. »Möchtest du noch etwas trinken?«

»Eierpunsch!«, rief sie.

Erneut hörte er das Gejaule in unmittelbarer Nähe. Er suchte mit seinem Blick den Platz vor der Bühne ab. Da entdeckte er ihn. »Watson, als hätte ich es geahnt.« Er zog Katrin hinter sich her und schob sich mit ihr zwischen die Leute. Er blieb stehen und kraulte einem kleinen Hund den Kopf, den ein Mann in einer schwarzen Jacke auf dem Arm trug.

»Du kannst den Hund nicht einfach …«

»Doch, ich kann. Na, mein Watson, musst du dir diese laute Musik reinziehen? Da würde ich auch jaulen.«

Ertappt drehte sich der Mann um. »Dirk, was machst du, äh ihr, denn hier?«

Westermann sah ihm an, dass er rot wurde. »Was wir hier machen, ist eindeutig. Aber was willst du hier mit dem Hund?« Er musterte den Welpen und zog ihn Hartwig aus dem Arm. »Komm her, mein Kleiner, ich glaube, ich muss dich vor dem Mann da beschützen. Ich finde es schrecklich, den Tieren die laute Musik zuzumuten.«

»Da bin ich ja beileibe nicht der Einzige.« Angriffslustig sah er seinen Chef an. »Außerdem, was ist verwerflicher? Um diese Zeit mit dem Hund oder mit Babys bei dem Lärm?« Hartwig deutete auf eine junge Frau, die in der einen Hand eine Zigarette und in der anderen einen Glühwein hielt und gleich daneben den Kinderwagen mit einem schreienden Baby geparkt hatte.

»Geht beides nicht«, antwortete Katrin aus dem Hintergrund und sah Thomas blitzend an.

»Katrin, schön, dich zu sehen. Ist ja eine Weile her. Und wie geht's mit dem Oldie?«

»Ich werd dir gleich …«, rief Westermann und hob theatralisch die Hand. Hartwig lachte und duckte sich.

»Dann ist das also der *berühmte* Watson? Der ist ja so süß«, gluckste sie. »Darf ich ihn mal halten?« Bettelnd schaute sie auf Westermann, der ihr grienend den Welpen in den Arm drückte. »Du bist ja so ein herziger Kerl.« Sie kraulte ihm die Ohren, was ihm sichtlich gefiel. »Und wenn ihr nicht wisst, wohin mit ihm … ich nehm ihn sofort.« Sie wiegte sich mit dem Hund im Takt der Musik und hatte für die Männer keinen Blick mehr übrig.

»Weißt Bescheid?«, entgegnete Hartwig und grinste seinen Vorgesetzten an. »Abgeschrieben!«

Katrin tanzte mit dem Hund und drehte sich im Kreis.

»Tja, Westermann, das war's dann wohl. Wenn zwei sich streiten, freut sich ein Dritter.« Er klopfte Dirk auf die Schulter. »Glühwein?«

»Willst du einen ausgeben? Dann sofort!«

»Witzig, haha. Ich hol uns einen. Hab zwar schon zwei,

aber ist ja egal. Muss dir in deinem Leid beistehen.« Erneut grinste Hartwig.

»Sag mal, du hast schon zwei? Musst du nicht zurückfahren?«

»Nö, ich bleib bei Frau Martin. Die hat sich gefreut, mich zu sehen. Und Watson darf auch … ausnahmsweise, weil Polizeihund!« Er stiefelte los und ließ seinen Chef kopfschüttelnd zurück.

Dirk beobachtete Katrin, die überschwänglich den Hund bemutterte. Gedankenverloren betrachtete er sie und bekam plötzlich eine Gänsehaut. Ihm schwirrten Vorstellungen im Kopf herum, die er nie für möglich gehalten hätte. Was würde passieren, wenn diese Frau Kinder haben wollte? Daran hatte er nie auch nur einen Gedanken verschwendet. Nicht einmal, als er noch verheiratet war. Mit Katrin war es völlig anders. Sie war lebhaft, meistens gutgelaunt und er könnte es sich vorstellen …

Plötzlich spürte er eiskalte Finger in seinem Nacken, die ihn sanft berühren. »Hallo, großer Kommissar«, hauchte eine leise Stimme in sein Ohr. »Ich hab dich so vermisst …«

*

Charlotte stieg aus dem Taxi. Sie gähnte herzhaft, bezahlte den Fahrer und stiefelte auf die Eingangstür von Eleonore Backmanns Haus zu. Sie hatte sich am Nachmittag telefonisch mit ihr verabredet, weil sie ihrer Bekannten nicht das Gefühl geben wollte, dass sie sie nur besuchte, um sie auszufragen.

Tatsächlich aber war diese kleine Flunkerei nur eine taktische Angelegenheit. Natürlich hatte sie viele Fragen und sie wusste, dass Frauen, wenn sie ein, zwei Likörchen getrunken hatten, redseliger wurden. Charlotte hob die Flasche mit dem Schlehenlikör gegen das Licht, das sich vor der alten Laterne über der Eingangstür ausbreitete. Ein triumphierendes Grinsen legte sich um ihre Lippen. Der Likör leuchtete im Schein der Lampe rubinrot und die Künstlerin bekam umgehend einen trockenen Hals. »Jamjam«, säuselte sie und drückte erwartungsvoll auf den Klingelknopf. »Mein Wahrheitsserum«, kicherte sie und klopfte mit den Füßen gegen die Treppenstufen, bis der letzte Schneekrumen von den Schuhsohlen abgefallen war.

Eleonore hatte sich extra für diesen Abend die roten Haare gestylt und Make-up aufgelegt. Das erkannte Charlotte durch die mit Glasscheiben ausgelegte Eingangstür, die einen Blick in den hell erleuchteten Flur freigab. Die Freundin öffnete und bat sie aufgedreht ins Haus. »Immer hinein in die gute Stube«, kicherte sie und starrte im nächsten Augenblick direkt auf die Flasche Likör in der Hand der Besucherin. »Komm'se rein, junge Frau.«

»Junge Frau, schön wär's ja, aber ... was soll's. Ich fühl mich so jung, das geht auf keine Kuhhaut.« Sie schloss die Tür hinter sich.

»Zieh man deinen Mantel aus und häng ihn an den Haken. Schuhe auch ausziehen ...«

Charlotte Hagedorn übergab Eleonore die Flasche, entledigte sich ihres Rucksacks und stellte ihn vor die Garderobe. Seelenruhig schlüpfte sie aus den Fellstiefeln, streifte den bunten Mantel und die Wollmütze ab. Mit roten Wangen blieb sie vor dem Spiegel stehen und richtete ihre Frisur. Sie hatte sich die Haare zu einem Zopf im Nacken gebunden, aus dem einige Haarsträhnen widerborstig herauslugten.

»Siehst gut aus, reicht! Nun komm man, oder wolltest

du hier im Flur übernachten?« Eleonore zog Charlotte am Ärmel ihrer himmelblauen Bluse ins Wohnzimmer.

»Na denn man tau. Nicht so stürmisch, altes Mädchen. Bin doch keine Lokomotive. Immer ruhig mit den jungen Pferden«, sagte sie und folgte Eleonore Backmann. »Mhm, hier duftet es ja wieder so köstlich.« Charlotte schnupperte wie ein Hase und reckte ihre Nase in die Luft. »Du weißt schon, dass wir bald Weihnachten haben, oder? Wenn meine Familie aus der Stadt zu Besuch kommt, muss alles fertig sein. Du kannst dir gar nicht vorstellen, wie schnell die Keksdosen wieder leer sind«, stöhnte die Freundin.

»Du hast ja recht, aber bei dir riecht es immer irgendwie … besonders. Wie in der Weihnachtsbäckerei«, fing Charlotte an zu trällern. Sie setzte sich auf die dunkelblaue Ledercouch, die über Eck langte und einen Großteil des Zimmers in Beschlag nahm. Sie sank tief in den Sitz ein. »Gibst mir mal eins von den Plüschkissen?«, fragte Charlotte und deutete auf eines der roten Samtkissen, die in den Ecken des Sofas aneinandergereiht standen. »Sehen aus wie deine Haare«, feixte sie und fing das Kissen auf, das ihre Freundin mit burschikosem Blick in ihre Richtung warf.

»Werd man nicht frech. Sonst wird das heut nix mit unserm Klönschnack.« Eleonore tänzelte zur kalkweiß getünchten Vitrine, die gegenüber dem Sofa an der Wand platziert war, und nahm zwei Wein- und Likörgläser aus dem Schrank. Sie öffnete die Flasche Rotwein, die auf dem Tisch stand, und goss die kleineren Gläser mit dem rubinroten Schlehenlikör bis zum Rand voll.

»Was hast du denn heute noch alles vor?«, fragte Charlotte und trommelte mit den Fingern auf ihre Oberschenkel.

»Was wohl? Büschen betrinken werden wir uns, meine Liebe«, grinste die Freundin frech.

»Na dann … sutsche, sutsche. Du weißt doch, dass ich heute noch ein Konzert habe. Nun setz dich und lass uns ein bisschen erzählen«, wies die Künstlerin ihre Bekannte auf das Sofa. Eleonore nahm Platz und prostete Charlotte Hagedorn zu. Im Eiltempo leerten sie den Inhalt der Gläser und die Hauseigentümerin füllte nach. »Mal langsam, junge Dame, sonst liegen wir tatsächlich in einer Stunde unterm Tisch.« Sie zwinkerte und streichelte mit der Hand über den eleganten Glastisch. »Hast wohl lange poliert, min Deern, was?«, gluckste sie und leerte auch das zweite Glas. Ich muss aufpassen, sonst bin ich selber schneller düselig, als ich kucken kann, dachte sie und stellte das Schnapsglas zurück auf den silbernen Untersetzer. Sie betrachtete die royalblauen Vorhänge, die wie maßgeschneidert zum restlichen Inventar des Zimmers passten und ihren Besuchern eine heimelige Atmosphäre vermittelten. »Bei dir fühlt man sich immer wie die Königin von England.«

»Na, wenn ich so reich wäre, würde ich wohl kaum hier in unserem kleinen Häuschen sitzen.« Eleonore lächelte geschmeichelt und fragte: »Und, was willst du jetzt von mir wissen … deshalb bist du doch hier, oder nicht? Der Fall gegenüber ist viel zu nebulös, als dass du dich nicht dafür interessieren würdest.«

»Wie meinst du das … nebulös?«, fragte Charlotte.

»Na ja, da liegt der Ex tot in der Küche, die Frau sitzt stumm wie ein Fisch und verletzt im Badezimmer und niemand weiß, was passiert ist. Ich frag mich die ganze Zeit, was der da gewollt hat, wo die doch schon seit mindestens einem Jahr getrennt sind. Fragst du dich das nicht?« Eleonore sah Charlotte an.

»Ja, die Frage stelle ich mir. Was der bei deiner Nachbarin gewollt hat, ist mir schleierhaft! Versöhnung? Aussprache?« Die Künstlerin zuckte die Schultern und rutschte auf ihrem Sitz umher. Sie legte ihre Hände auf die schwarze Stoffhose und trommelte erneut mit den Fingern. »Hat sie ihn angerufen, um sich auszusprechen? Hat er sie angerufen? Ich weiß es nicht. Das ist mal die erste figeliensche Geschichte, die beantwortet werden muss. Was wollte er da?« Eleonore nickte bestätigend.

»Der zweite Casus knacksus: Warum saß sie oben im Badezimmer und redet nicht? Was hat sie da gesehen? Wieso hat der Täter *sie* nicht umgebracht? Und egal, wer es war … was hat er dort gewollt? Ich hab so viele Fragen, das glaubst du nicht. Heiland Mailand. In meinem Kopf geht das zu, als hätte jemand einen Feudel ausgewrungen.«

Eleonore nickte und stand auf. »Das versteh ich nur zu gut. Weinchen zum Likörchen?«

»Jo, mach mal.«

Sie schenkte die Gläser voll und bewegte sich zur Tür. »Ich hab in der Küche ein paar Leckerli für uns.« Sie rieb genüsslich die Hand über ihren Bauch.

»Da sach ich nich nein«, flötete Charlotte und leckte sich mit der Zunge die Lippen. Eleonore Backmann verschwand. Nur wenig später rief sie aufgeregt.

»Charlotte, komm, das musst du dir ansehen. Komm schnell.«

Die Künstlerin stellte ungestüm ihr Glas auf dem Tisch ab, sodass die Hälfte der Flüssigkeit aus ihrem Rotweinglas über die Glasplatte pütscherte und eine große Lache hinterließ. »Verdammt«, murmelte sie, ein kurzer Blick, dann winkte sie ab und rauschte in die Küche. »Was gibt's denn da so Wichtiges?«, fragte sie und linste an Eleonore vorbei, die neugierig aus dem Küchenfenster lugte.

»Mach die Lampe aus, dann können wir besser sehen«,

sagte sie und wies Charlotte an, den Schalter neben der Küchentür zu betätigen. Es wurde stockdunkel im Raum, sodass einzig das Licht der Straßenlaterne die Küche erhellte. »Da, kuck mal, da spökert einer auf dem Grundstück der Hardenberg herum. Kannst sehen?«

»Wenn du mich mal lässt, vielleicht.« Charlotte drängte ihre Freundin unsanft zur Seite. Dann entdeckte sie die schmächtige Gestalt, die auf der Einfahrt herumlungerte. Sie konnte die Frau gut erkennen, weil das Licht über der Garage angegangen war. »Bewegungsmelder, schlaue Deern«, flüsterte Miss Marple, als hätte sie Angst, jemand könnte sie hören.

»Mal ehrlich, was macht die zu so später Stunde unterwegs?«

Charlotte zuckte mit den Schultern. »Das würde ich auch gerne wissen.« Die junge Frau verschwand hinter der hohen Buchsbaumhecke, die den Einblick auf die Terrasse verhinderte.

»Sieh mal einer an«, sagte Eleonore und kniff die Augen zusammen. »Ja, das sieht fast genauso aus wie damals, als der Eigentümer da einsteigen wollte«, flüsterte sie.

»Eigentümer ... einsteigen?«, fragte Charlotte verdutzt.

»Ja, der damalige Besitzer. Irgendwann haben sie das Haus dann gekauft, aber ich kann dir nicht mehr genau sagen, wann. Aber das muss kurz nach dem Vorfall mit dem Kontrollbesuch gewesen sein, als *Schmittchen Schleicher* im Halbdunkel um das Gebäude huschte.«

»Das musst du mir mal erklären.« Im Kopf von Charlotte Hagedorn ratterte es unaufhörlich.

»Ich war grad am Abwaschen, da schlich er ums Haus. Ich hab nur gesehen, dass er sich am Kellerfenster zu schaffen gemacht hat. Dann war er auf der Terrasse verschwunden. Keine Ahnung, was der da gesucht hat. Ich glaube, der wollte sie kontrollieren.« Sie zuckte mit den Schultern.

»Ich muss da hin. Vielleicht hat die das Gleiche vor«, flüsterte Charlotte.

»Aber das geht doch nicht.«

»Und ob!« Charlotte Hagedorn eilte in den Flur und zwängte ihre Füße in die Stiefel. Sie nahm die Mütze auf den Kopf und stiefelte, ohne ihren Mantel überzuziehen, nach draußen.

Im Licht der Laterne erkannte Eleonore, dass sie sich an der Hecke entlang schob. »Die spinnt echt«, hauchte sie und hielt die Hand vor den Mund. »Wenn das man gutgeht. Gut, dass mein Gustav das nicht sieht, oh Gott, oh Gott.«

Charlotte huschte im Dunkeln über die Straße und versteckte sich auf der anderen Seite der Hecke, sodass die Frau sie auf keinen Fall wahrnehmen konnte. Anschließend bog sie die Äste des Gebüsches auseinander, um sich eine Lücke zu verschaffen, die ihr den Blick auf die Terrasse freigab. Sie musste wissen, was die Unbekannte auf dem Grundstück der armen Frau vorhatte. Eine Stehlampe im Inneren des Hauses brannte und zeigte ihr, dass niemand zu Hause zu sein schien. Zumindest nicht im Wohnzimmer. Die anderen Räume waren allesamt dunkel, das hatte sie bereits spitzgekriegt, als sie mit Eleonore aus dem Küchenfenster geluschert hatten. Die Fremde hatte es anscheinend ebenfalls bemerkt, denn sie kam zurück. Sie schaute die Häuserwand hoch und steckte die Hände in die Taschen. Dann verließ sie fluchend das Grundstück. Charlotte drängte sich in die Hecke und versuchte, nicht zu atmen.

»So ein Mist«, hörte sie die junge Frau fluchen. »Ich krieg dich, verlass dich drauf. Dann Gnade dir Gott. Ich mach dich kalt!«

Das ist ganz klar eine Drohung, dachte Charlotte und schluckte. Unauffällig folgte sie ihr. In der nächsten Straße stand ihr Auto. Sie öffnete den Wagen. Aus dem Inneren des Fahrzeuges kam ihr Babygeschrei entgegen.

»Na sieh mal an. Die hat ein Kind«, hauchte Charlotte und lauerte hinter einer Buchsbaumhecke, die die Sicht auf sie verhinderte. Die Künstlerin überlegte und lief, so schnell sie konnte, zurück zum Grundstück ihrer Freundin, die ungeduldig in der Tür wartete. »Sag mal, bist du verrückt? Du holst dir den Tod.«

»Ach, papperlapapp. Hast du ein Auto hier?«

»Was? Mein Auto? Wieso?«

»Frag nicht, hast du?«

»Ja, steht doch in der Einfahrt.«

»Dann los!«

»Wie los?«

»Wir müssen sofort die Verfolgung aufnehmen …«

KAPITEL 11

Katrin stand abseits und suchte Dirk. Als sie ihn in der Menge entdeckte, sah sie, dass eine Frau ihm genau in diesem Moment mit der Hand über den Nacken fuhr. Der Kommissar drehte sich um und geriet mit der Fremden in ein lebhaftes Gespräch. Thomas stand immer noch in der Schlange vor dem Glühweinstand.

»Das schauen wir uns doch mal genauer an«, flüsterte sie Watson ins Ohr, der ihr daraufhin mit der Zunge über die Nase fuhr. »Hör auf, ich bin gewaschen«, schmunzelte sie und stapfte schnurstracks auf ihren Freund zu. »Moin«, sagte sie, aber es klang mehr nach einer Frage als einer Begrüßung. Dirk Westermann sah Katrin entgeistert an.

»Willst du mich nicht vorstellen?«, fragte sie.

»Ja, natürlich. Das ist Katrin Duvenstedt, meine ... ich habe sie während eines Falles kennengelernt ... sie ist ...«

Sie wunderte sich über die Feststellung seinerseits, sie ... bei einem *Fall* kennengelernt zu haben. Trotzig erwiderte sie: »Ich bin seine Freundin, Lebensgefährtin oder zukünftige Verlobte? Wie auch immer man es nennen mag. Nicht wahr, Schatz?« Katrin presste den Welpen gegen ihre Brust, als müsste sie sich schützen, während sie Dirk einen Kuss auf die Lippen drückte. Ihr Blick und das Beben ihrer Nasenflügel verrieten ihm, dass sie wütend war. Katrin ahnte, dass mit dieser Person nicht alles koscher war.

»Ja, sie ist meine Freundin«, sagte der Kommissar entschlossen und zog sie an sich. »Sie ist die Frau, mit der ich mein zukünftiges Leben verbringen möchte.«

Anja Westermann sah beide entgeistert an.

»Und wer sind Sie, wenn ich fragen darf? Kennen Sie Herrn Westermann?«

Thomas kam mit den Bechern zurück. »Oh, hier ist die Party ja bereits in vollem Gange«, sagte er und reichte Dirk den Glühwein.

Abwesend griff er danach. Thomas bemerkte die Spannung, die sich vor ihm ausbreitete.

»Ich bin seine Frau …!«, schrie die Fremde, die ihre Fassung verlor und ihm den Becher Glühwein aus der Hand schlug …

*

Eleonore Backmann startete nervös den Wagen und rollte rückwärts die Einfahrt hinunter. »Du musst Gas geben«, rief Charlotte und drängte ihre Freundin, dem Auto zu folgen, das sich schnell entfernte.

»Ich mach ja«, rief sie und der Wagen soff ab. Kribbelig startete sie erneut und gab gleichzeitig Gas. Der Motor jaulte auf und rutschte mit durchdrehenden Reifen den Weg entlang. Dabei geriet das Fahrzeug gefährlich nahe an den Kantstein. Plopp! Ein kurzer Schlag, dann hatte sie ihren Wagen wieder unter Kontrolle. »Schwein gehabt«, murmelte sie erleichtert.

»Felge hin«, antwortete Charlotte Hagedorn, wischte mit der Hand die von innen beschlagene Scheibe frei, um besser sehen zu können.

»Stell die Heizung an, sonst fahren wir noch gegen einen Baum«, murrte Eleonore.

Charlotte suchte die richtigen Knöpfe und drehte sie bis zum Anschlag auf. Immer wieder versuchte sie, durch die blinde Scheibe einen Blick nach außen zu erhaschen. »Was hast du für ein Auto, das ist ja eine Katastrophe.«

»Weiß gar nicht, was du willst, fährt doch«, brummelte Eleonore. »Außerdem halte ich die ganze Verfolgungsarie für absoluten Quatsch. Was versprichst du dir davon? Was hat die Frau dir denn getan?«

»Die hat mir gar nichts getan, aber findest du es nicht eigenartig, dass die im Dunkeln auf dem Grundstück einer Fremden unterwegs ist, in deren Haus gerade erst ein Mord passiert ist? Das ist doch wohl mehr als fragwürdig«, antwortete Charlotte, wischte mit dem Blusenärmel über die Windschutzscheibe und hauchte verzweifelt dagegen. Im unteren Teil der Scheibe fing das Gebläse an, ein handtellergroßes Stück der Sicht freizugeben. Charlotte duckte sich und lugte angestrengt durch die fitzelige Öffnung. »Da, da vorn ist sie. Die ist rechts abgebogen, Richtung Staaken. Du musst hinterher.« Die Künstlerin dirigierte Eleonore, die selbst kaum etwas sehen konnte, in die Süderstraße.

»Du hast Nerven. Wenn die uns anhalten, bin ich meinen Führerschein los, das ist dir doch wohl klar, oder? Nicht nur, dass die Scheiben alle blind sind, nein, wir haben obendrein auch noch Schnaps getrunken. Wenn die uns anhalten … oh Gott, oh Gott. Was soll ich dann bloß meinem Gustav erzählen?« Eleonore Backmann umfasste krampfhaft das Lenkrad und stierte mit zusammengekniffenen Augen in die Lücke, die vom Beschlag befreit war.

»Da, sie fährt bei Raddens Eisladen ab. Wo die hinwill?«, fragte sich Charlotte.

»Das werden wir ja nun bald wissen, dank deiner Neugier.« Eleonore schnaufte wie ein Walross. »Ich glaub nicht, was ich hier tue. Gustav wird mir die Leviten lesen, da kannst du Gift drauf nehmen.« Sie schüttelte verzweifelt den Kopf.

»Ach, was du immer hast. Das wird schon gutgehen … und wenn doch nicht, dann erkläre ich ihm das. Sollst mal sehen, die werden uns mit Sicherheit nicht gleich verhaften. Rechts, du musst rechts.« Die beiden Wagen rollten Richtung Südstrand. »Das habe ich mir fast gedacht. Die sind in der IFA untergekommen.« Charlotte schlug ihre Hände auf die Oberschenkel.

Wenig später fuhren sie auf das Gelände der Hochhäuser und parkten in sicherer Entfernung hinter einem Kombi. »So, jetzt müssen wir aufpassen, dass wir sie nicht aus den Augen verlieren«, murmelte Charlotte und stieg aus.

»Dir ist aber schon klar, dass wir nicht mal eine Jacke anhaben?«, sagte Eleonore.

»Ne, hab ich gar nicht gemerkt«, stellte sie fest. »Ist nicht schlimm. Im Auto ist es warm.« Widerwillig verließ Frau Backmann den Wagen und jagte zitternd ihrer Begleitung nach. Bei jedem Schritt knackte der gefrorene Boden unter ihren Füßen. Die junge Frau war im mittleren der Gebäude verschwunden. Charlotte und ihre Freundin folgten ihr in gesichertem Abstand.

Als sie das Haus betraten, war sie mit dem Baby wie vom Erdboden verschluckt. Suchend schauten die beiden Frauen sich um. »Wo ist die hin?«, fragte Eleonore zaghaft. »Lass uns umkehren, ist doch albern, hier jemandem nachzulaufen. Ich hab dir gleich gesagt, dass es eine Schnapsidee ist.«

»Papperlapapp«, entgegnete die Künstlerin und stapfte schnurstracks auf die Rezeption des Hauses zu. Hinter dem Empfang stand ein etwa 25-jähriger Mann, der beide fragend ansah.

»Kann ich etwas für Sie tun?«, fragte er freundlich.

»Ja, das können Sie tatsächlich. Wir suchen eine junge Frau, mit einem Kinderwagen. Schmal, blond, die muss hier geradewegs durchgelaufen sein.«

Der Mann betrachtete die durchgefrorenen Damen, die ohne Mantel vor ihm standen und lauerten. »Da kann ich Ihnen nicht weiterhelfen. Hier ist niemand durchgelaufen. Haben Sie eventuell einen Namen, dann könnte ich nachsehen, wo sie untergekommen sind?«

»Nein, haben wir natürlich nicht. Aber es ist wichtig. Sie müssen doch etwas gesehen haben«, rief Charlotte sehr bestimmt. »Eine junge, hübsche Frau mit einem Kinderwagen.«

»Wissen Sie, wie viele Frauen hier mit einem Kinderwagen vorbeikommen? Im Nebenhaus befindet sich die Mutter-Kind-Kur ...«

*

Katrin schloss die Tür auf. Sie schlüpfte aus ihren Lederstiefeln und schleuderte sie in die Ecke des Flurs. Dirk folgte ihr. Seit dem Vorfall auf dem Weihnachtsmarkt hatte sie kein einziges Wort mehr verloren. Der letzte Satz fiel auf dem Marktplatz: »Ich bin müde, ich möchte sofort nach Hause.« Die Situation hatte ihr vollends gereicht. Sie wollte weg von dieser Frau. »Ich geh jetzt, wenn du mitwillst? Ansonsten

nehme ich mir drüben ein Taxi. Kannst du dir aussuchen.«
Die bissige Stimme blieb selbst Thomas nicht verborgen.

»Ich glaube, ich muss auch zu Bett, ist schon spät. Sag
Tschüss, Watson, wir gehen.« Er hob die weiche Pfote des
Hundes und winkte. Dann verschwand er eilig aus der
Gefahrenzone. Besucher des Festes, die unmittelbar um die
Gruppe herumstanden, starrten die drei an und flüsterten
leise. Als es wieder ruhig wurde, drehten sie sich wieder eige-
nen Gesprächen zu. »Ich komm natürlich mit«, sagte Dirk.
Er nickte und folgte ihr zum Ausgang des Marktplatzes.

»Das war ja eine nette Überraschung. So lerne ich
also deine Ex kennen. Und du wusstest nicht mal, wie
du mich vorstellen solltest.« Wütend zog sie ihren Parka
von den Schultern. »Wer bin ich denn, dass du so mit mir
umgehst«, rief sie und stapfte ins Wohnzimmer. Sie öffnete
den Schrank, entnahm eine Flasche Rotwein und ein Glas.
»Das hab ich alles hinter mir«, redete sie weiter. »Darauf
habe ich keinen Bock mehr, verstehst du?«

Dirk Westermann stand unschlüssig in der Tür und
steckte die Hände in die Jackentasche. Er wusste, dass
er ruhig bleiben musste, damit die Situation nicht eska-
lierte. »Wenn du möchtest, dass ich gehe, dann mache ich
das.« Katrin trank den Inhalt des Glases in einem Zug
und schenkte sich nach, ohne auf seine Worte einzugehen.

»Meinst du nicht, dass es genug ist?«, fragte Dirk. »Lass
uns die Sache vergessen. Ich bin hier bei dir und das alleine
zählt doch, oder?«

»Du bist hier bei mir und … in Gedanken bei ihr oder
wie soll ich *das* jetzt verstehen?« Sie stand vor dem Fenster und starrte in die Dunkelheit.

»Katrin, wir wollen uns hier nicht wie Halbwüchsige
verhalten. Das war meine Ex-Frau, na und? Wir haben

uns seit Jahren nicht mehr gesehen, sind längst geschieden und es war reiner Zufall, dass wir uns über den Weg gelaufen sind. Ich wusste nicht einmal, dass sie da ist. Punkt! Ich habe außerdem überhaupt keine Lust, mich zu rechtfertigen. Wir sind erwachsene Menschen, die kein Problem damit haben sollten, wenn der Ex-Partner auftaucht, oder?« Dirk Westermann ging einen Schritt auf Katrin zu und wollte sie in den Arm nehmen.

Sie stieß ihn zurück und sah ihm ablehnend in die Augen. »Und ich hab keine Lust, wieder zuzusehen, wie ein Mann sich das Beste heraussucht und sich Hintertürchen offenhält.« Sie stellte das Glas auf dem Tisch ab, verschränkte die Arme vor der Brust und drehte ihm den Rücken zu.

»Ich glaube, es ist wirklich besser, ich gehe, bevor es respektlos wird.« Dirks Gesichtszüge nahmen einen traurigen Ausdruck an. Er schluckte und wandte sich zur Tür.

»Dann geh doch zu deiner Ex. Die wartet wahrscheinlich schon auf dich. Viel Spaß!«

Dirk Westermann blieb stehen, drehte sich erneut um und fragte: »Ist das dein Ernst? Katrin!«

»Geh!« Sprachlos verließ der Hauptkommissar die Wohnung und lief ohne einen weiteren Blick in ihre Richtung die Treppenstufen hinunter.

*

Unschlüssig stand er vor seinem Wagen und überlegte, was er jetzt tun sollte. Er hatte die Wahl, sich Thomas anzuschließen und sein Zimmer in Beschlag zu nehmen oder sich im Hotel einzuquartieren. Er wollte keinerlei Diskussionen mehr heute Abend. Dirk Westermann entschloss sich für das Hotel. Er fuhr zurück Richtung Marktplatz, stellte den Wagen ab und schritt auf den Eingang des Gasthotels zu, in dem er zu Anfang seiner Inselfälle gemeinsam mit dem Kollegen genächtigt hatte. Dirk betrat das Foyer und schritt auf den Tresen zu. Der Kellner hinter dem Ausschank lächelte ihn an.

»Moin, Herr Kommissar. Was kann ich denn für *Sie* tun?«, fragte der gutgelaunte Mann lächelnd und tiefe Grübchen zeichneten sein Gesicht.

»Ich brauche dringend ein Zimmer«, sagte Westermann und schob seine Hände in die Jackentaschen.

»Geht los. Doppelzimmer oder Einzelzimmer?«

»Ich denke, Einzelzimmer ist okay, bin ja allein, wie Sie unschwer erkennen können.«

Der Oberkellner reichte ihm wenig später einen Schlüssel. Er tippte die Buchung in den Computer und fragte: »Kann ich sonst noch etwas für Sie tun?«

Westermann sah sich um. Es saß niemand mehr im Bistro und ihm war nicht nach schlafen zumute. »Wissen Sie was, ich nehm einen schönen Single Malt. Haben Sie einen da?«

»Ich habe einen erstklassigen 18 Jahre alten Glenfiddich Single Malt aus den Highlands. Das ist für Sie genau das Richtige.« Er schenkte ihm einen Whisky ein und sagte: »Riechen Sie. Duft von frischen Äpfeln und Holz. Das müsste der Richtige sein. Pur oder ein paar Tropfen Wasser?«

»Pur. Den darf man doch nicht verwässern«, schmunzelte Westermann und suchte sich einen Tisch am Fenster. Er nahm sein Glas und hielt es sich unter die Nase. Äpfel und Holz, recht hat er, dachte der Kommissar und setzte sich auf eine der Bänke. Von dem Platz hatte er eine gute Sicht auf den Marktplatz, auf dem sich die Menschen trotz der späten Stunde in Trauben vor den Buden drängten. Selbst die Musik drang leise bis ins Bistro.

»Da ist ganz schön was los«, sagte er zur Bedienung.

»Da ist es an den Wochenenden immer so voll. Das ist halt die Weihnachtsinsel Europas«, grinste der Kellner und polierte ein Glas.

Westermann nahm einen Schluck und empfing die leichte Süße im Mund. Er ließ den Whisky genüsslich über die Zunge laufen, um seine Geschmacksknospen zu sensibilisieren, und genoss das eindrucksvolle Eichenaroma, das lange nachwirkte.

»Herr … wie ist Ihr Name?«

»Sagen Sie einfach Danny, so nennen mich alle hier.«

»Also, Danny, ich nehme noch einen.« Er hielt dem Kellner das Glas entgegen.

Der Ober nickte, kam mit der Whiskyflasche und füllte erneut ein. Als er das noble Getränk vor ihn hinstellte, sagte Westermann: »Wissen Sie was, stellen Sie mir einfach die Flasche hin … Mann gönnt sich ja sonst nichts. Das kann ich heute gebrauchen.«

Eine Stunde später öffnete sich die Tür des Bistros. »Wir schließen gleich«, sagte der Kellner und wies auf das Schild mit den Öffnungszeiten.

»Ich weiß, ich will zu meinem … Mann.«

Der Mann hinter dem Tresen sah sie an, nickte und deutete auf den einzigen Gast im Lokal. »Hab ich schon von draußen gesehen«, sagte sie und schlich auf Dirk Westermann zu. Und ich hab geglaubt, der ist mit der Lütten von der Hagedorn liiert, mutmaßte Danny und räumte letzte Gläser ins Regal.

»Hallo, Dirk. Ich hab gesehen, dass du hier alleine sitzt. Darf ich mich zu dir setzen?«, fragte sie.

»Ach, meine Ex«, lallte Westermann und sah die Frau vor ihm mit glasigem Blick an. »Von mir aus. Ist jetzt eh schon egal. Katrin hat mich dank *deines* Auftritts rausgeschmissen und ich … ja, was wollte ich eigentlich sagen.« Er zuckte die Schultern und stürzte den Rest der Flasche ins Glas.»Oh, alle. Das war ein Tropfen, der hätte dir gefallen.« Dirk Westermann fuhr sich mit der Zunge über die Lippen.

»Ich glaub, ich muss zu Bett. Danny-Boy, schreibst du den fantastischen Trunk auf meine Zimmerrechnung?«

»Klar Chef, mach ich.« Der Kellner löschte die Lichter der hinteren Räume und wartete geduldig, bis sein letzter Gast das Lokal verließ.

»Ich bring dich zu Bett. Alleine kriegst du das gar nicht mehr hin«, flüsterte Anja Westermann. Sie zog ihn von der Bank und legte seinen Arm um ihre Schultern.

Lächelnd winkte er dem Kellner und sagte:»Nacht, mein Freund, und morgen, morgen gehen wir wieder auf Verbrecherjagd. Und morgen hol ich mir meine Süße zurück.«

Seine Ex-Frau zog ihn in den Flur, der nach oben zu den Zimmern führte und lächelte …

∗

Charlotte Hagedorn war seit 7 Uhr in der Früh auf den Beinen. Nachdem sie an der Rezeption des Hotels abgewiesen wurde, wollte sie es noch einmal probieren. Sie hatte jede Menge Arbeit vor sich und wollte zum Südstrand, um sich auf die Lauer zu legen. Die muss zu finden sein, dachte sie, als sie heißes Wasser auf ihren Tee goss. Der Kandis knisterte leise im Becher. Charlotte setzte sich an ihren Küchentisch, löffelte Sahne in den Tee und schaute in die Tageszeitung, die sie vor wenigen Minuten aus dem Briefkasten geholt hatte.

Nichts Neues im Todesfall am »Jachen Flünk«.

Die Untersuchungen laufen auf Hochtouren. Es wird von einem Unglücksfall ausgegangen. Für Hinweise, die zur Identifizierung des Toten führen, bittet die Polizeidienststelle Burg um Mithilfe. Tel. 043 ...

Ein Foto des auf der Galerie der Segelwindmühle in Lemkenhafen tot Aufgefundenen zeigte einen Mann um die 60. Kenne ich nicht, stellte Charlotte fest und nahm einen Schluck. Sie saß in Jeans und einem mit weihnachtlichen Applikationen bestickten roten Pullover auf ihrem Stuhl und grübelte. Sie fuhr sich durch die grauen Haare und hinterließ ein wildes Durcheinander auf dem Kopf, das zu ihrer Stimmungslage passte.

»Alles so verworren. Was hat der Tote mit dem Mord an dem Hardenberg zu tun? Hängt das zusammen? Wieso finden die in so kurzer Zeit gleich zwei Leichen auf der Insel?« Sie kannte die Unstimmigkeiten der Fälle. Oft sah es am Anfang so aus, als hätten diese nichts miteinander zu tun. Dann fand sie unerwartet Zusammenhänge, die die einzelnen Puzzleteile verknüpften. Was hatte die junge Frau mit dem Baby damit zu tun? Was wollte sie auf dem Grundstück der Hardenberg? Charlotte rauchte bereits am frühen Morgen der Kopf. Sie schlürfte ihren Tee und blätterte weiter. Die Nachrichten aus aller Welt schienen sie wenig zu interessieren. Sie schlug die Zeitung zu und faltete sie zusammen. Dann stand sie auf. Sie ging in den Flur, um ihre Schuhe anzuziehen, als sie in den Spiegel sah. Vor Schreck wich sie einen Meter zurück. Kritisch beäugte sie ihr Spiegelbild. »Oh, mein Gott, wie seh ich aus.« Hastig fuhr sie sich mit den Händen durch die Frisur, griff zur

Bürste und striegelte ihre Mähne. Sie zog ein Gummiband aus der Hosentasche und zwirbelte die Haare zu einem Knoten zusammen. »Besser«, sagte sie merklich zufriedener. Sie rutschte in die Stiefel und verschnürte die Schuhbänder. Anschließend zog sie ihren Mantel vom Haken, schlüpfte hinein und ging ins Wohnzimmer.

Als sie aus dem Fenster schaute, sah sie, dass es dämmerte. Die Wolkendecke brach zunehmend auf und ließ immer mehr blaue Flecken am Himmel in Erscheinung treten. Da nehm ich das Fahrrad, überlegte sie und eilte in die Küche. Auf einem gelben Post-it schrieb sie: *Bin zum Südstrand, komme gegen Mittag zurück. Küssi Charlotte* ♥. Sie malte ein Herz neben ihre Initialen und ließ den Zettel vor Katrins Becher auf dem Tisch liegen. Sie wollte die beiden auf jeden Fall schlafen lassen. Wenn sie zurückkam, konnte sie Dirk vielleicht bereits wichtige Hinweise geben. Sie schnappte nach ihren Handschuhen, ihrer Mütze, schlang den bunten Schal um den Hals und verließ die Wohnung. Sie ahnte nicht, dass Katrin allein in ihrem Bett gelegen und die ganze Nacht kein Auge zugetan hatte.

40 Minuten später hatte sie die Fahrt um die Bucht bei Wulfen hinter sich gebracht. Es war knackend kalt, die Luft klar und die Sonne, die von Osten Richtung Südstrand ihre Bahn zog, brachte einen wolkenlosen blauen Himmel zutage. Ein-, zweimal musste Charlotte aufpassen, dass sie auf dem gefrorenen Boden des Deiches nicht ins Schlittern geriet. Dank ihrer Fahrkünste schaffte sie es, unfallfrei am Südstrand anzukommen.

Sie stellte das Fahrrad vor dem Glashaus der IFA-Gebäude auf den Ständer, zog die Handschuhe aus und stopfte sie in ihre Manteltaschen. Einen warmen Tee werde ich mir holen. Sie erinnerte sich, dass sich im Inneren des Glasbaus ein Imbiss befand, der zu kleinen Gerichten auch Getränke ausschenkte. Dass dieser allerdings über die Wintermonate geschlossen war, hatte sie vergessen. So stand sie vor verschlossenen Rollläden und musste sich etwas anderes einfallen lassen. Sie lief zurück zum Kiosk und betrat den Laden. »Moin, haben Sie warme Getränke?«, fiel sie mit der Tür ins Haus.

»Nein, haben wir nicht.« Der Mann hinter dem kleinen Tresen schüttelte den Kopf.

»Und wo kann ich einen Tee bekommen?«, fragte sie entschlossen.

»Entweder gehen Sie ins Restaurant oder sie laufen die Promenade entlang. Da haben sie das alte Strandbistro neu eröffnet. Mit Dachterrasse und so. Vielleicht kriegen Sie dort Ihren Tee. Ich weiß aber ehrlich gesagt nicht, ob die so früh schon aufhaben.«

»Früh? Es ist gleich 9 Uhr!« Kopfschüttelnd verließ Charlotte Hagedorn das kleine Geschäft und stapfte in die entgegengesetzte Richtung.

Zwei Mädchen schaukelten auf dem Spielplatz des Vitarium und ein etwa fünfjähriger Junge kletterte über eine Holzkonstruktion, die eine Brücke darstellte. Eine Frau, anscheinend die Mutter eines der Kinder, stand am Rand und hielt eine Zigarette in der Hand. Sie nahm einen tiefen Zug und rief: »Nicht so dolle, Chantal, nicht so dolle. Du fällst runter.«

Alles klar, weiß Bescheid, dachte Charlotte, legte ihren Schal als wärmende Unterlage auf eine Bank, die direkt vor dem Spielplatz stand und setzte sich darauf. Sie schlüpfte in die Handschuhe und zog die Wollmütze weit über ihre Ohren. So verfolgte sie die Geschehnisse, die sich im Trakt der Mutter-Kind-Kur abspielten. Nach und nach erschienen mehr Kinder mit ihren Müttern auf der Bildfläche und kurze Zeit später qualmte es durch das Glashaus. Das müsste man verbieten, dachte die Künstlerin und hoffte, dass das Schauspiel nicht ewig so weiterging. Nach einer weiteren halben Stunde wollte Charlotte Hagedorn durchgefroren ihre Mission abbrechen. Der Himmel hatte sich mittlerweile zugezogen. Der Wind hatte gedreht. Schwere Wolken zogen von Norden über die Ostsee und die Künstlerin wusste, was das bedeutete. Es wurde Zeit, sich auf den Weg zu machen.

Sie stand auf und verließ durch die Glastür den Wintergarten. Sie fror erbärmlich und wollte wenigstens einmal den Strand hinunterlaufen. Direkt vor ihr lag ein Bohlensteg, der zum Wasser führte. Auf dem Holzweg hatte sich ein schmieriger eisiger Film gebildet und sie musste höllisch aufpassen, dass sie nicht ausrutschte und womöglich stürzte. Einige Möwen zogen kreischend ihre Kreise, als sie zur Wasserkante stapfte. Die angespülten Algen besaßen diesen weißen glitzernden Raureif und Reste vom Schnee der letzten Nacht. Sie sahen angezuckert aus und flimmerten im Licht vereinzelter Sonnenstrahlen. In einiger Entfernung bellte ein Golden Retriever, der mit seinem Frauchen Stöckchenjagen spielte. Charlotte war enttäuscht. Das hatte sie sich anders vorgestellt. Sie hatte auf einen Erfolg gehofft. Sie stapfte bis zum nächstgelegenen Bohlenweg den Strand entlang. Bückte sich, nahm ein paar Steine auf und warf sie mit gekonntem Handling in die glasklare Ostsee. Für einen Moment zog sie einen ihrer Handschuhe aus, um die Hand in das eiskalte Wasser zu tauchen. »Oh Mann, höchstens zwei Grad«, murmelte sie. »Ne, das is mir jetzt wirklich zu frostig. Das fängt sicher bald an zu schneien. Ich muss mich aufwärmen und schnellstens zurück.«

Am Ende des Weges schob eine junge Frau einen Kinderwagen und wollte augenscheinlich an den Strand. Sie hievte den Wagen in den Sand und ... blieb stecken. Je mehr sie sich mühte, umso tiefer versanken die Räder. »Mist«, hörte sie die junge Mutter fluchen. Charlotte eilte ihr entgegen.

»Na, Deern, kann ich helfen? Das wird nichts. Sie kommen hier mit dem Wagen nicht voran. Lassen Sie ihn uns zurück auf die Promenade tragen.« Die Künstlerin hob den Kinderwagen am Kopfende an und wartete, bis die Frau den Griff hochhievte. Dann trugen sie das Babygefährt gemeinsam auf sicheres Terrain. Ohne ein weiteres Wort schob die junge Mutter den Wagen davon. Kein Danke, keine freundliche Geste. *Der Blick! Sie ist es!* Das ist die Frau von Hardenbergs Grundstück, stellte Charlotte zähneklappernd fest ...

KAPITEL 12

Als Dirk Westermann erwachte, brummte sein Schädel, als hätte jemand mit dem Vorschlaghammer auf ihn eingeschlagen. Ihm war speiübel. Seine Augen brannten und er tastete nach der Armbanduhr, die irgendwo auf dem Nachttisch liegen musste. Mühsam versuchte er, die Zahlen auf dem Ziffernblatt zu erkennen. Wo ist meine Brille, überlegte er und plierte auf die Ziffern. »Verdammt, nach 8 Uhr. Ich hab verpennt.« Wie angestochen setzte er sich im Bett auf, hielt sich den Kopf und massierte seine Kopfhaut. Aspirin, ich brauch ein Aspirin, dachte er. Im gleichen Augenblick fragte er sich, wie er in dieses Zimmer gekommen war. Suchend blickte er sich um. *Alles gut. Meine Klamotten liegen auf dem Sessel. Ich hab mich ausgezogen.* Er schlug die Bettdecke zurück … *ich bin nackt?* Wieso bin ich nackt, grübelte er und zog die Decke wieder über den Schoß. Wenn er alleine war, ließ er zumindest seine Unterhose an. Verdammt, was ist … Neben ihm bewegte sich etwas.

»Katrin, bist du doch noch gekommen?« Dirk Westermanns Herz fing an zu schlagen. War er so voll gewesen, dass er sich an nichts mehr erinnern konnte? Hatte sie ihm verziehen? Er lüpfte die Decke und wollte die Frau, die er liebte, an sich ziehen, als er die kurzen dunklen Haare entdeckte. Oh, mein Gott. Was ist …? Kopflos sprang er auf. Er griff nach der Unterhose, die vor dem Bett lag, und streifte sie hastig über seine Hüften. Dann suchte er sein Shirt. Es lag auf dem Sessel vor dem Fenster. Westermann bekam Schweißausbrüche. Was war hier heute Nacht los? Ihm schwante Böses. Er stieg überhastet in die Jeans, zerrte den Reißverschluss nach oben und schlüpfte in die Boots. Er wollte der Frau auf keinen Fall gegenübertreten. Dirk Westermann suchte seine Brille, die neben der Armbanduhr auf dem Nachtisch lag. Sein Magen rumorte und er überlegte, wie er aus der Geschichte ungeschoren herauskam. Er band die Uhr ums Handgelenk, schob das Brillengestell auf die Haare und wollte das Zimmer, so schnell wie möglich verlassen. Mann, Mann, Mann. Was hast du getan, Westermann? Das verzeiht sie mir nie. In seinem Kopf kreisten die schlimmsten Szenarien und breiteten grauenhafte Bilder vor seinem inneren Auge aus. Wenn ich …

»Oh, Morgen«, hörte er eine Stimme, die er nur zu gut kannte. »Du willst schon gehen? Bleib doch. Es war so schön«, murmelte sie verschlafen.

»Was war schön?«, fragte Dirk Westermann und bekam einen trockenen Hals.

»Sag nicht, du erinnerst dich nicht mehr an die letzte Nacht …?«

»An was sollte ich mich erinnern?«, wollte der Kommissar wissen. Ihm wurde heiß und kalt. Sein blasses Gesicht wirkte plötzlich versteinert. Sein Herz raste. Er verschränkte ablehnend die Arme vor der Brust.

»Wir hatten die tollste Nacht meines Lebens. Es war der beste Sex seit Jahren und du hast mir gesagt, dass du mich liebst.« Anja Westermann setzte sich auf, fuhr sich mit den Händen durch ihre strubbeligen Haare und lächelte den Mann, der sie wie gelähmt anblickte, siegessicher an.

Heiser sagte er: »Wir haben nichts gemein und lieben … ich liebe dich schon lange nicht mehr. Ich möchte, dass du das Hotel und am besten die Insel auf der Stelle verlässt.« Er drehte sich um und verließ wortlos das Zimmer. Er konnte sich nicht daran erinnern, was heute Nacht im Hotelzimmer passiert war, aber er musste sofort mit Katrin sprechen. Noch bevor sie von *anderer* Seite davon erfuhr. Aber erst muss ich zu Julia Hardenberg.

»Das wirst du bereuen! Das wirst du bitter bereuen«, heulte sie …

*

»Tschüss, Mama«, rief Mia ihrer Mutter zu und drückte ihr einen Kuss auf die Wange.

»Willst du nicht lieber zu Fuß gehen? Ist richtig glatt draußen. Bei dem Schnee!«

»Ne, lass mal. Ich will hinterher noch zu Svea.«

»Und was ist mit Mittag?«

»Ich ess bei Nagel«, rief sie und war bereits in der Garage verschwunden. Julia verschloss die Terrassentür und fasste an ihren Kopf, der immer noch schmerzte. Sie war, gleich nachdem sie beide gestern Abend vom Italiener zurück waren, mit einer Schmerztablette zu Bett gegangen und hatte zwölf Stunden geschlafen. Mia hatte sich in ihr Zimmer verabschiedet und wollte eine Folge ihrer Lieblingsserie »Lost« anschauen.

Heute musste Julia das Badezimmer putzen, bevor der Hauptkommissar erschien.

Er hatte in ihr eine Seite geweckt, die sie lange verloren glaubte … Vertrauen. Sich jemandem öffnen zu können, der sie ohne Wertung akzeptierte und einfach nur zuhörte. Natürlich wusste sie, dass er seinen Job machte, und doch hatte sie das Gefühl, dass die Treffen eine größere Bedeutung hatten, als nur der Befragung zu dienen. Er verstand sie. Ihr Herz fing an zu schlagen und sie lächelte. Niemanden außer ihn hatte sie je so tief in ihre Seele schauen lassen. Und er würde ihr vorbehaltlos glauben, da war sie sicher. Als sie im Badezimmer stand und eine halbe Stunde später das Tuch aus der Hand legte, sah sie sich im Spiegel an. Seit Jahren hatte sie nicht mehr so entspannt ausgesehen. Die dunklen Ringe unter ihren Augen hatten sich ebenso verabschiedet wie die Rückenschmerzen, die sie jahrelang gequält hatten.

Nur die Migräneanfälle tauchten ab und zu auf. Merkwürdigerweise immer gerade dann, wenn sie über die Vergangenheit nachdachte. Der Unterleib sei die Ursache für ihre Migräne, hatte ihr ein Psychologe erklärt. Die seelischen Schmerzen führten zu körperlichen Erkrankungen, die sich durch viele Migräneanfälle zeigten, genau wie die quälenden Rückenschmerzen, die von der Last herrührten, die sie über Jahre getragen hatte und die sie fast vernichtet hatte. »Wenn die Seele krank ist, wird der Körper krank«, hatte er damals gesagt und sie erinnerte sich an den Bandscheibenvorfall, der sie zum Ende der Beziehung niedergestreckt hatte. Ihr Organismus reagierte, je länger sie mit Joost zusammen war, auf eine Art und Weise, die sie fast hatte zerbrechen lassen.

Ihr Spiegelbild schaute ihr prüfend entgegen. Tränen verschleierten ihren Blick. Sie wusste, es würde Jahre dauern, bis die Wunden sich schlossen und sie wusste auch, dass immer dicke fette Narben zurückblieben. Wie sollte man das, was sie jahrelang durchgemacht hatten, je vergessen? Verdrängen ja, aber vergessen? Wie konnte man etwas abhaken, was derart tiefe Krater in die Seele gerissen hatte, dass man deren Abgrund körperlich erlebt hatte?

Tränen verklärten den Blick in ihren Augen. Julia Hardenberg öffnete den Wasserhahn und ließ eiskaltes Wasser über ihr Gesicht laufen. Aber sie hatte sich befreit. Endlich war Ruhe in ihr Leben eingekehrt. Joost würde ihr kein Leid mehr zufügen. Nur noch ein Weilchen, dann könnte sie wieder befreit aufatmen. Durch jedes Gespräch, das ich mit Dirk Westermann führe, fühle ich mich ein Stück weit stärker, gestand sie sich ein und tupfte die Wangen trocken. Sie atmete tief, fingerte den Lippenstift aus der Hosentasche, zog sich die vollen Lippen nach und lächelte. »Alles wird gut!«, murmelte sie und verließ den Raum. Als sie die Treppe hinunterstieg, klingelte es.

Sie steckte ihr Shirt in die Hose und lief auf die Eingangstür zu. Davor stand der Hauptkommissar. Julia öffnete. »Pünktlich wie die Maurer«, hauchte sie und bat Westermann ins Haus. Sie bemerkte, wie blass er war. Wortlos zog er die mit Schnee benetzte Jacke von den Schultern und steckte seine Dockermütze in die Jackentasche. »Sie kennen ja den Weg«, sagte Julia, huschte in die Küche und folgte dem Kommissar Sekunden später mit einer Kanne Kaffee.

»Sieht schon sehr weihnachtlich aus draußen«, murmelte sie und schaute durch das Fenster im Wohnzimmer in den Vorgarten. Der Schnee fiel seit Stunden aus dicken dunklen Wolken und breitete sich aus. »Herrlich, da muss man normalerweise unbedingt spazieren gehen.«

»Haben Sie noch frei?«, fragte Westermann.

Julia Hardenberg schüttelte den Kopf. »Meine Aushilfe ist da, alles in Ordnung. Sie hilft mir, solange Sie mich befragen.«

»Unterhalten klingt besser«, antwortete Westermann. »Das hier ist keine Befragung im eigentlichen Sinn. Ich bin hier, um zu verstehen, was vorgefallen ist und warum. Ihr Ex-Mann hat, soweit ich das bis hierhin nachvollziehen kann, ziemlich viele Scherben hinterlassen. Nicht nur bei Ihnen.« Westermann sah sie an. »Wo ist Ihre Tochter?«

»Schule!« Sie setzte sich auf die Couch, sodass sie dem Kommissar in die Augen sehen konnte.

»Haben Sie schon was Neues herausgefunden?«

»Nein, nicht wirklich. Ist alles ein wenig – wie soll ich es ausdrücken? – … undurchschaubar. Wissen Sie etwas über Geschäfte, die Ihr … Ex getätigt hat und die … nicht ganz legal waren? Es sieht mir immer mehr danach aus, als wären die Leute, die Ihnen und Ihrem Mann das angetan haben, hinter irgendetwas her.«

»Wie kommen Sie denn darauf?«, wollte Julia wissen. Sie wurde blass und schluckte.

»Nur so ein Gefühl. Deshalb waren der oder die Täter sehr wahrscheinlich auch in Ihrem Haus. Haben irgendwas gesucht und Sie sind ihnen in die Quere gekommen.«

»Möchten Sie ein Glas Wasser?«, fragte Westermann. Er sah, wie blass sie wurde. Anscheinend, weil die Möglichkeit bestand, dass jemand *ihr* nach dem Leben trachten könnte.

»Nein, alles gut. Mir ist nur gerade die durchwühlte Wohnung wieder eingefallen.« Sie schüttelte sich. »Es ist ein ähnliches Gefühl wie an dem Morgen, als die Leute mein komplettes Haus auf den Kopf gestellt haben.«

»Das Haus auf den Kopf gestellt? Wer?«, fragte Dirk Westermann.

Er sah die blasse Julia Hardenberg ernst an. Seine eigenen Probleme verdrängte er. Dennoch schweiften die Gedanken mehr als einmal zu Katrin. Es könnte das Ende ihrer Beziehung sein, wenn … »*Ihre* Kollegen«, unterbrach Julia Hardenberg den Kommissar. »Die haben hier sämtliche Räume durchwühlt und Frau Tamken und ich mussten hinterher alles selbst wieder in Ordnung bringen.«

»Ich verstehe nicht. Erzählen Sie es mir.«

Sie nickte.

Westermann zog seinen grauen Pullover glatt, der zerknittert aussah, und schenkte Julia und sich Kaffee ein. Er wollte sich nicht im Appartement umziehen, um Diskussionen mit Thomas aus dem Weg zu gehen, und lief daher in den Klamotten vom Vortag herum.

Sie konzentrierte sich, knetete ihre Finger und suchte nach Worten. »Das waren einige der unangenehmsten Momente in meinem Leben. Es war wie eine Explosion im Kopf. Wäm! Ich war in der Boutique. Der Laden voller Kunden und ich führte gerade eine Beratung durch, als die Tür aufging. Ein mir unbekannter Mann trat ein und fragte nach meinem Namen.« Julia Hardenberg rang mit Worten. »Ich muss ziemlich komisch gekuckt haben, als ich nickte. Er bat mich, die Kundin abzugeben, dirigierte mich hinter ein Regal, das nicht einsehbar war, stellte sich als Kommissar Frederik Heuer vor und zog eine Marke aus der Hosentasche, die er mir vor Augen hielt. Der Polizist fragte nach einem Raum, in dem wir ungestört wären. Da ich total perplex war, nahm ich ihn mit ins Büro, ohne nachzufragen, was er von mir wollte. Keine Ahnung, der Mann hatte etwas Bestimmendes, dem ich mich nicht widersetzen konnte.«

Während sie erzählte, spürte sie einen Kloß in ihrem Hals. Stocksteif saß sie auf der Couch und sah erstarrt auf die Terrasse. »Es ist, als wäre es gestern gewesen«, hauchte sie.

»Entschuldigung, aber die Bilder in meinem Kopf. Es ist, als würde das alles gerade noch einmal passieren.«

Westermann nickte.

Sie atmete tief und sprach weiter. »Er verschloss die Tür hinter sich und erklärte mir, dass er vom LKA Niedersachsen sei. Ich glaube, ich habe ihn fassungslos angestarrt. Was wollte jemand vom *LKA* von mir? Sofort jagte der Puls nach oben. Ich hatte das Gefühl, mein Herz würde stehenbleiben.« Sie schluckte. »Ich dachte zuerst, meinem Ex wäre etwas zugestoßen. Ein Unfall. Mir fiel nichts Besseres ein, was diesen Besuch rechtfertigte.« Sie zuckte die Schultern. »Aber der Beamte schüttelte nur den Kopf und meinte ziemlich unfreundlich, ich sollte umgehend nach Hause fahren, weil genau dort in dem Moment eine Hausdurchsuchung durchgeführt wurde. Ich war total schockiert, hab alles stehen und liegen gelassen und bin wie in Trance losgefahren.«

Sie rutschte auf dem Sofa umher. »Ich wusste überhaupt nicht, was mich erwartete. Ich weiß nur noch, dass ich im Zeitlupentempo die Tür aufschloss und das Haus betrat. Vor der Tür standen zwei Wagen, die ich nicht zuordnen konnte. Zumindest waren es keine Polizeiwagen. Ich hatte mir schon die Nachbarn hinter den Gardinen vorgestellt, die mit den Fingern auf mich und meine Tochter zeigen würden. Vor meinen Augen spielte sich ein unglaubliches Szenario ab, das ich nur aus Krimis kannte und man sich schlimmer hätte gar nicht vorstellen können. Ich hatte totale Panik. Allein die Peinlichkeit. Die Nachbarn würden sich das Maul zerreißen. Wissen Sie, wie es ist, immer auf seinen Ruf achten zu müssen und dann stehen mir nichts, dir nichts wildfremde Leute, dazu noch von der Kripo, in deiner privatesten Umgebung und wühlen sämtliche Schränke und Schubladen durch? Ich weiß nicht einmal mehr, ob es vier oder sechs Polizeibeamte waren, die das Haus umgekrempelt haben. Alle in Zivil. Das war in dem Moment das Einzige, was ich wirklich wahrgenommen habe und was mich zumindest ein bisschen erleichtert hat. Mindestens drei Leute untersuchten im Erdgeschoss unsere Schränke. Beamte schnüffelten in privatesten Sachen herum. Ich bin damals wie von Fäden gezogen hier ins Wohnzimmer geschlichen. Und hab völlig anders reagiert, als man hätte reagieren müssen. Ich setzte mich total gleichgültig auf das Sofa, auf dem Sie gerade sitzen, und Frau Tamken saß hier an meiner Stelle. Sie hat nur gezittert und wusste überhaupt nicht, wie ihr geschah. Ich erinnere mich, wie sie mir erzählte, dass die Leute geklingelt hätten und schneller im Haus waren, als sie nein sagen konnte. Sie tat mir so unendlich leid. Ich habe sie sofort nach Hause geschickt. Sie war kreidebleich und ich glaube, sie war froh, von hier wegzukommen. Ich hätte nie gedacht, dass sie überhaupt noch einmal wiederkommt. Aber Sie sehen ja, sie ist bis heute meine gute Perle.« Julia Hardenberg sah den Kommissar an. »Wissen Sie, was ich während der gesamten Aktion gemacht habe?«

Westermann schüttelte den Kopf.

Sie lachte plötzlich. »Das klingt jetzt wahrscheinlich bescheuert, aber ich stellte mir das Ganze wie die Szene in einem Krimi vor, in der ich Statistin bin. Ich hab festgestellt, dass ich all das sowieso nicht mehr ändern konnte, hab mich auf dieses Sofa gesetzt, eine Zeitschrift in die Hand genommen und angefangen, völlig desinteressiert darin zu blättern. Ich habe getan, als ginge mich das Ganze überhaupt nichts an. Im Nachhinein sicherlich total irre. Dabei war mir sauschlecht und ich dachte, ich müsste kotzen. Aber nach außen war ich so gelassen, dass es mich selbst erschreckt hat. Diese

Abgebrühtheit hat mich wohl mehr als verdächtig gemacht.«
Sie lachte und zuckte die Schultern. »Als dann der Beamte,
der mich im Laden aufgesucht hatte, ins Zimmer kam, habe
ich ihn teilnahmslos gefragt, was er überhaupt suchte, während ich im Magazin blätterte. Wissen Sie, was seine lapidare Antwort war?« Sie kuckte Westermann an.

»Er hat gesagt: ›Wenn Sie etwas wissen, sagen Sie es besser gleich.‹ Können Sie sich vorstellen, wie sich das in diesem Moment für mich anfühlte? Ich sollte von etwas wissen,
dessen Sinn ich nicht einmal verstand. Ich habe ihn schließlich gebeten, mir zu erklären, was sie eigentlich suchen.
Dann könnte ich eventuell weiterhelfen.«

Dirk Westermann machte Notizen. »Wie hieß der Kollege vom LKA?«, wollte er wissen.

»Heuer, der gute Mann hieß Heuer. Den Namen werde
ich nie wieder vergessen. Er erinnerte mich an den Namen
Steuer, von Steuern ... Finanzamt.«

Westermann schüttelte den Kopf.

»Ist ja auch egal. Das war der Moment in dem Schauspiel, als wie auf Kommando alle im Raum ihre Durchsuchung unterbrachen und der Heuer mich nicht mehr ganz
so garstig ansah. Er kam zu mir, hielt mir einen Wisch vor
die Nase und klärte mich auf. Ich habe allerdings nur verstanden, dass sie nach Blankopapieren suchten, die gestohlen worden waren, um Autos zu verschieben ... und dass
mein Mann ganz offensichtlich irgendetwas mit der Sache
zu tun hatte. Sie hätten ihn zeitgleich direkt vor seinem
Büro verhaftet und würden ihn gerade vernehmen. Da war
ich sprachlos! Mein Mann, ein Verbrecher oder zumindest
verdächtigt, so etwas getan zu haben? Ich konnte es nicht
fassen. Dabei war es nach allem, was er mir angetan hatte,
gar nicht mehr so abwegig? Sie können sich nicht vorstel-

len, wie perplex ich war. Alles kam mir surreal vor. Als die Beamten fertig waren, saß ich zwischen all den herausgezogenen Schubläden und offenen Schranktüren auf dem Sofa und blieb dort, ich weiß nicht wie lange, sitzen. Erst viel später wurde mir der Ernst der Lage klar. Sie waren in meine intimste Privatsphäre eingedrungen, ohne dass ich irgendetwas dagegen hätte tun können. Ich war unschuldig, sprachlos und fühlte mich zutiefst erniedrigt. Es war, als hätte man mich nackt auf die Straße geschickt. So demütigend. Ich habe nur noch dagesessen und gezittert. Ich weiß nicht, wie lange. Aber es waren Stunden.«

Dirk Westermann legte eine Hand auf ihren Arm. Er wusste, was für ein Gefühl eine Hausdurchsuchung bei den Beteiligten hinterließ. Der Hauptkommissar nickte. »Haben Sie nie irgendetwas bemerkt? Eine Ahnung davon gehabt, was Ihr Ex trieb?«

»Nein, wie konnte ich? Wenn der Mann über die Brücke aufs Festland fuhr, war es, als lebte er dort ein komplett anderes Leben.«

»Haben Sie keine Hinweise auf krumme Geschäfte gefunden? Handyanrufe?«

»Nein, sämtliche Papiere, die er hatte, fuhr er im Auto spazieren und … Sie wissen ja, die Poststelle! Und Anrufe bekam er zu Hause grundsätzlich nie! Ich wusste ja nicht, dass er mehrere Handys gleichzeitig in Betrieb hatte.« Sie lachte.

»Gleichzeitig?«

»Ja, eines, um mich zu beruhigen, eines für die Frauen und ein drittes wahrscheinlich für seine Fisimatenten.«

»Wann haben Sie das herausgefunden?«

»Als ich in meinem Auto etwas suchte und eine Aktentasche im Kofferraum fand …«

»Ich glaube, es reicht für heute. Morgen wieder?«, fragte Westermann, steckte das Diktiergerät ein und stand auf …

*

»Moin, Westermann, Mordkommission Oldenburg. Ich bräuchte Informationen zu einem Fall, der mittlerweile ein paar Jahre zurückliegt. Zwei, um genau zu sein. Ja, danke, ich warte.«

Der Hauptkommissar betrachtete die Notizen, die er auf das Flipchart geschrieben hatte und grübelte: *So langsam nimmt die Sache Fahrt auf. Da ist jemand, der weder in der Kartei noch in einem Melderegister aufzufinden ist und dann hat der obendrein jede Menge Dreck am Stecken. Mehrere Handys und Papiere, die er im Wagen spazieren fuhr. Ich bin wirklich gespannt, was da alles herauskommt. Und ich dachte, der wäre ein Geist.*

»Ja, moin, Herr Heuer. Das ist wunderbar, dass ich Sie selbst in der Leitung habe. Ich bräuchte dringend Informationen zu einem Fall, der vor zwei Jahren zu einer großen Observation und Aktion geführt hat … hm, es ging um eine Autoschiebergeschichte im Raum Ostholstein. Können Sie mir darüber etwas sagen? … wozu? Ich habe hier einen Mord aufzuklären und der Tote ist, soweit meine Informationen reichen, einer Ihrer Verdächtigen gewesen. Woher ich die Hinweise habe? Die Ex-Ehefrau hat mich aufgeklärt, in dem Maße, wie sie überhaupt etwas zur Sache beisteuern konnte. Es würde mir wirklich sehr helfen, wenn Sie mir genauere Auskunft erteilen, weil wir Probleme haben, in dem Mordfall voranzukommen. Hm, ich höre Ihnen zu …«

Das Gespräch dauerte nicht lang, dann hatte Dirk Westermann zumindest so viele Informationen, um das, was ihm

Julia Hardenberg erzählt hatte, zu untermauern. Allerdings war auch Heuer ihm gegenüber ziemlich unterkühlt. Die Hinweise reichten ihm nicht. Er stand auf, als Hartwig den Raum betrat. »Nicht lang ausziehen. Komm, Jungchen.« Er folgte seinem Boss schweigend zum Wagen.

»So, und nun kannst du deinem Polizeihund ja gleich zeigen, wo der Hase langläuft. Mach ihm mal auf dem Rücksitz ein warmes Plätzchen und dann los«, sagte Westermann leise und kratzte sich den Dreitagebart. Er stand vor dem Wagen und blies den Rauch seiner Pfeife in den Himmel.

»Und wo wollen wir hin?«, fragte Thomas Hartwig, zog eine Wolldecke aus dem Kofferraum und legte sie zusammengeknüllt auf den Rücksitz.

»Wir fahren zum LKA nach Hannover.«

»Oh …!« Hartwig grinste. Er baute eine Kuhle und setzte den brötchenkorbgroßen Wolfshund hinein. Dann schob er die Decke so zusammen, dass ein Nest entstand.

»Wie sinnig«, ließ Westermann müde verlauten.

»Wieso hab ich eigentlich die ganze Zeit das Gefühl, dass du mich veräppelst? Du wirst dich wundern!«, antwortete Hartwig.

»Ja, ich werde mich wohl noch wundern«, entgegnete der Hauptkommissar. »So, los, steig ein, wir müssen zum LKA.« Die Fahrt von Lüneburg dauerte fast zwei Stunden und verlief schweigsam. Die ungewohnte Ruhe verunsicherte Hartwig. »Diese ewigen Baustellen gehen mir richtig auf den Sack«, murrte er, um das Gespräch in Gang zu bringen. Westermann antwortete nicht und blieb wortkarg. Irgendeine Laus musste ihm über die Leber gelaufen sein. Er wunderte sich über seinen Chef, unter dessen Augen sich tiefe Ringe eingegraben hatten und der grau im Gesicht aussah. Als sie vor dem Gebäude des Landeskriminalamtes hielten, sah der Hauptkommissar in den Fond. »Ich glaube, dein Wolf muss dringend aufs Töpfchen.«

Der Welpe saß jiepend auf der Decke und machte sich herzzerreißend bemerkbar. Thomas stieg aus und hob den Hund aus seiner Lagerstätte und setzte ihn vor einem Busch auf die Erde. »Los mach, du musst pieseln«, sagte Hartwig und hoffte, dass er ihn verstand. Der aber lief von einem Strauch zum nächsten und schnüffelte an den Ästen. »Watson, du sollst pinkeln.«

Westermann fing unweigerlich an zu lachen und murmelte: »Ich geh dann mal vor. Du kannst nachkommen. Das dauert sicherlich noch eine Weile.« Er entzündete die Pfeife erneut und stiefelte auf das Gebäude zu.

Hartwig schaute ihm verwundert nach. »Was ist mit dem los?«, murmelte er. Als er den Blick wieder zum Hund lenkte, hockte der neben einem der Büsche und setzte gerade einen Haufen. Der Kommissar griente. »Wusst ich's doch, du verstehst mich. Braver Watson.« Nachdem der Welpe sein Geschäft erledigt hatte, hob Thomas ihn hoch, gab ihm ein Leckerli, um ihn anschließend zurück ins Auto zu setzen. Fiepend schaute der Hund seinem Herrchen hinterher, als der Richtung Polizeigebäude verschwand. Dass der Welpe anfing, die Decke auf dem Rücksitz zu zerpflücken, sah er nicht …

Wenig später klopfte er an die Tür, an die ein Beamter ihn verwiesen hatte. »Moin, Hartwig, ich bin der Kollege des netten Herrn hier.« Der Kommissar zeigte auf Westermann und setzte sich ungefragt auf den leeren Stuhl neben seinem Chef.

»Tja, moin, schön, dass Sie da sind. Setzen Sie sich doch!«, sagte Frederik Heuer und zog die Augenbrauen hoch. Sein Gesicht verfinsterte sich. »So, hier sind die

Unterlagen«, bemerkte der Oberkommissar knurrig und schob den beiden Kollegen diverse Aktenordner zu.

Die Männer merkten, dass Heuer keine Lust verspürte, über den Fall zu reden. »Vielleicht können wir das hier etwas abkürzen und Sie erzählen uns einfach in kurzen Sätzen, was wir wissen müssen«, entgegnete Westermann und kuckte dem Leiter des LKA ohne jegliche Gefühlsregung in die Augen.

»Das könnten wir so machen, aber um einen genaueren Überblick zu bekommen, sollten Sie sich besser einlesen. Sie können die Unterlagen mitnehmen und zurückschicken. Ich habe noch Wichtiges zu tun.« Er schaute demonstrativ auf die Armbanduhr an seinem Handgelenk. Frederik Heuer schob die Ärmel des grauen verwaschenen Shirts bis zu den Ellenbogen und verschränkte die muskulösen Arme vor der Brust. »Was wollen Sie denn genau wissen?«, fragte er schnaubend, als er registrierte, dass sein Verhalten bei dem Kollegen keine Zustimmung fand. Die Polizeibeamten aus Oldenburg hatten sich nicht ohne Grund angemeldet.

»Das ist sehr freundlich. Zum einen müssen wir erstmal wissen, was der Hardenberg für Schandtaten angerichtet hat, die das LKA auf den Plan riefen.«

»Ja, das ist ein bisschen kompliziert«, sagte er und biss sich auf die Unterlippe. Es sah aus, als müsste er sich den Fall ins Gedächtnis zurückrufen.

»Der Hardenberg besaß nach unseren Informationen Kontakt zu Leuten, die Autos nach Polen verschoben haben. Autoschieberbande. Eigentlich nicht der Rede wert«, winkte Heuer ab. »Hardenberg witterte für sich Geschäfte, hatte allerdings nur lose Verbindungen zu diesen kleinkriminellen Polen, die für uns dennoch von großer Bedeutung waren.

Die beiden Typen, die geklaute Neuwagen in ihr Land vertickert haben, hatten sehr wohl für uns wertvolle Hinweise, weil sie Beziehungen zu einem Russen mit dem Namen Vlad Sorokin hatten. Dieser exportierte im ganz großen Stil die teuersten Autos verschiedener Fabrikate und … und das war das, was wir eigentlich wollten, er ließ russische und bulgarische Mädchen über die Grenzen nach Deutschland bringen. Die wurden dann hier verteilt und auf den Strich geschickt. Das ist ein Riesengeschäft!«

»Aber ohne Papiere können die gar nicht ins Land«, sagte Westermann.

»Das ist genau der Punkt! Nachdem in einem Amt in Ostdeutschland blanko Einreisepapiere geklaut wurden, hatten wir durch die beiden Polen die Verbindung zu Sorokin, der in dieser Geschichte seit Jahren als Initiator unter Beobachtung steht. Die vom BKA konnten ihm bisher nur nie etwas nachweisen. Die Polen, die mit ihm seit Jahren in Kontakt stehen und als Handlanger seinen Dreck beiseite räumen, sind ins Ausländeramt eingestiegen und haben die Papiere geklaut. Das haben wir sogar auf Film.« Heuer griente. »Damit hatten wir den Guten an der Leine.«

»Haben Sie die Männer festgenommen?«

»Nein, wir wollten den *ganz* großen Fisch, diesen Sorokin. Wir haben die Polen beschattet, um an den Russen zu kommen. In dem Gewirr lungerten der Hardenberg und noch ein paar halbseidene Typen herum und die wurden auf Grund dessen ebenfalls observiert. Wir wussten nicht genau, inwieweit der Hardenberg mit dem Fall des Mädchenhandels zu tun hatte. Über den Autoklau und die Papiere hätten wir ihn erstmal festnageln können und irgendwann wäre der weich geworden und hätte geredet. Ist aber nur ein Großmaul, der sich überall reinhängt, weil er selbst nichts auf die Reihe bringt und immer in Geldnöten ist. Bei der Festnahme hat er geheult wie ein Schlosshund. So klein mit Hut«, der Kommissar deutete die Größe eines Fingerhutes an. »Es hängen so verdammt viele Leute in diesen miesen Geschäften, dass einem ganz schwindelig wird. Aber Sorokin, das ist einer der großen Fische. Und um an den zu gelangen, mussten wir lange, weite Wege gehen. Der Russe hat ziemlich viele, nicht ungefährliche Verbindungen, die schnell alle überflüssigen Leute beiseite räumen.«

»Aber warum habt ihr das Haus der Hardenbergs durchsucht?«, wollte Westermann wissen und duzte den Kollegen aus Hannover.

»Wir haben gehofft, dass wir im Haus der Ex-Frau oder in seiner Wohnung die Blankopapiere finden. Die Polen sind nicht dumm und es hätte sein können, dass sie es als Versteck nutzen, um selbst nicht in die Schusslinie zu geraten. Wir wollten ihn einschüchtern. Auf dem Parkplatz vor dem Büro, in dem er arbeitete, haben wir ihn hochgenommen und zeitgleich 60 andere Wohnungen und Geschäfte gestürmt. Hardenbergs Domizile waren nur Randerscheinungen. Die Hoffnung hat sich damals leider zerschlagen.«

»Sie sprachen von noch einer Wohnung. Hatte der tatsächlich eine andere Bleibe?«, fragte Westermann.

»Ja, mit einer verdammt jungen Geliebten. Liebesnest, wenn Sie so wollen.«

»Woher wussten Sie davon?«

»Woher wohl …«, grinste er. »Er wurde über Monate observiert. Außerdem hatte der Kerl den Ausweis der Kleinen in seiner Brieftasche, als wir ihn festgesetzt haben. Das fanden wir sehr eigenartig. Wir haben natürlich die Telefone in der Wohnung und in dem Haus der Hardenbergs abgehört und die Frau mit der Tochter sogar eine Weile lang unter Personenschutz gestellt, ohne dass sie es wussten.« Heuer schob erneut die Ärmel des Shirts zurück und fuhr sich mit der muskulösen Hand durch die welligen dunkelblonden Haare. »Aber der hat nicht ein verdammtes Telefonat vom Festnetz geführt, das ihn in irgendeiner Weise belastet hätte. Und seine Prepaid-Handys hat er alle Nase lang gewechselt. Wir kamen bei *dem* nicht weiter und mussten ihn am gleichen Abend wieder laufen lassen. Ganz blöd war er also auch nicht.«

»Ja, das mit den Handys habe ich schon mitbekommen. Was hatte die Frau mit der ganzen Sache zu tun?

Wusste sie von der anderen Wohnung?«, fragte Hartwig. »Danach haben wir sie nicht gefragt. Es war eine Aussage, die wir ihr im Laufe der Untersuchungen mitgeteilt haben. Aber ob sie es wusste … keine Ahnung. Die kam mir völlig … kalt vor. Wie die diese Hausdurchsuchung abgehandelt hat, alle Achtung!« Er zuckte die Schultern. »Soweit wir das feststellen konnten, hatte sie nichts mit der Angelegenheit am Hut. Der Personenschutz hatte mit dem Russen zu tun. Mit dem Sorokin war nicht zu spaßen. Wir hatten die Befürchtung, dass die beiden unfreiwillig in die Sache hineingezogen werden und in eine gefährliche Situation geraten könnten.«

»Das ist harter Tobak. Die mussten richtig heftig durch«, sagte Hartwig.

»Wieso mussten die heftig durch? Die haben von der Observation überhaupt nichts mitbekommen. Die Hausdurchsuchung ist eine Sache, aber sonst …«

»Ist der Fall aufgeklärt worden?«

»Ne, wir konnten dem Russen bis heute *nichts* eindeutig nachweisen und einige der anderen mussten wir, wie gesagt, am gleichen Tag wieder laufen lassen.«

»Was war mit den Polen, haben Sie die wegen Auto-schieberei?«

»Nein, das war ihnen ebenfalls nicht nachzuweisen. Die sind so raffiniert, das glauben Sie gar nicht. Also, alles auf Anfang.«

»Der Hardenberg scheint ein Kleinkrimineller erster Güte gewesen zu sein, der seiner Familie ziemlich übel mitgespielt hat. Und jetzt ist er tot!«, sagte Hartwig und zuckte die Schultern.

»Wie, tot?«, fragte Heuer und saß auf einmal aufrecht in seinem Stuhl.

»Ermordet«, antwortete Westermann. »Und alle Spu-ren, die wir überprüfen, enden im Chaos. Sie haben uns letztendlich hierhergeführt.«

»Chaos?«, fragte der Oberkommissar. »Wenn wir an einem der Orte erscheinen, um sie zu untersuchen, war bereits jemand vor uns da.« Westermann schob die Brille auf seinem Kopf zurecht.

»Wer hat Hardenberg ermordet?«

»Wenn wir das wüssten …!«

»Fühlen Sie diesen Polen auf den Zahn. Die haben mehr zu vertuschen, als Sie sich vorstellen können. Observie-ren Sie die unbedingt!«

*

Charlotte Hagedorn fror nicht mehr. Sie tat, als ob sie den Strand entlang spazieren wollte. Dabei ließ sie die Frau mit dem Kinderwagen nicht eine Sekunde aus den Augen. Unauffällig folgte sie dem Gespann. Entschlossen stapfte sie den Holzbohlenweg weiter. Die junge Mutter hatte einen anderen Weg eingeschlagen. Geradewegs steuerte sie auf das gläserne Vitarium zu. Das hab ich mir gedacht, überlegte Charlotte. Mutter-Kind-Kur. *Na, warte, dich krieg ich.* Sie steckte die kalten Hände in die Manteltasche und tat, als betrachtete sie eingehend die Arne-Jacobsen-Gebäude. »Die könnten Farbe ab«, stellte sie fest und eilte auf die Tür des Glashauses zu, von wo aus man zu den Eingängen der Hochhäuser gelangte. Auf keinen Fall durfte sie den Anschluss verlieren. *Normalerweise müsste sie den ersten Zugang rein ... sie geht weiter?* Charlotte huschte am Spielplatz vorbei und folgte ihr den langen Gang durchs Vitarium. Sie blieb stehen, um keine Aufmerksamkeit zu erregen, was allerdings dank ihrer auffälligen Erscheinung schwierig war. Langsam zog sie die Handschuhe aus, steckte sie in die Taschen ihres bunten Mantels und betrachtete unauffällig ihre Fingernägel. Mit einer Hand raufte sie sich die Haare. Dabei rutschte ihre Mütze zur Seite und legte eines ihrer Ohren frei. Sie ähnelte einem Wichtelmännchen, das zur Weihnachtsdeko des Vitariums gehörte. Stand sie doch passgenau neben dem mit roten und goldenen Kugeln geschmückten Weihnachtsbaum in der Mitte des Ganges. Sie hockte sich hin und nestelte an einem ihrer Schnürsenkel herum, die den Schaft ihrer derben Stiefel am oberen Ende ihrer Wade zusammenhielten. Prustend erhob sie sich, als die junge Frau hinter dem Restaurant im mittleren Hauseingang verschwand.

Da ist die Rezeption, stellte Charlotte fest und folgte ihr. Die Mutter bewegte sich auf den Fahrstuhl zu. »Wenn ich nicht aufpasse, ist die weg«, murmelte sie und überlegte ihre nächsten Schritte. Hinter dem weitläufigen Empfangstresen hielten sich vier Personen auf, die anscheinend zum Personal der Hotelanlage gehörten. »Jetzt oder nie«, flüsterte sie, griff einen Flyer, der in einem Gestell auf dem

Tresen stand und blätterte darin. Allerdings verfolgte sie mit ihren Blicken genau, in welcher Etage der Lift zum Stehen kam. Achter Stock. Sie drehte sich um und fragte eine etwa 20 Jahre alte Brünette, die sich angeregt mit einem ebenso alten Kollegen unterhielt.

»Hallo, junge Frau ... können Sie mir helfen?« Charlotte kuckte sie an, als könnte sie nicht bis drei zählen. Sie stellte sich zerstreut und wenn man sie betrachtete, hatte es tatsächlich den Anschein.

»Ich soll hier gleich Babysitten, aber ich hab den Namen der jungen Frau vergessen.« Sie hoffte, dass niemand sie wiedererkannte, weil sie mit Eleonore hier gewesen war. »Mein Zettel liegt zu Hause, da hab ich ihn aufgeschrieben. Ich bin von der Insel und man kennt mich«, log sie, ohne rot zu werden.

»Ich kann Ihnen keine Auskunft geben, wenn Sie mir den Namen nicht nennen können. Tut mir leid«, entgegnete die Studentin und wollte sich ihrer Arbeit zuwenden.

»Aber wenn ich nicht rechtzeitig komme, verpasst die Frau einen wichtigen Termin in Burg.«

Die Brünette taxierte Charlotte Hagedorn. Es schien, als wollte sie nicht schuld sein, wenn die ihren Job nicht verrichten konnte. »Können Sie mir denn wenigstens sagen, ob sie in der Klinik zur Mutter-Kind-Kur ist, oder hier Urlaub macht? Sie müssten mir schon Genaueres verraten. Wissen Sie, wie viele Leute hier in den Häusern sind? Wir haben Weihnachtszeit, alles ausgebucht«, sagte die Frau, die Mitleid mit Charlotte hatte.

»Auf meinem Zettel stand der Name, wenn ich mich doch nur erinnern könnte. Und da stand ...« Sie überlegte angestrengt.

»Mittleres Gebäude«, sie schloss die Augen, als wollte

sie sich das Geschriebene ins Gedächtnis rufen.»Achte Etage, das Haus in der Mitte. Genau!« Charlotte Hagedorn griente und sah die Frau hinter dem Tresen erwartungsvoll an.

»Na, da wollen wir mal sehen.« Die Mitarbeiterin blickte in den Computer und suchte. Minuten vergingen und sie arbeitete sich durch das System. Charlotte wippte ungeduldig mit den Füßen.»Ich hab zwei Möglichkeiten. Vielleicht hilft Ihnen das weiter. Aber das machen wir normalerweise nicht. Haben Sie gehört? Ausnahme und …« Sie legte den Zeigefinger über ihre Lippen.»Heiliges Ehrenwort«, entgegnete die Künstlerin und platzierte zwei Finger in Brusthöhe auf den Stoff des Mantels.

»Sie helfen mir wirklich sehr«, lächelte Charlotte Hagedorn verlegen.»Sie retten sozusagen Leben.«

»Also meinetwegen. Im mittleren Haus, im achten Stock ist ein Pärchen mit einem vierjährigen Jungen und im Appartement gegenüber ein Vater mit seiner Tochter und deren Baby, ich schätze um die fünf Monate alt, wenn ich mich recht erinnere. Ich schreibe Ihnen die Nummern der Ferienwohnungen auf einen Zettel, den vernichten Sie bitte hinterher! Wer von denen das ist, müssen Sie selbst herausfinden. Oder soll ich oben anrufen. Ich könnte das für Sie …«

»Nein, um Gottes willen, wie stehe ich denn dann da? Würden Sie einer schusseligen Alten Ihr Kind überlassen?«

Die Frau schüttelte unmissverständlich den Kopf und reichte Charlotte den Zettel.»Vernichten, hören Sie?«

»Selbstverständlich«, antwortete sie und bewegte sich schnurstracks auf den Fahrstuhl zu.

*

»Chef, hier ist ein Gespräch für dich.« Hartwig reichte Dirk Westermann den Hörer, als sie wenig später wieder auf dem Weg zum Parkplatz waren.

»Ja? … Hm, das hört sich gut an. Wir machen uns auf den Weg. Wir sind grad in Hannover unterwegs.« Dann legte er auf.

»Thomas, wir müssen nach Lüneburg.«

»Warum? Kaffee trinken?«

»Witzbold. Die haben die Polen festgesetzt. Deine Kommissarin und ihr Chef wollen mit der Befragung warten, bis wir da sind.«

Hartwig spurtete Richtung Wagen »Dann los! Gib Gas«, rief er.

»Na, da hat es aber jemand eilig.« Dirk Westermann lächelte.

Als Hartwig im Fond nach dem Rechten sehen wollte, wurde er bleich. »Chef, ich glaube, es ist besser, du kuckst gar nicht erst in den Kofferraum.« Der Welpe richtete sich von seiner Decke auf und sprang gegen die Rücklehne.

»Siehst du, der merkt schon, dass etwas im Busch ist«, freute sich Westermann und öffnete die Beifahrertür.

»Das glaube ich allerdings nicht«, verzog Thomas das Gesicht. Als er die Heckklappe hochzog, um den Hund pinkeln zu lassen, sah er das Ausmaß der Zerstörung. Watson hatte in der letzten Stunde fast das komplette Wageninnere zerlegt. Die Verkleidung war heruntergerissen. Teile herausgebrochen. Der Stoff der Sitze hatte klaffende Risse, aus denen jede Menge Füllmaterial herauslugte. Die Kopfstützen waren zerbissen und ein großer Haufen lag in der Mitte des Kofferraumes.

»Das ist jetzt nicht wahr«, rief Westermann und wurde rot, als er die Verwüstungen im Cockpit des Wagens sah.

Er stopfte die kalte Pfeife in die Tasche und schrie: »Nimm deinen Köter sofort raus! Verdammter Mist …«

Hartwig starrte seinen Chef entsetzt an und setzte Watson an dem Busch ab, an dem er vorhin sein Geschäft erledigt hatte. »Das darf doch alles nicht wahr sein«, schimpfte Dirk, als er ins Innere blickte. Es herrschte endloses Chaos. Der Knauf des Schalthebels zeigte tiefe Nagespuren. Selbst die vorderen Kanten der Ledersitze wiesen unübersehbare Bissspuren auf. »Jetzt reicht es, das wird teuer, mein Freund!«

*

Nicht einmal zwei Stunden später schritten sie schweigend den Flur in der Lüneburger Dienststelle entlang. Der eine immer noch wutentbrannt, der andere peinlich berührt. Den Hund hatte Hartwig an seiner Leine sehr kurz am Versteller des Sitzes verknotet, sodass er sich kaum bewegen konnte. Westermann klopfte gegen die Tür des Großraum Büros und öffnete sie.

»Moin«, sagte der Hauptkommissar, als sie den Raum betraten.

»Moin«, entgegnete der Hauptkommissar von der Oldenburger Dienststelle, der die beiden auf seinen Büroraum zusteuern sah und sie hereinwinkte. Er stand auf und reichte dem Kommissar die Hand.

»Na, Urlaub zu Ende? Und, wo sind die Herren?«

»Die sitzen im Befragungsraum. Wenn ihr soweit seid, können wir. Und ja, war nett.« Die Männer nickten und überließen dem Chef der Lüneburger Dienststelle den Vortritt. Thomas Hartwig spähte durch den Flur, in der Hoffnung, Katharina von Hagemann zu entdecken.

Enttäuscht folgte er den Kollegen in einen Raum. Von

dort aus konnte er durch eine Glasscheibe in ein weiteres Zimmer sehen, in dem zwei bullige Männer an einem Tisch saßen und davor, mit dem Rücken zu ihm gewandt … Katharina von Hagemann. Ihre leuchtend rote, wilde Mähne war nicht zu übersehen.

In der hinteren Ecke stand ein weiterer Beamter mit verschränkten Armen vor der Brust.

»Du bleibst hier und beobachtest das Geschehen von dieser Seite«, wies Westermann den Kollegen an.

Seine Mundwinkel verzogen sich, dennoch sagte er nichts, nickte und verfolgte das Prozedere im Nebenzimmer. Über einen unscheinbaren Lautsprecher hörte er jedes Wort. Die betrübten Blicke schweiften immer wieder zu der rothaarigen Schönheit, deren Gesicht er nicht sehen konnte.

Rehder und Westermann betraten den Raum. »Na meine Herren, haben Sie sich überlegt, uns mit ein paar Informationen weiterzuhelfen?«

»Wir wissen nix!«, antwortete Marek Pawlowski und fuhr sich mit der Hand über seinen kurzgeschorenen Schädel. »Wieso festhalten? Wir sind unschuldige Bürger!« Der Pole klopfte sich mit der Faust gegen die Brust.

»Ja, das sehe ich genauso«, sagte Rehder. »Sie sind jungfräulich, wie immer … aber warum hatten Sie dann einen Laptop in Ihrem Kofferraum, der dem toten Hardenberg gehörte?«

Pawlowski schluckte und Sikora schaute zur Tür. »Wir gefunden«, entgegnete Pawlowski und zuckte die Schultern.

»Klar, den haben Sie mal eben so gefunden.« Rehder, der neben seiner Kollegin Platz genommen hatte, überlegte.

»Wo habe Sie den gefunden?« Westermann taxierte die beiden Männer. Er hatte sich hinter Katharina von Hagemann an die Wand gelehnt. Hartwig verfolgte die Befragung.

»Lag in Park auf Bank.«

»Lag in Park auf Bank«, äffte Rehder Wiktor Sikora nach, der unbeteiligt die kurzen Fingernägel betrachtete. Die Beamten hatten das Gefühl, als wären sich die Polen sicher. Benjamin Rehder holte zum Schlag aus.

»Wissen Sie was, meine Herren? Der Laptop wird gerade untersucht. Finden wir irgendetwas, das auch nur im Geringsten auf Ihre Spur führt, dann klagen wir *Sie* beide wegen Mordes an Joost Hardenberg an. Verstehen Sie? Eine Anklage wegen Mordes wird Sie lange aus dem Verkehr ziehen. Mal sehen, ob Sie dann auch noch so schweigsam sind.« Rehder stand auf und forderte den Beamten im Hintergrund auf, die beiden in ihre Zelle zurückzubringen.

»Mord? Wieso? Wir haben Hardenberg nix umgebracht!«, sagte Sikora unbeeindruckt.

»Wir nix Mörder! Gehen nicht in Knast wegen Schwein Hardenberg«, schrie Pawlowski und sprang auf.

»Hinsetzen! Setzen Sie sich wieder hin«, forderte Katharina von Hagemann den Mann auf. »Erzählen Sie uns, was Sie im Haus von Joost Hardenberg, Horst Lehmann und Julia Hardenberg wollten! Dann werden wir sehen, was passiert.« Die Kommissare wussten, dass sie der Lösung einen Schritt näher kamen. Die Aussicht, als Mörder vor Gericht zu erscheinen, ließ die beiden Kriminellen ihr Schweigen brechen.

»Ich sag alles«, murmelte Sikora beleidigt und wollte anfangen zu reden. »Wer ist Frau Hardenberg? Wir nicht kennen Frau.«

»Aber meine Herren, das ist doch nicht so schwer zu erraten. Die Frau vom Toten«, sagte Dirk Westermann und sah die Männer eindringlich an.

»Aber bei Frau von diesem Schwein wir nicht waren, ehrlich«, entgegnete Sikora leise.

»Was haben Sie in den Wohnungen gesucht?«, überrumpelte Rehder die Männer.

»Nix gesucht, wollten nur …« Sikora schwieg, schob sich die Ärmel seines Pullovers hoch und Pawlowski rang um Fassung.

Ben Rehder stellte das Aufnahmegerät an. »Nun mal los, erleichtern Sie Ihr Gewissen«, drängte er erneut.

»Also gut. Wir wollten zu Schwein Hardenberg, aber wir nix haben getötet. Er nicht zu Hause. Ehrlich.«

»Was wollten Sie da?«, fragte Westermann.

»Papiere, wir nur wollten Papiere abholen, sonst nix«, sagte Pawlowski und scharrte mit dem Fuß auf dem Boden.

Der Hauptkommissar aus Oldenburg beobachtete die Männer genau. Sikora grinste und verschränkte die Arme vor der Brust. »Weiter«, sagte Rehder.

»Wir haben geklingelt und geklopft. Aber er nicht da.«

»Und weiter?«

»Und sind gegangen. Ehrlich.«

»Na klar, Sie sind wieder verschwunden … ohne die Papiere … Wer's glaubt, wird selig. Untadelig, wie Sie sind«, sagte Katharina von Hagemann. »Wollen Sie uns verkackeiern?« Sie stellte sich hin und stemmte ihre Fäuste auf den Schreibtisch.

Thomas Hartwig, der im Nebenraum immer noch mit seinem schlechten Gewissen kämpfte, freute sich über die taffe Art der Kollegin. Sie würde die Polen knacken, so viel war sicher, als er ihr Hinterteil betrachtete. Jetzt wurde es allerdings Zeit, sich um den Hund zu kümmern. Widerwillig verließ er den Raum.

»Weiter«, forderte Rehder die beiden polnischen Verbrecher auf, mit ihrer Aussage fortzufahren.

Zur Bestätigung hob Pawlowski die Hände wie zum Gebet in die Luft. Sikora grinste.

»Und der Laptop? Wo haben Sie den her?«, forderte Westermann erneut. Er spürte, dass die beiden aalglatt waren und sie kaum eine Chance hatten, sie zu überführen.

»Laptop lag in Garten. Ehrlich.« Sikoras Ohren wurden rot.

Er lügt, dachte der Hauptkommissar. »Ist es nicht so, dass Sie das Ding nicht knacken konnten und es auf anderem Weg versuchen wollten? Sie brauchten Informationen.«

Beide schüttelten die Köpfe. »Wir haben Computer in Garten gefunden, ehrlich. Passwort nix gut. Scheißding«, sagte Pawlowski.

»Ah ja. Und was wollten Sie im Haus von Frau Hardenberg auf der Insel?«, wollte Westermann wissen.

»Wir nicht auf Insel.« Er schüttelte den Kopf. »Wir nicht suchen in Haus von Frau.« Pawlowski zuckte die Schultern und Sikora grinste noch immer.

Der Hauptkommissar wusste, dass sie aus den Männern nichts weiter herausbekommen würden. Sie mussten andere Wege finden. »Kann ich Sie kurz sprechen?«, sagte er zu den Kollegen vom Lüneburger Kommissariat. Rehder und Hagemann nickten und folgten dem Oldenburger Kommissar auf den Flur. »So werden wir nichts Konkretes aus denen herausbekommen«, sagte er.

»Ich hatte ein Gespräch mit dem Oberkommissar Heuer vom LKA in Hannover. Dem sind die beiden bestens bekannt. Er gab mir den Tipp, sie zu observieren. Ich denke, das ist die bessere Variante. Lassen Sie sie laufen und wir bleiben ihnen auf den Fersen. So werden wir hier keinen Erfolg erzielen. Was meinen Sie?« Dirk Westermann verschränkte die Arme vor der Brust und sah von Hagemann zu Rehder.

»Eine gute Idee«, ließ Katharina verlauten und stupste Rehder von der Seite an.

»Ja, gute Idee. Ich werde alles veranlassen.«

»Wo haben Sie die beiden überhaupt aufgegabelt?«, wollte Westermann wissen.

»Manchmal sind Verkehrskontrollen doch sinnvoll, oder?«, entgegnete Benjamin Rehder und reichte dem Kollegen die Hand. »Tut mir leid, ich hatte mir mehr von dieser Befragung versprochen. Wir werden sie laufen lassen. Vielleicht bringen sie uns so mehr ein.«

»Das ist in Ordnung. Es wäre gut, wenn ich noch ein paar Fotos haben könnte.«

»Fotos? Von den beiden da drinnen?« Rehder deutete auf die Tür, hinter der die Polen grinsend am Tisch darauf warteten, verschwinden zu können. Westermann schüttelte den Kopf.

»Nein, ich brauche Fotos von diesem Lehmann und seiner Tochter.«

»Wir versuchen, welche zu finden. Allerdings haben die sich bisher nichts zu Schulden kommen lassen. Nicht mal einen Strafzettel wegen Falschparkens. Tut mir leid. Wenn wir etwas reinbekommen, schicke ich es Ihnen, in Ordnung?« Rehder reichte dem Hauptkommissar erneut die Hand. Er drehte sich zur Seite … Katharina von Hagemann war verschwunden.

»Alles gut. Wenn Sie die Observation einleiten, ist es ein Anfang.« Westermann war nicht zufrieden und wollte das Gebäude verlassen, als ihm einfiel, dass Hartwig sich im Nebenraum aufhielt. Als er die Tür öffnete, war der Raum leer. Der Kommissar ging zum Parkplatz.

Thomas stand hinter dem Wagen auf dem Grünstreifen und ließ den Hund schnüffeln. Neben ihm … Katharina von Hagemann. Sie rauchte und blies den Qualm in die eisige Luft. Na sieh mal einer an, dachte Dirk und stapfte auf die beiden zu. »Da sind Sie. Ich wollte mich wenigstens verabschieden, bevor wir Ihr schönes Niedersachsen wieder verlassen.«

Sie stopfte die Zigarette in den kleinen Aschenbecher, den sie zwischen den Fingern hielt, und reichte Westermann die Hand. »Ja, wir werden versuchen, Ihnen zu helfen, so gut es geht.« Sie lächelte ihn an, was Thomas Hartwig ein Grummeln in der Magengegend verursachte. Nicht noch einmal, dachte er und nahm Watson auf den Arm.

»Nochmal kraulen? Wer weiß, wann ihr euch wiederseht.« Thomas griente die Kommissarin frech an.

»Wir bleiben in Kontakt«, versprach sie, kraulte dem Welpen über den Kopf und sagte an ihn gerichtet: »Wir müssen sehen, wie er sich entwickelt und wie viele Wagen der Racker noch knackt.« Sie lachte lauthals. »Sie haben ja meine Nummer«, wandte sie sich an Hartwig, drehte sich um und wollte den Parkplatz verlassen. Sie blieb stehen: »Ach ja, für die Zukunft.« Sie zog eine Klarsichttüte aus der Hosentasche, reichte sie ihm grinsend und deutete auf den riesigen Haufen.

»Na, das sieht doch gut für dich aus«, murmelte der Hauptkommissar versöhnlich und stieg in den demolierten Wagen. »Pack mal den Mini-Revoluzzer wieder in den Kofferraum. Jetzt ist es eh schon egal. Wir müssen … ich hab einen wichtigen Termin … einen *sehr* wichtigen Termin«, brummelte er und fuhr sich angespannt durch die Haare …

*

Dirk Westermann parkte den Audi auf dem Parkplatz. Er stellte den Motor ab und blieb für einen Moment regungslos sitzen. Der Schnee fiel auf die Scheibe und verdeckte ihm die Sicht. »Los, alter Junge, da musst du jetzt durch.« Er klopfte mit der Hand gegen das Lenkrad, öffnete die Tür und stieg aus. Angespannt reckte er das Gesicht Richtung Himmel. Es schien, als schickte er ein Stoßgebet zu Gott. Er wusste, dass es das schwerste Gespräch werden würde, das er je geführt hatte. Dabei hatte er einen Fall aufzuklären, der sämtliche Konzentration erforderte. Er war froh, Thomas Hartwig an seiner Seite zu wissen, der sich engagiert um die Nebenschauplätze kümmerte. Er presste die Zähne aufeinander, bis die Wangenknochen sichtbar wurden. Die Bartstoppeln warfen harte Schatten und ließen die dunklen Augenringe noch stärker hervortreten. Er sah scheiße aus, und er fühlte sich genauso. Das konnte jeder sehen, der ein bisschen Feingefühl besaß.

Dirk Westermann drückte auf den Klingelknopf. Mach auf, bitte, dachte er und zog den Kragen seiner Jacke zu. Das Summen des Türöffners ließ ihn schlucken. Langsam nahm er Stufe für Stufe, bis er im Obergeschoss angekommen war.

»Ach, mein Kommissar«, rief Charlotte, als sie ihn auf dem Treppenabsatz erkannte.

»Komm rein, mein Jung, ich hab grad einen Tee aufgesetzt.«

Bereitwillig ließ er sich von ihr in den Flur ziehen. Eine angenehme Wärme strömte ihm entgegen. *Was hab ich mir nur dabei gedacht?* Westermann schüttelte den Kopf.

»Alles in Ordnung? Du siehst bescheiden aus, wenn ich das mal so sagen darf.«

»Ne, alles in Ordnung. Aber der Fall ist ein bisschen kompliziert. Die Stunden, die wir schlafen, sind nicht gerade reichlich.« Und wenn ich im Bett liege, wache ich neben einer anderen Frau auf, dachte er und knöpfte den Caban auf.

»Ist Katrin nicht da?«, fragte er suchend.

»Katrin?« Die Künstlerin kam ins Grübeln. *Er nennt sie sonst nie Katrin. Da stimmt was nicht. Sie war heute auch schon so merkwürdig.* Charlottes Spürnase schaltete auf Empfang. »Nein, sie ist im Büro und kommt …«, sie schaute auf die alte Uhr über der Kommode, »in einer halben Stunde zurück. Sie wird sich freuen, dich zu sehen«, sagte sie und zog Dirk hinter sich her ins Wohnzimmer.

»Das glaube ich eher nicht«, murmelte er und setzte sich auf das Sofa. Sein Blick wanderte zum Fenster. Es war dunkel und die Schneeflocken flogen gegen die Scheibe.

»Aha.« Sonst sagte Charlotte Hagedorn nichts. Sie wollte ihn nicht in Verlegenheit bringen, obwohl sie genau wusste, dass etwas ganz und gar nicht stimmte. Seit dem Besuch auf dem Weihnachtsmarkt war irgendwas anders, stellte sie fest. »Gibt's was Neues im Fall Hardenberg?«, fragte sie, während sie in der Küche verschwand, um wenig später mit einem Tablett, auf dem zwei Becher und ein Topf Kandis standen, wieder zu erscheinen. Einen davon stellte sie vor Dirk auf den Tisch, den anderen auf ihren Hocker.

»Du hast den Tee vergessen«, erwiderte Westermann und spähte enttäuscht in das Gefäß, das zu einem Viertel mit heißem Wasser befüllt war.

Charlotte lächelte, steuerte auf den Schrank zu, öffnete die rechte Tür und holte eine Flasche heraus. Langsam drehte sie den Deckel auf und goss zuerst dem Kommissar und dann sich selbst einen nicht zu verachtenden Schluck Rum in die Keramikbecher. »Du weißt ja, Rum muss, Zucker kann …« Charlotte zwinkerte ihm zu, deutete auf den Topf mit Kandis, nahm ihren Becher hoch und setzte sich ihm gegenüber in ihren Ohrensessel. Sie schwang die Beine auf den Schemel und sagte: »Erzähl du mir etwas, dann habe ich für dich vielleicht auch ein paar brisante Neuigkeiten.«

Der Hauptkommissar nahm einen großen Schluck und lehnte sich zurück. Unentwegt lauschte er, ob die Tür sich öffnete. »Wir haben bisher so unsere Schwierigkeiten, was den Fall angeht. Die Verdächtigen, die wir haben, sind aalglatt und wir haben keine Ahnung, wie wir sie überführen sollen. Obwohl wir ziemlich sicher sind, dass sie Dreck am Stecken haben.«

»Wen habt ihr denn verdächtigt?«, wollte Charlotte Hagedorn wissen und zog die Augenbrauen hoch.

»Zwei Polen, die Grund genug hätten, den Hardenberg zu töten. Die sind auf der Suche nach wichtigen Unterlagen und wer weiß, was sonst noch. Aber wir finden keine Spuren, die sie überführen.«

»Und weiter? Gibt es andere Verdächtige? Nun red schon.« Sie schlürfte ihren Becher leer und rutschte auf ihrem Sessel hin und her.

»Schwierig, seine Ex-Frau hat die ganzen Jahre diesen Mann aushalten müssen. Ich glaube, die war froh, dass er endlich weg war. Für mich hätte sie zwar ein Motiv, aber wenn ich mir die Gespräche anhöre und die zierliche Frau dazu ansehe ... nein! Dann sind da zwei Personen, die bisher nicht in Erscheinung getreten sind. Die abgetaucht sind. So zumindest hat es den Anschein.« Dirk leerte den Becher und stellte ihn auf den alten Holztruhentisch neben sich. »Und eine seiner vielen Ex-Geliebten, die auch mehr als einen Grund hätte, ihn um die Ecke zu bringen. Wir sind dran, aber ...«

»Die Ex. Tja, ist kompliziert. Hätte ich so einen Mann,

den hätte ich längst in die ewigen Jagdgründe geschickt. Verstehen könnte ich die Frau. Der hat sie dermaßen gedemütigt. Ich würde mir das nicht gefallen lassen. Und Katrin auch nicht!« Charlotte sah den Kommissar eindringlich an. Jedoch ging sie nicht weiter darauf ein. »Was sind denn das für Leute, die untergetaucht sind?«, wollte sie stattdessen wissen und setzte sich kerzengerade auf.

»Keine Ahnung. Die sind nirgends auffindbar. Es handelt sich um die sehr junge Freundin von Hardenberg, seine Lebensgefährtin sozusagen, und ihren Vater.«

»Der hatte eine Flamme?«

»Ja, der hatte eine Freundin, die nach ersten Untersuchungen ein Kleinkind hat. Ob von ihm oder nicht, kann ich dir nicht sagen.«

»Was für ein Kind?«

»Was für ein Kind …? Ein Baby, schätze ich. Denn als wir das Haus untersucht haben, in dem Hardenberg mit seiner Freundin lebte, fiel mir sofort das Kinderzimmer auf. Babybett, Wickelkommode, eine dieser Babytrageschalen … wenn du verstehst.«

»Der hatte mit einer anderen Frau ein Kind? Jetzt wird mir einiges klar.« Sie fuhr sich mit der Hand über das Kinn. »Das macht die Sache natürlich rund«, sagte sie. »Was bedeutet das? Wie heißen die Leute?«, drängte Charlotte Westermann weiterzusprechen.

»Aber warum interessiert dich das so?«

»Das interessiert mich so überaus, weil es angehen könnte, dass die Frau hier auf der Insel ist und ich sogar herausgefunden habe, wo«, sagte sie siegessicher. »Hast du jetzt einem Namen von der Frau, oder nicht?«, bohrte Charlotte weiter, stand auf, öffnete erneut die Flasche Rum und goss je einen großen Schluck in die leeren Becher.

»Meine liebe Miss Marple, du weißt aber schon, dass der teure Rum nicht in einen Teebecher gehört?«

»Papperlapapp!«, winkte sie ab und fragte erneut: »Hast du Namen?«

»Hast du heißes Wasser?« Charlotte Hagedorn winkte ab.

»Ja, die Lebensgefährtin von Joost Hardenberg heißt Nicola Lehmann.«

»Ich hab's gewusst«, rief sie und schlug mit der Hand auf den Oberschenkel.

»Aber wir wissen nicht, wo sie sich mit ihrem Vater aufhält. Wie gesagt, alles sehr schwierig.« Dirk nahm den Becher in die Hände, inhalierte den Duft des edlen Getränkes und trank ihn pur. Der Rum lief seine Kehle hinunter und wärmte die Eingeweide. »Sprich, Miss Marple.«

»Ich kann dir sagen, wo sie sind! Und dass genau die, nach der ihr sucht, auf dem Grundstück von Frau Hardenberg rumgeschlichen ist.«

»*Wo?*« Der Hauptkommissar knallte den Becher auf den Tisch. »Wo und wieso, woher weißt du?« Westermann saß Charlotte sprachlos gegenüber, als ein Schlüssel im Türschloss zu vernehmen war.

»Später«, hauchte Charlotte Hagedorn. »Sie erstmal zu, dass du das mit Katrin wieder in Ordnung kriegst.«

Fassungslos sah Dirk Westermann die Tante seiner Freundin an …

*

Am gleichen Abend.

»Das hätte ich mir ja denken können«, sagte Katrin, als sie das Wohnzimmer betrat. »Ich habe dein Auto gesehen.«

Sie zurrte den Schal von ihrem Hals und legte ihn über den Stuhl, der der Tür am nächsten stand. »Und, was willst du?« Charlotte sprang von ihrem Sessel auf und sagte: »Ich muss abwaschen. Das macht ihr man unter euch aus.« Sie verließ das Wohnzimmer und zog die Tür hinter sich zu. Sie hatte bemerkt, dass irgendetwas im Busch war, aber sie hatte nicht vor, ihre Nase in deren Beziehung zu stecken. Sie sah auf die leuchtenden Kerzen und schlurfte lautlos in die Küche. Leise schloss sie die Küchentür hinter sich. Charlotte stellte das Radio an und ließ Wasser ins Waschbecken laufen.

Dirk erhob sich und schlich auf Katrin zu. »Schön, dich zu sehen, meine Kleine«, war ein hilfloser Versuch, sich seiner Freundin anzunähern. Er reichte ihr die Hände.

»Vertragen? Bitte!« Sie wich zurück. »Ich finde, du machst es dir ein bisschen zu einfach. Warum hast du mir nicht erzählt, dass deine Ex-Frau hier herumschleicht?«

Dirk berührte ihre Schultern und sagte: »Ich weiß es nicht. Weil ich genau vor dieser Reaktion Angst hatte?«

»Ja, genau. Angst vor meiner Reaktion. Hättest du von Anfang an mit offenen Karten gespielt, wäre ich wahrscheinlich sauer gewesen, aber *mich* anzulügen. Nein, das hatte ich alles schon einmal. Das will ich nicht mehr.« Sie zog den Reißverschluss runter und zerrte sich aufgebracht den Parka von den Schultern. »Was glaubst du, wie ich mich gefühlt habe, als ich euch einträchtig nebeneinander gesehen habe? Wo sie dir, ganz nebenbei, den Nacken gekrault hat.« Katrins Gesicht war hochrot, was nicht an der Raumtemperatur lag.

Dirk Westermann, der sonst souveräne Hauptkommissar, kam sich vor wie ein Pennäler, der sich eine Tracht Prügel einfing. »Erstens habe ich dich nicht angelogen.

Ich habe dir nur nicht erzählt, dass sie hier aufgetaucht ist. Ich dachte wirklich, du wärst es gewesen. Ich wusste nicht, dass sie auf dem Weihnachtsmarkt ist. Ehrlich nicht.« Er hob die Finger wie zum Schwur.

»Aber du wusstest, dass sie auf der Insel ist. Nicht einmal das hast du mir erzählt. Was will *die* hier?« Sie hielt sich an der Lehne des Stuhls fest, weil ihre Knie zitterten. Unter ihren Boots hatte sich Schmelzwasser gesammelt und hinterließ eine Pfütze.

»Katrin! Ich wusste nicht, dass sie auf die Insel gekommen ist, bis sie in der Dienststelle auftauchte. Und das ist die Wahrheit.« Er verschwieg das vorangegangene Telefonat. »Sei wieder gut, bitte. Würdest du ein Stück mit mir spazieren gehen? Ich brauch dringend frische Luft.« Er wollte ihr nicht hier erzählen, was in der Nacht in seinem Hotelzimmer passiert war.

»Ist mir eigentlich zu kalt«, entgegnete sie, zog die Augenbrauen hoch und wippte mit den Füßen. Sie steckte die dunkelgrüne Bluse zurück in die Jeans und blickte ihn unsicher an. »Bitte, ich muss mit dir reden.«

Katrin sah Dirk durchdringend an. Eine steile Falte entstand zwischen ihren Augen. Sie schluckte. So ernst hatte sie ihn lange nicht gesehen. Sie wollte es ihm nicht zu leicht machen. So kommst du mir nicht so davon, dachte sie und sagte: »Na gut, aber nicht mehr heute. Ich bin durchgefroren, total müde und … hab tierische Migräne. Ich muss ins Bett …«

»Nein, du kommst jetzt mit! Ich habe dir etwas Wichtiges zu sagen …!«

*

»Ich fahre noch einmal zu Julia Hardenberg. Ich muss das mit der Wohnung und der Geliebten klären. Willst du mit oder hast du etwas anderes auf dem Plan?«

»Ich wollte mich nochmal in der Mühle umsehen. Den Nachbarn auf den Zahn fühlen. Vielleicht hat ja doch irgendjemand was gesehen.«

Westermann griff zum Handy und rief Charlotte an. Da sie sich nicht mehr gesprochen hatten, musste er unbedingt wissen, was sie ihm erzählen wollte. Er ließ es lange läuten, aber niemand nahm ab. »Ich versuche es später nochmal«, murmelte er.

»Außerdem will ich das junge Glück nicht stören«, sprach Thomas weiter und lächelte verschmitzt. »Hallo, Erde an Westermann?«

»Hör auf!«, rief Dirk ungehalten. »Das ist eine ganz normale Befragung.«

Hartwig sah seinen Kollegen von der Seite an. »Was ist denn in dich gefahren? Das war Spaß!«

»Damit macht man keine Witze«, entgegnete der Hauptkommissar und umschloss mit den Händen so fest das Lenkrad, dass seine Knöchel weiß hervortraten.

»Womit bin ich dir denn auf die Füße getreten? Ich hab es doch nicht so gemeint. Kannst du keinen Spaß mehr vertragen?«

»Mir ist im Moment nicht nach Rumblödeln zumute, tut mir leid.« Der Hauptkommissar warf seinem Kollegen einen kurzen Blick zu.

Thomas schwieg. Er spürte, dass irgendetwas in der Luft lag. Hatte das mit der Tante auf dem Weihnachtsmarkt zu tun, fragte er sich. In so eine Verwicklung wollte er sich besser nicht einmischen. Er haderte mit sich selbst. Die unnahbare rothaarige Lady ließ ihn ständig abblitzen. Der

Hund spielte verrückt. Thomas Hartwig schnallte sich ab und drehte sich zum Rücksitz. Er lugte über die Rückenlehne und sah Watson friedlich auf der Decke liegen und schlafen.

»Zumindest der ist selig«, sagte er und linste auf die Straße. »Du kannst mich an der Dienststelle rauslassen. Ich hole mir einen Kollegen, der mit mir nach Lemkenhafen tuckert. Aber, sag mal. Du hast mir bisher nie etwas über deine Vergangenheit erzählt … oder gibt es keine?«, wollte Thomas wissen.

»Warum fragst du? Warum jetzt?«, entgegnete Dirk Westermann.

»Ich mein nur, weil du nichts aus der Zeit vor Oldenburg preisgibst. Ich weiß nur, dass du aus Elmshorn kommst. Aber ob es da 'ne Freundin gab oder du verheiratet warst, davon hast du nie etwas erwähnt.« Er sah den Hauptkommissar von der Seite an.

»Geht dich das was an?«, fragte Westermann.

»Nein, aber mein Leben liegt vor dir wie ein offenes Buch. Du kennst meine Leidenschaften, meine …« Er überlegte.

»Ja, ich kenne dein Leiden mit deinem Fußballklub, von Frauen hast du mir bisher auch kein Sterbenswörtchen erzählt, oder?« Hartwig sah peinlich berührt aus dem Wagenfenster.

»Touché, hast recht. Aber als die Frau auf dem Weihnachtsmarkt auf der Bildfläche erschien, da ist mir erst klar geworden, wie wenig wir eigentlich voneinander wissen.«

»Wenn Ruhe einkehrt, werden wir mal eine Flasche Whisky auf den Tisch stellen und uns all unsere kleinen Geheimnisse erzählen. Einverstanden?«

Thomas nickte und stieg aus. »Vergiss Watson nicht«,

murmelte Westermann und fuhr erneut zum Haus von Julia Hardenberg.

Wenig später saß der Hauptkommissar in Julias Küche. »Mein Wohnzimmer ist schrecklich unaufgeräumt. Da kann ich Sie nicht reinlassen. Stört es Sie, wenn wir hier sitzen?«

Der Kommissar schüttelte den Kopf. »Vielleicht ist es für Sie ja angenehmer, wir vertagen unsere Gespräche in die Dienststelle?«

»Aber nein, hier fühle ich mich gut. Wenn es Ihnen nichts ausmacht?«

»Nein, ist in Ordnung, wie es ist«, sagte Westermann. »Kaffee?«

»Nein, danke. *Ich* habe da noch ein paar wichtige Fragen an Sie. Es geht langsam, aber stetig voran.« Er legte das Diktiergerät auf den Küchentisch. Ein Strauß frischer weißer Rosen stand mittig in einer kugeligen Glasvase. Daneben lagen einige fein säuberlich gestapelte Wohnzeitschriften. »Diese Dekozeitungen liebt meine Freundin auch«, sagte Dirk Westermann, nahm eine in die Hand und blätterte darin. »Neugestaltung des Hauses in Aussicht?«, fragte er unverfänglich.

»Nein, ach wo, man könnte glauben, ich fress die Dinger. Mittlerweile habe ich kistenweise davon.«

»Entsorgen Sie die denn nicht mal?«

»Entsorgen? Wo denken Sie hin! Die kann man immer wieder durchblättern und es ist, als hätte man sie das erste Mal in der Hand. Das Schlimme ist nur, es gibt alle Nase lang Neue und ich muss die dann unbedingt erstehen.« Julia lächelte, schenkte sich Kaffee in einen Keramikbecher und setzte sich dem Kommissar gegenüber.

»Wo ist eigentlich Ihr Kollege? Ich hoffe, der ist nicht

sauer, dass ich nur mit Ihnen sprechen möchte. Nichts für ungut. Das hat nichts mit ihm zu tun. Nur mit *mir*, verstehen Sie?«

»Absolut. Überhaupt kein Problem. Wir haben unsere Einsatzgebiete aufgeteilt. Sind ja keine eineiigen Zwillinge.« Der Hauptkommissar schlug das schwarze Buch auf, stellte das Diktiergerät ein und sah Julia Hardenberg einsatzbereit an. »Ich habe ein paar sehr *persönliche* Fragen. Wir hatten ein Gespräch mit dem LKA Hannover, wo uns Informationen zugetragen worden sind, die mir nicht ganz klar sind.«

Julia nickte und sagte: »Nur zu, dafür sitzen wir doch hier, oder?«

»Ja, so ist es.« Dirk Westermann lächelte, setzte die Brille auf die Nase und überflog seine bisherigen Notizen. »Wussten Sie, dass Ihr Mann eine eigene Wohnung hatte?«

Sie starrte ihn fassungslos an. »Woher wissen Sie das?« Ihre Haut wurde zunehmend blasser.

»Wie schon gesagt, wir sind eng mit anderen Kommissariaten verknüpft und bekommen von dort unsere Informationen. Und durch die Durchsuchung Ihres Hauses sind Sachverhalte hinzugekommen, die Sie anscheinend nicht kannten?«

»Doch, ich wusste, dass mein Mann eine heimliche Wohnung in Segeberg gemietet hatte. Oder sagen wir besser behauste. Kann man das so nennen?« Sie zuckte mit den Schultern. Julia Hardenberg fummelte an den Blättern der vor ihr liegenden Wohnzeitschrift herum. Ihr Blick wanderte vom Kommissar zum Fenster und zurück. »Ich bin nicht darauf vorbereitet gewesen, aber nachdem ich es durch einen dummen Zufall herausgefunden hatte, traf mich das Ganze wie ein Schlag in die Magengrube. Ja.«

Sie überlegte, wie sie die folgenden Geschehnisse in Worte fassen konnte, dann sprudelte es aus ihr heraus. »Der ehemalige Chef von Joost rief eines Tages im Geschäft an. Ich weiß nicht mehr, wann, aber ich weiß, dass ich das Telefonat niemals vergessen werde. Der Hellmann wollte ein privates Gespräch mit mir führen. Ich habe ihm daraufhin gesagt, dass er mich am besten nach Feierabend zu Hause erreicht. Ja, und dann klingelte am gleichen Abend das Telefon. Er wollte wissen, ob ich sitze. Da wurde ich hellhörig. Mir wurde richtig mulmig. Er erwähnte, dass er mich auf unserer Hochzeit kennengelernt und als sehr sympathisch in Erinnerung hatte und … das war der Hammer, er eine derartige Schweinerei nicht decken würde. Da war ich ziemlich perplex. Hellmann fing an, mir eine Geschichte zu erzählen, die so unglaublich rüberkam, dass ich zuerst sogar lachte. Am Ende des Telefonats war ich dann nur noch sprachlos, hab geschlottert und mir wurde speiübel! Mein Ex hatte eine Wohnung in Segeberg gemietet und er wohnte dort nach Aussage von Hellmann nicht alleine. Es fühlte sich an, als wenn jemand mir ein Messer in die Brust stieß. Können Sie sich das vorstellen? Die Person, die man zu lieben glaubte, hatte nach dem Fiasko mit der Poststelle eine heimliche Wohnung und obendrein *noch* eine Affäre?« Julia leerte hastig den Becher. Sie stopfte das dunkelgrüne Sweatshirt zurück in ihre Jeans und legte die Hände auf den Tisch.

Westermann empfand Mitleid mit der Frau, die *den* Mann verloren hatte, der sie nach Strich und Faden betrogen hatte, und die dazu selbst Opfer eines Angriffes geworden war. Wie viel Erniedrigung konnte ein Mensch über so viele Jahre verkraften, fragte er sich. Hätte sie nicht jeden Grund, ihn selbst …?

Julia stand auf, schenkte Kaffee nach und schlurfte zum Fenster. Sie verschränkte die Hände hinter dem Rücken und sagte mit brüchiger Stimme: »Auch wenn ich es zuerst nicht glaubte, musste ich die Wahrheit herausfinden. Nur wenig später hatte ich Gewissheit. Die von Hellmann genannte Adresse der *angeblichen* Wohnung war in meinem Gedächtnis eingebrannt, die brauchte ich mir nicht aufschreiben. Und ich war absolut sicher, dass ich der Sache auf den Grund gehen wollte ... musste. Vielleicht stellte sich alles als großer Irrtum heraus. Als Joost an einem der darauffolgenden Tage früh zu Hause war und schlafen gehen wollte, weil er total kaputt war, entschloss ich mich, diese Wohnung in Segeberg aufzusuchen. Ich tischte ihm eine Lüge auf, so war es ein Leichtes, ihn genauso zu hintergehen, wie er es mit mir ständig machte. Ich gab vor, mit einer Freundin zum Sport und anschließend etwas trinken zu gehen. Eine Flunkerei, aber was spielte das noch für eine Rolle? Niemand kann nachvollziehen, mit was für einem Gefühl ich mit dem Wagen zu der angegebenen Adresse gefahren bin. Mein Herz raste wie wahnsinnig und ich hatte die ganze Fahrt über Schwindelanfälle. Die Hände haben fürchterlich gezittert. Mir lief kalter Schweiß die Stirn hinunter, bis ich irgendwann vor dem Gebäude stand. Ich dachte wirklich, ich schaffe es nicht. Ich wollte sogar zwischendurch aufgeben und umkehren. Aber ich konnte es nicht. Ich bin ausgestiegen und zur Tür geschlichen. Es gab sie tatsächlich, diese Adresse ...«, schüttelte Julia ununterbrochen den Kopf und starrte den Hauptkommissar an.

»Zwar gab es kein Klingelschild mit unserem Namen, aber ich brauchte Gewissheit. Vielleicht war alles ein Hirngespinst seines ehemaligen Chefs.« Sie zuckte die Schultern. »Dann habe ich überlegt, dass er die Wohnung auf einen anderen Namen angemietet haben könnte. Wäre nicht das erste Mal, dass er Heimlichkeiten hatte. Ohne nachzudenken hab ich die Klingelreihe durchprobiert, um erstmal ins Haus zu kommen. Wenig später summte der Türöffner und ich bin in den Eingangsbereich gehuscht. Es war ziemlich dunkel in dem Flur, kein Fenster.« Sie überlegte und sprach weiter: »Am Ende des Ganges öffnete sich eine Tür, und ein älterer Mann sah mich knurrig an. Er wollte wissen, warum ich um diese Zeit störte, die Tagesschau liefe gerade. Mir war das völlig wurscht. Im Hintergrund hörte ich eine Frauenstimme, die laut vor sich hin brabbelte und fragte, was da los sei. Eine moppelige Frau um die 60 erschien im Flur. Sie trug eine Kittelschürze und hatte tatsächlich einen Papagei auf der Schulter sitzen. Ich musste fast lachen und kam mir vor wie im Ohnsorg-Theater.« Julia Hardenberg setzte sich wieder und trank einen Schluck. »Nicht doch einen?«

Westermann nickte. »Einen Kleinen vielleicht.«

Sie erhob sich erneut und füllte dem Kommissar einen Becher. »Ja, und was für ein Glück ich hatte, kann man sich gar nicht vorstellen. Sie stellten sich als Hausmeisterpaar vor. Ich erzählte ihnen, dass ich die Informationen hatte, dass ein gewisser Joost Hardenberg dort wohnen würde und ich Genaueres darüber herausfinden müsste. Die Frau mit dem Papagei fragte mich richtig garstig, warum ich das wissen wollte und wer ich überhaupt wäre. Als ich den Leuten zitternd erklärte, dass ich die Ehefrau sei, waren sie mucksmäuschenstill. Irgendetwas hatte ich in dem Moment bei ihnen ausgelöst. Als die beiden zu tuscheln anfingen, wusste ich, dass irgendwas nicht koscher war. Die Frau winkte mich eilig in die Wohnung, während sie sich dauernd umsah. Der Hausmeister selbst war längst in der Bleibe verschwunden. Ohne langes Federlesen bin ich in die Altbauwohnung rein. Es roch genauso, wie die Einrichtung aussah. Alt und muffig. Den Papagei setzte sie auf eine Stange vor dem Fenster und ich hatte das Gefühl, er beobachtete mich die ganze Zeit. Ich sollte ihr folgen. Sie schob mich wieder zum Eingang raus und wollte mir die Wohnung zeigen, in der Joost wohnte. Nur zwei Meter weiter zeigte sie mit hochroten, aufgeplusterten Wangen auf eine Eingangstür, die kein Namensschild hatte. Sie wusste nicht, wie der Mann hieß, aber meiner Beschreibung nach zu urteilen, musste es sich um ihn handeln. Und sie erklärte mir, dass ein ganz junges Ding mit ihm dort lebte.« Julia schluckte. »Sie hat mir dann wütend berichtet, wie die *Göre* ständig lauthals im Flur herumgeschrien hat, weil in der Wohnung noch jede Menge anderer Frauen ein- und ausgingen. Sie hatte es mit eigenen Augen gesehen, dass dort reger *Verkehr* herrschte, wie sie es nannte. Wenn Sie verstehen«, murmelte Julia Hardenberg. »Das war eine Erfahrung, die wünsche ich meinem ärgsten Feind nicht. Ich kann heute nicht einmal mehr sagen, wie ich zurückgekommen bin.«

»Haben Sie die Sache zu Hause klargestellt?«

»Selbstverständlich und es war eine absolute Katastrophe. Er stritt *natürlich* alles ab. Angeblich war die Bude unmöbliert und er hatte nur Büromöbel dort gelagert. Ich konnte es nicht fassen. Ich habe ihn dann quasi gezwungen, mir die Wohnung zu zeigen. Eine Woche später gab er genervt nach und wir fuhren zu dieser ominösen Bude. Mit Herzklopfen bin ich auf die Tür zugegangen. Mir wurde schlecht, als er den Schlüssel in das Schloss steckte, um aufzuschließen. Und er ließ mir sogar grinsend den Vortritt, damit ich zuerst rein konnte … was ich sah, machte mich fassungslos und doch wiederum glücklich. In der Wohnung war, bis auf wenige Bürokisten und ein paar Stühle … gähnende Leere. Ich war anscheinend wirklich einer fixen Idee nachgerannt. Ehrlich gesagt, war ich enttäuscht und erleichtert zugleich. Wir sind dann schweigend zurückgefahren. Aber irgendwie hatte diese Wohnung mich nicht zur Ruhe kommen lassen. In mir keimte ein böser Verdacht. Als mein Ex-Mann nur eine Woche später zur Beerdigung eines Bekannten in seine alte Heimat fuhr, habe ich kurzerhand den Hausmeister angerufen, um zu erfahren, ob es zu besagter Wohnung einen Keller gab.«

Westermann setzte sich aufrecht hin und zog die Augenbrauen zusammen. »Und?«

»Der gute Mann bejahte und wollte eigenhändig nachsehen. Ich war so erleichtert, das können Sie sich nicht vorstellen. Gleichzeitig bekam ich wieder Schweißausbrüche. Ich hatte Angst, dass sich mein Gefühl bewahrheitete. Er versprach mir, mich zurückrufen. Ich muss ausgesehen haben wie ein Geist, als das Telefon klingelte, ich abnahm und kein Wort sagte.« Julia Hardenberg leerte den Becher. »Ich glaub, ich brauch einen Schnaps. Ich kann nicht mehr.«

»Lassen Sie mal den Schnaps. Ich denke, wir hören für heute auf.«

Julia Hardenberg nickte und auf einmal sank ihr Körper in sich zusammen und sie fing lautlos an zu weinen. Dirk Westermann hatte für den Moment genug gehört. Er stand auf und beruhigte die Frau, so gut er konnte. »Soll ich einen Arzt rufen? Was ist mit Ihrer Therapie?«

»Nein, alles gut. Die Psychologin kommt in einer viertel Stunde. Wir haben sehr viel aufzuarbeiten. Aber danke.

Ich komme zurecht.« Sie nickte und begleitete Dirk Westermann zur Tür.

»Merkwürdig«, murmelte er und verließ das Haus. Morgen würde er wiederkommen …

Auf dem Weg zur Dienststelle fuhr er an Julia Hardenbergs Boutique vorbei. Einem inneren Instinkt folgend, lenkte er den Wagen auf den Parkplatz vor dem Haus und stellte den Motor ab. »Vielleicht erfahre ich bei der Angestellten den Rest der Geschichte«, grummelte er und stieg aus. Dirk Westermann betrat das Geschäft und wurde mit einem strahlenden Lächeln von einer Frau Mitte 30 begrüßt. Sie zerrte an ihrem Shirt, das die üppige Oberweite nicht kaschierte, weil direkt dort ein mit Glitzersteinen besetztes Herz eingestickt war, das sich durch ihre Brüste ausladend in die Breite bewegte. Der Hauptkommissar räusperte sich, ging mit festen Schritten auf die Verkäuferin zu, zog seinen Dienstausweis aus der Jackentasche und hielt ihn ihr unter die Nase. »Kripo Oldenburg, Westermann. Ich hätte ein paar Fragen.«

»Um was geht es? Ich hab niemanden umgebracht!«, witzelte die Frau, deren Gesichtsfarbe auf einmal zu schweinchenrosa wechselte. »Keine Angst, ich habe nur ein paar Fragen zu Julia Hardenberg beziehungsweise ihrem verstorbenen Ex-Ehemann.«

»Ich kann Ihnen aber gar nichts erzählen.« Sie schluckte und zerrte geschäftig einen Stapel glitzernder T-Shirts aus einem Karton zu ihren Füßen. Sie legte ihn vor sich auf den Tresen und fing an, die Shirts sorgfältig zusammenzufalten.

Westermann betrachtete die Verkäuferin. »Machen Sie sich keine Sorgen, ich möchte von Ihnen nur wissen, ob und inwieweit Sie etwas vom Privatleben der Hardenbergs mitbekommen haben. Wir sind auf der Suche nach

Spuren, die unseren Fall voranbringen. Außerdem sollten wir den Täter fassen, bevor noch mehr passiert.« Der Hauptkommissar hatte seine Worte mit Bedacht gewählt, um sie nicht zu verunsichern.

Anna-Lena Hass ließ die T-Shirts los und hockte sich auf einen Stuhl, der unmittelbar neben ihr stand. »Ich, ich kann Ihnen doch nicht einfach was über das Privatleben meiner Chefin erzählen, ich bin keine Petze.«

»Sie sind keine Petze, Sie helfen uns in einem Mordfall. Und wenn es etwas zu berichten gibt, dann haben Sie sogar die Pflicht, uns aufzuklären. Ansonsten behindern Sie unsere Ermittlungen. Das könnte unangenehm für Sie werden.« Sie wurde puterrot.

»Nicht, dass ich am Ende blöd dastehe.« Sie zögerte und knabberte mit den Zähnen an ihrem Fingernagel.

»Erzählen Sie mir, was wissen Sie zum Beispiel von der heimlichen Wohnung von dem Ex-Ehemann Ihrer Chefin in Segeberg?«

Sie sah ihn erschreckt an. »Woher …?«

»Wir sind die Polizei. Außerdem habe ich bereits mit Frau Hardenberg gesprochen. Ich möchte nur *Ihre* Sicht der Dinge erläutert haben.«

»Dann ist es gut. Ja, da gab es diese fürchterliche Geschichte mit der Wohnung, da hatte ich echt Angst, dass er sie dafür umbringt …« Sie schluckte. »Weiß Frau Hardenberg, dass wir zusammen sprechen?«

»Nein, aber das ist jetzt nicht wichtig.«

Die Verkäuferin knetete ihre Hände im Schoß. »Das kann mich meinen Job kosten, bitte!«

»Versprochen, ich behalte mir vor, Sie aus der Geschichte rauszulassen, wenn Sie mir genau berichten, was passiert ist. Ansonsten müsste ich Sie vorladen.«

Anna-Lena Hass fuchtelte wild mit den Händen in der Luft. »Um Gottes willen, nein! Bloß das nicht. Ich erzähle Ihnen, was ich mit der ganzen Sache zu tun habe, dann können Sie sich den Rest zusammenreimen.«

Dirk Westermann verschränkte die Arme vor der Brust und lehnte am Tresen. Er zog das Diktiergerät heraus und legte es neben die Kasse. »Darf ich?«, fragte er und stellte das Gerät gleichzeitig auf Aufnahme.

»Aber dann haben Sie ja etwas gegen mich in der Hand?« Die Verkäuferin schluckte und überlegte, wie sie ihm die Geschichte rüberbringen konnte, ohne Frau Hardenberg in den Rücken zu fallen. »Wollen Sie Ihre Jacke ausziehen? Das kann länger dauern. Da hinten steht noch ein Stuhl«, sagte Sie, deutete nervös neben die Eingangstür.

Westermann zog den Holzstuhl zu sich, streifte den Caban ab und hängte ihn über die Lehne. Ruhig setzte er sich Anna-Lena gegenüber. Das Notizbuch in der einen Hand, schob er mit der anderen die Brille auf die Nase. Sie schnaufte, sah grübelnd durch das Schaufenster auf die Breite Straße und begann stotternd, ihm die Geschichte aus ihrer Perspektive darzustellen.

»Aber bitte verraten Sie nicht, dass Sie das von mir haben. Also, Frau Hardenberg stand an dem besagten Tag hier hinterm Verkaufstresen, sah erschreckend bleich aus und wirkte hypernervös. Dabei sah sie, ohne zu übertreiben, seit mehreren Monaten beschissen aus. Sie magerte vor unseren Augen regelrecht ab. Wir haben uns richtig Sorgen um sie gemacht. Dachten, sie wäre vielleicht krank und wollte es uns nicht erzählen. Allerdings ist uns aufgefallen, dass immer, wenn ihr Mann ins Geschäft kam, ihre Verfassung sofort zerfahren wirkte. Genau wussten wir nicht, was sie so bedrückte, aber dass sie keine Diät machte, war uns klar.«

»Aber wer ist *wir*? Sie sagten vorhin *wir*?«, wollte Westermann wissen.

»Ja, die Sabine und ich«, murmelte die Verkäuferin.

»Sabine?«

»Ja, meine Kollegin. Sabine Kopendorf. Wir arbeiten beide hier. Tageweise. Wie gesagt: Sie stand an diesem Samstagmittag, das weiß ich hundertprozentig, weil ich mich aufs Wochenende gefreut hatte, am Telefon. Als ich mitbekam, dass sie, während sie telefonierte, immer blasser wurde, habe ich sie beobachtet. Frau Hardenberg flatterte am ganzen Körper. Sie sah aus, als wenn sie jeden Moment umkippen würde.« Anna-Lena Hass zögerte. »Es dauerte keine zehn Minuten, da klingelte das Telefon wieder und sie riss förmlich den Hörer an sich. Zitternd hielt sie ihn in ihrer Hand und sagte nur, dass sie eine Stunde später da wäre. Ich hab das damals nicht genau verstanden, aber anscheinend war etwas Schlimmes passiert. Ich hab sie gefragt, was los sei und sie hat nur mit weinerlicher Stimme erwähnt, dass sie unbedingt nach Segeberg wollte, weil sie was überprüfen musste. ›Du fährst nirgendwo hin, so wie du aussiehst‹, hab ich zu ihr gesagt und sie auf *diesen* Stuhl gedrängt, weil ich dachte, sie kippt mir aus den Latschen.« Sie zeigte auf den Stuhl, auf dem Westermann saß. »Kann ich weiter …?«

Der Hauptkommissar nickte.

»Also, ich hab ihr angeboten, sie hinzufahren. Ich wollte sie in diesem Zustand nicht fahren lassen. Ich war zwar neugierig, aber ich konnte sie doch nicht direkt fragen, was passiert war. Das hat sie mir dann während der Fahrt verraten. Sie hat die ganze Zeit über geweint. Die arme Frau! Ich dachte damals, es wäre jemand gestorben. Aber so etwas hab ich vorher noch nie gehört. Sie erzählte mir von der heimlichen Wohnung ihres Mannes und dem Keller. Wir sind dann zu der Adresse gefahren und haben beim Hausmeister geklingelt. Der hat uns in einen Kellerraum geführt und der war, ohne Übertreibung, voll mit Gedöns.«

»Wissen Sie noch, wie der hieß?«

»Lassen Sie mich überlegen. Meier, ja, Meier. Wo war ich? Ach ja … Der gesamte Raum war vollgestopft mit Schränken, Kleinmöbeln und Schnickschnack. Da stapelten sich haufenweise Töpfe und Pfannen, Regale und Bücher. Bis unter die Decke. Als Julia einen Kleiderschrank öffnete, riss sie geschockt die Augen auf und starrte mich entgeistert an. Alles voller Klamotten. Dessous, Höschen und BHs. In Minigrößen, sozusagen Kindergrößen.« Anna-Lena seufzte. »Das waren allerdings Billigklamotten, nichts Nobles. Und die gehörten *nicht* Julia Hardenberg!«

Dirk Westermann nickte.

»Auf jeden Fall ist meine Chefin total ausgeflippt. Sie hat geschrien, geweint und alles wie eine Furie aus dem Schrank gerissen. Einige Sachen hat sie sogar zerrissen. Mich hat das erschüttert. Aber nicht, dass sie so ausgetillt ist, sondern, was ein einzelner Mann für ein fieses Doppelleben führen konnte. Mir standen damals Tränen in den Augen, das können Sie mir glauben. Ich fühlte mich verpflichtet, ihr bei der Aktion beizustehen. Es war, als hätte sie mich infiziert. Ich bekam so viel Hass auf diesen Kerl, dass ich nicht mehr aufhören konnte und selbst Töpfe und Geschirr durch die Gegend geschmissen habe. Das hat richtig Spaß gemacht, dem Arschlo… zu zeigen, wo der Hammer hängt. Ich konnte es nicht fassen. In kürzester Zeit hatten wir eine Riesenverwüstung angerichtet. Sie wirkte danach völlig apathisch und abgekämpft, sah sich das Durcheinander an und lachte hysterisch. Da bekam ich richtig Angst um sie. Sie meinte allerdings total ruhig, dass aufgeräumt wäre und wir nach Hause fahren könnten. Ich weiß nicht, es war eine große Katastrophe, die da passiert ist, aber meine Chefin hat die Situation mit einer Wahnsinnscourage gelöst. Ich hätte das nicht gekonnt.« Anna-Lena Hass nickte und in ihren Augen sah Westermann einen verdächtigen Glanz.

»Ich, ich hätte den Kerl umgebracht. Mehr kann ich Ihnen dazu eigentlich nicht sagen, bis auf …« Sie überlegte. »Der Typ rief, während wir auf dem Heimweg waren, auf dem Handy von Julia an. Als er von ihr wissen wollte, wie es bei ihr lief, hat sie ihm nur gesagt, dass sie den Keller in Segeberg aufgeräumt hätte und sämtliche Sachen der Freundin auf der Straße lägen. Wie unerschütterlich und trotzdem verletzt die Frau war. Ich wäre durchgedreht. *Ich* bin ja gefahren, aber ich habe ihn am anderen Ende der Leitung wie einen Irren schreien hören. Julia hat dann zitternd aufgelegt. Mehr weiß ich nicht, wirklich nicht.« Sie erhob sich und stellte den Stuhl zurück an seinen Platz, als die Ladentür aufging. »Ich muss«, flüsterte sie. »Aber bitte, halten Sie mich da raus.«

Westermann nickte, schob die Brille auf den Kopf. Er zog die Jacke vom Stuhl, streifte sie über und ließ das Diktiergerät und sein Notizbuch in der Jackentasche verschwinden. »Vielen Dank, Sie haben mir sehr geholfen«, sagte der Kommissar, reichte ihr die Hand und verließ das Geschäft.

*

»Na, hast du etwas herausgefunden?«, fragte Westermann, als Hartwig in den Raum trat.

»Ja, danke, mir und Watson geht es ausgezeichnet«, entgegnete er und ließ sich auf den Stuhl sinken.

Er hob den Hund neben sich in den Korb und verschränkte die Beine übereinander. »Aber nein, ich habe sämtliche Häuser in der Straße an der Mühle aufgesucht, aber niemand hat irgendetwas gesehen.

Das war eine absolute Nullnummer.« Thomas Hartwig betrachtete seinen Kollegen, der ihm am Schreibtisch gegenübersaß. Ihm fiel auf, dass Westermann hundsmiserabel aussah. »Was ist mit den vermissten Lehmanns? Haben die schon Fotos geschickt?«

»Ne, bisher ist nichts reingekommen«, schüttelte Westermann den Kopf. »Und wie ist die Lage bei der Hardenberg?«, wollte Hartwig wissen.

»Kompliziert. Die Frau hat alle Tiefen durchlebt, die man in einer Beziehung durchleben kann. Der Mann hat sie nicht nur um viel Geld betrogen, er hatte eine heimliche Wohnung, jede Menge Weibergeschichten und hat sie erniedrigt, wo er konnte. Selbst eine Hausdurchsuchung hat er ihr und ihrer Tochter zugemutet. Wie die Frau das alles durchgehalten hat, ist mir ein Rätsel!«

»Die hat das am Ende auf ihre Art gelöst, da gehe ich jede Wette ein.«

»Glaube ich nicht. Selbst wenn sie gewollt hätte, der Mann war nicht schmächtig und hatte mit Sicherheit Kraft. Dem wäre diese zarte Person überhaupt nicht gewachsen gewesen. Nein, niemals. Ich denke eher, der hat sich mit den Polen zu weit aus dem Fenster gelehnt. Und selbst der Lehmann hätte genügend Gründe, den Geliebten seiner Tochter …«

»Dass du dir so sicher bist. Ich hab da ein ganz anderes Gefühl. Mich täuscht die nicht. Frauen haben so viel Kraft, wenn sie wollen. Erfahre ich ja selbst immer wieder.« Hartwig sah Westermann durchdringend an.

»Ich kann ja nochmal in Lüneburg anrufen, damit wir den Lehmanns auf die Schliche kommen.«, antwortete Hartwig.

»Glaubst du nicht, die hübsche Katharina hätte sich längst gemeldet, wenn es etwas Neues gibt?« Westermann kaute auf seiner Unterlippe herum und zog die Augenbrauen hoch.

»Lächerlich, die machen auch nur, was sie müssen«, murmelte Hartwig und kraulte Watson den Nacken.

»Na, Jungchen, an der hast du einen ganz schönen Narren gefressen, was? Ich dachte ja, die Johanna Erding hat es dir angetan. Aber die hast du nicht einmal erwähnt, nachdem der Fall abgeschlossen war.«

»Ach die, die hatte mich nicht mal auf dem Speicher. Außerdem Fallanalytikerin, das ist mir persönlich zu kompliziert. Da ist die Katharina schon ein anderes Kaliber.«

»Na dann wollen wir mal …«, sagte Westermann und gab einige Notizen in den Computer ein.

Thomas betrachtete die tief eingebrannten Ringe unter den Augen seines Vorgesetzten. »Mensch, Dirk, irgendetwas stimmt mit dir doch nicht. Wollen wir reden?«

»Ne, gut Jungchen«, sagte er und blickte über den Brillenrand hinweg. »Bei dem, was ich mir eingebrockt habe, kannst du mir nicht helfen. Das muss ich schon alleine bewerkstelligen.«

»Wenn du ein Problem hast, musst du es angehen. Es vor sich herzuschieben, bringt gar nichts. Das weiß ich aus eigener Erfahrung.« Hartwig wippte auf seinem Stuhl, ließ Dirk nicht einem Moment aus den Augen.

»Du hast recht. Je länger ich warte, umso problematischer wird's. Ich klär das jetzt«, sagte er, sprang auf, griff nach der Jacke und verließ das Büro.

»Da kannst du mal sehen, Watson. Der Chef hat richtige Probleme. Dabei können nicht einmal wir ihm bei helfen. Oh Mann, oh Mann …«

Wenig später klickte das Faxgerät. Hartwig zog das Papier heraus. Es waren die Fotos eines Mannes und seiner Tochter. »Lehmann! Jetzt haben wir endlich Gesichter zu den Namen.« Der Kommissar wurde blass. Er öffnete den Ordner auf Westermanns Schreibtisch und schlug mit der flachen Hand auf eines der Blätter. Entgeistert sah er den Hund an. »Das ist der Tote von der Mühle, ich werd verrückt. Und ich dachte, das eine hat mit dem anderen nichts zu tun.« Hastig zog er sein Handy aus der Hosentasche und wählte die Nummer von Westermann.

»Wie … das Telefon ist ausgeschaltet? Mann, Watson, der muss echte Probleme haben. Was machen wir denn jetzt?« Wie ein eingesperrtes Tier lief er unruhig im Büro umher. Seine Stirn lag in Falten und es schien, als wollte er jeden Moment aus dem Raum stürzen. Er setzte sich an Westermanns Schreibtisch, trommelte unentwegt mit den Fingern auf die Tischplatte und blätterte hektisch im Todesfall auf »Jachen Flünk«. »War das wirklich ein Unfall? Jetzt bin ich mir bei gar nichts mehr sicher. Und wo ist die Tochter? Die kann ja nicht vom Erdboden verschluckt worden sein.«

Er nahm das Handy erneut in die Hand und wählte die Nummer der Lüneburger Polizeistation. »Frau von Hagemann bitte. Ja, ich warte.« Thomas' Wangen fingen an zu glühen. »Geh ran, Katharina, geh endlich ran«, murmelte er und steckte den Zeigefinger in den Mund. Während er aus dem Fenster sah, knibbelte er am Fingernagel. »Ja, moin«, rief er lauter, als gewollt, und rutschte auf dem Stuhl von einer Seite auf die andere. Watson sah ihn mit großen Augen an und hüpfte aus dem Korb. Jiepend sprang er am Bein seines Herrchens hoch und leckte die Hand, die auf dem Knie lag. »Pst, du musst leise sein«, räusperte sich der Kommissar und schob den Hund von sich. »Ja, ich … ich, wir haben Lehmann gefunden«, stotterte er. »Er ist der Tote, den wir auf der Galerie einer Mühle hier auf der Insel aufgefunden haben … nein, es deutet bisher alles auf einen Unfall … hin. Was ich allerdings in Anbetracht der vertrackten Situation in Frage stellen könnte.«

In Thomas Hartwigs Kopf fing es an zu arbeiten. »Was, wenn der Täter es nur so hat aussehen lassen?«, sagte er ins Telefon. »Nein, die Tochter haben wir bisher nicht gefunden. Ich wüsste auch gar nicht, wo wir anfangen sollten, sie zu suchen. Foto veröffentlichen? Gute Idee.« Thomas machte Notizen. »Was halten Sie davon, wenn Sie zu uns auf die Insel kommen. Dann können wir gemeinsam … äh … ich meine. Na gut, wir bleiben in Verbindung. Ja, Rechtsmediziner informieren? Ist längst passiert. Der liegt in der Pathologie.« Er legte auf.

»Watson, wir haben einen Fall zu klären. Und jetzt fahren wir nochmal zur Mühle. Vielleicht haben wir irgendetwas übersehen.« Noch einmal griff er zum Handy und wählte eine Nummer.

20 Minuten später parkte er den Dienstwagen vor der Mühle. Der Mühlenbetreiber Klaus Klahn war bereits vor Ort. Die Tür stand weit offen. Hartwig stieg aus und lief zum Heck des Wagens. Er öffnete die Klappe und hob den Hund heraus. »Das kriegen wir hin. Du musst mir jetzt helfen, kleiner Mann«, murmelte er. »Verdammt, die Handschuhe. Watson, sitz«, sagte er, zog Silikonhandschuhe aus seiner Jackentasche und streifte sie über. Dann

schritt er gen Eingangstür. Der Hund folgte ihm. Geht doch, dachte Hartwig grinsend und betrat die Mühle.

Klaus Klahn kam ihm entgegen, reichte ihm mit ernster Miene die Hand, als er den Welpen entdeckte. »Der darf hier aber nicht rein. Wenn der hier hinpieht. Nein, das geht nicht. Haben Sie draußen das Schild nicht gesehen?«

»Aber letztes Mal … Ich nehme ihn auf den Arm, ist das in Ordnung? Das ist ein zukünftiger Polizeihund, müssen Sie wissen. Learning by doing«, entgegnete der Kommissar und schnalzte mit der Zunge. Watson reagierte und sprang an Hartwigs Hosenbeinen hoch. »Komm, kleiner Helfsmann«, sagte er und drückte ihn an sich.

Klahn nickte, wenngleich er dabei kein entspanntes Gesicht machte. »Was ist das für eine Rasse? Der sieht aus wie ein Schäferhund in Miniaturformat. Darf ich?« Er zeigte auf den Hund.

»Das ist ein Wolfshund und nein, anfassen ist nicht so gut. Er muss sich an mich als Rudelführer gewöhnen. Zu viel Vertrauen zu anderen Menschen lenkt ihn später von der Arbeit ab«, sagte er bedeutend, obwohl er nicht wusste, ob das, was er dem Museumsleiter erzählte, der Wahrheit entsprach. Aber es verband ihn und seinen Polizeihund zu einer wichtigen Einheit.

»Verstehe, und was kann ich jetzt noch für Sie tun? Haben Sie nicht alle Spuren bereits aufgenommen?« Klahn lief erneut ein kalter Schauer den Rücken hinunter. Was, wenn sie herausgefunden hatten, dass er die Flügel der Mühle nicht richtig gesichert hatte? Dann war er dran …

»Ja, haben wir. Aber mir ist einiges unklar. Ich möchte mich vor Ort noch einmal genau umsehen.«

Er zeigte mit der Hand Richtung Holzstiege. »Ja, machen Sie man. Den Weg kennen Sie ja. Aber Vorsicht, dass Sie sich den Dötz nicht wieder anschlagen!«, murmelte Klahn. Er erinnerte sich gut an die letzte Begegnung mit dem Kommissar.

Hartwig nickte und stiefelte umsichtig mit dem Hund die Holzstufen hoch. Er zog instinktiv den Kopf ein, als er das gefährliche Areal erreichte. Ohne Verletzung gelangte er auf die Galerie der historischen Mühle. Der Dunst zog selbst heute über die Insel und wirkte gespenstisch. Hartwig betrachtete die gewaltigen Flügel, an denen die Segel mittlerweile abmontiert waren. »Wer klettert da rauf?«, fragte er und schluckte. Er schritt auf die Stelle zu, an der sie den Toten aufgehängt vorgefunden hatten. »Ist er wirklich nur hängen geblieben oder hat da jemand nachgeholfen? Watson, was sagst du?« Der Hund leckte ihm als Antwort über das Gesicht. »Aus! Pfui! Das macht man nicht.« Sofort vergrub er seinen Kopf in Hartwigs Armbeuge. Thomas stapfte einen Schritt zurück. »Ich steh mit dem Rücken zum Flügel. Vor mir steht eine Person. Wir streiten. Der andere stößt mich. Ich falle, schlage mit dem Dötz gegen den Eisenbeschlag und sacke zusammen. Wie gerät mein Kopf unter das Seil? Geht das überhaupt, ohne dass jemand nachhilft?«

Hartwig setzte das Tier auf den Holzboden. Er stellte sich ein paar Zentimeter vor den Flügel, dann ließ er sich fallen, lehnte seinen Schädel gegen den Eisenring und überlegte, wie der Tote unter das Segel geraten sein könnte. Watson, der sein Herrchen plötzlich am Boden liegen sah, kam angelaufen und sprang ihm auf die Brust. Übermütig schleckte er über das Gesicht des Kommissars und blieb auf seinem Brustkorb sitzen. »Geh, Watson, pfui hab ich gesagt.« Mit einem Ruck richtete er sich auf, sodass der Hund auf dem Fußboden landete. Fiepend stellte er sich auf und hinterließ augenblicklich einen See. »Oh Mann, und du willst ein Polizeihund werden? Wenn das man klappt? Auf jeden Fall ist eigentlich klar, dass der Tote sich nicht selbst in die unliebsame Lage manövriert hat.« Thomas Hartwig schüttelte den Kopf. »Ich muss unbedingt mit Westermann sprechen. Wir müssen das Foto von der Tochter veröffentlichen. Die kann uns mit Sicherheit mehr erzählen.« Entschlossen packte Thomas Hartwig seinen Welpen und verließ die Galerie. Den See auf dem Holzboden erwähnte er nicht, als er sich von Klaus Klahn verabschiedete.

KAPITEL 13

Dirk Westermann parkte den Wagen vor einem Restaurant in der Breiten Straße und stiefelte ohne Umwege auf das Büro von Katrin Duvenstedt zu. Er wusste, dass sie arbeitete, und wollte sie nicht in ihrem häuslichen Umfeld antreffen, wo vielleicht Charlotte umhergeisterte. Die Hochzeitsagentur erschien ihm ein neutraler Raum zu sein, um die Probleme, die er hatte, in Ruhe mit ihr zu besprechen. Seufzend stieg er die Marmortreppen in den ersten Stock hoch. Der Weg fiel ihm mit jeder Stufe schwerer. Dann öffnete er die Tür. Leises Klingeln erinnerte ihn an eine Bäckerei aus seiner Kindheit. Westermann musste lächeln. Er sah den Laden vor sich, als wäre es gestern gewesen. Westermann schüttelte den Kopf. *Was ist mit mir los?* Katrin kam um die Ecke. Sofort verzog sie das Gesicht, obwohl er ein Leuchten in ihren Augen entdecken konnte. Vielleicht war es auch nur eine optische Täuschung.

»Was führt dich denn her?«, wollte sie wissen.

»Wir müssen reden. Gestern hattest du ja Migräne. Es ist wirklich sehr wichtig.« Dirk Westermann stand vor ihr und zog stoisch die Mütze vom Kopf. Er betrachtete sie.

Sie hatte ihre Haare zu einem Zopf geflochten und sich dezent geschminkt. Sie sieht toll aus, stellte er fest, obwohl er sie ungeschminkt genauso schön fand. Du hast es nicht nötig, dir Farbe ins Gesicht zu kleistern, sagte er jedes Mal, wenn sie den Lippenstift aus der Hosentasche zog. Ich liebe sie, dachte er und wollte auf sie zugehen.

»Ne, lass mal, ich habe eine Kundin im Büro sitzen. Wir müssen das auf später verschieben. Ich denke, wir reden heute Abend miteinander.« Sie sah ihn an und legte versöhnlich ihre Hand auf seine.

»Aber Katrin, ich muss dir unbedingt etwas Wichtiges erzählen.« Er wollte es zu Ende bringen. Jetzt und hier! »Die wird einen Moment warten.« Er blickte in den zweiten, durch eine Trennwand unterteilten Raum und sah, dass die Tür verschlossen war. Dirk Westermann schluckte und suchte nach Worten. »Ich habe richtigen Mist gebaut. Ich … ich habe dich betrogen.«

Katrin riss die Augen auf. Sie wurde blass und ihre Stimme zitterte. »Wie? Mit wem? Etwa mit dieser … dieser Frau?«, flüsterte sie gefährlich leise. Ihr Brustkorb hob und senkte sich unter der Bluse. Sie holte mit ihrer Hand zum Schlag aus.

Dirk Westermann hielt ihr Handgelenk fest. Seine Augenringe hatten sich tief in die Haut eingegraben. »Lass mich dir bitte erklären.«

»Was gibt es da zu erklären? Am besten du gehst … sofort«, schrie sie und riss die Tür auf. Er hielt sie an beiden Armen fest.

»Gib mir wenigstens die Chance.« Sie öffnete den Mund, um etwas sagen, als er die Hand über ihre Lippen legte. »Ich war nach unserem Streit im Bistro vom Hotel und wollte mich einfach nur volllaufen lassen. Irgendwann, ich weiß es nicht mehr, tauchte meine Ex auf und von dem Moment an … Filmriss. Das ist die Wahrheit.« Er senkte den Kopf, als müsste er überlegen. »Dann … dann bin ich am nächsten Morgen neben *ihr* aufgewacht.« Eisiges Schweigen erfüllt den Raum. »Ich kann dir weder sagen, wie ich in das Zimmer gekommen bin, noch, wie sie in *mein* Bett gelangt ist. Ich habe absolut keine Ahnung … ehrlich! Du musst mir glauben, dass die ganze Geschichte mit ihr bis hierher die reinste Katastrophe ist. Auch für mich.«

Die Hand von Katrin klatschte auf die Wange von Dirk Westermann und hinterließ einen roten Fleck auf der Haut. »Raus!«, schrie sie aufgebracht. »Raus, sofort!« Sie riss die Eingangstür auf und wies ihn mit dem Zeigefinger an, das Büro zu verlassen. Katrin Duvenstedt schnaufte und es schien, als würde sie jeden Moment umkippen.

»Katrin, lass dir doch …«

»Raus, ich will dich nicht mehr sehen …«

*

Westermann schlich den Flur entlang, als Schütt aus seinem Büro kam. »Na, Dirk, gibt's etwas Neues in unserem Fall?« Olaf Schütt sah den Kollegen aus Oldenburg an, als würde er einem Geist begegnen. »Was ist denn mit dir passiert? Geht's dir nicht gut?«

»Ne, ich glaub, da ist eine Grippe im Anmarsch. Alles gut. Ich hol mir nachher etwas aus der Apotheke.« Dirk Westermann winkte ab und lief weiter zum Büro. »Alles in Ordnung«, murmelte er und öffnete die Tür.

Hartwig saß am Schreibtisch und tippte geschäftig auf die Tastatur des Computers. Als er den Kopf hob und seinen Vorgesetzten ansah, sagte er: »Mann, was ist denn mit dir passiert? Du siehst voll scheiße aus!« Hartwig wollte weitersprechen, als der Hauptkommissar die Hand hob.

»Grippe, ich glaub, mich hat's höllisch erwischt.« Westermann hielt die Lüge für eine kluge Ausrede.

»Tee?«

»Geh mir ab mit Tee. Sag mir lieber, ob es etwas Neues gibt.«

»Gibt es. Du wirst erstaunt sein, was ich heute alles herausgefunden habe. Zum einen weiß ich jetzt, wer der Tote auf der Mühlengalerie ist, und zum zweiten bin ich fast davon überzeugt, dass es kein Unfall, sondern Mord war.«

»Stopp, stopp, wie kommst du denn auf diese Weisheiten? Fang doch noch mal ganz von vorn an.« Dirk Westermann zog die Jacke aus und warf sie auf die Stuhllehne. Dann schob er die Ärmel des Sweatshirts hoch und setzte sich auf den Stuhl hinterm Schreibtisch. Er legte die Hände auf die Oberschenkel und rieb den Stoff der schwarzen Jeans.

»Du siehst echt kacke aus. Deine Wange ist total rot«, wiederholte Thomas Hartwig seinen Satz. »Ich muss dir sofort erklären, was Watson und ich herausgefunden haben. Wir wollten dich anrufen, aber du hattest dein Handy aus. Also, der Tote von der Mühle ist niemand geringerer als Horst Lehmann.« Er reichte dem Vorgesetzten die Fotos, die Katharina von Hagemann gefaxt hatte.

Dirk Westermann schaute ungläubig auf die beiden Fotos. »Und die Frau?«

»Seine Tochter Nicola. Jetzt wissen wir auch, wie sie aussieht. Ich habe schon alles für eine Veröffentlichung im Tageblatt vorbereitet.« Hartwig reichte Westermann ein weiteres Schreiben mit einer Presseerklärung, auf der das Foto der Tochter abgebildet war.

Der Hauptkommissar nickte. »Und wie kommst du darauf, dass es kein Unfall war?«

»Ich bin nochmal nach Lemkenhafen gefahren und habe mir den Tatort genau angesehen. Das funktioniert so irgendwie nicht. Er hätte nicht rückwärts gegen den Eisenbeschlag fallen und mit dem Kopf unter dieses Tau gelangen können. Das geht nicht.«

»Warum nicht?«

»Weil ich es ausprobiert habe. Es gibt keine Möglichkeit, mit dem Kopf unter die Schlinge zu geraten. Da muss einer nachgeholfen haben. Verstehst du, der ist ermordet worden. Ergo können wir ihn von der Liste der Verdächtigen streichen. Ob die Polen den Lehmann kannten ... keine Ahnung. Aber was sagst du dazu, dass die Tochter jede Menge Grund gehabt hätte, den Vater zu ermorden?«

»Warum sollte sie?«

»Vielleicht hat sie den Geliebten um die Ecke gebracht, nachdem sie herausgefunden hat, dass er zurück zu seiner Ex wollte. Die Versöhnung schien ja gerade in Gang zu kommen. Das würde dazu passen, dass du der Meinung bist, Julia Hardenberg kann es nicht gewesen sein.«

»Phhh ... deine Theorie klingt einigermaßen plausibel. Das könnte so gewesen sein. Aber die eigene Tochter ihren Vater? Abstrus!«

»Wäre aber nicht unmöglich, wenn man bedenkt, dass sie durch ihr bisheriges Verhalten zu einer explosiven Handlungsweise fähig wäre.«

Westermann fuhr sich mit der Hand über die Bartstoppeln. Er schob die Brille vor die Augen und betrachtete das Blatt Papier. »Gute Arbeit, Sherlock. Aber eine Veröffentlichung brauchen wir nicht.« Er deutete auf das Foto von Nicola Lehmann. »Ich weiß, wo sie ist!«

»Was und das sagst du mir erst jetzt? Wir müssen sofort …«

»Stopp! Wir müssen uns erstmal einen Schlachtplan überlegen. Die läuft uns so schnell nicht weg. Die ist unten am Südstrand in einem der drei Hochhäuser untergetaucht.«

»Und woher weißt du das?«, wollte Hartwig wissen. Er hatte eher vermutet, dass er die letzten Stunden mit Katrin verbracht hat und nicht allein auf Verbrecherjagd gegangen war.

»Ich habe mit Charlotte gesprochen. Sie hat mich vorhin zurückgerufen.«

»Das hätte ich mir ja denken können. Und was hat Miss Marple herausgefunden?«

»Wo die Lehmanns untergetaucht sind und dass die Nicola Lehmann auf dem Grundstück von Julia Hardenberg herumgeschlichen ist. Sie ist ihr bis zu den Türmen gefolgt.«

»Ach ja …«

»Wir beide fahren jetzt zuerst nach Segeberg und unterhalten uns mit dem Hausmeister-Ehepaar, das da wohnt, wo der Hardenberg eine … heimliche Wohnung hatte. Der wird immer undurchsichtiger, je mehr wir in die Tiefe gehen.«

»Der hatte 'ne heimliche Wohnung?«

⁎

Thomas Hartwig drückte den Klingelknopf mit dem Namen Meier, der unübersehbar an oberster Stelle auf der Klingelleiste stand. Wenig später summte der Türöffner. Als Hartwig die Tür aufstieß, sah er am Ende des Flurs eine geöffnete Tür, in der eine füllige Frau sich ausbreitete.

»Ja, was wollen Sie?«, fragte sie unwirsch.

Die Männer traten ins Haus, ohne die Frage zu beantworten. »Wilhelm, kommst du mal, da sind zwei Männer.« Westermann schritt voran und zog direkt vor der Tür seinen Dienstausweis. »Keine Sorge, Kripo Oldenburg, Westermann und das ist mein Kollege Hartwig. Dürfen wir Ihnen ein paar Fragen stellen?«

»Wilhelm, kommst du? Hier sind Männer von der Polizei«, rief sie. »Wir haben weder Geld noch Schmuck im Haus und auch kein Gold, das wir Ihnen anvertrauen, damit Sie es beschützen.« Die Frau hatte sich wieder gefangen und stemmte sich in voller Breite in den offenen Türrahmen.

»Wir haben wirklich ein paar Fragen zu einem Ihrer ehemaligen Mieter. Wir sind keine Trickbetrüger«, griente Hartwig und kraulte den Hund auf seinem Arm.

»Och, ist der süß. Ist das ein Polizeihund?«

Hartwig nickte.

»Den können Sie hier aber nicht mit reinbringen. Wir haben einen Papagei.«

»Der tut doch niemandem etwas«, entgegnete der Kommissar.

»Ne, der Hund nicht, aber der Papagei.«

Westermann trat ein, als Erna Meier sich widerwillig zur Seite schob. »Schuhe ausziehen!«, rief sie scharf. Eilig schloss die Hausmeisterin die Tür und führte die Kommissare, nachdem die sich verwundert ihrer Stiefel entledigt hatten, ins Wohnzimmer. Auf einer Stange im Fenster saß der bereits erwähnte bunt gefiederte Vogel und plapperte ununterbrochen unverständliches Zeug.

»Ah, da ist also der Schwerenöter. Ich glaube nicht, dass er unseren Watson fressen will, der ist viel zu beschäftigt.«

»Nun setzen Sie sich man auf das Sofa.« Sie wies den Beamten den großen Dreisitzer zu, auf dem eine Wolldecke ausgebreitet lag. Hartwig griente, als er mit Watson auf dem Schoß seine Socken betrachtete.

»Wat wüllt de denn nu wissen?« Der Ehemann der resoluten Hausmeisterin kam in die Stube. Er legte die Pfeife auf dem rustikalen Eichenschrank gleich neben der Tür in einen großen Aschenbecher und pflanzte sich in einen Sessel, der dem Sofa gegenüber stand. Seine Frau setzte sich auf einen weiteren Sessel, der direkt unter dem Fenster, neben dem Papageienkäfig seinen Platz hatte. Der Hausmeister faltete die Hände und stemmte die Füße fest auf den hochflorigen Teppich.

»Ja, wir haben ein paar Fragen zu einem Ihrer ehemaligen Mieter«, antwortete Westermann.

»Um wen geht es denn?«

»Um Joost Hardenberg.«

Das Hausmeister-Ehepaar sah sich erstaunt an. »Der wohnt hier nicht mehr«, sagte Erna Meier.

»Der ist mit Pauken und Trompeten hier rausgeflogen«, beendete ihr Mann den Satz. »Der muss ja ganz schön tief im Schlamassel stecken, wenn die Kripo ihn sucht«, murmelte er.

»Können Sie mir erzählen, was passiert ist, und wie genau es dazu kam?«, fragte Hartwig, während Westermann seinen Notizblock nahm. Thomas sah die beiden an.

»Ja, wenn ich das mal erklären darf«, fing der Hausmeister an. »Der hat hier im Haus wilde Sau gespielt. Der wohnte ja gleich zwei Türen weiter, wenn Sie verstehen. Da haben wir natürlich jedes Wort mitbekommen. Und da ging das zu wie im Taubenschlag, das kann ich Ihnen sagen.« Der ältere Mann fuchtelte mit der Hand durch die Luft.

»Ja, da schlichen die Weiber ein und aus, sobald die junge Deern nicht da war«, fiel ihm Erna ins Wort.

»Welches Mädchen?«, wollte Westermann wissen.

»Na das, auf dessen Name die Wohnung gemietet war. Lehmann hieß die. Die hat hier immer wieder rumgebrüllt. Die ist sogar einmal auf ihn losgegangen, weil angeblich eine Frau vor ihr da gewesen sein sollte. Das stinkt hier nach Tussi, hatte sie geschrien. Wir wussten erst gar nicht, was das bedeutete, bis mein Wilhelm das gegoogelt hat. Die war ganz schön frech für ihr Alter«, prustete die Hausmeisterin.

»Na, bei dem Kerl wäre ich auch durchgedreht«, sagte ihr Mann.

»Der kam wirklich jedes Mal, wenn er hier auftauchte, mit einer anderen im Schlepptau an. Das war die reinste Rummelbude, das kann ich Ihnen verraten.«

»Das Kurioseste allerdings war, als seine Frau hier dann noch aufkreuzte. Die tat mir richtig leid«, sagte Wilhelm. »Die war ganz schön von den Socken, als wir ihr erzählten, dass ihr Mann hier mit einem jungen Mädel und anderen Weibern hauste.«

»Na, Wilhelm, die anderen wohnten hier ja nicht, die sind ja immer verschwunden, bevor das Mädchen nach Hause kam. Die hat wohl gearbeitet. Hm …« Sie zuckte die Schultern und fuhr mit der Hand durch ihre dauergewellten, grauen Haare.

»Und wie hat die Ehefrau es aufgenommen?«, wollte Dirk Westermann wissen.

»Die hat geweint, ganz dolle geweint«, murmelte Wilhelm Meier. »Das war ein Irrenhaus, solange die hier die Wohnung hatten. Gott sei Dank sind die dann, kurz nachdem die Ehefrau hier war, ausgezogen. Wir haben die Kündigung von der Hausverwaltung mitgeteilt bekommen. Brauchen Sie die?«

Westermann schüttelte den Kopf. »Was hat die junge Frau denn noch so gebrüllt, wenn Sie wissen, was ich meine?«

»Dass er ein Arschloch ist, dass er sie mit alten Tussis betrügt, sie das Geld verdient und sowas eben«, sagte Wilhelm. »Einmal hat sie sogar geschrien, dass sie ihn umbringt, wenn nochmal eine Frau hier aufkreuzt. Da haben wir uns aber erschreckt.«

Die Kommissare sahen sich an. »Das konnten Sie alles durch verschlossene Türen hören?«, wollte Westermann wissen.

Erna nickte. »Wir standen ja genau dahinter, wenn es draußen auf dem Flur losging.«

»Also haben Sie gelauscht?«

»Neiiiiiin!«, riefen beide wie aus einem Mund.

Der Papagei flötete unterdessen: »Schlampe, Schlampe, alte Tussi, alte Tussi …«

»Das ist ja irre«, sagte Hartwig, als sie wenig später im Auto saßen. »Der alte Schwerenöter. Der hatte glatt mehrere Eisen im Feuer. Was meinst du, würde mir das auch zu Gesicht stehen?«

»Was du immer hast? Finde du erst einmal *eine*, dann reden wir weiter.«

»Eine, eine. Die Frauen, die mir gefallen würden, sind ja nicht gerade massenweise um mich herum verstreut, oder?«

»Nein, du hast recht. Allerdings dachte ich, wenn du mit deinem Detektiv auftauchst …« Westermann konzentrierte sich auf die Straße.

»Was? Dachtest du, die laufen mir dann in Scharen nach?«

Der Hauptkommissar nickte.

»Ehrlich … das habe ich gehofft«, seufzte Thomas Hartwig und betrachtete die schneebedeckten Bäume, die an ihnen vorbeijagten.

Zurück auf der Insel bogen sie in die Süderstraße ein und

folgten der Straße bis zu dem dänisch anmutenden Eisladen. »Da, da werd ich mich im Sommer auf jeden Fall mal in die Endlosschlange einreihen. Das soll superlecker schmecken, das Eis«, sagte Hartwig und zeigte auf den kleinen Eispavillon. Der rot-weiße Baldachin stach vor den hell gestrichenen Wänden und der blauen, farblich abgestimmten Umrandung von Türen und Fenstern ins Auge. »Eismanufaktur, hört sich geil an«, lechzte Hartwig und rieb sich mit der Hand über den Bauch.

»Du denkst immer nur ans Essen«, entgegnete Westermann und war auf dem Weg in die »Neue Tiefe«.

»Allerdings spüre ich meinen Magen auch. Vielleicht können wir ja hinterher zusammen etwas essen?« Hartwig nickte.

Vor dem mittleren der drei Hochhäuser parkten sie den schwarzen Audi. Sie stiegen aus und Hartwig holte den quiekenden Hund aus dem Fond des Wagens. »Ja, ja, ist ja gut. Du sollst ja mit.«

Dirk Westermann schaute an den Arne-Jacobsen-Türmen hoch und sagte: »Die sind so hässlich, dass sie schon wieder schön sind. Irgendwie passen sie sogar an diesen Strand. Ich mag die Konstruktionen. Klar und schnörkellos.«

»So wie du«, antwortete Thomas Hartwig und lauerte, dass Watson endlich sein Geschäft erledigte, um ihn wieder im Fond des Wagens zu sichern.

Langsam gingen sie auf das mittlere Gebäude zu. In der Halle bewegten sie sich direkt auf die Rezeption zu. »Moin«, sagte Westermann und rückte die dunkelblaue Dockermütze zurecht, zog seinen Dienstausweis aus der Tasche und hielt ihn der Rezeptionistin vor das Gesicht. »Wir suchen eine Frau Lehmann. Können Sie uns sagen, in welchem Appartement sie untergekommen ist?«

Die unscheinbare Mitarbeiterin, die einen Zopf trug,

der nicht dicker als ein Mittelfinger war, nickte pflichtbewusst. »Ich schau mal im System nach, Moment. Appartement zwölf, im achten Stock, mittleres Haus. Da vorn ist ein Fahrstuhl.« Sie zeigte mit dem Finger auf den Lift.

»Danke, das ist nett von Ihnen«, antwortete Hartwig und wollte sich abwenden, als die Frau an Westermann gerichtet, sagte:

»Die Familie Lehmann scheint ja ziemlich beliebt zu sein.«

»Wie kommen Sie darauf?«, fragte der Hauptkommissar hellhörig.

»Sie sind schon die Dritten, die nach den Lehmanns fragen.« Westermann wurde hellhörig.

»Die Dritten? Können Sie uns sagen, wer außer uns noch da war?«

»Ja, da war vor ein paar Tagen eine ältere Dame, eine Insulanerin, ein bisschen tüttelig zwar, aber ziemlich obstinat und gestern Abend rückten zwei Männer an.«

»Was für Männer?«, fragte Westermann und hielt Hartwig zurück.

»Auf jeden Fall keine Deutschen. Russen, Polen, Bulgaren … ich weiß es nicht. Die sprachen nur gebrochenes Deutsch und sahen, wenn Sie mich so direkt fragen, ziemlich finster aus. Typ Bodybuilder.«

»Haben Sie denen erzählt, wo die Lehmanns wohnen?«

»Natürlich nicht! Ich habe gesagt, sie sollen die Leute anrufen, wir dürfen die Nummer des Appartements nicht einfach so herausgeben.«

Westermann nickte, wandte sich zum Fahrstuhl und sprang seinem Kollegen hinterher in den metallischen Käfig. »Die Polen waren hier«, sagte er.

»Und wer war die Frau vorher?«

»Na, wer wohl? Was glaubst du, woher ich meine Informationen habe?«

»Charlotte!« Hartwig fixierte unentwegt die roten Ziffern, die sich konsequent wie ein Uhrwerk nach oben bewegten. Der Lift stoppte und die Türen schoben sich auf. Der lange Flur erstreckte sich über viele Meter. Tür für Tür folgten die Beamten den Nummern der jeweiligen Appartements. Ihre Schritte hallten ebenso auf dem Gang wie das Rattern des Fahrstuhles. »Ein unheimliches Gemisch an Geräuschen«, murmelte Hartwig und die Nackenhaare stellten sich ihm auf. »Stell dir das nachts vor.« Schließlich standen sie vor dem Schild Nummer zwölf.

Westermann klopfte entschlossen gegen das Holz der Tür. Die in die Decke eingelassenen Leuchten erhellten den Flur nur ungenügend. Der Hauptkommissar wich zurück, zog die Waffe und legte einen Finger über die Lippen. Er deutete zur Tür, die ein paar Millimeter offen stand, nickte und wies Thomas Hartwig an, sich neben der Tür zu postieren, um sich ebenfalls in Position zu bringen. Mit dem Fuß schob er die Tür auf. Lautlos schlich er den schmalen Flur entlang. Die erste Tür zur Rechten, die ins Bad führte, stand sperrangelweit offen. Der Raum war leer! Hartwig folgte ihm. Auf der anderen Seite nahm Westermann eine Küchenecke wahr, auf der sich Teller, Tassen und Gläser türmten. Schleichend weiter bis zur nächsten Tür. Sie war ebenfalls geöffnet. Ein winziges Fenster spendete Licht, sodass er den Raum überblicken konnte. Die Betten waren zerwühlt und sämtliche Schranktüren standen offen. Herumliegende Kleidungsstücke wiesen ihn darauf hin, dass hier jemand etwas gesucht hatte.

Geräuschlos wandte er den Körper zur großen Fensterfront im Wohnbereich. Das Zimmer erschien lichtdurchflutet. Stühle lagen umgeworfen am Boden. Der Wohnzimmertisch war auf die Seite gekippt und das bunte Sofa von der Wand abgerückt. Selbst der Fernseher lag mit zersplitterter Scheibe vor dem Fenster. »Hier sind alle ausgeflogen.«

Hartwig folgte ihm in den Wohnbereich und steckte die P99 zurück in das Holster. »Was zum Teufel ...?«

»Wenn mich nicht alles täuscht, hatte die Geliebte von Hardenberg Besuch. Aber wo ist sie?« Er schob seine Waffe in die Halterung, streifte Handschuhe über und wählte die Nummer der Spurensicherung. »Könnt ihr ein Team zu den Hochhäusern am Südstrand schicken? Ja, wir brauchen euch nochmal. Mittleres Gebäude, achter Stock, Appartement zwölf. Lehmann.«

»Fuck, was war hier los? Langsam glaube ich, dass da viel mehr hinter steckt, als wir vermuten. Das gibt's doch gar nicht«, sagte Hartwig.

»Siehst du ja. Auf mich wirkt das mittlerweile auch ziemlich bedrohlich. Ich dachte, das wäre eine simple Beziehungstragödie. Aber das hier ... der Lehmann? Ne, irgendwas ist da dubios.« Westermann biss sich auf die Unterlippe und nahm die Sitzkissen des Sofas hoch. »Was haben die hier gesucht? Es ist wie verrückt. Überall totale Verwüstung.«

Hartwig zuckte die Schultern, ging zum Fenster und schaute über die Ostsee. »Das ist ja ein geiler Blick. Da ist mehr Meer drin«, feixte er und drehte sich seinem Chef zu, der den Kopf schüttelte.

»Denkst du dran, dass wir hier einen Job zu erledigen haben?«

»Ja, Sir«, salutierte Hartwig und schlug die Hacken zusammen.

»Kasperkram. Zieh Handschuhe über und schau, ob

wir irgendwo diese verdammten Papiere finden. Ich bin mir sicher, dass die Blanko-Unterlagen der wahre Hintergrund dieser Aktionen sind.«

»Du glaubst doch nicht, dass wir finden, was die gesucht haben. Chef …!«

*

Katrin steckte den Schlüssel ins Schloss und öffnete die Tür. Betäubender Duft von Zimt und Kardamom stieg ihr in die Nase. »Charlotte, ich bin zu Hause«, rief sie und zog den Parka aus. Lustlos streifte sie ihre Stiefel ab und stellte sie an die Garderobe. Die Kerzen auf der Kommode verbreiteten weihnachtliche Atmosphäre und Katrins Laune entspannte sich für den Moment.

»Bin hier, Süße«, rief Charlotte aus der Küche. »Schau mal ins Wohnzimmer, da steht ein Paket.«

Katrin warf ihrer Tante eine Kusshand zu. »Von wem?«

»Verrate ich nicht«, grinste ihre Tante. »Lass dich überraschen.« Erwartungsvoll schlich sie ins Wohnzimmer und entdeckte das relativ große Paket, eingeschlagen in glitzerndem Papier, auf dem Esstisch. Verwundert lenkte sie ihren Blick auf den Aufkleber und las den Absender. Langsam löste sie den Knoten des Schals um ihren Hals.

»Mama, Papa«, hauchte sie und ohne viel Zutun glänzten Tränen in ihren Augen. Sie vermisste ihre Eltern. Gerade jetzt, wo das Gefühl der Hilflosigkeit sie erdrückte, die Beziehung zu ihrer großen Liebe in gefährliche Schieflage geraten war, erschien das Paket wie eine Botschaft, ein kleiner Trost. »Mama, ich brauch dich«, flüsterte sie leise und Tränen liefen die Wangen hinunter, ohne dass sie sich dagegen wehren konnte. Hastig wischte sie sie mit dem

Handrücken weg und schniefte. Ihre Tante sollte nicht sehen, in welch düsterem Zustand sie sich befand.

Die aber hatte die Situation längst erfasst und sorgte sich um ihre Nichte und die Beziehung zu Dirk Westermann. Sie hatte gehofft, dass Katrin endlich ihr Glück gefunden hätte. Außerdem schwärmte sie für den Hauptkommissar. Geduldig harrte sie im Türrahmen aus und betrachtete ihre weinende Nichte, die mit zuckenden Schultern vor dem Paket stand. Aus Katrins Haarknoten hatten sich Strähnen gelöst, die auf ihren flaschengrünen Pullover fielen und einen wunderhübschen Kontrast gaben. Sie ist so ein liebes Mädchen, dachte Charlotte.

Als ihre Nichte wahrnahm, dass sie sich nicht mehr alleine im Raum aufhielt, fuhr sie sich hastig mit der Hand übers Gesicht. »Na, Tantchen, was bringst du Schönes? Es riecht so herrlich.« Sie drehte sich um und sah ihrer Tante lächelnd entgegen.

Charlotte zog die Augenbrauen hoch. »Seelennahrung«, sagte sie und stellte zwei Becher auf den Truhentisch.

»Sollst mal sehen, der wärmt von innen.« Sie wusste, dass sie ihrer Nichte helfen musste. Da war irgendetwas in Gang, das zu beiden nicht passte. Sie würde herausfinden, wer oder was ihnen so übel mitspielte. »Willst du das Paket nicht aufmachen?«

»Tantchen, da steht groß: ›Nicht vor Weihnachten öffnen‹.« Sie deutete auf den mit fetten, roten Buchstaben geschriebenen Schriftzug.

»Na, dann. Komm zu mir. Ich möchte mich ein wenig mit dir unterhalten.« Sie klopfte mit der Hand neben sich auf den Stoff des Sofas. Katrin sah sie an und setzte sich. »So, nun erzähl, was bedrückt dich?«

»Was mich bedrückt? Gar nichts!«, log sie und wurde rot.

»Das kannst du dem Weihnachtsmann vertellen, aber doch nicht einer waschechten Miss Marple.« Theatralisch stemmte sie die Fäuste in die Taille.

»Hab's befürchtet. Irgendwie bleibt dir nichts verborgen. Gibt es nichts Neues vom Mordfall?«

»Nicht ablenken, mien Deern. Was ist los? Ich seh doch, dass du dich mit Dirk gestritten hast. Wieso kommt er nicht mehr?«

Katrin schluckte und knetete ihre Hände. Abwesend sah sie auf den Boden. Dann fing sie wieder an zu weinen. Dieses Mal versteckte sie ihre Tränen nicht. Charlotte erschrak. Dass es so entsetzlich war, hatte sie nicht vermutet. Sanft streichelte sie mit der Hand über den Rücken ihrer Nichte. »Er hat mich betrogen ... mit seiner Ex-Frau«, schluchzte sie.

Charlotte zog Katrin zurück, sodass sie ihr in die Augen sehen musste. »Das glaubst du doch selbst nicht. Dirk Westermann ist der ehrlichste Mensch, den ich in meinem bisherigen Leben kennengelernt habe. Nein, das macht er nicht, niemals ...«

»Woher willst du das wissen. Die kreuzt auf einmal überall auf, wo Dirk sich aufhält, und dann steigt er auch noch mit ihr ins Bett«, heulte sie.

»Katrin, wie kommst du denn bloß darauf?« Ihre Tante war entsetzt und hielt sich die Hand vor den Mund.

»Das hat dein, *ach* so ehrlicher, Kommissar mir gebeichtet.« Sie sah Charlotte an.

Die merkte, wie es im Inneren ihrer Nichte brodelte. »Das hat er dir *so* gesagt?«

»Natürlich nicht so! Er wollte sich sogar herausreden und hat frech behauptet, dass er morgens neben ihr aufgewacht ist und sich an rein gar nichts erinnern konnte.

Nicht an *sie* und nicht an diese verdammte Nacht. Dass ich nicht lache!« Katrin verschränkte die Arme vor der Brust und schnaufte.

»Kind, glaubst du nicht, dass er die Wahrheit sagt? Erzähl mir genau, was passiert ist. Bitte!«

»Warum? Das hat ja doch keinen Zweck mehr. Das will ich nicht noch einmal durchmachen. Erinnere dich an Sven. Nein, das will ich nicht.« Sie schüttelte den Kopf und schlug mit der Faust auf das Kissen auf ihrem Schoß.

»Red!«, fiel Charlotte ihr forsch ins Wort.

Katrin sprang auf und schlurfte ans Fenster. Draußen war es mittlerweile stockdunkel. Sie schaute abwesend in die Dunkelheit und murmelte leise: »Wir waren auf dem Weihnachtsmarkt und als ich vom Getränkeausschank zurückkam, stand plötzlich diese ... diese Frau hinter Dirk und hat ihm den Nacken gekrault.« Tränen kullerten haltlos über ihre Wangen. »Kannst du dir sowas überhaupt vorstellen?«

»Und wie hat er reagiert?«

»Er hat sich erschreckt umgedreht und als er mich entdeckt hat, tat er, als sähe er die Frau zum ersten Mal.«

»Kannst du dir wirklich vorstellen, dass *dein* Kommissar sich mitten auf dem Weihnachtsmarkt von einer Fremden den Nacken kraulen lässt, wenn er mit dir da ist? Das ist absolut lächerlich! So etwas würde ihm niemals einfallen. Nein, da gehe ich jede Wette ein ... und wie war das mit der Bettgeschichte? Was hat er dir erzählt? Aber bitte genau.«

»Er hat mir gesagt, dass er nach unserem Streit in Wissers Hotel untergekommen ist, nicht schlafen konnte, im Bistro war und sich hat volllaufen lassen.«

»Da siehst du es! Er wollte einfach nur abschalten.«

»Ach was. Abschalten nennt man das also. Und dann

kreuzt ohne ersichtlichen Grund seine Ex im gleichen Hotel auf? Und er konnte sich von dem Moment an nichts mehr erinnern? Hältst du das nicht auch für ein Hirngespinst? Ich halte das für ein abgekartetes Spiel. So viele Zufälle auf einmal gibt es gar nicht.«

»Überlege bitte mal selbst. Er ist traurig, will seinen Kummer mit dir ertränken und dann erscheint so mir nichts, dir nichts die Ex auf der Bildfläche?« Charlotte zog die Augenbraue hoch. »Das sieht mir verdammt nach einem ausgekungelten Plan aus, da gebe ich dir recht. Allerdings von *ihr* eingefädelt. Mir kommt es vor, als taucht sie überall dort auf, wo er sich aufhält. Weißt du, warum sie die Ex-Frau von Dirk ist?«

Katrin zuckte die Schultern. »Er hat mir gegenüber mal ein paar Andeutungen gemacht, dass sie ihn mit einem Kollegen betrogen hat. Aber das ist doch auch egal. Jetzt betrügt halt *er* mich.«

»Stopp, Mädchen. So ist das bestimmt nicht. Im Zweifel für den Angeklagten. Nun will ich dir mal wat vertellen. Wenn ein Mann betrogen wird, kränkt das ganz empfindlich seine männliche Eitelkeit. Glaubst du allen Ernstes, dass er mit der Betrügerin fremdgeht? Kann es nicht eher so sein, dass sie ihn zurückerobern will? Warum auch immer. Vielleicht ist sie ja allein und hat sich an den wunderbaren Mann, der dein Dirk ja ist, erinnert?«

»*Mein* Dirk. Das ist nicht mehr *mein* Dirk.« Wieder rannen Tränen über ihre Wangen.

»Ich glaube, die Dame intrigiert, und darum werde ich mich kümmern«, knurrte Charlotte Hagedorn und nahm ihren Becher. »So, und nun trinkst du erstmal was und morgen sehen wir weiter. Basta!« Dass sie fast ein halbes Glas Rum in den Kakao gekippt hatte, erwähnte sie nicht.

KAPITEL 14

Nicola Lehmann hörte ihr Baby leise weinen, als sie aufwachte. Sie wollte rufen, aber sie konnte nicht. Klebeband verschloss ihre Lippen und brannte wie Feuer, als sie versuchte, sie aufzureißen. Ihre Augen waren genauso zugepappt und es war unmöglich, die Lider zu öffnen. Als sie das Band von ihrem Mund reißen wollte, stellte sie fest, dass die Hände sich nicht bewegen ließen. Gefesselt an einem Rohr hinter ihrem Rücken. Sie war nicht im Geringsten in der Lage, sich zu befreien. Je mehr sie zerrte, umso tiefer schnitten die Plastikschnüre in ihr Fleisch. Sie drückte die Zunge gegen den Klebestreifen und versuchte, ihn von innen von den Lippen zu lösen. Nichts als klägliches Wimmern drang durch den verschlossenen Mund. Ihre Tochter befand sich anscheinend nicht im selben Raum und würde sie nicht hören. Wie war sie hierhergekommen? Sie erinnerte sich nicht. Panisch riss sie mit ihren Händen an den Schnüren. Sie musste hier raus, Sarah holen und verschwinden. Aber wo war sie? So sehr sie sich auch bemühte, die Erinnerungen an die letzten Stunden waren wie ausgelöscht! Nicola Lehmann saß auf kaltem Betonboden. Sie atmete schwerfällig durch die Nase. Es roch muffig und feucht und sie zerrte erneut an ihren Fesseln. Den Schmerz nahm sie kaum noch wahr.

Sie schniefte den muchelig riechenden Sauerstoff wie eine Droge, bis der Bauch sich aufblähte. Das Gefühl zu ersticken, ängstigte sie bei jedem Atemzug. Die Nasenschleimhäute schwollen an, sodass kaum Luft durch die Nase drang. Beklemmung beschlich sie und presste einen Ring aus Eisen um ihr rasendes Herz. Sie hatte Angst zu sterben. Wieder hörte sie das leise Wimmern ihres Babys und erneut zerrte sie angestrengt die Arme vorwärts, in der Hoffnung, die Fesseln würden sich lösen. Die Plastikbänder gaben nicht einen Millimeter nach. Verzweifelt riss sie den Kopf zurück und versuchte, ihren Pulsschlag zu beruhigen, und ließ mutlos die Schultern sinken. Das ist die Rache …

*

»Kann ich dich treffen?«, fragte Charlotte Hagedorn. »Ich glaube, wir haben Wichtiges zu besprechen.« Am anderen Ende der Leitung war Stille. Darauf folgte ein kurzes monotones Gespräch, anschließend legte die Künstlerin auf. Sie hatte Katrin am Abend zuvor mit zwei Kakao-Rum schachmatt gesetzt und ins Bett befördert. Es hatte nur wenige Minuten gedauert, dann war sie tief und fest eingeschlafen. Charlotte hatte ihr Hose und Pullover ausgezogen und sie zugedeckt. Leise hatte sie die Tür hinter sich zugezogen und überlegt, was sie zu tun hatte.

Heute würde sie die Sache mit der Ex-Frau von Dirk Westermann klären, damit sie ungehindert den Fall zu Ende führen und die Verbindung von ihrer Nichte und dem Kommissar wieder ins Lot bringen konnte. Der Jung braucht seine Stabilität, überlegte sie und zog ihren Mantel an. Dann stülpte sie die Mütze mit dem aufgestickten Delphin und dem rosa Bommel über ihre grauen Haare, schlüpfte in ihre Stiefel und betrachtete sich im Spiegel. »Na warte, dich krieg ich«, murmelte sie, zog den Schlüssel aus der Holzschale, die auf der Kommode stand, und verließ die Wohnung.

Sie hatte sich mit Dirk Westermann im kleinen Künstlercafé in der Bahnhofstraße verabredet. Der Inhaber hatte ihr versprochen, einen Tisch in die alte Backstube zu stellen, damit sie sich ungestört unterhalten konnten. Es war trocken und kalt. Die Schneedecke war fest und Charlotte fuhr mit ihrem Fahrrad die Strecke Richtung Burg. Als sie den Wulfener Weg entlang radelte und am Wäldchen vorbeikam, drehte sie ihren Kopf mechanisch zu den Bäumen. Sie erinnerte sich nur zu gut an den Fall im letzten Jahr, als ein Jäger mit zerfetzter Kehle dort aufgefunden worden war. Sie schüttelte sich. Das war ein Ereignis, das ihr die Nackenhaare aufgestellt hatte. Ein Wolf, der sein Unwesen auf der Insel getrieben hatte, hatte die Insulaner in Aufruhr versetzt. Daran wollte sie jetzt allerdings keinen Gedanken verschwenden und richtete ihren Blick stur Richtung Kirchturm. Zehn Minuten später stellte sie ihr rotes Rad vor dem Café ab. Sie klopfte die Stiefel auf der Fußmatte ab, zog die Handschuhe aus und betrat die Kaffeestube. Die Scheiben waren von innen beschlagen. Es war angenehm warm im »Liebevoll«.

Als der Inhaber sie entdeckte, kam er schnurstracks auf sie zu und begrüßte sie herzlich. »Na, Charlotte, Teechen?«

»Guten Morgen. Ja, danke. Ist er schon da?«, fragte sie und deutete mit dem Kopf zur ehemaligen Backstube.

Der schlanke, hochgewachsene Mann nickte. »Dann bring ich dir mal deinen Pfefferminztee.«

Charlotte Hagedorn stapfte bereits durch den schmalen Gang und öffnete die Tür zur alten Backstube. Hier fanden Konzerte, Theaterstücke und Lesungen statt. Auch sie hatte in diesem ehemaligen Backhaus mit ihrer Freundin ein gemeinsames Gitarrenkonzert gegeben. Maritimer Kokolores, nannten sie ihre über eine Stunde dauernde Vorstellung, die bei den Insulanern großen Anklang gefunden hatte. Sie seufzte. Wie lange war es jetzt her, seit sie überhaupt musiziert hatte? Zuletzt in der Haifischbar bei Mirella. »Hm«, murmelte sie und schloss die Tür hinter sich. Da sie wusste, dass in der alten Backstube am Tag nicht ebenso geheizt wurde wie im Café, ließ sie ihre Jacke vorsichtshalber an. Erstaunlicherweise hatte der Cafébesitzer in weiser Voraussicht die Heizungen im Raum aufgedreht, sodass sich muckelige Wärme in der alten Backstube ausgebreitet hatte. Sie stapfte auf den Tisch zu, den er praktischerweise direkt vor die Heizkörper platziert hatte.

Dirk Westermann saß bereits und schien nicht im Geringsten verwundert darüber zu sein, dass er hierher verfrachtet wurde. Wenn Miss Marple von der Insel sich etwas in den Kopf gesetzt hatte …. Er lächelte sie müde an. Charlotte Hagedorn betrachtete ihn und erschrak. Die Schatten unter seinen Augen und das blasse, eingefallene Gesicht ließen darauf schließen, dass er die letzten Nächte kein Auge zugemacht hatte. Sie spürte, dass er darunter litt, dass Katrin ihm seine Erklärungen nicht abnahm. Und sie wusste, dass er sie innig liebte. Oder gab es etwas anderes, was all dieses Dilemma ausgelöst hatte? »Na, mein Jung. Möchtest du noch einen Kaffee?«, fragte sie, als sie sah, dass die Tasse geleert war.

»Ja, bringt er mir. Einen schönen guten Morgen, Charlotte.«

Die Künstlerin zog ihren Mantel aus und legte ihn auf den Tresen hinter ihrem Stuhl. »Ja, ganz schöner Tag, wenn auch kalt. Aber die Sonne macht alles wieder wett. Ich bin froh, dass ich draußen an der frischen Luft sein kann«, brabbelte Charlotte munter drauflos, um der Stimmung die Anspannung zu nehmen. »Gibt's etwas Neues in unserem Fall?« Wie sie das fragte, klang für Westermann so selbstverständlich, dass er genauso ungezwungen antwortete.

»Wir kommen voran. Allerdings sind da jede Menge Leute, die Grund genug gehabt hätten, den Hardenberg zu töten, was die Sache nicht leichter macht.«

»Das ist ja interessant. Habt ihr die Lehmann verhaftet?« Erwartungsvoll setzte sie sich ihm gegenüber.

»Nein, zum einen ist *der* Lehmann, wie du weißt, tot und die Tochter … Nicola verschwunden.«

»Ne, gibt's nicht. Heiland Mailand. Ich wusste doch, dass die nicht ganz koscher ist«, grummelte Charlotte und schlug die Hände zusammen. »Habt ihr die Ferienwohnung nicht aufgesucht? Da ist sie mit Sicherheit untergetaucht.«

»Nein, ist sie nicht. Wir haben die Wohnung leer vorgefunden oder sagen wir besser durchwühlt. Sie war nicht vor Ort.«

»Die hat mit Sicherheit erst den Hardenberg und dann ihren Vater um die Ecke gebracht, so getan, als wäre jemand anderes der Täter, und ist mit ihrem Baby abgehauen. Ja, so wird es sein.«

»Warum sollte sie das tun?«, wollte Westermann wissen und lauschte Charlotte. Er schätzte ihre Ansätze und oft hatten sie ihn bisher einen Schritt weitergeführt.

»Na, die war eifersüchtig. Das ist doch wohl Motiv genug. Der Geliebte läuft zu seiner Ex-Frau zurück, weil er in ruhigeren Gefilden ausruhen will, und das bekommt diese Nicola mit und krrrg …« Charlotte glitt mit ihrer Handkante an ihrem Hals entlang.

»Meine liebe Miss Marple. So simpel, wie du das hier darstellst, ist das leider nicht. Zum einen hat die Freundin allem Anschein nach ein Kind von unserem Toten und zum anderen kämpft man mit höherer Wahrscheinlichkeit eher *um* den Vater des Kindes, als ihn zu töten. Dann hätte sie meiner Meinung nach eher die Ex umgebracht, oder glaubst du nicht?«

»Hat sie vielleicht versucht, hat nur nicht geklappt. Eventuell ist sie gestört worden und musste abbrechen? Das weiß ich nicht, aber ich bin dran.«

Westermann schüttelte den Kopf. »Diese Meinung kann ich so nicht teilen. Und was ist mit dem Lehmann? Wieso liegt der tot auf der Galerie einer Mühle? Das erscheint mir sehr merkwürdig.«

»Ermordet?«, wollte Charlotte wissen.

»Darüber kann und darf ich dir nichts sagen, du verstehst. Ich habe dir bis zu diesem Moment sowieso schon zu viel erzählt.«

»Aber Dirk!«

»Nichts aber. Nun mal ehrlich, Charlotte, warum sitzen wir wirklich hier, abgeschottet bei Käffchen und …?« Die Tür öffnete sich und der Cafébetreiber brachte ein großes Glas Tee und eine Tasse schwarzen Kaffee. Leise stellte er beides auf den alten Tisch und verzog sich wieder.

»Der sieht ja wunderbar aus«, lobte Dirk Westermann.

»Ja, das ist der leckerste Pfefferminztee, den ich jemals getrunken habe.« Sie zeigte auf die frischen Pfefferminzblätter, die mindestens die Hälfte des Glases einnahmen. »Und wie der riecht«, druckste sie herum.

»Ich hab nicht sonderlich viel Zeit, Charlotte. Wir haben jede Menge abzuarbeiten. Also, was willst du wirklich?«

Der Künstlerin fehlten die Worte. Sie rührte ununterbrochen in ihrem Teeglas und ließ ihre Blicke nicht vom Löffel. Ihre Lippen waren kaum sichtbar, so fest presste sie sie zusammen.

»Charlotte Hagedorn. Wenn du nicht gleich mit der Sprache herausrückst, steh ich auf.«

Sie sah ihm geradeheraus in die Augen. Sie seufzte und sagte leise: »Es geht um … dich und Katrin.«

Erstaunt schaute er sie an. »Was?«

»Das kann man ja nicht mehr mitansehen, wie ihr auseinanderdriftet. Das lass ich nicht zu!« Trotzig schlug sie mit der Faust auf den runden Holztisch, der durch den unebenen Boden verdächtig ins Kippeln geriet.

»Nun mal langsam, Charlotte. Meinst du nicht, dass das eine Sache zwischen deiner Nichte und mir ist?«

Sie sah, wie unbeholfen er diese Worte aussprach. »*Eure* Sache? Dass ich nicht lache! Wenn das nicht geklärt wird, ist die Süße weg, mein Jung. Die leidet, genau wie du, aber nach ihrer letzten Beziehung ist kein Platz mehr für Wagnisse, Enttäuschungen und … Lügen. Glaub es oder nicht. Ich kenne sie besser als jeder andere. Willst du sie behalten?«

Die klaren Worte beeindruckten Dirk Westermann. »Natürlich möchte ich sie nicht verlieren. Was denkst du? Aber ich kann ihr meine Sicht anscheinend nicht plausibel machen. Sie vertraut mir nicht. Ich hab alles versucht. Jetzt ist es an ihr.« Dirk zuckte die Schultern.

»Was ist an ihr? Wenn du sie nicht verlieren willst, musst du die Wahrheit sagen … und nichts als die Wahrheit.«

»Ich bin kein Kind, verdammt nochmal! Ich habe versucht, normal mit ihr zu reden. Sie sagte mir auf den Kopf zu, ich wäre ein Lügner und Betrüger. Ganz ehrlich, Charlotte. Ich bin keine 25 mehr und sie weiß, wie und *wer* ich bin. Das ist alles albern, oder etwa nicht?«

»Was will die Frau von dir?«, unterbrach sie den Hauptkommissar.

»Was sie von mir will? Ich weiß es nicht!« Dirk zog die Augenbrauen hoch und presste die Lippen aufeinander. Seine Wangenknochen traten hart hervor. »Ich glaube, wir lassen das hier mal und beenden das Gespräch«, murmelte er. Es schien, als wollte er aufstehen.

»Bleib bitte hier! Also, wie war das deiner Meinung nach?« Das resolute Verhalten der Künstlerin ließ ihn auf seinem Stuhl wie festgeklebt sitzen bleiben. Er überlegte, dann sagte der müde aussehende Kriminalkommissar:

»Meine Ex-Frau ist hier aufgetaucht, warum, kann ich dir nicht beantworten, und sie rückt mir seitdem nicht von der Pelle. Ich sag dir nur, dass ich nichts, aber auch gar nichts von dieser Person will. Sie verfolgt *mich*, nicht ich sie … und mehr gibt es dazu nicht zu sagen.«

»So ähnlich habe ich mir das schon gedacht. Wo ist sie?«

»Sie hat ein Zimmer im gleichen Hotel wie ich. Charlotte, lass gut sein! Katrin muss mir vertrauen, wenn unsere Beziehung eine Zukunft haben soll.«

»Verstehst du nicht? Sie hat Angst! Angst, dass genau das, was sie schon einmal erlebt hat, sich wiederholt. Sie wird nicht zu dir kommen. Du kennst ihren Dickkopf.« Charlotte nahm einen großen Schluck Tee.

Dirk nickte, zog die Stirn in Falten und überlegte. Er wusste, dass sie recht hatte. »Phhh … ich kann dir nicht mal sagen, was ich tun soll. Wahrscheinlich ist es besser, ich bleibe alleine. Deine Nichte ist jung und temperamentvoll. Sie hat vielleicht einen anderen verdie…!«

»Stopp, stopp. Lass mich mal machen.«

»Das geht dich nichts an«, murrte Dirk. »Das müssen wir selbst regeln. Da wird deine Nichte mir wohl einen Schritt entgegenkommen müssen«, sagte er, leerte seine Tasse und stand auf.

Charlotte nahm gelassen einen Schluck Tee und fragte im gleichen Atemzug. »Habt ihr eigentlich schon die Tatwaffe gefunden?«

»Nein, warum?«

»Nur so ein Gedanke. Ist der Lehmann auch erstochen worden?«

»Nein, wie kommst du darauf? Es ist bisher nicht einmal sicher, dass er umgebracht wurde. Meinst du, es könnte der gleiche Täter sein?«

»Ist nur eine Ahnung«, rief sie. »Verdammt, Charlotte. Du bringst mich in Teufels Küche. Der hat eine gemeine Wunde am Hinterkopf. Ist nach ersten Angaben der Gerichtsmedizin offensichtlich verblutet. Ob das Absicht oder ein Unfall war, klären wir gerade. Das behältst du aber für dich!«, sagte Westermann, streifte seine Jacke über und wandte sich zum Gehen. »Und du hältst die Füße still, was Katrin und mich betrifft. Ist das klar?«

»Klar, Chef, klar wie Kloßbrühe! Und wo ist die Tochter mit dem Kind?«, versuchte sie abzulenken.

»Wenn wir das wüssten …«

*

Die Tür öffnete sich. Nicola versuchte verzweifelt, unter den verklebten Augen einen Schimmer Licht wahrzunehmen. Es blieb dunkel. Schritte näherten sich. Konzentriert nahm sie Geräusche und Gerüche in sich auf. Ihr Baby war ruhig. Sie konnte keinen Laut hören. Lebte es noch? Hatten sie es getötet? Der Herzschlag hämmerte in ihrer Brust. Jemand zerrte das Klebeband von ihrem Mund.

»Nicht schreien! Wenn du schreist, ist dein Baby tot«, flüsterte eine tiefe Stimme.

Ein Mann? Eine Frau? Nicola Lehmann konnte es nicht unterscheiden. Die Sprechweise klang verzerrt. Metallisch. Nicola rührte sich nicht. Etwas Kaltes wurde an ihre Lippen gelegt. Sie erschrak und wich zurück.

»Trink, Wasser«, sagte die kühle dunkle blecherne Stimme. Gierig schluckte sie, bis das Gefäß leer war. Sie hatte Durst. Wie lange sitze ich hier schon, überlegte sie und spürte, dass die Flüssigkeit in ihrem Magen zu rumoren anfing. Sie verspürte Hunger. Die Person aus dem Dunkel legte etwas Weiches an ihre Lippen. Es roch nach Braten. Brot. Sie öffnete den Mund. Mit der Zunge tastete sie den Gegenstand ab. Brot, das ist Brot. Hungrig biss sie hinein. Sie schmeckte Fleisch. Kaltes Fleisch. Gekochten Schinken. Das ist ein Schinkensandwich, vermutete sie und verschlang ein Stück vom Brot. Erneut schob ihr die Person die weiche Stulle entgegen und sie sog jeden Bissen gierig in den Mund. Sie musste Kraft schöpfen, um sich aus dieser Falle zu befreien. Das Baby. Austricksen, ich muss den Bastard austricksen …

*

»Guten Morgen«, sagte der Hauptkommissar, als er das Büro betrat.

»Moin, Chef«, antwortete Hartwig, der in den Unterlagen las. »Na, haste gut geschlafen?«, wollte Thomas wissen.

»Wie kommst du darauf?«

»Na ja, es ist gleich halb 11. Ich dachte ...«

»Überlass das Denken mal lieber mir. Hast du was von der Observation gehört?«

»Nein, die haben sich bisher nicht gemeldet. Also nichts Neues.«

»Irgendetwas von der Lehmann?« Hartwig schüttelte den Kopf. »Wie vom Erdboden verschluckt.«

»Vielleicht müssen wir nochmal nach Lüneburg. Eventuell ist die zurück in ihrer Wohnung.«

»Das ist eine gute Idee. Dann kann ich gleich den Hund anmelden.«

»Jetzt schon? Der muss doch erst ein Jahr alt sein, bevor er ...«

»Ja, aber ich muss dafür jede Menge Tests bestehen, damit *er* überhaupt zugelassen wird.«

Dirk Westermann sah seinen Kollegen fragend von der Seite an.

»Ist so!«, murmelte Hartwig.

»Weißt du was, dann erledige du das mal. Ich kümmere mich um ein Gespräch mit unserem Opfer.«

Der junge Kommissar lächelte verschmitzt.

»Lass dir nichts einfallen«, entgegnete Westermann. »Da ist nichts, genauso wenig wie mit meiner Ex«, erklärte er sich.

»Ich hab doch gar nichts gesagt«, verteidigte sich Thomas Hartwig und hob hilfesuchend die Hände. Er wusste, dass mit Katrin seit dem Weihnachtsmarkt irgendetwas im Unreinen war. Allerdings hatte er nicht die Absicht, sich mit irgendwelchen schlauen Sprüchen zwischen die beiden zu stellen. Das geht mich nichts an, dachte er und fragte stattdessen: »Sag mal, hat die Hardenberg dich eigentlich auch nochmal nach der dämlichen Pastete gefragt?«

»Nein, warum sollte sie?«

»Weil sie gestern angerufen hat und wissen wollte, ob wir sie wirklich weggeschmissen haben. Es war das erste Mal, dass sie eine Pastete gezaubert hat, und sie war enttäuscht, dass sie sie nicht einmal probieren konnte. Sie hätte wohl so viel Arbeit reingesteckt und alles wäre nun für den Mülleimer gewesen. Die spinnt echt. Ist doch scheißegal, wie nach so einer Geschichte eine blöde Pastete schmeckt ... Weiber, das versteh nun einer. Der Ex tot in der Küche und die will Pastete essen ... warum war die für sie so wichtig? Ist mir ein Rätsel.«

»Mach dich mal auf den Weg nach Lüneburg. Ich halte hier die Stellung und wir sehen uns dann morgen in gewohnter Frische.«

»Jawohl, Chef, wird gemacht«, sagte er grinsend und konnte gar nicht schnell genug aus dem Büro kommen.

Er war bereits auf dem Flur, als Westermann »Watson?« rief.

*

Zwei Stunden später parkte Thomas Hartwig den Wagen auf dem Gelände der Lüneburger Polizeidienststelle. Pfeifend stieg er aus und holte den Vierbeiner aus dem Fond. Watson hatte die Fahrt über in der Hundetransportbox verschlafen, die Hartwig von einem Kollegen erstanden hatte, der seinen Hund nicht mehr besaß. »Na, Freund, jetzt wollen wir mal zu unserer hübschen Katharina. Benimm dich ja anständig«, murmelte er an sein Tier gewandt und setzte ihn auf die Erde. »Aber keine Schafe reißen«, rief er. Schnurstracks lief der auf einige Büsche am Ende des Parkplatzes zu und hinterließ eine Duftmarke. »Das hattest du aber schnell raus, kleiner Freund«, freute sich Hartwig und wartete, bis Watson sein Geschäft erledigt hatte. Langsam setzte er sich in Bewegung und pfiff, bis der Hund neben ihm herlief. Vor der Eingangstür hob der Kommissar den Minihund auf den Arm.

Hartwig hatte in seltenen Momenten Bedenken gehabt, ob es eine gute Wahl gewesen war, sich einen Wolfshund anzuschaffen. Mittlerweile liebte er den Welpen und es gab für ihn keine Alternative. Watson wird sich einen vernünftigen Platz an meiner Seite verschaffen, ohne dass er von Wolfsgegnern angefeindet wird, war seine feste Meinung. »Du musst zeigen, dass du einer von den Guten bist, kleiner Wolf.« Hartwig stakste den Flur hinunter und blieb vor dem Büro von Katharina von Hagemann stehen. Bestimmt klopfte er gegen die Tür. Er wollte beweisen, dass er Manieren besaß, und ihr gegenüber einen positiven Eindruck hinterlassen.

Als er ein festes »Ja« hörte, öffnete er die Tür und trat ein.

»Moin, da sind wir.« Mit selbstsicherem Grinsen stand Thomas Hartwig vor dem Schreibtisch der Kommissarin, die sich gerade wieder ein Franzbrötchen genüsslich einverleibte. Der Kommissar aus Oldenburg taxierte die überaus attraktive Kollegin von oben bis unten und winkte mit der Pfote des Welpen. »Schau die hübsche Tante an, die fährt gleich mit uns zu den bösen Verbrechern«, grummelte er und hoffte auf ein Lächeln.

»Fällt Ihnen nichts Besseres ein?«, antwortete sie abschätzend und erhob sich. Sie entfernte die Krümel von ihren Lippen, nahm die schwarze Lederjacke vom Haken und streifte sie über. Ihre rote Mähne trug sie zum Gefallen von Hartwig offen. Er betrachtete die Sommersprossen, die auf ihrer Haut um die Nase herum leuchteten, und konnte sich nicht sattsehen.

»Warum gaffen Sie mich eigentlich jedes Mal, wenn wir uns treffen, an, als ob sie jahrelang keine Frau zu Gesicht bekommen hätten?«, räusperte sie sich, zog die Augenbrauen nach oben und stelzte mit einem unübersehbaren Hüftschwung auf die Tür zu.

Thomas wurde rot und stierte auf ihren knackigen Hintern, der in der schwarzen Jeans perfekt zur Geltung kam. »Ich, äh … ich gaffe nicht. Aber wenn mir eine attraktive Frau entgegenkommt, wie soll ich da wegsehen?«

Ihr helles Lachen hallte durch den Flur. »Na dann.«

Sie blieb stehen und drehte sich zu Hartwig um, dessen Puls unweigerlich nach oben schnellte. Allerdings würdigte sie ihn keines Blickes. Ihre ganze Aufmerksamkeit galt Watson. »Kann ich ihn mal nehmen?«, fragte sie und zog ihn, ohne die Antwort abzuwarten, auf ihren Arm.

»Ja, können Sie«, murrte er und steckte seine Hände in die Hosentaschen. »Haben Sie was von den Lehmanns gehört?«, wollte er wissen.

»Nö, ich habe einen Wagen hingeschickt, aber da war niemand.« Katharina von Hagemann kraulte den Hund hinter den Ohren und es schien ihm zu gefallen. Er lehnte den Kopf gegen ihre Brust und fiepte. Das könnte sie bei mir machen, dann würde ich auch fiepen, grinste Hartwig und folgte ihr zum Wagen.

Eine halbe Stunde später fuhren sie ohne Erfolg vom Haus der Nicola Lehmann wieder Richtung Dienststelle, als Hartwig zusammenfasste: »Da sind wir wohl mächtig auf dem Holzweg. Ich denke, die ist auf der Insel untergetaucht. Die hat das Chaos in ihrer Wohnung gesehen, hat Panik bekommen und ist abgetaucht. Ist alles schleierhaft. Die Polen lassen sich auch nicht in die Karten schauen. Wir wissen nur, dass sie im Hochhaus am Südstrand waren und dort vermutlich die Wohnung gefilzt haben. Und die sind gerissen. Unsere Leute haben die Männer vor dem Haus observiert und nicht mal mitbekommen, dass die die Bude auf den Kopf gestellt haben. Die haben ein starkes Motiv und wir kriegen sie nicht. Nicht einen Fingerabdruck. Keine Spuren, die wir verwerten können. Verdammte Scheiße!«

Katharina hörte sich an, was Hartwig zu sagen hatte, während sie den Hund auf dem Schoß hielt und kraulte. »Wir müssen abwarten. Irgendwann macht irgendeiner von ihnen einen Fehler. Wer das getan hat, war gerissen. Das war alles schlau eingefädelt. Derjenige muss gewusst haben, dass der Hardenberg bei seiner Ex ist. Wie auch immer. Ergo ist der schon vorher beobachtet worden. Das war kein Zufallsdelikt. Das war geplant. Da bin *ich* mir absolut sicher. Welche Rolle die Freundin, diese Nicola, spielt ... null Ahnung. Die hätte auf jeden Fall ein Motiv. Eifersucht! Wenn mir einer den Kerl wegnehmen wollte, oh man, da könnte ich ...« Plötzlich schwieg sie.

Hartwig sah sie von der Seite an. »Ihren Mann?«

»Hab ich das gesagt? Sie müssen besser zuhören. Halten Sie mal da vorn, ich will eine rauchen. Hab schon tierischen Entzug.« Sie zog eine kleine Metalldose aus der Jackentasche.

»Sie hat sogar einen Aschenbecher dabei«, feixte Hartwig.

»Was dagegen? Ich tue etwas für die Umwelt.«

»Ja, rauchen verbessert die Natur ungemein«, griente der Kommissar. Sie parkten in einer kleinen Bucht am Wegrand.

Hartwig zog Watson von Katharinas Schoß und setzte ihn vor einen Baum auf den Boden. Der winzige Kerl sah sein Herrchen fragend an. »Nun mach schon«, rief er und winkte deutend auf den Baumstamm.

»Und Sie glauben, so geht das?«, lachte sie laut.

»Zeigen Sie es mir doch, wenn Sie es besser können«, forderte Hartwig sie heraus. Sie sah ihn an. »Danach könnten wir bei einem Abendessen besprechen, wie es mit Watson und ... uns weitergeht.«

»Uns? Was soll das denn jetzt schon wieder heißen?«, fragte Katharina, zog die Augenbraue hoch und blies den Rauch in die Luft. Sie drückte die heruntergebrannte Zigarette im Aschenbecher aus und verschloss ihn. »Ach, was soll's! Warum eigentlich nicht? Wir können von mir aus zum Italiener gehen, wenn Sie die Prüfungsanmeldung hinter sich haben.«

»Na, das ist ja mal ein Angebot!«, sagte Hartwig erstaunt und sein Herz fing an zu hecheln. Damit hätte er in seinen kühnsten Träumen nicht gerechnet. Abendessen mit Katharina von Hagemann.

✳

Das Gespräch mit Dirk ging Charlotte nicht aus dem Kopf, als sie das Hotel am Markt betrat. Sie steuerte schnurstracks auf die Rezeption zu und sagte, an Danny gewandt. »Moin, min Jung, sach mal, kannst du mir sagen, wo die Frau *Westermann* untergekommen ist?«

Der Kellner kuckte Charlotte Hagedorn an und schluckte. Er wusste, dass die Fremde in den letzten Tagen zwischen Charlotte Hagedorn, Katrin Duvenstedt und dem Kommissar eine Katastrophe angezettelt hatte. Mit der ist nicht gut Kirschen essen, stellte er fest und antwortete: »Die ist im ersten Stock, Zimmer fünf. Allerdings weiß ich nicht, ob Sie sie antreffen. Aber das haben Sie nicht von mir!«

Charlotte bemerkte, dass Danny rot wurde, während er die Schultern hochzog. »Das lass mal meine Sorge sein. Ich will nur nachsehen, ob sie da ist.« Ohne ein weiteres Wort stiefelte sie den Treppenaufgang zu den oberen Zimmern hoch. Wenig später klopfte sie an die Tür.

»Jaha, ich komme«, rief eine Stimme erwartungsvoll.

Als sie die Tür öffnete, trug die Unbekannte nichts als ein bis zu den Oberschenkeln reichendes T-Shirt. Auf der einen Seite war der Stoff lässig über die Schulter gerutscht und gab ihre Haut frei. Die hat auf jemanden gewartet, mutmaßte Charlotte. »Mich haben Sie wahrscheinlich eher nicht erwartet«, murmelte sie und schob die Halbnackte ohne ein weiteres Wort zur Seite. Eigenmächtig trat sie ins Zimmer.

»Was fällt Ihnen ein? Was wollen Sie?«, rief Anja Westermann und ballte die Hände zu Fäusten.

Charlotte drehte sich zu der Unbekannten. Du bist keine Konkurrenz, stellte sie nickend fest und antwortete stattdessen: »Ich will mit Ihnen reden.«

»Ich aber nicht mit Ihnen! Wer sind Sie überhaupt und was zum Teufel wollen Sie?«

»Ja, zum Teufel. Sie werden sich jetzt hinsetzen und mir zuhören, sonst fliegen wir beide ins Fegefeuer.« Charlotte Hagedorn wies energisch auf den Stuhl vor dem Schreibtisch, der an der Wand gegenüber dem Bett stand. Der harsche Ton und der eisige Blick ließen Anja Westermann schablonenhaft auf den Schreibtischstuhl zumarschieren. Wortlos sank sie auf das Polster der Sitzgelegenheit. Hastig zog sie den Stoff des Shirts zurück über ihre Schulter.

»Was wollen Sie von mir?«, fragte sie erneut.

»Das werde ich Ihnen ganz sachlich erklären«, antwortete Charlotte. »Ich will, dass Sie Dirk Westermann in Ruhe lassen. Und zwar ohne Wenn und Aber.«

»Was mischen Sie sich in Dinge ein, die Sie überhaupt nichts angehen? Ich kenne Sie nicht mal. Was bilden Sie sich ein? Und außerdem, was Dirk und mich angeht …«

»Papperlapapp!«, wies sie die Frau mit den kurzen dunklen Haaren zurecht. Sie betrachtete Anja Westermann von oben bis unten. »Ich wüsste auch gar nicht, was er von *Ihnen* wollte?«

»Spinnen Sie? Dirk und ich … wir …«

»Was wir? Er ist der Verlobte *meiner* Nichte und Sie … Sie haben hier nichts verloren.«

»Ihre Nichte? Dirk und ich wir … wir lieben uns«, murmelte die Frau auf dem Stuhl verunsichert und starrte Charlotte Hagedorn fragend an.

»Das wüsste ich!«, entgegnete die Künstlerin. »Also, ich sehe das so: Sie lauern dem Mann meiner Nichte auf und versuchen ihn, warum auch immer, zurückzugewinnen. Das wird Ihnen allerdings nicht gelingen, weil er sie liebt und die beiden bald heiraten«, log sie.

Anja Westermann wurde blass. »Das kann er nicht. Er liebt mich. Das habe ich genau gespürt!«

»Sie? Dass ich nicht lache. Dirk will mit Ihnen überhaupt nichts mehr zu tun haben.«

»Wer sagt das? Und woher wollen Sie das wissen?«, schrie sie.

Charlotte stemmte ihre Fäuste in die Taille. »Ich weiß es, da können Sie sich drauf verlassen. Und … und wenn Sie hier nicht umgehend das Feld räumen, haben wir beiden Hübschen *Krieg*.« Charlotte Hagedorn zog die linke Augenbraue hoch, wie sie es immer tat, wenn sie erbost war, erhob ihren Arm und schwenkte ein imaginäres Schwert.

»Sie ticken doch nicht sauber! Was faseln Sie für einen Müll? Ich werde hier überhaupt nicht verschwinden. Sie können mich mal … kreuzweise!« Anja Westermann sprang auf und wollte sich wütend auf Charlotte stürzen. Die ballte die Fäuste vor ihrem Gesicht und rief: »Dann mal los, alte Fregatte. Mit meiner Nichte können Sie niemals mithalten. Dirk weiß, was gut für ihn ist. Pahh! Sie haben doch die beste Zeit auch längst überschritten, genau wie ich.« Plötzlich nahm sie die Fäuste herunter und sah Anja Westermann versöhnlich an. »Wir sind zu alt für diesen Zirkus, glauben Sie nicht? Suchen Sie sich lieber etwas in Ihrem Revier.«

Die Frau, die ihr gegenüberstand, ließ verzweifelt die Schultern sinken und schaute sie fassungslos an. Charlotte Hagedorn betrachtete die dunklen Ränder unter den Augen ihrer Kontrahentin. Das Gesicht bekam maskenhafte Züge und die Lippen erschienen so schmal, dass sie kaum mehr wahrzunehmen waren.

»Aber ich liebe ihn«, flüsterte sie und ließ den Kopf sinken. Auf einmal wirkte sie wie ein Häufchen Elend.

Charlotte legte der Frau eine Hand auf die Schulter. »Kind, das ist doch lange vorbei. Lassen Sie es gut sein und die beiden ihr Glück finden.«

»Woher wollen Sie das wissen?«

»Weil er es mir gesagt hat und es für alle Seiten besser ist, wenn Sie endlich wieder nach Hause fahren …«

*

»Ich denke, wir werden die Gespräche abbrechen können. Ich bin froh, dass Sie uns so viel über die Beziehung mit dem Toten und Personen berichtet haben, die unseren Ermittlungen weitergeholfen haben. Wir werden uns einmal unterhalten, wenn Sie sich an etwas erinnern. Ich sehe, dass die Therapie Ihnen hilft, das Geschehene zu verarbeiten, und irgendwann werden Sie sich erinnern ... dann bin ich für Sie da. Sie sind sehr stark und auf einem guten Weg«, sagte Dirk Westermann lächelnd, als er ihr im Flur gegenüberstand und die Jacke auszog.

Julia sah ihn an. »Haben Sie eine Spur?«

»Nicht wirklich. Wir müssen die Beweise, die wir bisher gefunden haben, auswerten und weiterverfolgen. Dann kommen wir sicher bald zu einem Ergebnis. Sie waren auf jeden Fall bis hierhin eine große Hilfe.«

Julias Körper entspannte sich. »Aber das ist selbstverständlich. Ich will auch, dass Sie das Schwein fassen.« Julia Hardenberg bat Dirk in die Küche. »Hier ist es wärmer. Kaffee?«

Westermann nickte.

»Setzen Sie sich.« Sie wies ihm einen Platz auf der Eckbank hinter der Küchentür zu, von dem aus er den Raum überblickte.

Der Hauptkommissar war erstaunt: »Wie überaus penibel Sie alles im Griff haben. Hier könnte man vom Fußboden essen«, sagte er und nahm den Becher in die Hand.

Julia setzte sich ihm gegenüber. »Na ja, wenn man so eine Perle hat ... ist das kein Wunder. Ich würde das alles allein niemals schaffen.«

»Darf ich Sie etwas *sehr* Persönliches fragen? Keine Angst, das bleibt unter uns ...«

»Nur zu«, antwortete sie.

Westermann betrachtete sie eingehend, bevor er sprach. Julia Hardenberg sah mädchenhaft aus. In ihrem blauen Sweatshirt, der schwarzen engen Jeans und mit den kurzen dunklen zerzausten Haaren wirkte sie schüchtern und jugendlich. Sie ähnelte, selbst dem Namen nach, der Schauspielerin Julia Koschitz. Dennoch hatte sie in ihrem Blick die Abgeklärtheit eines Menschen, der bereits viel Leid erlebt hatte. Der Hauptkommissar schüttelte den Kopf, als wollte er eine lästige Fliege verscheuchen.

»Ist was nicht in Ordnung?«, fragte sie.

»Nein, alles gut.« Er schmunzelte.

»Na dann. Wollten Sie etwas Bestimmtes wissen?«

»Ja, ich frage mich die ganze Zeit, wie Sie über die vielen Jahre trotz Selbstständigkeit und ständigem finanziellen Desaster an der Seite des Mannes leben konnten oder besser überlebt haben?«

»Gelebt? Ich habe existiert, mehr nicht. Mich gab es für lange Zeit nicht mehr. Ich war durchsichtig und wenn man es genau nimmt, weniger als ein Schatten meiner selbst. Ich glaube, so muss es sich anfühlen, wenn man tot ist ...«

Westermann sah sie ernst an. »Sie müssen mir auf die Frage nicht antworten, aber was war für Sie der schlimmste Moment in dieser Beziehung? Sie haben weitaus mehr ertragen als andere Menschen. Wie funktioniert das? Warum sind Sie nicht viel früher gegangen? Ausgebrochen aus einer Ehe, die längst keine mehr war?«

»Das war aber nicht nur eine Frage«, entgegnete sie und sah ihn zaghaft an. Ein toller Mann, dachte sie und sagte: »Wissen Sie ... Sie haben es richtig formuliert. Ich habe funktioniert. Wie eine Maschine. Der Mensch kann weitaus mehr ertragen, als vorstellbar ist. Der liebe Gott lädt uns anscheinend immer so viel Gepäck auf den Rücken, wie wir tragen können. Irgendwann gewöhnt man sich an den *Zustand*, hält ihn für normal.« Sie verzog den Mund und zuckte mit den Schultern. »Ich bin im Beruf so gefordert oder besser überfordert gewesen, dass am Ende überhaupt kein Platz für Leid und Tränen war ... ich musste Geld verdienen, um alles am Laufen zu halten. Das Leben in dieser Beziehung fühlte sich, abgesehen von ein paar positiven Momenten am Anfang, an wie ein Dornenweg. Und das Kreuz auf meinem Rücken wog sehr, sehr schwer. Ich weiß, das klingt vielleicht theatralisch und ist mit nichts zu vergleichen, was andere erleiden müssen. Aber für mich war es so.« Sie hielt inne und versank in Gedanken. Tränen stiegen, wie schon so oft vorher, in ihre Augen.

»Irgendwann besaß ich nicht einmal mehr die Kraft zu weinen. Ich habe mich wie eine Fata Morgana aufgelöst und wurde ... nicht nur für ihn unsichtbar. Ja, ich stand eines Tages neben mir und konnte mich selbst beobachten. Und ich sah eine Frau, die nicht mehr weiterleben wollte. Wahrscheinlich können Sie sich das nicht vorstellen, weil es jenseits der Vorstellungskraft liegt. Als ich herausgefunden hatte, dass Joost neben all den finanziellen Betrügereien, die mich fast die Existenz kosteten, mich mit jeder Menge anderer Frauen betrog, war ich fertig. Er brachte mir sogar die Kripo ins Haus und quälte mein Kind genauso wie mich. Ich glich nur noch einer leeren Hülle. Da war kein Schmerz mehr, keine Eifersucht, keine Liebe, nicht einmal Hass, nur das ... Nichts.« Julia stierte gegen die Wand. Sie hatte die schmalen Hände auf den Tisch gelegt und es schien für einen Augenblick, als träumte sie. Als sie ihren Blick wieder Westermann zuwandte, sprach sie weiter. »Der Mann hat mich ... zerbröselt wie einen alten Keks, wenn Sie verstehen. Ich war nur eine Marionette und habe es nicht bemerkt.«

»Was war mit Ihrer Tochter? Die muss doch alles mitbekommen haben. Haben Sie nicht an sie gedacht? Hat sie Ihnen keinen Halt geben können?«

»Mia? Mia brauchte mich so sehr. Das ist das Einzige, was mich heute immer noch quält. Über die Jahre habe ich überhaupt nicht bemerkt, wie fürchterlich sie gelitten hat. Ich war so mit mir und dieser Überlebenskiste beschäftigt, dass ich ihr Leid nur am Rande wahrnahm. Er hat ihr körperlich nie etwas getan, bei Gott nicht. Aber seelisch hat er sie genauso malträtiert wie mich.« Sie trank einen Schluck Kaffee. »Viel, viel später hat sie mir erzählt, wie schrecklich er sie traktiert hatte, wenn ich nicht in der Nähe war.«

»Traktiert, wie meinen Sie das?«, wollte er wissen. Dirk Westermann wurde hellhörig.

»Nicht, was Sie denken. Er hat sie nie angefasst. Aber er hat sie beherrscht. Sie musste das Haus putzen, viele Aufgaben erledigen, die sonst ein Erwachsener bewältigt. Und er hat es immer so aussehen lassen, als wäre es nur zu ihrem Besten. Einmal hat er sie den ganzen Tag Schnürsenkel binden lassen, bis sie es unter Tränen endlich alleine schaffte, sich die Schuhe zuzubinden. Sie hat im Nachhinein so bitterlich geweint. Ich wusste es nicht, weil ich nicht da war«, sagte sie weinerlich. »Ein anderes Mal mochte sie das von ihm vorgesetzte Essen nicht. Er hat sie den ganzen Tag bis in die Nacht vor diesem verdammten Teller sitzen lassen. Sie immer wieder gekniffen und an ihren Haaren gezogen. Sie durfte nicht aufstehen. Erst nach Mitternacht hat er sie ins Zimmer geschickt und ihr das Essen am nächsten Morgen wieder vor die Nase gesetzt. Sie war acht Jahre alt!«, weinte Julia hemmungslos. »Mein Herz hat geblutet, als sie es mir später erzählt hat. Warum war ich nicht da, als sie mich brauchte? Warum habe ich ihr nicht geholfen?«

Dirk Westermann ließ sie zur Ruhe kommen. Dann fragte er: »Vielleicht konnten Sie ihr gar nicht helfen, weil Sie sich selbst nicht helfen konnten. Noch einmal, was war für Sie der schlimmste Moment in dieser Beziehung? Ich weiß, ich bin nicht Ihr Therapeut, aber ich muss wissen, wie er getickt hat.«

»Der schlimmste Moment? Da brauche ich nicht überlegen.« Sie legte die Finger auf ihre Lippen. »Es war, als ich fast das Abscheulichste getan hätte, was ein Mensch tun kann. Es ging nichts mehr. Die Narben auf meiner Seele brachen immer wieder auf, je mehr seiner Schandtaten ans Tageslicht kamen. Ich bin eines Abends nach einem heftigen Zusammenstoß mit ihm wie ferngesteuert durch die Straßen gelaufen. Er hatte mir Haare ausgerissen und mir die Lippe aufgeschlagen. Ich bin geflüchtet. Wollte nur weg. Es war der Moment, als ich meinen ganzen Mut zusammennahm, um ihn endgültig zu verlassen. Ich sah die Wohnzimmertür an, die er in seiner hasserfüllten Wut aus der Zarge herausgeschlagen hatte, und bekam unendliche Angst. Mia war bei einer Freundin und ich habe fluchtartig das Haus verlassen. Wissen Sie, wir hatten sieben Türen im Haus und jede davon war am Ende zerstört. Genau wie zerbrochene Fensterscheiben, Möbel, Glas und Porzellan. Die Narbe, die er durch einen geworfenen Aschenbecher verursacht hat, ist immer noch in meinem Gesicht sichtbar.« Julia zeigte mit der Fingerspitze auf eine Vernarbung über ihrer Lippe.

»Warum er nicht ständig auf mich eingeschlagen hat, ist mir bis heute ein Rätsel. Aber ich weiß, er hätte die Grenze nicht mehr lange halten können, dann wäre ich wahrscheinlich tot gewesen. Irgendwann stand ich an jenem Abend vor meinem Geschäft. Ich zog den Schlüssel aus der Manteltasche und bin hinein. Im Dunkeln bin ich durchs Büro gestolpert. Ich habe kein Licht gemacht … ich weiß nicht mehr, warum nicht. Jedenfalls hab ich eine Flasche Wein aus dem Büroschrank gegriffen, sie geöffnet, mit einem Glas auf den Schreibtisch gestellt und mich gesetzt. Stundenlang leblos wie ein Zombie aus dem Fenster gesehen. Es war Vollmond, und nur fahles Licht hat das Büro ein bisschen erhellt. Er war der Einzige, der meinen Schmerz teilte und sah, was ich vorhatte. Wissen Sie, der Mond hat diesen immer gleich währenden traurigen Ausdruck. Irgendwie beruhigte mich das. Eigentlich wollte ich mich sinnlos betrinken, hab das Glas vollgeschenkt und in einem Zug leergetrunken. Irgendwann war die Flasche leer und ich habe eine weitere geöffnet. Nicht dass Sie denken, ich trinke in meinem Büro. Der Schrank war voller Weinflaschen, die ich zur Weihnachtszeit, zum Geburtstag von Kunden und Vertretern geschenkt bekommen hatte. Als die zweite Flasche zur Hälfte ausgetrunken war, zog ich eine Schublade auf, in der ich meine Migränetabletten und Schmerzmittel aufbewahrte. Wissen Sie, ich hatte sehr häufig heftige Kopfschmerzen. Mir hatte ein Arzt erklärt, dass die ewigen Migräneanfälle vom Druck kamen, dem ich permanent in dieser Beziehung ausgesetzt war. Genau wie die unfassbar fiesen Rückenprobleme. Bis hin zum Bandscheibenvorfall steigerte sich das.« Julia stand auf und schenkte Kaffee nach. »Sie auch?«

Westermann nickte. Er wollte den Redefluss nicht unterbrechen und hörte ihr aufmerksam zu.

Sie setzte sich wieder.

Er vernahm leises Kratzen. »Ist da jemand im Haus? Ist Mia hier?«

Sie schüttelte heftig den Kopf. »Nein, ich würde nicht

zulassen, dass sie etwas von unseren Gesprächen mitbekommt. Sie hat genug gelitten. Sie ist bei ihrer Freundin.« Julia Hardenberg versuchte ein Lächeln und lauschte angestrengt. Da war es wieder. Es klang wie ein Schaben auf sandigem Betonboden. Ihre Augen wanderten im Raum umher. Westermann wollte aufstehen. »Lassen Sie nur. Das sind die alten Rohre. Jetzt, wo es draußen dermaßen friert, knarzt und knackt es ständig im Haus. Ich höre das schon gar nicht mehr.« Sie winkte ab.

Westermann nickte und schob seine Brille auf dem Kopf zurecht. Sie sprach monoton weiter. »Plötzlich schien alles kinderleicht. Ich öffnete die Packung und ließ nacheinander sämtliche Tabletten durch meine Finger in das Glas gleiten. Ich wunderte mich darüber, dass mir das nicht längst eingefallen war. Weil es doch so einfach war und alle Probleme lösen würde. Ich beobachtete die Schaumkronen, die sich auf dem Wein auftürmten. Die Bläschen blubberten und zerplatzten ... zerplatzten wie meine Träume. Das Mondlicht ließ die winzigen Bläschen wie Diamanten glitzern.«

»Dachten Sie in dem Moment nicht an Ihre Tochter?«, wollte Westermann wissen.

»Mia? Nein ... ich *dachte* ... gar nichts mehr. Ich fühlte mich plötzlich schwerelos. Es schien kinderleicht ... endlich Frieden.« Sie schwieg und blickte den Kommissar ausdruckslos an. »Ich habe das Glas in einem Zug leer getrunken, aus dem Fenster gestarrt und auf die Wirkung gewartet.« Dann senkte sie den Kopf. »Aber wie Sie sehen können, ich lebe noch. Mir wurde irgendwann hundeelend und ich musste mich fürchterlich übergeben. Und glauben Sie mir, ich bin unendlich glücklich und dankbar, dass es so gekommen ist. Über das, was danach mit Mia passiert wäre, mag ich nicht nachdenken.« Sie atmete tief ein. »Wissen Sie, heute ist alles lebenswert, voller neuer Wunder und bunt, wie ich es kaum für möglich gehalten hätte. Ich habe sogar wieder Lust zu kochen, Kuchen zu backen. Am Leben teilzunehmen.«

»Backen?« Westermann lächelte. »Ja, fast hätten Sie eine Spezialität probieren können. Aber leider haben Ihre Leute die Pastete in die Mülltonne verfrachtet. Hab mir vor einer Woche noch extra das Rezept im Internet besorgt … nun ist sie im Müll.« Julia Hardenberg zuckte die Schultern, lächelte ebenfalls und murmelte: »Mach ich irgendwann nochmal und dann sind Sie herzlich eingeladen.« Sie wirkte zufrieden.

»Darauf komme ich bei Gelegenheit gern zurück«, sagte Westermann. Er machte eine Notiz. »Wissen Sie, ich bin froh, dass Sie und Ihre Tochter alles so gut überstanden haben.« Der Hauptkommissar stand auf und reichte ihr die Hand. »Ich wünsche Ihnen, dass Sie und Mia zur Ruhe kommen und Sie in Zukunft ein wunderbares Leben mit dem Mädchen haben. Ihre Erinnerungen werden nach den Gesprächen mit der Therapeutin sicher bald zurückkommen. Dann bin ich da.« Der Kommissar sah sie an.

»Falls irgendetwas Wichtiges sein sollte, melden wir uns. Ich werde Sie persönlich informieren, wenn wir die Geschichte aufgeklärt haben.« Er drückte ihre Hand und ging in den Flur. Wieder hörte er das zaghafte Kratzen. »Diese Kälte bringt Rohre sogar zum Platzen. Passen Sie bloß auf«, sagte er und verabschiedete sich.

Julia nickte, verschloss die Tür und huschte eilig auf die Kellertreppe zu …

*

»So, meine Liebe, jetzt reden wir.« Dirk Westermann stellte den Fuß in die Tür, als Katrin sie ihm vor der Nase zuschlagen wollte.

»Nein, geh doch dahin, wo du herkommst«, rief sie und war aufgebracht, als er sie in den Flur drängte.

Er verschloss die Tür und schob sie vor sich her, bis sie in ihrem Zimmer standen. Sie entriss ihm unsanft ihren Arm. »So, mein Mädchen. Jetzt reicht's. Ich lasse mir viel gefallen, aber nun ist genug! Du beschuldigst mich, ein Verhältnis mit meiner Ex zu unterhalten. Das ist falsch! Ich habe kein Verhältnis mit ihr und ich wollte auch keines anfangen. Diese Frau …«

»Aber der Auftritt auf dem Weihnachtsmarkt war doch wohl eindeutig …« Angriffslustig stemmte sie ihre kleinen Fäuste in die Taille und schnaubte.

»Stopp, du lässt mich jetzt ausreden!« Sie standen sich gegenüber wie zwei Kampfhähne. Katrins Haare waren zu einem Zopf im Nacken geflochten, aus dem ihr einzelne Strähnen ins Gesicht fielen, die sie vergeblich versuchte wegzupusten. Dirk musste lachen und verschränkte die Arme vor seiner Brust.

»Was lachst du? Mir ist nicht zum Lachen.«

»Mir auch nicht, weiß Gott. Aber du lässt mir keine andere Wahl. Ich habe dich nicht betrogen und ich werde es nicht tun. Geht das in deinen kleinen süßen Kopf rein?« Er tippte mit dem Zeigefinger gegen ihre Stirn.

In seinem Magen rumorte es und sein Herz fing heftig an zu schlagen, als sie ihn wie ein in die Ecke gedrängtes Kaninchen mit großen braunen Augen ansah. Sein Brustkorb hob und senkte sich und er stöhnte. »Ich … ich liebe dich, verdammt nochmal. Ich will niemanden außer dir und …« Dirk Westermann machte einen Schritt auf sie zu und zog sie an sich. Katrins Gesicht wurde rot und sie wehrte sich halbherzig. Als er seine Lippen hart auf ihre presste, drängte sie ihren Körper endlich nachgiebig dagegen. Das Eis war gebrochen. Sie erwiderte den Kuss wie eine Ertrinkende. Dirk hob sie hoch und legte sie aufs Bett. Er packte ihre Handgelenke und küsste ihre zarte Haut. Katrin stöhnte und streckte ihm ihren Körper entgegen. Der Kommissar hielt für einen Moment inne, sah ihr ernst in die Augen und flüsterte: »Ich liebe dich, Katrin Duvenstedt. Mehr, als ich mir eingestehen wollte. Du bist die *einzige* Frau in meinem Leben und da gibt es nichts, was ...« Katrin schlängelte sich gegen ihn und küsste seinen Mund. Sie löste eine Hand aus der Umklammerung und nestelte an dem Gürtel seiner Hose herum. »Oh Gott«, stöhnte er und zog ihr mit einem Handgriff das Shirt über den Kopf. Sie streckte ihm ihre Brüste entgegen. Dirk küsste die Knospen und entkleidete sie erregt. Er schob seine Jeans vom Körper und entledigte sich des unliebsamen Sweaters. Die Brille fiel zu Boden. Dann zog er sie zu sich ...

Charlotte Hagedorn schloss leise die Tür zum Wohnzimmer und drehte den Ton des Fernsehers lauter. Sie kicherte. »Ich habe sie in die Flucht geschlagen. Alles wird gut!«

KAPITEL 15

»Na, das war ja mal lecker«, schnurrte Katharina von Hagemann und wischte sich mit der Serviette letzte Reste der Sahnesoße vom Mund. »Ich bin pappsatt und richtig angedüselt«, kicherte sie und blickte Thomas Hartwig herausfordernd an.

»Ja, das war mega. Fast so gut wie eine leckere Bratwurst im Stadion.«

»Stadion, wo gehst du denn ins Stadion?«

»Ach, sind wir jetzt beim Du angelangt? Mir soll's recht sein.« Er griente über das ganze Gesicht. »Ich bin HSV-Fan, wenn es *dir* nichts ausmacht«, räusperte er sich.

»Nö, macht mir nichts aus, außer dass sie abgestiegen sind und wahrscheinlich so schnell nicht wieder aufsteigen. Das ist doch unmöglich, was die *allesamt* da abliefern. Mann, Mann, Mann …«

»Wie kommst du auf den Blödsinn?«, maulte Thomas und warf seine Serviette auf den leeren Teller. »Was bist du denn für eine?«

»Verrat ich nicht.«

»Das wird sich ändern, wart's nur ab«, entgegnete er herausfordernd und winkte den Kellner. »Woll'n wir bezahlen?«

Sie nickte. Fünf Minuten später verließen sie das Lokal.

»Ich wusste gar nicht, dass der harte Hartwig eine Mimose ist«, lachte sie lauthals und schlug sich die Hände auf die Oberschenkel.

»Mimose, ich zeig dir gleich, was das ist.«

»Was denn, was willst du mir zeigen? Traust dich ja doch nicht.«

Sie blieb stehen und stellte sich ihm frech in den Weg. Thomas Hartwig verschlug es die Sprache, als er sie ansah. Die schwarze Lederjacke spannte über ihrem Dekolletee, die Jeans, die ihre Beine noch mehr zur Geltung brachten, und die umwerfend roten Haare machten ihn richtig wuschig. Er griff ihre Handgelenke, bog sie hinter ihren Rücken und küsste sie auffordernd. Er hatte damit gerechnet, dass sie sich losreißen und ihm eine kleben würde, so spröde und reserviert, wie sie sich ansonsten verhielt. Hartwig rechnete bei dieser Person mit allem. Sie standen vor dem dunklen Eingangsbereich einer Bank. Unerwartet drückte sie ihn in die Nische und erwiderte fordernd den Kuss. Sie presste ihren Körper gegen seinen. Thomas stöhnte.

»Komm«, sagte er heiser, »lass uns hier verschwinden. Du hast doch sicher eine Wohnung.« Er fuhr mit den Händen durch ihre Haare und zog ihren Kopf nach hinten. »

Vielleicht«, lächelte sie verheißungsvoll und stieß ihn zurück.

»He, macht man das?«

Sie sprang kichernd an ihm vorbei und lief Richtung Parkplatz. »Ja, das macht man, wenn man ins Bett will. Wie gut, dass ich kein Fahrrad mehr bewegen muss.« Sie hatte ihr Rad in der Dienststelle gelassen und wollte es morgen mitnehmen. Thomas Hartwig folgte ihr und kam schwer atmend am Wagen an. »Wenn das alles ist, was du zu bieten hast, na dann prost Mahlzeit«, stammelte sie und wartete darauf, dass er die Tür seines Dienstwagens aufschloss. Sie schwang sich überdreht auf den Sitz und schnallte sich an. Watson war von den Geräuschen aufgewacht und versuchte, an der Rücklehne hochzuspringen. Die Leine, mit der Hartwig ihn festgemacht hatte, hinderte ihn und er jaulte. »Komm, kleiner Mann, Pipi.« Der Kommissar öffnete die Heckklappe, hievte den Hund aus dem Fond und setzte ihn unmittelbar vor einem dicken Baumstamm ab. »Braver Watson, das hast du gut gemacht«, lobte er ihn, als das Geschäft erledigt war. Eilig hob er ihn zurück in den Wagen, leinte ihn an und hockte sich nervös auf den Fahrersitz. Er wusste nicht, was passierte, aber er malte sich aus, dass sie ihn nicht zurückweisen würde und sie eine verrückte Nacht zusammen verbrachten.

»Wohin?«, fragte er erwartungsvoll. Sie hatte längst eine Adresse ins Navi eingegeben und zeigte auf den Pfeil. In ihrem Kopf drehte sich alles. Sie war zu betrunken, um ihn zurückzuweisen und erleichtert, dass ihr Freund nicht zu Hause war. Er würde erst am nächsten Abend zurückkommen. »Brauchst nur der freundlichen Ansage folgen«, sagte sie.

Sie hatte kaum Zeit, die Tür zu öffnen, da zwängte Thomas Hartwig sie bereits gegen die Wand im Flur. Sie küssten sich hemmungslos. Er zerrte ihr die Jacke von den Schultern, nachdem er den Reißverschluss geöffnet hatte. Stöhnend umfasste er ihre Brust. Sie bog ihren Oberkörper nach hinten. Es schien einer Aufforderung gleich, die er nutzte, um ihren nackten Hals mit seiner feuchten

Zunge entlangzufahren. Er ließ sie zu ihren Lippen wandern, dann drängte er sie fordernd in ihren Mund. Katharina öffnete die Tür hinter sich und zog Thomas ins Schlafzimmer. Ihre Kleidung fiel zu Boden und sie landeten nackt auf ihrem Bett. Der Kommissar streichelte mit den Händen zärtlich ihren Körper, der sich unter seinen Berührungen wand. Sie wollte ihn, das hatte sie ihm zu verstehen gegeben. Als Thomas sie zu sich zog, klingelte sein Handy …

*

Nicola hörte leise Schritte. Sie erstarrte in ihrer Bewegung. Gequält zog sie die wenige Luft durch die Nasenlöcher, um nicht zu ersticken. Ihre Schleimhäute waren geschwollen. Es wurde immer schwerer, genügend Sauerstoff zu inhalieren. Lauernd saß sie auf dem kalten Boden und rührte sich nicht. Sie musste ihren Puls senken. Die Luft entwich ihrer Nase und sie versuchte, langsam wieder einzuatmen. Ihr Herzschlag verlangsamte sich. Die Nasenflügel bebten. Nicola entspannte, als mit einem Knarzen die Tür aufging. Sie nahm einen schwachen Schein unter dem Klebeband wahr. Jemand kam auf sie zu. »Wenn du noch einen Mucks von dir gibst, töte ich dich«, murmelte die Stimme gefährlich leise. »Keinen Laut, sonst bist du tot! Das ist kein Problem für mich.«

Die Schritte entfernten sich, bis sie verstummten. Die Tür fiel ins Schloss. Das ist eine Metalltür, überlegte Nicola Lehmann, eine Feuertür, Kellertür? *Ich sitze in einem Keller.* Der muffige Geruch, die Kälte, der Steinboden. Ihre Gedanken jagten den Puls wieder in die Höhe. Das Atmen gelang nur schwerfällig. Völlige Dunkelheit umgab sie. *Ich muss hier raus. Mein Baby.* Vorsichtig rieb sie die gefesselten Handgelenke gegen das Rohr. Sie durfte keine Geräusche von sich geben, wenn sie hier nicht sterben wollte. Mit den Fingerspitzen suchte sie die winzige Erhebung, die sie vor Stunden ertastet hatte. Eine scharfe Kante. Sie war ihre letzte Hoffnung.

Nicola hatte sich beim Versuch, die Seile zu durchtrennen, an dem Widerstand des Rohres die Haut ihrer Finger aufgerissen und gespürt, das Blut ihr Handgelenk hinunterlief. Erneut zerrte sie an ihren Fesseln. Ihre Augen brannten unter dem Klebeband wie Feuer. Die geschwollenen Schleimhäute versperrten ihr den Zugang zum lebensrettenden Sauerstoff. Panik erfasste sie, je weniger Luft durch die Nase gelangte. Japsend sog sie sie tief in ihre Nasenlöcher. Ihr wurde schwindelig. Sie zerrte an den Kunststofffesseln. Salzige Tränen liefen die Wangen hinunter, als sie die Fessel mit aller Kraft über die scharfe Kante zog. Sie dehnte ihre Handgelenke, bis sie es vor Schmerzen nicht mehr aushielt. Bitte, lieber Gott, hilf mir, betete sie und zurrte immer wieder an der Kunststofffessel …

*

Am nächsten Morgen erwachte Dirk Westermann. Er streckte die Nase in die Höhe und nahm den Geruch von frisch gebrühtem Kaffee wahr. Der Duft belebte seine Sinne. Lächelnd reckte er sich. Er spürte die Verausgabung und gleichzeitige Erholung des Körpers wie nach einer Joggingrunde und öffnete die Augen. Blinzelnd sah er sich im Raum um. Es war dunkel, und er nahm nur ihre Silhouette wahr. Seine Hand langte unter die Decke neben sich.

Einfühlsam streichelte er die warme Haut ihres Bauches

und beugte sich über sie. Mit einem liebevollen Kuss verschloss er ihre Lippen und spürte ihren Atem.

Sie regte sich und stöhnte zufrieden. Langsam öffnete sie ihre Augen. »Na, mein Mädchen. Wie hast du geschlafen?«

»Wunderbar.« Sie streckte ihre Arme aus und umarmte den gutaussehenden, nackten Mann an ihrer Seite. Ohne eine Einladung abzuwarten, kroch sie unter seine Decke. Als sie Dirks Erregung spürte, drängte sie ihren Körper an seinen und gab sich ihm erneut hemmungslos hin. Erschöpft fielen sie eine halbe Stunde später zurück in die Kissen.

»Mann oh Mann, das darf doch nicht wahr sein. Du bist … ein Engel. Ein wilder, süßer Engel.« Er drückte sie an sich. »Aber, ich muss jetzt wirklich in die Dienststelle. Die denken sonst, ich bin verloren gegangen. Wir finden keine Spuren, um diesen Fall zu klären. Die Polen verhalten sich so aalglatt, dass wir nicht an sie rankommen und die Lehmann ist nach wie vor nicht aufzufinden und …«

Katrin legte ihren Finger auf seine Lippen. »Alles wird gut, hab Vertrauen. Ich weiß, wenn es einer schafft, dann du mit Thomas. Ihr seid ein Dreamteam und werdet auch diesen Fall lösen.« Sie erhob sich und schlüpfte in ihr Höschen.

Dirk stützte sich auf den Ellenbogen und betrachtete sie. Ihr schlanker Schatten bewegte sich lautlos durch den Raum. »Du hast Watson vergessen!«, murmelte er.

»Watson? Ach, euren kleinen Hund. Der ist so süß. Ich glaub, der wird euch eines Tages sehr hilfreich sein. Der sieht schon so plietsch aus«, lachte sie und zog ihr Shirt über den Kopf. Ihre Haare fielen in weichen Wellen weit über die Schultern. »Außerdem riecht es hier verdammt lecker nach Kaffee. Ich hab richtig Kaffeedurst«, hauchte sie und warf Dirk im Halbdunkel eine Kusshand zu. »Alles wird gut, du wirst sehen.« Sie öffnete die Tür und blieb für einige Sekunden im Licht des Flures stehen. Sie sieht aus, wie ein überirdisches Wesen, stellte er fest und stieg ebenfalls aus dem Bett, um unter die Dusche zu springen.

Eine viertel Stunde später betrat er erfrischt die Küche. Seine Wangen wirkten noch immer eingefallen und der Bart hätte auch schon vor Tagen gekürzt werden können, aber die Haut hatte nicht mehr den Anschein von Asche. Katrin saß am Tisch, schlürfte Kaffee und sah ihn verliebt an, als er in den Raum kam. Charlotte Hagedorn stand am Herd und griente ihn an. Sie war überglücklich, dass alles zu einem anständigen Ende gekommen war. Und daran war sie schließlich nicht ganz unschuldig.

»Brötchen?«, fragte sie. »Du musst doch hungrig sein nach einer solchen Nacht?«

»Charlotte!«, rief Katrin. »Musst du immer so direkt sein?« Sie stopfte sich ein Stück Croissant in den Mund.

»Ist alles in Ordnung. Fast perfekt. Wenn wir jetzt auch noch den Fall lösen, bin ich glücklich und *seehr* zufrieden.« Er lächelte Katrin an.

»Ach, wo du es sagst. Die Eleonore hat mich heute in der Früh angerufen. Sie hat mir erzählt, dass die Tochter von dem Lehmann wieder auf dem Grundstück von der Julia Hardenberg herumgeschlichen ist. Sie hatte sogar ihr Baby dabei. Ich weiß nicht, ob das für dich von Bedeutung ist.« Charlotte setzte sich und schenkte Dirk Westermann Kaffee ein. Sie reichte ihm das Körbchen mit den frischen Brötchen.

»Und ob das wichtig ist. Das bedeutet auf jeden Fall, dass sie auf der Insel ist und nicht zurück in Lüneburg. Ich muss unbedingt als Erstes zu ihrem Appartement. Aber zuerst werde ich mich an eurem feudal gedeckten Frühstückstisch stärken.« Er zwinkerte den Frauen zu und bestaunte die Schokoladen-Weihnachtsmann-Deko auf seinem Teller.

»Warst du schon so früh beim Bäcker?«, wollte er wissen.

»Nein, das sind Rohlinge. Die kaufe ich bergeweise und kann welche aufbacken, wenn ich sie brauche.« Sie zwinkerte ihm zu und schnupperte am warmen Rundstück.

»Dann man zu. Da habe ich an meine Frauen mal eine Fachfrage. Mir geht eines nicht aus dem Sinn.« Der Hauptkommissar belegte sein Brötchen mit Käse und biss hinein. »Hmm«, murmelte er und spülte mit Kaffee nach.

»Was geht dir nicht aus dem Kopf?«, wollte Katrin wissen und stellte ihre Füße auf die von Dirk.

»Immer wieder ist von einer Pastete die Rede. Ist das wirklich so schwer, die herzustellen? Die Hardenberg tat so, als ob das ein komplizierter Akt wäre. Jedenfalls war sie richtig unglücklich, dass eine, die sie kurz vor dem Tod ihres Ex' gebacken hat, im Müll gelandet …« Dirk Westermann erstarrte in der Bewegung und legte das Brötchen zurück auf den Teller.

»Was ist denn?«, wollte Charlotte wissen. Sie spürte, dass der Kommissar eine Eingebung hatte, als er den Kopf schüttelte.

»Sie sagte mir, dass sie traurig darüber sei, dass diese Leberpastete im Müll gelandet ist.«

»Was? Ich verstehe nicht. Was ist daran so wichtig? Ist doch nur eine Leberpastete«, murmelte Katrin.

»Eben! Sie hat behauptet, dass sie mit Hartwig gesprochen hat und die Leute der Spurensicherung sie in die Tonne verfrachtet hätten. Ich habe denen allerdings extra gesagt, sie sollen sie in den Gefrierschrank legen, damit sie nicht verkommt. Haben sie anscheinend nicht getan, sonst hätte sie sie ja gefunden.«

»Na ja, figelinsch allemal. Du musst die Leber und den Schinken erst durch den Fleischwolf drehen. Die Zwiebeln und den Speck vorbereiten, dann alles in Blätterteig füllen und im Tontopf im Ofen garen. Ziemlich figelinsch.« Charlotte blickte beide abwechselnd an.

»Hast du für mich nie gemacht«, brummelte Katrin und schob den Rest ihres Croissants in den Mund. »Ne, meine Süße, du hast auch nie danach verlangt.«

Dirk Westermann stand auf. »Warum ist ihr diese blöde Pastete so wichtig?«, fragte er.

»Vielleicht hat sie Besuch erwartet. Die macht man ja nicht mal so eben nebenbei«, sagte Charlotte.

»Besuch bekommen? Sie hat mir von Gästen nichts erzählt. Sie hat gesagt, dass sie Wochen, bevor ihr Ex aufkreuzte, das Rezept heruntergeladen hat und es unbedingt an dem Tag ausprobieren wollte.«

»Vielleicht hat sie sie für *ihn* gemacht?«, murmelte Charlotte. Dass sie von dem Toten sprach, war klar.

»Das lässt sich doch herausfinden. Brauchst nur den Verlauf der Chronik in ihrem Computer nachzuvollziehen. Dann fragst du sie, ob sie jemanden erwartet hat, und weißt Bescheid«, sagte Katrin beiläufig.

Dirk Westermann nickte und stand vom Stuhl auf. »Ich muss los.« Er hatte auf einmal ein merkwürdiges Gefühl in der Magengegend. Katrin sprang hastig auf und umarmte ihn stürmisch, als er in den Flur ging. »He, meine Kleine, wenn du mich nicht gleich loslässt, komme ich hier nicht lebend raus und Charlotte muss den Fall alleine lösen«, lachte er, stieg in seine Boots und schlüpfte in die Jacke. Mit einem Lächeln im Gesicht zog er die Dockermütze aus der Jackentasche und stülpte sie über die Haare.

»Deine Brille«, rief Katrin glucksend.

Er fasste sich an den Kopf und fühlte die Gläser unter der Mütze. »Du machst mich ganz wuschig«, lachte er, kraulte sich den Bart und verschwand. »Ich mach dich was ...?«

*

Genervt erhob Thomas Hartwig sich, als er festgestellt hatte, dass es sein Handy war, das ununterbrochen klingelte. »Da muss ich ran«, sagte er und setzte sich auf die Bettkante des Boxspringbettes. »Ja«, murrte er in den Hörer. »Was? Ja, ich fahr sofort los ... wo ich bin? Äh, in der Polizeihundeschule in Bleckede, wo sonst? Ich musste, wenn du dich daran erinnerst, diese Prüfung ablegen ... und? Ja, was dachtest du? Ich mach mich auf den Weg ... Ja doch«, maulte er und steckte das Handy zurück in die Hosentasche.

»Ich muss ...«, sagte er zerknirscht zu Katharina und warf sich aufs Bett, um ihr einen Kuss zu geben. Katharina von Hagemann setzte sich schwerfällig auf und lehnte sich gegen das Kopfteil des Bettes.

»Ist wahrscheinlich besser so«, lallte sie.

»Was soll das?«, wollte Hartwig irritiert wissen.

»Na ja, ich bin froh, dass nicht mehr zwischen uns passiert ist. Das hätte ziemlichen Ärger gegeben. Nicht dass du das falsch verstehst. Das war schon heiß mit dir! Aber ...« Sie rollte sich zur Seite und verließ wankend das Bett, um ihre Kleidung zusammenzuraffen.

»Das ist nicht dein Ernst?«, brummte er und stieg angesäuert in seine Jeans. »Willst du mich jetzt verladen? Das hast du doch selbst herausgefordert. Spinn ich, oder was?« Thomas Hartwig bekam einen hochroten Kopf und zerrte sein Sweatshirt darüber.

»Thomas, du hast recht. Ich habe … ich wollte … ich mag dich ja auch. Aber … ich bin nicht allein. Du weißt doch, ich habe einen Freund. Dies ist unsere gemeinsame Wohnung«, stotterte sie betrunken, schwieg und sah ihn durch glasige Augen betreten an.

»Sag mal, bist du nicht mehr dicht? Und das erzählst du mir so ganz nebenbei, dass du deinen Kerl genauso verladen willst wie mich?« Er starrte sie feindselig an. »Vergiss es.« Hartwig streifte seine Jacke über und verließ ohne ein weiteres Wort und einen Blick zurückzuwerfen, die Wohnung der Oberkommissarin Katharina von Hagemann.

*

Nicola konnte nicht mehr atmen. Die Nase war völlig zugeschwollen. Herzrasen breitete sich zu einem Herzhämmern aus und sie wusste, dass ihr kaum noch Zeit blieb, bis sie bewusstlos werden würde. Sie musste sich befreien, bevor sie die Besinnung verlor. Ihr Kind war in Gefahr. Die Tränenflüssigkeit, die sich unter dem Klebeband sammelte, brannte in ihren Augen. Sie zwinkerte immer wieder, um es erträglicher zu machen.

Durch die Flüssigkeit löste sich der Klebstoff an einigen Stellen von der Haut. Winzige Erhebungen zeigten sich und gaben wenige Millimeter ihrer Umgebung frei. Angestrengt suchte sie nach einem Gegenstand, den sie im Dunkel erkennen konnte. Da war nichts. Nur grauer Betonboden. Kein Hinweis auf die Räumlichkeit. Neuer Mut erfasste sie. Noch einmal bündelte sie sämtliche Kraftreserven und versuchte, ihren Pulsschlag zu beruhigen. Nicola schnaufte, sog gierig die lächerliche Luftmenge ein, spannte ihren Körper an und dehnte die Fesseln zwischen ihren Händen. Gleichzeitig zurrte sie den Kunststoff gegen das Rohr und fuhr immer wieder über die scharfe Kante. *Ich schaff das.* Die Schmerzen, die die Einschnürungen in ihrer Haut verursachten, blendete sie aus. Langsam atmen, Körper anspannen, gegenpressen und rüber, mein Baby, waren die einzigen Gedanken, die sie anstachelten, nicht aufzugeben. Immer wieder von vorn die gleichen Vorgänge. Ihre Schultern fühlten sich taub an. Die Kräfte verließen sie zunehmend. Das Wimmern ihres Kindes hatte aufgehört.

Ihr Kopf sank erschöpft vornüber. Die letzten Kraftreserven waren verbraucht. Kälte umhüllte sie wie eine warme Decke. Der Herzschlag verlangsamte sich und eine aufkommende Bewusstlosigkeit drohte, sie mit sich in die Tiefe zu reißen …

*

»Frauen kommen auf merkwürdige Ideen«, sagte Dirk Westermann zu Olaf Schütt, als sie im Büro saßen, um den Fall noch einmal akribisch durchzukauen. »Irgendetwas haben wir übersehen«, stellte Westermann fest, stand auf, zeichnete ein großes Oval auf das Flipchart und schrieb den Namen *Hardenberg* in die Mitte. Dann führten etliche Striche von der Zeichnung ins Nichts. »Was hat die Ehefrau damit zu tun? Wieso findet man ihn tot in *ihrem* Haus?«

»Vielleicht Versöhnung? Klappte nicht, abgemurkst«, murrte Becker und sah sich das Gebilde auf der Leinwand an.

»Nach Versöhnung sah die ganze Geschichte nicht aus. Ich glaube, die Frau war froh, ihn endlich los zu sein.«

»Hat er sich selbst oder sie ihn eingeladen?«

Westermann schrieb *Warum war er da?* an die rechte

Seite der Staffelei, schüttelte den Kopf und sah Becker an. Dann kritzelte er noch das Wort Postfrau dazu. »Warum sollte sie ihn einladen, wenn sie froh war, ihn los zu sein? Nein, sie hat ihn definitiv nicht eingeladen. Beziehungsweise … sie kann sich nicht daran erinnern. Die Frage habe ich ihr schon zu Anfang gestellt. Er stand ungebeten vor ihrer Türe und wollte mit ihr *reden*.«

»Ja, aber weil der Kerl mit ihr reden will, muss sie ihn ja nicht gleich um die Ecke bringen«, murmelte Becker.

»Wie kommst du darauf, sie hätte ihn umgebracht? Denkst du mal über ihre Verletzungen nach? Sie hat ihn nicht getötet«, antwortete Westermann und schüttelte den Kopf.

»Da war laut ihrer Aussage ein Mann mit einer schwarzen Maske über dem Schädel.« Der Hauptkommissar schrieb: *Unbekannter, dunkle Kleidung?* Dann: *Autoschieber (Polen?).*

»Was ist mit den Typen? Wieso fühlen wir denen nicht weiter auf den Zahn?«, fragte Schütt und schenkte sich Kaffee ein.

»Sind wir dran. Die sind allerdings so schwer zu fassen, an die kommen wir nur heran, wenn sie einen Fehler begehen. Wir müssen sie weiter aus der Reserve locken. Dafür brauchen wir aber nach wie vor die Observation. Wir müssen sie in Sicherheit wiegen«, murmelte Westermann.

»Sind das alle Verdächtigen? Das ist nicht viel«, sagte Schütt.

»Da sind jede Menge Leute, die ein Motiv hätten, diesen Mann«, der Hauptkommissar klopfte mit dem Stift auf den Namen in der Mitte des Ovals, »umzubringen. Da wäre die«, er trommelte gegen das Flipchart und schrieb: *Poststelle, Segeberg.* Westermann machte einen Schritt zurück und betrachtete die Liste.

»Postfrau?«, wollte Becker wissen und fuhr sich über seine kahle Platte.

»Ja, eine ältere Frau, deren Adresse er als Postlager missbrauchte und die er, sehr wahrscheinlich, um viel Geld gebracht hat. Dafür versprach er, nach ihrer eigenen Aussage, Liebe, Zuneigung und Geschenke. Der Tote hat sie regelrecht ausgeplündert! Die Dame ist ziemlich wütend und sehr enttäuscht. Könnte ein Motiv sein, aber ehrlich gesagt ist sie dazu eher nicht in der Lage. Außerdem, im Haus der Ex-Frau? Sehr unwahrscheinlich. Ich glaube, die wusste weder, dass es die Frau noch in Hardenbergs Leben gab, noch, wo sie wohnte.« Dirk Westermann nickte und klierte den Namen *Carmen Maja Antoni* unter die Poststelle. Sie hätte allen Grund, ihn zu töten … aber. Dann schrieb er die Namen *Nicola* und *Horst Lehmann*, wobei er den Namen Horst Lehmann mit einem Querstrich versah. »Die beiden standen auf meiner Agenda ziemlich weit oben«, sagte Westermann.

»Warum das?«, fragte Schütt und fuhr mit der Hand über seinen gewölbten Bauch.

»Lehmann selbst hasste Hardenberg, weil der ihm die Tochter entzogen und sie obendrein geschwängert hat! Somit hatte er keinerlei Zugriff mehr auf sie. Er hat seiner Frau ebenfalls viel Geld aus der Tasche gezogen. Das Verhältnis war also äußerst gespannt gewesen. Da er allerdings tot ist, habe ich meine Zweifel, dass er ihn getötet hat. Aber auszuschließen ist es nicht!«

»Und die Tochter? Sie war die Geliebte des Toten. Hatte sogar ein Kind mit ihm. Warum sollte sie ihn töten? Dafür gibt es überhaupt keinen Grund«, murrte Becker und streckte seine langen, dünnen Beine aus.

Westermann warf ihm einen ungläubigen Blick zu. »Jan

Becker, diese Frau hat ein Kind von dem Toten, dann kommt die Julia Hardenberg um die Ecke, um sich eventuell wieder mit ihm zu vertragen. Und der Mann will zurück. Wie würdest du reagieren? Das ist auf jeden Fall ein starkes Motiv. Wie ihr seht, sind das nicht wenige Personen, die einen Beweggrund gehabt hätten, den Hardenberg zu töten. Wobei der Horst Lehmann wohl herausfällt …«

»Wieso?«, wollte Schütt wissen. »Was ist, wenn der Vater den Hardenberg getötet hat und die Tochter sich mit ihm auf der Galerie der Mühle gestritten hat? Da ist es zum Gerangel gekommen und er ist gestürzt. Kann doch sein, oder?«

»Gar nicht so dumm«, entgegnete Dirk Westermann. »Der Gedanke ist mir auch gekommen. Das war ein Unglück, kein Mord. Die Pathologie hat mir vorhin gerade mitgeteilt, dass er an den Folgen des Sturzes gestorben ist. Er ist mit dem Hinterkopf gegen die Eisenhalterung geschlagen und verblutet! Wahrscheinlich hat er sich beim Fallen im Tampen verfangen und … den Rest kennt ihr ja. Eine Verkettung unglücklicher Zufälle.«

»Deshalb hast du ihn durchgestrichen«, rekapitulierte Becker und zeigte auf die Informationen.

»Ja, kann so. Aber vielleicht gibt es weitere Verdächtige, die wir nicht einmal auf dem Plan haben.«

»Die da wären?«, wollte Olaf Schütt wissen und verschränkte die Arme vor der Brust.

»Da sind jede Menge Frauen, die sehr wahrscheinlich von ihm wie Weihnachtsgänse ausgenommen wurden, Chefs, die er belogen und betrogen hat. Kollegen, die er angeschwärzt und denunziert hat. Irgendwelche Untergrundgeschichten, von denen wir überhaupt keine Ahnung haben. Thomas ist sogar der festen Überzeugung, dass Julia Hardenberg den Mord begangen haben könnte. Allerdings halte ich dies im Moment, nach Abwägung der Sachlage, für abwegig.« Dennoch unterstrich Dirk Westermann den Namen *Julia Hardenberg* auf dem Flipchart und versah ihn mit einem Fragezeichen. Er schob die Brille zurück auf die Haare und steckte die Hand in die Hosentasche.

»Wir haben in diesem Fall jede Menge Arbeit vor uns. Ich habe mit dem Heuer, dem Oberkommissar des LKA Niedersachsen, gesprochen, der allerdings meinte, er wäre ein kleines, feiges Licht gewesen. Aber ein Lügner und Betrüger allererster Güteklasse. Wir werden weiter graben müssen und ich bitte euch, euch *noch* einmal mit den Akten dieses Herrn zu befassen. Der muss Spuren hinterlassen haben, was seine krummen Geschäfte anging.« Das Handy des Hauptkommissars klingelte …

»Katrin. Einen Moment, ich bin gleich zurück.« Westermann verließ das Büro. »Schatz, ich bin in einer Besprechung … Computer, Verlauf … ja ich denke dran … ja, Küssi.«

*

Westermann klingelte an der Haustür von Julia Hardenberg, obwohl er sich bei ihr von den Befragungen verabschiedet hatte. Sie öffnete, im Bademantel bekleidet, erstaunt die Eingangstür. »Oh, waren wir verabredet? Ich wollte gerade …«

»Ich kann selbstverständlich später …«, fiel Westermann ihr ins Wort.

»Nein, kommen Sie, wenn Sie schon mal da sind. Ich dusche mich kurz, dann bin ich 100 Prozent für Sie da.«

Dirk Westermann betrat das Haus.

»Hübsch haben Sie es.« Beim letzten Besuch waren ihm die vielen Lichter nicht aufgefallen.

»Ja, schön, nicht? Gehen Sie ins Wohnzimmer, ich komme dann gleich.«

»Mach ich.« Westermann streifte die Jacke ab und legte die Mütze darüber. Er stellte die Boots unter die Garderobe und marschierte in das gemütliche Zimmer. Alles wie immer, sehr akkurat, dachte er und warf einen Blick auf den Schreibtisch, der an der linken Wand seinen Platz hatte. Kein Computer, überlegte er und entdeckte einen Laptop, der auf dem Zweisitzer direkt unter dem Fenster lag. Dirk Westermann reagierte sofort. Er wusste, dass ihm nicht viel Zeit blieb, um den Computer zu durchforsten. Ihm war nicht wohl bei der Aktion, aber er musste Gewissheit haben. Der Hauptkommissar drückte den Knopf, der Rechner fuhr hoch. »Mist«, fluchte er. »Passwort.« Westermann gab ihren Namen ein. Nichts. Er gab den der Tochter ein … nichts. »Verdammt.« Im Hintergrund spielte eine leise Melodie. Der Kommissar probierte es weiter. Seine Kehle trocknete aus und er bekam stechenden Durst. Solche Aktionen zählten nicht zu seinem Repertoire. Dann hörte er, wie der Lauf des Wasserverbrauches abbrach. Er lauschte. *Sie ist fertig, ich muss mich beeilen.* 3.4.1984 … wieder nichts. »Hund, wie hieß der Hund?«, fragte er sich und trommelte mit den Fingern auf dem Stoff der Sitzfläche herum. »Felix, er hieß Felix.« Erneut tippte er ein Wort auf die Tastatur. Wieder nichts! Westermann hörte, wie sie die Treppe herunterkam. Eilig klappte er den Deckel des Laptops zu. Er richtete sich auf und sah sie beiläufig an.

»Nicht hinkucken, ich seh schrecklich aus.« Julia Hardenberg fuhr sich durch die ungekämmten kurzen Haare und versuchte ohne Spiegel, Ordnung hinein zu bekommen. Sie zog den Bademantel fester um ihre schmalen Schultern und das dicke Frotteeband zu.

Der Hauptkommissar zog sein Handy aus der Tasche und tat, als hätte er eine wichtige Mitteilung erhalten. »Mist, ich bin nicht im Büro«, tippte er laut redend ins Telefon, sodass Julia Hardenberg verstand, was er seinem Gegenüber mitteilte. »Ich kann nicht an den Computer!«, schrieb er murmelnd weiter. »Tut mir leid, das ist wirklich wichtig. Ich glaube, ich muss zur Dienststelle.« Er sah sie an und erhob sich vom Sofa.

Julia verzog das Gesicht. »Aber Sie können hier an meinen Computer gehen«, sagte sie und deutete auf den Laptop.

»Das kann ich doch nicht … oder? Das wäre toll, dann müsste ich nicht sofort los.« Seine Hoffnung erfüllte sich.

»Nun machen Sie schon.« Sie lächelte. »Und ich wette, Sie trinken einen starken Kaffee!«

Der Hauptkommissar nickte. »Das wäre toll.«

»Koche ich sofort. Aber erstmal stelle ich Ihnen den Laptop an, damit Sie Ihre Arbeit erledigen können.« Julia Hardenberg öffnete den Deckel und wunderte sich, dass der Rechner hochgefahren war. Sie schüttelte den Kopf, dann tippte sie ihr Passwort in das schmale Feld. MiaFelix341984. Dirk Westermann tat, als hätte er am Computer vorbeigeschaut. Er merkte sich das Zugangswort, während sie ihm den Laptop auf den Schoß stellte. »Viel Spaß, ich bin gleich wieder bei Ihnen.« Beschwingt verließ sie das Zimmer.

Im Hintergrund hörte er die leise Melodie, die wie ein Kinderlied klang. Da läuft irgendwo ein Radio, stellte er fest und konzentrierte sich augenblicklich auf die Startseite der Bildfläche. Er drückte auf der rechten oberen Seite auf die Striche, die ihn zur Chronik führten. Hier klickte er auf die Sidebar und erhielt eine Zeittafel. Erneut fuhr er den Pfeil bis zum Monat Oktober und öffnete den Verlauf. Er wusste, dass sie ihm gesagt hatte, es wäre lange vor dem Mord gewesen, als sie sich das Rezept heruntergeladen hätte, um etwas Neues auszuprobieren. Also Ende Oktober. Langsam fuhr er die Leiste hinunter. Youtube, Google, geschlossene Psychiatrie, Youtube, las er lautlos. »Da ist kein Eintrag. Das gibt's doch nicht.«

»Geht gleich los. Zwei Minuten, dann ist der Kaffee durch«, rief Julia aus der Küche.

Zwei Minuten, ich hab keine Zeit mehr. Verdammt! Einen Stepp vorwärts. Ich habe keine Zeit ... weiter zurück. November. Google, Youtube, Google, Mist. Das gibt es nicht. Konzentriert fuhr er die Liste ab. Im unteren Drittel stoppte er: »Hausgemachte Pastete, einen Punkt weiter: Leberpastete im Mantel. Ich hab es. Das war im November. Das war unmittelbar vor dem Mord!«

Die Tür sprang auf und Julia trat ein. Sie bewegte sich leichtfüßig über das Parkett und hatte sich mittlerweile angezogen. Dirk lächelte und begleitete sie mit seinen Blicken zum Sofa. Sie stellte die Kanne ab, setzte sich und rieb ihre Hände am Stoff der Jeans. »Alles gefunden?«, fragte sie beiläufig.

»Alles gefunden?«, erwiderte Westermann irritiert.

»Na, ich meine, ob Sie Ihre Sachen erledigen konnten?«

»Ach so, ja, ich musste eine Liste abchecken. Alles gut.«

Er drückte den Deckel des Laptops herunter und schob ihn zur Seite. »Kaffee ist perfekt.«

»Was wollten Sie jetzt eigentlich von mir wissen?«, fragte sie. Der Hauptkommissar bemerkte, dass sie sich fortwährend die Hände auf den Oberschenkeln rieb.

»Haben Sie etwas vor?«

»Ja, ich hab einen Zahnarzttermin, den hatte ich komplett vergessen. Meine Tochter muss wegen ihrer Klammer. Sie verstehen …?«

»Das versteh ich natürlich. Wo ist Mia denn? Ich würde gern Hallo sagen.«

Julia wirkte angespannt. »Die ist bei ihrer Freundin, deshalb muss ich ja los.«

Dirk Westermann sprang auf. »Ich habe sie auch schon viel zu lange in Beschlag genommen.«

»Ja, aber was wollten Sie denn überhaupt wissen?«, fragte Julia und fixierte ihn mit festem Blick …

*

Nicola Lehmann zog erstaunt ihre Hände nach vorn. Bevor sie die Besinnung verlor, riss sie mit letzter Kraft die Klebestreifen von den Lippen, legte sich auf den Boden und hechelte wie ein Hund, bis sie das Gefühl bekam, dass es ihr besser ging. Sie hatte es geschafft. Die Kunststofffessel war gerissen und hatte sich gelöst. In ihren Augen brannte noch immer die Tränenflüssigkeit. Sie hob kraftlos eine Hand und löste den Klebestreifen von den Lidern. Befreit schrie sie auf und presste im gleichen Atemzug die geballte Faust vor den Mund. Sofort verstummte sie, weil ihr bewusst wurde, dass man sie hören konnte. Sie richtete sich auf und inhalierte gierig kalte Kellerluft. Der Brustkorb dehnte sich schmerzhaft. Der Schmerz ließ ihren Körper erzittern. Tränen liefen ihr über die Wangen. Die Augenlider waren geschwollen und ein Schleier lag auf ihrem Blick. Mühsam krallte sie sich an dem Rohr fest, das sie vorher gefangen hielt. Sie zog sich hoch, bis sie auf ihren Beinen stand. Wie eine Blinde tastete sie sich durch den Raum, in den nur ein fahler Schimmer durch ein winziges Oberlicht hineinfiel. Dämmerung. Es muss schon wieder Abend sein, mutmaßte sie und setzte einen Fuß vor den anderen.

»Niemand hält mich mehr auf«, flüsterte sie leise. Sie griff mit zitternden Händen den Türgriff und drückte ihn mit äußerster Vorsicht herunter. Es blieb still. Barfuß schlich sie zu den Treppenstufen, die in die oberen Räume führten. Der Kellergang war genauso dunkel wie der Treppenaufgang. Nicola nahm leise Musik wahr. Lautlos huschte sie Stufe für Stufe nach oben. Der Kopf lugte durch die geöffnete Kellertür. Als sie in den Flur sehen konnte, registrierte sie flackerndes Licht, das aus einem der Räume kam. Fernsehen. Da läuft ein Fernseher. Abgelenkt. Ihre Gedanken kreisten durcheinander. Nicola Lehmann schluckte, hielt sich am Geländer fest und schlich bis zur Tür. Sie wollte die Stufen in den ersten Stock hinaufschleichen, um nach ihrem Kind zu suchen, als sie einen heftigen Schlag auf ihren Kopf spürte. Sie wurde an ihren Haaren zurückgerissen und fiel rücklings auf den Boden im Flur.

»Was willst du hier? Hab ich dir nicht gesagt, dass ich dich nicht gehen lasse? Hast du mich nicht verstanden oder muss ich es dir einprügeln? Niemand bricht einfach so in mein Haus ein ... niemand, hörst du?«

Nicola Lehmann spürte Tritte an ihrer Taille. Sie krümmte sich auf dem kalten Boden. »Warum lässt du mich nicht gehen?«, hauchte sie und wusste, dass sie die falsche Frage gestellt hatte. Erneut landete ein Fuß in ihrem Bauch. »Ah, nicht ...« Nicola Lehmann hob abwehrend die Arme hoch. Der Ruck, der ihre Hände zurückkriss, ließ sie vor Schmerz aufschreien. Sie stöhnte und japste.

Dann bündelte sie ihre Kräfte, richtete sich auf und

schrie: »Hast du geglaubt, du kannst mich noch einmal linken? Mir den Vater meines Kindes wegnehmen?« Sie stellte sich gegen das Treppengeländer, holte Luft und setzte zum Gegenschlag aus. Ihre Faust traf Julia Hardenberg mitten ins Gesicht.

»Pass auf«, schrie Julia, hielt sich die Nase und riss an den Haaren von Nicola Lehmann. »Das wirst du mir büßen. Du brichst nicht noch einmal in mein Leben ein.« Mit dem Knie traf sie den Unterleib ihrer Widersacherin. »Wenn ich mit dir fertig bin …«

Plötzlich klingelte es an der Haustür. Durch die Scheiben erkannte sie Dirk Westermann. Sie ließ Nicola Lehmann los, rannte zur Tür und schrie: »Helfen Sie mir, diese Frau will mich umbringen. Sie ist in mein Haus eingedrungen!«

»Das ist nicht wahr! Sie hat mich im Keller eingeschlossen. Ich war die ganze Zeit über im Keller.« Sie zeigte ihre Handgelenke und hielt sie dem Hauptkommissar vor die Augen. »Die hat meinen Freund auf dem Gewissen«, schrie sie hysterisch und wollte erneut auf Julia Hardenberg los.

»Was erzählt die? Sie ist durch ein Kellerfenster in *mein* Haus eingedrungen. Ich habe sie überrascht, überrumpelt und festgehalten! Ich wollte Sie gerade anrufen.«

»Sie lügt, glauben Sie ihr nicht. Ich bin mit dem Mann zusammen gewesen, der sie schon lange nicht mehr wollte.« Nicola Lehmann warf einen hasserfüllten Blick auf Julia, die sich kalkweiß auf die unterste Treppenstufe setzte.

»Mir ist schwindelig. Ich habe keine Ahnung, wovon diese Frau spricht. Sie ist in mein Haus eingedrungen und hat versucht, mich zu überwältigen. Sie hat sich losgerissen und wollte mich töten.«

Dirk Westermann schnellte auf Nicola Lehmann zu, zog

ihre Arme hinter den Rücken und verschloss sie mit den Handfesseln. Dann drückte er sie auf den Boden, sodass sie gegen das Treppengeländer gelehnt saß. Er zog sein Handy aus der Tasche. »Ich brauche euch. Wir haben hier eine gesuchte Person … ja und bringt den Notarzt mit.« Er sah, dass Julia Hardenberg ihren Kopf hielt und hemmungslos schluchzte. Sie zitterte am ganzen Körper und beruhigte sich nicht. Dirk Westermann legte ihr eine Hand auf die Schulter. »Alles wird jetzt gut. Ich bin bei Ihnen.«

»Sie lügt. Diese Hexe lügt«, schrie Nicola Lehmann wie von Sinnen und riss die Augen auf. Speichel lief aus ihrem Mund und sie hinterließ einen aggressiven Eindruck beim Hauptkommissar.

»Bleiben Sie ruhig, das klären wir gleich auf der Dienststelle«, entgegnete Westermann und versuchte, Julia Hardenberg zu beruhigen.

»Mein Baby, sie hat mein Baby«, schrie Nicola …

*

»Die Abreibung hat sich gewaschen«, murmelte Anja Westermann und stopfte ihre Sachen in die Reisetasche. Das habe ich mir anders vorgestellt, dachte sie und ließ ihren Tränen freien Lauf. Sie hatte gehofft, dass ihr Ex-Mann alleine war, sich über ein Wiedersehen freute, und nicht, dass er sie dermaßen schroff zurückwies. Sie hatte nicht erwartet, ihn glücklich und zufrieden mit einer anderen Frau vorzufinden. Die Tante seiner neuen Freundin hatte ihr mächtig die Leviten gelesen und am Ende wusste sie, dass sie den Kürzeren gezogen hatte. Sie huschte ins Bad, überprüfte ihre Wimperntusche, bemerkte die schwarz heruntergelaufenen Rinnsale und wischte sie mit dem

Handrücken fort. Sie streckte ihrem Spiegelbild die Zunge heraus. Dann löschte sie das Licht, griff nach ihrer Tasche und verließ endgültig das Zimmer …

*

Das Gespräch in der Dienststelle erwies sich als das, was der Hauptkommissar vermutet hatte. Er öffnete die Fesseln an den Handgelenken der jungen Frau.

»Kann ich bitte zu meinem Kind?«, weinte sie und rieb die aufgeschürften Handgelenke.

»Soweit sind wir noch lange nicht«, erwiderte Westermann. »Das Kind ist in sicherer Obhut. Wir sorgen dafür, dass es vorerst dort bleiben kann.« Er wies Jan Becker an, mit der Krippe zu telefonieren, um alles Weitere zu klären. »Was hatten Sie in dem Haus von Frau Hardenberg verloren?«

»Ich musste Gewissheit haben. Die Frau hat alles kaputtgemacht. Sie hat ihn zu sich bestellt und … eiskalt umgebracht. Warum glauben Sie mir nicht?«

»Warum hätte sie das tun sollen? Sie war froh darüber, dass die Beziehung endlich zu Ende war.«

»Dass ich nicht lache. Sie wollte Rache. Sie konnte es nicht ertragen, dass wir ein Kind zusammen haben. Wo ist mein Baby?«

»Ich sagte bereits, dass sie gut versorgt wird, solange Sie hier sind. Machen Sie sich keine Sorgen.«

»Ich will, dass mein Vater sich um Sarah kümmert. Er soll sie abholen. Ich will nicht, dass Fremde sie beaufsichtigen«, weinte sie.

»Ihr Vater?«

»Ja, mein Vater. Horst Lehmann. Mit ihm bin ich doch

nach Fehmarn gekommen. Er ist in der Ferienwohnung am Südstrand. Können Sie ihn bitte informieren?« Nicola Lehmann schniefte.

Dirk Westermann sah sie unverwandt an und sagte: »Ihr Vater ist tot, wussten Sie das nicht?«

Nicola Lehmann riss die Augen auf und starrte den Kommissar entsetzt an. »Was? Tot? Ich ... ich versteh nicht. Was ist passiert?«, schrie sie.

Der Hauptkommissar rückte seine Brille auf dem Kopf zurecht und antwortete sachlich. »Er wurde auf der Galerie der Segelwindmühle tot aufgefunden.«

»Windmühle? Ich versteh nicht! Er muss längst zurück sein. Wir sind zusammen zu dieser Mühle gefahren, um uns auszusprechen, aber ...«

»Sie waren mit ihm in der Mühle?«

»Ja, ich ... wir hatten einen bösen Streit, ich bin abgehauen, aber ich wusste nicht ... woher ... was ist passiert?« Sie schluchzte und ließ den Kopf in ihre Hände sinken. Ihre Schultern zuckten. »Sie hat ihn umgebracht, genau wie meinen Freund«, schrie Nicola Lehmann.

»Reißen Sie sich zusammen. Ihr Vater ist gestürzt und hat sich den Kopf aufgeschlagen. Er ist verblutet. Niemand hat ihn umgebracht«, entgegnete er sachlich.

»Moin, Chef, da bin ich wieder. Wen sollen wir festsetzen?«, fragte Hartwig, als er ins Büro stürmte.

»Niemanden. Das hat sich bereits erledigt«, murmelte Westermann, schaute seinen Kollegen an und zog ihn in den Flur. Schütt blieb bei Nicola Lehmann.

»Du siehst, wenn ich das mal so sagen darf ... scheiße aus«, erwiderte Hartwig.

»Danke für die Blumen ...«, murmelte Westermann und strich sich mit der Hand durch die Haare. »Das ist so vertrackt. Ich weiß nicht …!« Thomas sah, dass es in Dirk arbeitete.

»Wie bist du vorangekommen?«, wollte Westermann wissen.

»Womit?«, fragte Hartwig und wurde rot. »Na, mit Watson, mit deiner Prüfung?«

»Ach so, das. Was glaubst du? Bestanden. Jetzt muss nur Watson die Prüfungen bestehen. Da kommt noch jede Menge Arbeit auf mich zu.« Er schluckte.

Westermann nickte. »Das hast du doch vorher gewusst, oder hast du dich nicht informiert? Aber was meintest du mit *ach so das*? Gab es noch mehr?«

»Nö, nicht dass ich wüsste«, log Thomas Hartwig.

»Und deine Kommissarin?«

»Meine Kommissarin? Geh mir bloß mit *der* vom Leib. Die hat sie nicht mehr alle. So eine eingebildete Zicke. Genau wie die Hardenberg mit ihrer bescheuerten Pastete. Als hätte ich nach einem Mord nichts Besseres zu tun, als ans Essen zu denken. Die sind doch nicht ganz dicht, die Weiber. Was macht die überhaupt hier?«, deutete er auf das Büro.

Der Hauptkommissar sah seinen Kollegen von der Seite an, zog die Augenbraue hoch und blieb stumm. »Lange Geschichte.« Westermanns Handy klingelte.

Er nahm den Hörer ab. »Ja, bin ich.« Er hielt die Hand über das Mobiltelefon und zuckte die Schultern. »Bundespolizei?« Er stellte den Lautsprecher an, damit sein Kollege das Gespräch mit anhören konnte und er nicht alles wiederholen musste.

»Ja, Dirk Matthis, Bundespolizeirevier Puttgarden«, hörte er die dunkle Stimme des Beamten klar und deutlich. »Wir haben hier ein paar Spezialisten festgesetzt, an denen Sie ganz offensichtlich sehr interessiert sind.«

Westermann horchte auf. »Ja, und um wen handelt es sich?«, fragte er neugierig und sah Thomas an.

»Um zwei männliche polnische Personen, um einen Marek Pawlowski und einen Wiktor Sikora. Die Herren haben wir gestern der Landespolizei übergeben.«

»Was ist passiert?«, wollte Westermann wissen.

»Ja, das war eine merkwürdige Geschichte. Die beiden haben hinter unserer Dienststelle geparkt, um angeblich auf einen Freund zu warten. Das allein erschien uns bereits eigenartig. Aber als sie uns dann weismachen wollten, dass der Wagen einem Kumpel gehörte und sie mit dem Auto eine Spritztour nach Schweden unternehmen würden, sind wir hellhörig geworden und haben die Personen sowie die Papiere genauer überprüft. Dabei haben wir festgestellt, dass die beiden auf der Fahndungsliste stehen und seit Längerem observiert werden. Ihre Kollegen aus Burg kamen später dazu. Die zwei gehören ganz offensichtlich einer Bande an und wollten dieses Fahrzeug verschieben. Da haben wir einen guten Fang gemacht, dachten wir … aber es kommt noch besser!«

»Wie, noch besser? Das ist doch ein toller Fahndungserfolg«, rief Hartwig.

»Das war nur die Spitze des Eisbergs. Auf der Fahndungsliste konnten wir ersehen, dass sie in Drogengeschäfte verwickelt sind. Das hat uns stutzig gemacht. Eine Streife hat dann vor dem Ticketschalter auf den *sogenannten* Freund gewartet. Als der den Wagen der Komplizen wahrgenommen hat, wurde er ebenfalls kontrolliert und auf der Dienststelle umgehend befragt.«

»Wie heißt der Mann?«

»Das war ein 70-jähriger russischer Staatsbürger mit dem Namen … warten Sie, den muss ich ablesen … Vlad

Sorokin. Das erschien uns alles merkwürdig und wir haben beide Fahrzeuge beim Zoll geröntgt. Im Auto von diesem Sorokin haben wir Sachen gefunden, die eindeutig nicht dahin gehörten.«

Er räusperte sich. »Was? Reden Sie schon.« Es schneite wieder, als Westermann durch die Eingangstür sah.

»Ja, wir haben 15 Kilo Heroin mit einem Handelswert von ungefähr 750.000 Euro entdeckt. Wir haben Haftbefehl erlassen und sie der Landespolizei übergeben. Ach ja, sie werden morgen dem Haftrichter vorgeführt. Es schien mir richtig, Sie umgehend von dieser Verhaftung zu informieren, da die beiden ja anscheinend in einen Mordfall verwickelt sind.«

»Das war eine erstklassige Idee. Dann können wir morgen mit der Befragung anfangen. Vielen Dank für die Informationen. Ich wünsche Ihnen weiterhin Erfolg an der Grenze. Schnappt sie alle!« Er steckte das Handy zurück in die Jackentasche. »Wo ist eigentlich Watson?«

»Draußen im Auto. Ich habe ihn angeleint, keine Panik.«

»Ist egal. Ich muss etwas Dringendes erledigen.« Wenig später standen sie vor dem Wagen. »Vergiss deinen Hund nicht«, er deutete in den Fond des Wagens und fuhr an, bevor Hartwig die Heckklappe verschlossen hatte.

»Eh Mann, was ist denn in dich gefahren? Spinnen hier jetzt mittlerweile alle?« Er schüttelte den Kopf.

Dirk Westermann raste zurück. Das unheimliche Gefühl, das ihn seit dem letzten Gespräch nicht in Ruhe ließ, verstärkte sich. Er würde diesen Fall jetzt zu Ende bringen. Vor dem Haus von Julia Hardenberg stoppte er. Für einen Moment überlegte er. Der Hauptkommissar wusste, dass das, was er tat, vielleicht auch seine Zukunft verändern könnte. Dann klopfte er mit der Hand auf das

Lenkrad, nahm die Brille vom Kopf und klemmte sie hinter den Rückspiegel. Besonnen fuhr er sich durch die weißen Haare, schaute ein letztes Mal in den Spiegel und stieg aus. Sein Herz klopfte, als er die Türklingel betätigte. Diese Frau kann es nicht getan haben, dachte er, bevor die Tür aufging. Blass stand sie im Türrahmen. Ihre Wangen waren eingefallen und sie hielt sich geschwächt an der Tür fest. Dirk Westermann betrachtete die Platzwunde auf ihrer Stirn, die mit einem Pflaster verarztet worden war.

»Wie geht's Ihnen? Darf ich reinkommen?«

Unsicher sah Julia ihn an. »Natürlich. Was gibt's denn noch? Ich dachte, alles wäre besprochen?« Sie bat den Kommissar in den Flur und verschloss die Tür. Sie wollte nicht, dass die Nachbarn schon wieder Polizei in ihrem Haus sahen. »Kommen Sie ins Wohnzimmer, wenn es unbedingt sein muss«, sagte sie und zeigte auf die offene Tür.

»Nein, ich habe nur eine Frage. Warum war Ihnen die Pastete so wichtig?«

»Die Pastete? Was hat die denn mit der ganzen Sache zu tun?«

»Die Frage habe ich mir auch immer wieder gestellt und bin auf keine Antwort gekommen ... vielleicht können Sie mir weiterhelfen.« Er verschränkte die Arme vor der Brust und blieb direkt vor ihr stehen.

Ohne zu zögern, antwortete sie: »Na, ich war so stolz darauf, eine Leberpastete gebacken zu haben. Das ist nicht leicht, verstehen Sie. Ziemlich kompliziert. Aber das ist nun auch egal, sie ist ja im Müll gelandet. Ich hatte Ihnen doch gesagt, dass ich es noch einmal versuche und Sie dann einlade.« Sie lächelte. »War das alles? Ich bin müde und möchte mich jetzt endlich ausruhen. Das war alles ziemlich hart für mich.«

»Darf ich mir Ihren Eisschrank ansehen? Mir ist da eine Idee gekommen«, sagte er.

Julia sah ihn entgeistert an. »Meinen Eisschrank? Was wollen Sie mit meinem Eisschrank? Der ist alt und sollte längst auf dem Müll. Ich hatte nur vergessen, ihn bei der Müllabfuhr anzumelden. Da gibt es nichts, was für Sie interessant sein könnte. Der ist leer! Aber bitte, wenn Sie unbedingt wollen. Ich will Sie nicht daran hindern. Sie wissen ja, wo's langgeht, oder?« Sie deutete mit dem Finger auf den Kellergang.

Hauptkommissar Dirk Westermann nickte und stieg die Stufen hinunter. Im ersten Raum standen der Eisschrank, ein Bügelbrett und einige Wäschekörbe mit ungebügelter Wäsche. Er zog Handschuhe aus der Jackentasche, streifte sie über und ging auf das alte, 1,20 Meter hohe Gerät zu. Mit einem leichten Ruck öffnete er die zerbeulte weiße Tür, die nicht bündig verschlossen war. Überall im Gefrierschrank hatten sich Eiskristalle gebildet, die den gesamten Innenraum einnahmen. Nacheinander zog er die ersten vier Schubladen auf. Sie waren leer. Nichts außer Eis, grübelte er und wollte die letzte Schublade aufziehen.

»Na, finden Sie alles?«, rief die Stimme von Julia Hardenberg von oben.

»Ja, danke, alles gut«, antwortete Westermann und hielt für einen Moment inne. Er schluckte, dann zog er die letzte Lade auf …

＊

»Na, meine Süße, alles im Lot?«, fragte Charlotte Hagedorn ihre Nichte und lächelte vielsagend. Sie schob die Ärmel ihres roten Strickpullovers bis zu den Ellenbogen und zog den Kessel von der Herdplatte

»Was soll nicht im Lot sein? Bei deinen Miss-Marple-Genen wirst du sicher bemerkt haben, dass Dirk und ich uns wieder vertragen haben.«

Charlotte nickte vielsagend. »Das hab ich sehr wohl und ich finde, es ist das schönste Weihnachtsgeschenk, das du mir machen konntest.« Sie stellte die Herdplatte aus, auf dem die Flöte des Kessels vor sich hin pfiff.

»Ach, Charlotte, das ist doch kein Weihnachtsgeschenk.«

»Und ob, min Deern. Es ist wunderbar, euch so glücklich miteinander zu sehen. Ich erinnere mich nur zu gut an die Zeiten, als du geknickt durchs Leben gelaufen bist.« Charlottes Augen glänzten verdächtig.

»Aber Tantchen. Was ist denn nur los? Ist dir die Weihnachtszeit aufs Gemüt geschlagen?«

Katrins Tante lachte und weinte zugleich, als sie den Kopf schüttelte. »Nein, ich bin nur so froh, dass alles wieder seinen Gang geht. Wer es wagt, sich zwischen euch zu drängen, der bekommt es mit mir zu tun.« Sie hob drohend die Hand und griente, als bewahrte sie ein großes Geheimnis.

»Nun sprichst du aber in Rätseln. Warum grinst du so? Lass uns unseren Tee trinken und die Plätzchen verputzen, die du heute Nachmittag gebacken hast. Ich bin so hungrig.« Sie schüttelte den Kopf und sah ihre Tante stutzig von der Seite an. Manchmal ist sie genauso mysteriös wie die Fälle, die sie mit den beiden Kommissaren bearbeitet, dachte sie und sagte: »Ich denke, dass Dirk noch vorbeikommt. Er hat vorhin angerufen und gesagt, dass der Fall vielleicht heute zu den Akten gelegt wird. Jedenfalls hat er etwas in der Art angedeutet. Ich freue mich sehr auf ihn.«

»Da sieh mal einer an«, entgegnete Charlotte brüskiert. »Und das alles ohne mich. Ich bin geplättet.«

»Charlotte, ohne deine Mithilfe wären sie längst nicht am Ziel …«

Es klingelte an der Tür. »Wer ist das denn jetzt? Dirk kann es wohl noch nicht sein«, sagte Katrin, blieb stehen und sah auf ihre Armbanduhr.

»Wer weiß«, griente Charlotte und bekam rote Ohren. »Nun geh, ist bestimmt für dich.«

Stutzig ging Katrin auf die Tür zu und drückte auf den Summer …

KAPITEL 15

Dirk Westermann stieg ohne die geringste Spur von Eile die Stufen wieder hinauf. Jeder Schritt fiel ihm schwer, weil er ahnte, dass er die Lösung in seinen Händen trug. Julia nahm nicht wahr, dass er die Küche betrat. Langsam ging er auf die Arbeitsplatte zu. Ohne die Frau anzusehen, zog er ein Messer aus *dem* Küchenblock, der direkt unter dem Fenster seinen Platz hatte. Eins fehlt, stellte er emotionslos fest. Er hielt den kühlen Griff in der Hand. Die Pastete, die er auf der Holzfläche abstellte, war gefroren. Es war egal. Die Situation erweckte in ihm den Eindruck, als öffnete er die Büchse der Pandora. Er hoffte, dass sie das war, was sie zu sein schien … eine Pastete. Aber er … Langsam fuhr er mit der Klinge unter den Deckel der Leberpastete.

Julia sprang entsetzt vom Stuhl auf und sah Dirk Westermann mit angstgeweiteten Augen an. »Woher …?«, die Worte blieben ihr im Hals stecken. Alle Farbe wich aus ihrem Gesicht und sie musste sich an der Lehne des Stuhles festhalten.

Der Kommissar sah sie an und beendete mit disziplinierter Ruhe sein Werk. Schließlich legte er das Messer schweigend auf die Holzarbeitsplatte. Er beobachtete Julia eindringlich, während er den oberen Teil des Gebäcks herunterschob und ihn neben dem Brotmesser platzierte. Mit den in Handschuhen steckenden Fingern fuhr er in die gefrorene Masse. Er spürte einen Widerstand und umfasste ein Stück Metall. Angespannt zog er die Hand zurück und glitt vorsichtig mit den Fingerspitzen in die andere Seite der Leberpastete. Wieder schob er Daumen und Zeigefinger unter den Gegenstand, der sich im Teig verbarg. Langsam bewegte er den Griff und zog ihn heraus … Julia wurde bleich. Ihre Knie zitterten, als sie sah, was Dirk Westermann zum Vorschein brachte. In seiner Hand lag die Tatwaffe, nach der sie so angestrengt gesucht hatten. Der Hauptkommissar zog einen Klarsichtbeutel aus der Jackentasche, ließ das Messer mit Bedacht hineingleiten. Julia Hardenberg stand leichenblass da und rührte sich nicht.

Der Hauptkommissar sah ihr fest in die von Tränen gefüllten Augen und fragte: »Haben Sie das gesucht?«

Sie starrte auf das Messer in seiner Hand. »Woher haben Sie es gewusst?«

Dirk Westermann sah sie lange an und antwortete: »Ich hatte nur so eine Ahnung.« Im Zeitlupentempo zog er die Handschuhe aus, legte sie auf die Arbeitsfläche, schob die Klarsichttüte in seine Jackentasche und fragte: »Warum? Sie hatten es doch geschafft!«

Julia Hardenberg setzte sich auf den Stuhl, hielt die Hände vors Gesicht und schluchzte. »Die Lebensversicherung. Er hat eine auf Mia und eine auf meinen Namen abgeschlossen.« Ihre Stimme brach und Westermann konnte kaum verstehen, was sie sagte. »Die Summe war so gigantisch, dass der Versicherungsmakler mich anrief und mir zum Abschluss der Lebensversicherung gratulieren wollte. Als ich sprachlos war, fragte er mich direkt, ob ich die Versicherungen abgeschlossen habe.« Sie schrie die Worte heraus und zuckte ununterbrochen die Schultern.

»Und ... haben Sie?«

»Natürlich nicht! Der Makler hatte sich so etwas gedacht und fragte mich, ob er sie zerreißen sollte. Was ich sofort bejahte. Aber das Schlimmste war, dass er im Todesfall der Bezugsberechtigte gewesen wäre!« Sie starrte Dirk Westermann an und wurde plötzlich erschreckend ruhig.

»Ich musste unser Leben retten ... er hätte uns getötet.« Es entstand eine lange Pause.

Der Hauptkommissar sah Julia Hardenberg eindringlich an und ging auf sie zu. Wider aller Regeln nahm er sie in den Arm und streichelte ihren Kopf. Er machte einen Schritt zurück, hielt ihre Schultern fest und sagte mit einem kurzen Blick auf die Pastete gerichtet:»Die sollten Sie jetzt endgültig entsorgen. Die hat einen faden Beigeschmack.« Ohne ein weiteres Wort ging er auf die Eingangstür zu, zog die Pudelmütze über die Ohren. Schweigend trat er vor die Tür und verschwand in der eiskalten Winternacht. Es hatte wieder angefangen zu schneien ...

ENDE

EPILOG

Katrin stand in der geöffneten Tür und lauerte. Wer außer Dirk wollte sie und ihre Tante um diese Zeit besuchen? Sie hörte ein »Psst« und plierte über das Treppengeländer. Sie konnte nichts erkennen.

Charlotte rief: »Wer ist denn nun da?«

»Weiß ich nicht«, flüsterte Katrin. Wenige Sekunden später ein markerschütternder Aufschrei. »Mama!«

Charlotte eilte zur Tür und lächelte versonnen, als ihre Schwester und ihr Schwager die letzte Stufe erreicht hatten. »Was für ein Weihnachtsgeschenk«, murmelte sie selig.

Und Julia Hardenberg…? Sie verkaufte das Haus und lebt mit ihrer Tochter Mia in einer anderen Stadt.

Der Fall wurde zu den Akten gelegt…

Die Polen wurden der Autoschieberei überführt und würden für die nächsten Jahre die schöne Umgebung nur hinter Gittern betrachten.

Nicola Lehmann zog nach der Beerdigung ihres Vaters

nach Düsseldorf und hat bereits einen neuen Freund, von dem sie ein Kind erwartet. Ihre Mutter hat sie seither nicht mehr gesehen.

REZEPT
HAUSGEMACHTE LEBERPASTETE

Zutaten:
300 g TK-Blätterteig
125 g Kalbsleber
1 EL Butter
Salz
Pfeffer
200 g Schweineleber
200 g roher Schinken
100 g Kalbsbratwurst
1 Zwiebel
3 EL Crème fraîche
2 EL gehackte Petersilie
1 Ei
Mehl für die Arbeitsfläche

Zubereitung:
Blätterteig auftauen. Kalbsleber fein würfeln, in Butter anbraten, salzen und pfeffern. Auskühlen lassen.

Schinken und Schweineleber in Streifen schneiden. Die Zwiebel schälen, grob zerkleinern und mit dem Schinken und der Leber durch den Fleischwolf drehen. Dann mit der Bratwurstmasse, der Crème fraîche, Petersilie und der Kalbsleber mischen. Mit Pfeffer abschmecken.

Den Backofen auf 200° vorheizen. Die Blätterteigplatten übereinanderlegen und auf ein wenig Mehl zu einem Rechteck von zirka 30 × 40 cm ausrollen. Die Füllung auf eine Hälfte der Teigplatten verteilen, einen 2 cm breiten Rand frei lassen. Den Teig über der Füllung zusammendrücken.

Aus Teigresten Formen ausstechen und mit Eiweiß aufkleben. Die Pastete mit Eigelb bestreichen, auf einem kalt abgespülten Blech im Ofen (Mitte, Umluft 180° C) 30 Minuten backen.

Ich wünsche euch allen guten Appetit.

Und nicht, dass jemand etwas darin verschwinden lassen will. Das funktioniert nur einmal.

Alles Liebe

Heike Meckelmann

DANKSAGUNG

Dies ist mein fünfter Band und ich kann es selbst kaum glauben. Allerdings ist die Fertigstellung eines jeden Kriminalromans nicht im Alleingang zu bewältigen. Ich kann nur immer wieder betonen, dass viele liebe Menschen, die mir sehr am Herzen liegen, an diesem wie auch an den vorherigen Projekten mit viel Spaß, Geduld und Engagement beteiligt waren.

Leute, ohne euch funktioniert es nicht!

Dafür sage ich 1000 Dank:

Dem Gmeiner Verlag mit seinem hervorragenden Team, der mir diese Plattform bietet und bei Fragen und Problemen jederzeit für mich da ist. Ich fühle mich sehr gut aufgehoben.

Meiner wunderbaren Lektorin Claudia Senghaas, die nicht müde wird, mich Tag und Nacht zu unterstützen. Was wäre ich ohne dich und deine Liebe zum Meer. Lass uns zum Horizont fliegen. Ich danke dir. Küssi …

Der bezaubernden Miriam Lange, die unermüdlich die tollen Kapiteltrenner zeichnet und meine Ideen feinfühlig und pfiffig umsetzt. Danke, liebe Miriam.

Natürlich ein dickes Bussi an meine Erstleserin und Freundin Marina Kienitz, die sich auf jede neue Geschichte einlässt und mir sagt, ob sie funktioniert. Die mit Kritik nicht hinter dem Berg hält und mich ermuntert, gewisse Unzulänglichkeiten noch einmal zu überdenken.

Danke meinem wunderbaren Mühlenmuseumsleiter Klaus R. Klahn und seinem Beisitzer Georg Hüttmann. Nie lernte ich in zwei Stunden so viel über eine Mühle, wie von Ihnen. Sie waren mir eine große Hilfe und spielten das Opfer vor Ort sehr gut.

Einen großen Dank an die Oberkommissarin Katharina von Hagemann, die in den Kriminalromanen von Kathrin Hanke und Claudia Kröger ganze Arbeit leistet und Lüneburg von Verbrechern aller Art befreit. Wundervolle Amtshilfe habt ihr mir geleistet.

Zu guter Letzt ein von Herzen kommender dicker Kuss an meine Familie.

Die mich unterstützt, mir den Rücken freihält und mich erduldet, wenn mit mir wieder mal die Pferde durchgehen oder ich Stunde um Stunde am Schreibtisch sitze und manchmal vergesse, dass ich eine wunderbare Familie habe.

Martin, ich bin glücklich, dich an meiner Seite zu wissen.

Natürlich ein großer Dank an all meine Leser, ohne deren enorme Unterstützung ich das alles nicht erleben würde.

Alles wird gut …

Danke!

Heike Meckelmann

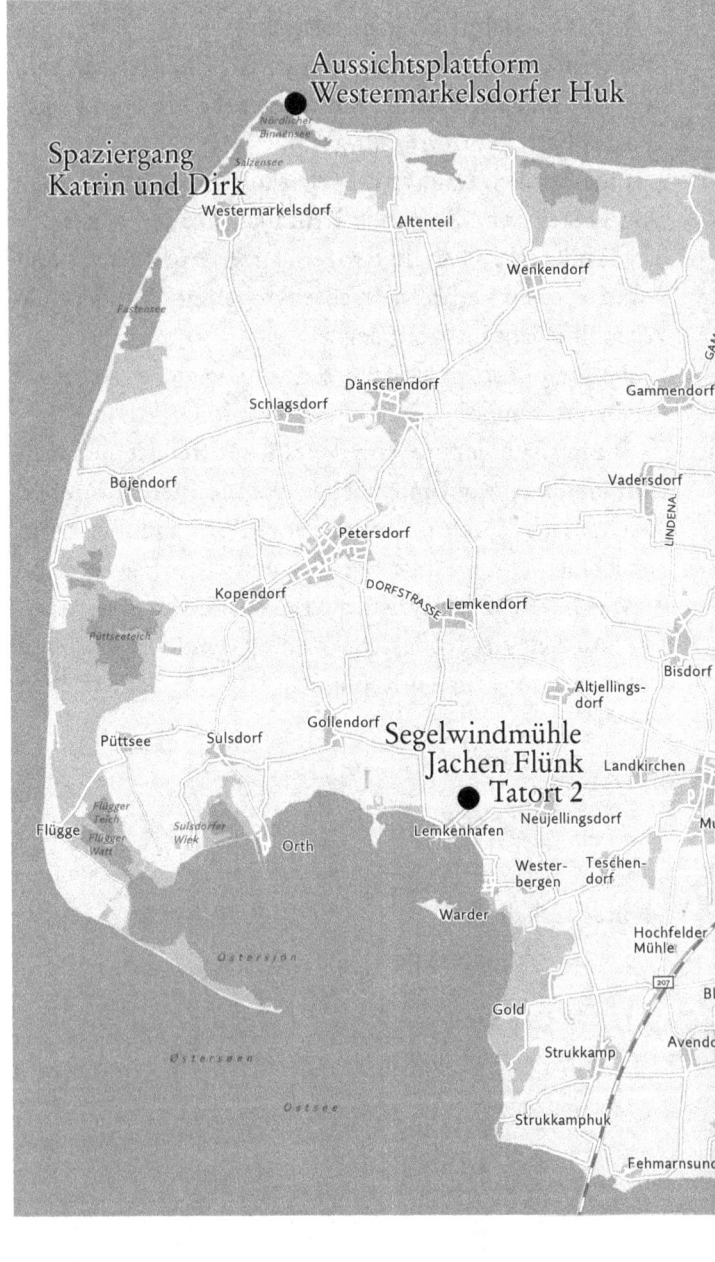

Aussichtsplattform
Westermarkelsdorfer Huk

Spaziergang
Katrin und Dirk

Nördlicher
Binnensee
Salzensee
Westermarkelsdorf
Altenteil
Wenkendorf
GAMM
Fastensee
Dänschendorf
Gammendorf
Schlagsdorf
Böjendorf
Vadersdorf
LINDENA
Petersdorf
Kopendorf
DORFSTRASSE
Lemkendorf
Püttseeteich
Bisdorf
Altjellings-
dorf
Gollendorf
Segelwindmühle
Püttsee
Sulsdorf
Jachen Flünk
Landkirchen
Tatort 2
Flügger
Teich
Sulsdorfer
Wiek
Neüjellingsdorf
Flügge
Flügger
Watt
Orth
Lemkenhafen
Mu
Wester-
bergen
Teschen-
dorf
Warder
Hochfelder
Mühle
Östersjön
207
Gold
Bli
Strukkamp
Avendor
Östersøen
Oostsee
Strukkamphuk
Fehmarnsund

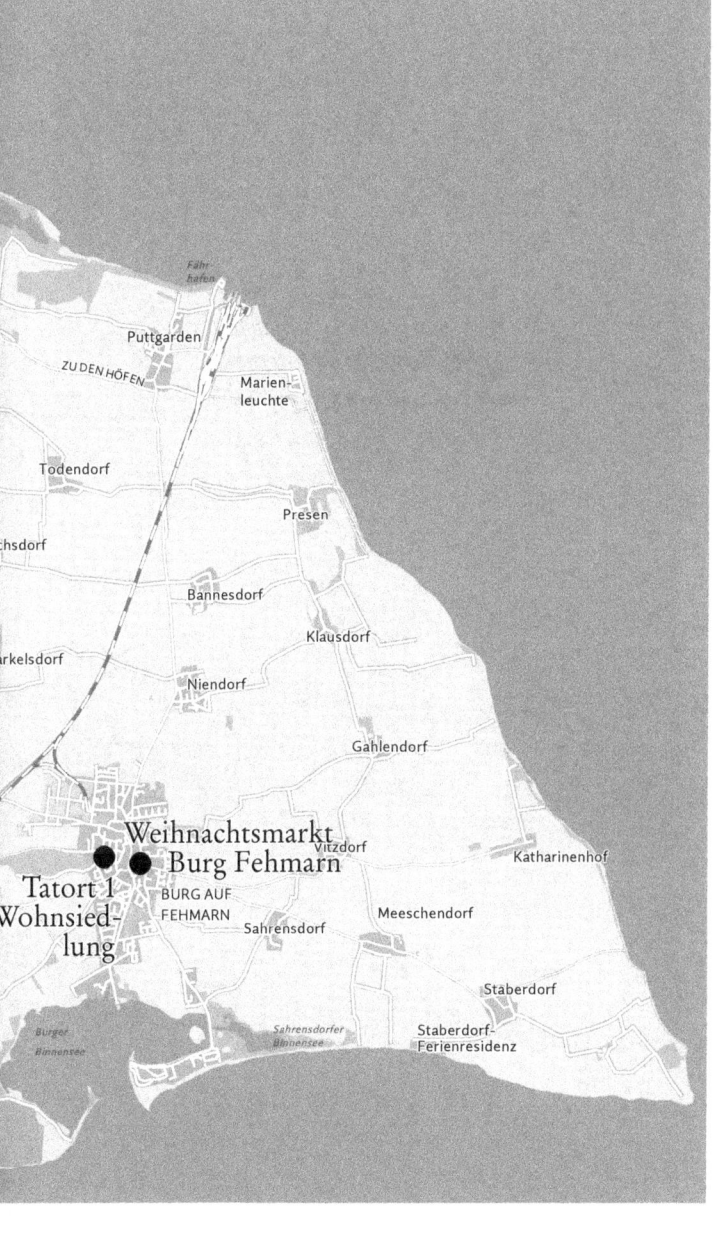

*Weitere Titel finden Sie auf den
folgenden Seiten und im Internet:*

WWW.GMEINER-VERLAG.DE

Kommissare Westermann und Hartwig ermitteln:

GMEINER SPANNUNG

WWW.GMEINER-VERLAG.DE
Wir machen's spannend

DIE NEUEN  **Lieblings-Plätze**